O Livro Branco Perdido

Obras da autora publicadas pela Editora Record:

Série Os Instrumentos Mortais:

Cidade dos ossos
Cidade das cinzas
Cidade de vidro
Cidade dos anjos caídos
Cidade das almas perdidas
Cidade do fogo celestial

Série As Peças Infernais

Anjo mecânico
Príncipe mecânico
Princesa mecânica

Série Os Artifícios das Trevas

Dama da meia-noite
Senhor das sombras
Rainha do ar e da escuridão

Série As Maldições Ancestrais

Os pergaminhos vermelhos da magia

Série As Últimas Horas

Corrente de ouro

O códex dos Caçadores de Sombras
As crônicas de Bane
Uma história de notáveis Caçadores de Sombras e seres do Submundo:
Contada na linguagem das flores
Contos da Academia dos Caçadores de Sombras
Fantasmas do Mercado das Sombras

CASSANDRA CLARE
e WESLEY CHU

AS MALDIÇÕES ANCESTRAIS
LIVRO DOIS

O Livro Branco Perdido

Tradução
Mariana Kohnert

2ª edição

— *Galera* —
RIO DE JANEIRO
2021

CIP-BRASIL. CATALOGAÇÃO NA PUBLICAÇÃO
SINDICATO NACIONAL DOS EDITORES DE LIVROS, RJ

C541L

Clare, Cassandra, 1973-
O livro branco perdido / Cassandra Clare, Wesley Chu ; tradução Mariana Kohnert. - 2ª ed. - Rio de Janeiro : Galera Record, 2021.
(As maldições ancestrais ; 2)

Tradução de: The lost book of the white
ISBN 978-65-59-81031-4

1. Ficção americana. I. Chu, Wesley. II. Kohnert, Mariana. III. Título. IV. Série.

21-68513

CDD: 813
CDU: 82-3(73)

Meri Gleice Rodrigues de Souza - Bibliotecária - CRB-7/6439

Título original em inglês:
The lost book of the white

Copyright © 2020 by Cassandra Clare, LLC

Leitura Sensível: IdrisBR

Publicado mediante acordo com a autora a/c BAROR INTERNATIONAL, INC., Armonk, Nova York, EUA.

Todos os direitos reservados.
Proibida a reprodução, no todo ou em parte, através de quaisquer meios.
Os direitos morais da autora foram assegurados.

Texto revisado segundo o novo Acordo Ortográfico da Língua Portuguesa.

Direitos exclusivos de publicação em língua portuguesa somente para o Brasil adquiridos pela
EDITORA RECORD LTDA.
Rua Argentina, 171 - Rio de Janeiro, RJ - 20921-380 - Tel.: (21)2585-2000, que se reserva a propriedade literária desta tradução.

Impresso no Brasil

ISBN 978-65-59-81031-4

Seja um leitor preferencial Record.
Cadastre-se no site www.record.com.br e receba lançamentos e nossas promoções.

Atendimento e venda direta ao leitor:
sac@record.com.br

Para Steve

— C.C.

Para Paula, Hunter e River
Para a família

— W.C.

E os anjos que não guardaram seus postos, mas abandonaram sua morada, ele os tem guardado em trevas, presos a correntes eternas até o juízo do grande dia.

— Judas 1:6

Prólogo

Idris, 2007

O alvorecer ainda se instalava quando Magnus Bane cavalgou até a clareira baixa pensando na morte. Nos últimos tempos, ele raramente ia até Idris — aquele amontoado de Caçadores de Sombras o deixava tenso —, mas tinha de admitir que o Anjo de fato escolhera um belo lugar para o lar dos Nephilim. O ar era fresco e alpino, frio e limpo. Nas encostas do vale, pinheiros farfalhavam afavelmente uns contra os outros. Idris sabia ser intensa às vezes, sombria, gótica e cheia de agouros, mas aquele bolsão em especial parecia algo saído de um conto de fadas alemão. Talvez por isso, embora houvesse tantos Caçadores de Sombras por todos os lados, seu amigo Ragnor Fell tivesse optado por construir sua casa ali.

Ragnor não era uma pessoa alegre, mas, inexplicavelmente, construíra uma casa alegre. Era um chalé baixo de pedra, com telhado pontiagudo de palha de centeio. Magnus sabia muito bem que Ragnor havia teletransportado aquela palha diretamente de uma taverna em North Yorkshire, para a consternação dos clientes.

Conforme ele trotava a montaria até o leito do vale, sentia os problemas do presente se dissiparem. No alto do vale, tudo estava terrível. Valentim Morgenstern vinha se esforçando muito para dar início a uma guerra tão desejada, e Magnus estava muito mais envolvido nela do que gostaria. Mas havia um rapaz, com aqueles olhos azuis bem difíceis de descrever.

Por um momento, no entanto, seriam apenas Magnus e Ragnor novamente, assim como tantas outras vezes. E então ele teria de lidar com o mundo e seus respectivos problemas, os quais chegariam em breve na forma de Clary Fairchild.

Magnus acomodou o cavalo atrás da casa e tentou abrir a porta da frente, que estava destrancada e se escancarou ao seu leve toque. O feiticeiro presumira que encontraria o amigo ocupado com uma xícara de chá ou lendo um livro volumoso, mas, em vez disso, Ragnor estava em pleno ato de destruição da própria sala de estar. Segurava uma cadeira de madeira acima da cabeça, em algum tipo de frenesi.

— Ragnor? — chamou Magnus, e, em resposta, Ragnor atirou a cadeira contra a parede de pedra, espatifando-a. — Cheguei em má hora? — berrou Magnus.

Ragnor então pareceu notar a presença de Magnus, e estendeu um dedo, como se estivesse pedindo ao outro que aguardasse um momentinho. Então, com grande determinação, caminhou até a cômoda abaulada do outro lado da sala e foi puxando cada uma das gavetas, em sequência, permitindo que caíssem e se arrebentassem no piso com um estrondo de metal e porcelana. A seguir, ele se aprumou, endireitou os ombros e se virou para Magnus.

— Seus olhos estão insanos, Ragnor — disse Magnus, com cautela.

Estava acostumado a ver Ragnor como um cavalheiro relativamente elegante, bem-vestido, com a pele verde apresentando um brilho saudável e os chifres brancos que brotavam da testa e se curvavam para trás polidos a ponto de brilhar. O estado do sujeito teria soado péssimo aos olhos de qualquer um, mas, em se tratando de Ragnor, era muito, *muito* mau sinal. Ele parecia perdido, o olhar percorrendo a sala como se estivesse tentando surpreender um invasor à espreita. Sem preâmbulos, ele disse, em voz alta e clara:

— Conhece a expressão *sub specie aeternitatis*?

Magnus não sabia muito bem o que esperava ouvir de Ragnor em meio àquele cenário, mas certamente não era nada parecido com aquela pergunta.

— Algo como "as coisas como realmente são"? Embora essa não seja a tradução literal, é claro. — Aquela conversa já havia descarrilado completamente.

— Sim — respondeu Ragnor. — Sim. Significa, da perspectiva daquilo que é de fato verdade, real e verdadeiramente verdade. Não as ilusões que vemos, que fingimos serem reais, mas coisas despidas de todas as ilusões. Spinoza. — Depois de um momento, ele acrescentou com cuidado: — Aquele homem *bebia*. Mas era muito bom polidor de lentes.

— Não faço ideia do que você está falando — disse Magnus.

O foco de Ragnor subitamente retornou e ele encarou os olhos de Magnus sem sequer piscar.

— Sabe o que é a existência, *sub specie aeternitatis*? Não nosso mundo, nem mesmo os mundos que conhecemos, mas o todo de tudo? Eu sei.

— Você sabe — replicou Magnus.

Ragnor não desviou o olhar.

— São *demônios* — disse ele. — É o *mal*. É o caos até o fim, um caldeirão fervilhante de intenções malevolentes.

Magnus suspirou. O amigo anda meio depressivo. Acontecia com feiticeiros às vezes; o absurdo do universo de algum modo se tornava simultaneamente mais e menos engraçado conforme a vida deles se estendiam para muito além da vida de qualquer mundano. Aquele era um caminho perigoso para Ragnor.

— Mas algumas coisas são legais, não são? — Magnus tentava pensar nas coisas preferidas de Ragnor. — O nascer do sol sobre Fujiyama? Uma boa e velha garrafa de Tokay? Aquele lugar onde costumávamos tomar café em Haia, que vinha em uns dedais minúsculos e saía queimando até chegar ao estômago? — Ele pensou mais um pouco. — O jeito como um albatroz fica desajeitado ao aterrissar na água?

Ragnor, por fim, piscou, muitas vezes seguidas, e então se jogou na poltrona de estofado xadrez atrás de si.

— Não estou deprimido, Magnus.

— É claro — disse Magnus —, puro niilismo existencial, esse é o bom e velho Ragnor.

— Fui alcançado, Magnus. Por tudo. Agora o chefão está atrás de mim. O maior sujeito. Bem, o segundo maior.

— Ainda é um sujeito bem grande — concordou Magnus. — Isso é por causa de Valentim? Porque...

— Valentim! — disparou Ragnor. — Assuntos idiotas de Caçadores de Sombras. Não tenho paciência para isso. Mas o momento é ideal. Para eu sumir. Qualquer coisa ruim acontecendo em Idris agora provavelmente tem a ver com esse assunto todo dos Instrumentos Mortais. Não tem motivo para os agentes da *real* ameaça questionarem.

Magnus estava ficando farto.

— Quer me contar o que está havendo, já que você pediu que eu viesse até aqui? Você mencionou que era um assunto de extrema urgência. Podemos tomar uma xícara de chá, ou você já quebrou a chaleira?

Ragnor se inclinou para Magnus.

— Estou *forjando minha própria morte*, Magnus.

Ele riu, antes de se virar e passar por uma porta para dar prosseguimento, supôs Magnus, ao processo de redecoração. Com relutância, Magnus o acompanhou.

— Pelos céus, por quê? — gritou ele para as costas de Ragnor.

— Não sei o motivo agora — gritou Ragnor de volta —, mas um bando deles está retornando. Não é possível matá-los, sabe, só dá para enviá-los para longe por um tempo, mas então eles voltam. Ah, sim, e como voltam.

Magnus estava começando a se perguntar se Ragnor finalmente perdera a cabeça.

— Quem?

Ragnor subitamente apareceu bem ao lado de Magnus, emergindo do que Magnus pensou ser um armário, mas que agora percebia ser um corredor.

— Ele pergunta "quem" — repetiu Ragnor sarcasticamente, e, por um momento, soou como seu eu de sempre. — De quem estamos falando? Demônios! Demônios Maiores! Que nome. Por que deixamos que eles se nomeassem? Não são tão maiores assim.

— Você andou bebendo? — indagou Magnus.

— A vida toda — respondeu Ragnor. — Deixe-me dizer um nome. Você me diz se significa alguma coisa.

— Vá em frente.

— Asmodeus.

— Querido papai — disse Magnus.

— Belphegor.

— Sujeitinho viscoso — respondeu Magnus. — Aonde vamos com isso? Algum deles está atrás de você?

— Lilith.

Magnus inspirou entre os dentes trincados. Se Lilith estava atrás de Ragnor, boa coisa não era.

— Mãe dos demônios. Amante de Samael.

— Certo. — Os olhos de Ragnor brilharam. — Não ela. *Ele*.

— Samael? — perguntou Magnus, rindo. — Sem chance.

— Sim — confirmou Ragnor, com o tipo de entonação que fez Magnus perceber, com pesar, que Ragnor não estava brincando.

— Posso me sentar? — perguntou Magnus.

Eles se refugiaram em meio às ruínas no quarto de Ragnor. Ele conseguira partir até a estrutura da cama ao meio, um feito bastante impressionante. Magnus se sentou no tampo milagrosamente intacto de uma mesinha. Ragnor caminhava de um lado a outro.

— Samael, como todos sabem, está morto — disse Magnus. — Ele fez alguma coisa que permitiu que os demônios entrassem em nosso mundo, e então ele foi morto, dizem que pela Taxiarquia...

— Você sabe que não é possível matar Samael — disparou Ragnor impacientemente. — Demônios muito inferiores a ele retornam em algum momento. Era certo que ele voltaria. E agora voltou.

— Tudo bem — raciocinou Magnus —, mas não entendo o que isso tem a ver com você. Quero dizer, tirando o fato de que tem a ver com todos nós. Não, por favor, não arremesse nenhuma mobília antes de explicar a história toda.

Ragnor baixou as mãos, e uma luminária de chão que estava girando languidamente em direção ao teto desabou no chão com um clangor.

— Ele está procurando por mim. Não sei por que, mas posso imaginar.

— Espere — disse Magnus, o cérebro começando a captar. — Se Samael está de volta, por que ele não está, tipo, destruindo tudo?

— Ele não voltou por inteiro. Não consegue passar muito tempo em nosso mundo, então ainda está flutuando por aí, numa espécie de vazio. Acho que ele quer que eu encontre um mundo para ele.

Magnus ergueu as sobrancelhas.

— Um mundo?

Ragnor assentiu.

— Um mundo de demônio. Uma das outras dimensões no aglomerado de bolhas de sabão que é nossa realidade. Ele estará muito fraco no início. Vai precisar de energia para reunir força, reunir magia. Se puder encontrar um mundo para reivindicar, poderá transformá-lo em um tipo de dínamo para o próprio poder. E eu, Ragnor Fell, sou o maior especialista da existência em magia dimensional.

— E o mais humilde. Por que ele não procura o próprio mundo sozinho?

— Ah, ele provavelmente encontraria em algum momento. Provavelmente tem procurado durante esse tempo todo. Mas o tempo dos demônios não é igual ao dos humanos. Ou mesmo dos feiticeiros. Pode levar mais centenas de anos até que ele retorne. Ou pode ser amanhã. — Ragnor parou de falar. No canto, uma lixeira tombou lentamente e esparramou seu conteúdo nas tábuas irregulares do piso.

— Então você vai forjar a própria morte. Isso não parece... precipitado?

— Você entende — rugiu Ragnor — como seria se Samael recuperasse toda sua grandeza? Se ele voltasse para Lilith, e os dois unissem seus poderes? Seria guerra, Magnus. Guerra na Terra. Destruição total. O fim das garrafas de Tokay! O fim dos albatrozes!

— E quanto a outras aves marinhas?

Ragnor suspirou e se sentou ao lado de Magnus.

— Preciso me esconder. Preciso fazer Samael pensar que fui para um lugar onde ninguém pode me achar. Ragnor Fell, o especialista em magia dimensional, precisa sumir para sempre.

Magnus processou aquilo por um momento. Então se levantou e saiu do quarto para observar a devastação que Ragnor causara na sala de estar. Gostava daquela casa. Por mais de cem anos, aquele fora como seu segundo lar. Ragnor fora seu amigo, seu mentor, por muitos anos mais antes disso. Sentia-se triste e irritado. Sem se virar, Magnus disse:

— Como farei para encontrar você?

— Eu vou encontrar você — disse Ragnor —, não importa qual seja minha nova persona. Você vai me reconhecer.

— Poderíamos ter uma senha — falou Magnus.

— A senha — disse Ragnor — vai ser a história da primeira noite que você, Magnus Bane, bebeu o *slivovice,* a palavra em tcheco para o *brandy* de ameixa do Leste Europeu. Creio que você chegou até a cantarolar uma composição própria naquela noite.

— Talvez seja melhor a gente esquecer esse negócio de senha — falou Magnus. — Talvez você possa dar uma piscadela como um sinal ou algo assim.

Ragnor deu de ombros.

— Não devo demorar a me restabelecer. Estou decidindo quem eu deveria ser. Enfim, se não há mais nada...

— Há, sim — disse Magnus, que se virou e notou que Ragnor havia se afastado da escrivaninha e se juntado a ele na sala de estar. — Preciso do Livro Branco — pediu em voz baixa.

Ragnor começou a rir e então se entregou a uma gargalhada um tanto sincera. Deu um tapinha nas costas de Magnus.

— Magnus Bane — disse o feiticeiro. — Você continua a me afogar nas intrigas do Submundo até meu forjado último suspiro. Por que, por que você *sequer* precisaria do Livro Branco agora?

Magnus se virou para encará-lo.

— Preciso acordar Jocelyn Fairchild.

Ragnor gargalhou de novo.

— Incrível. Incrível! Não só precisa do Livro Branco, como precisa encontrá-lo antes de Valentim Morgenstern. Minha amizade com você sempre foi uma rica tapeçaria de enredos terríveis, Magnus. Acho que vou sentir falta dela. — Ele sorriu. — Está na mansão Wayland. Na biblioteca, dentro de outro livro.

— Está escondido na *antiga casa de Valentim*?

Ragnor deu um sorriso ainda mais largo.

— Jocelyn o escondeu lá. Dentro de um livro de receitas. *Receitas simples para donas de casa*, acho que é esse o nome. Mulher notável. Dedo podre para marido. Enfim, vou embora. — Voltou-se em direção à porta.

— Espere. — Magnus o seguiu e tropeçou no que se revelou uma estátua de macaco esculpida em latão. — Neste momento a filha de Jocelyn está vindo para perguntar a você sobre o livro.

As sobrancelhas de Ragnor se ergueram.

— Bem, não posso ajudá-la. Estou morto. Você vai ter de dar a notícia a ela. — Ele se virou para ir embora.

— Espere — repetiu Magnus. — Como, hã... como você morreu?

— Morto pelos brutamontes de Valentim, obviamente — respondeu Ragnor. — Por isso estou fazendo isso agora.

— Obviamente — murmurou Magnus.

— Eles estavam procurando pelo Livro Branco. Houve uma briga; acabei morto. — Ragnor pareceu impaciente. — Preciso fazer tudo por você? Aqui.

— Ele passou por Magnus, pisando duro, apontou para a parede dos fundos com o indicador esquerdo e começou a escrever com uma letra incandescente na língua abissal. — Vou *escrever na parede* para você não esquecer.

— Sério? Abissal?

— Eu... fui... morto... pelos... capangas... de Valentim... porque... eles... — Ele parou e olhou para Magnus. — Você jamais treinou seu abissal, Magnus. Este será um bom exercício para você. — O feiticeiro se voltou para a parede de novo e continuou a escrever. — Agora... eu... estou... morto... ah... não. — Pronto. Bem fácil para você.

— Espere — disse Magnus pela terceira vez, porém não tinha nada para perguntar. Ele pegou um frasco de vidro aleatório, caído sobre a cornija da lareira. — Não vai levar seu... — olhou para o rótulo e ergueu uma sobrancelha para Ragnor — polidor de chifres?

— Meus chifres vão ter de ficar sem polimento — disse Ragnor. — Saia do caminho, estou forjando minha morte agora.

— Eu não sabia que era preciso polir os chifres.

— É, sim. Ou, pelo menos, deveria ser. Quando se tem chifres. Se não quiser que eles pareçam sujos e malcuidados. Estou partindo, Magnus.

Por fim, a compostura de Magnus se desfez.

— Você precisa mesmo ir? — questionou, soando como uma criança petulante aos próprios ouvidos. — Isso é loucura, Ragnor. Você não precisa *morrer* para se proteger. Podemos falar com o Labirinto Espiral. Não precisa lidar com isso sozinho. Você tem amigos! Amigos poderosos! Como eu!

Ragnor olhou para Magnus por um bom tempo. Por fim, se aproximou e, com grande seriedade, deu um abraço no amigo. Magnus se deu conta de que talvez aquele fosse o quinto ou sexto abraço deles em centenas de anos de amizade. Ragnor não era muito afeito ao contato físico.

— O problema é meu e eu vou resolvê-lo — falou Ragnor. — Minha dignidade exige isso.

— O que estou dizendo — falou Magnus — é que não *precisa*.

Ragnor se afastou e o fitou com tristeza.

— Preciso, sim. — Então se virou para ir embora.

Magnus olhou para as letras ardentes na parede, se apagando até a invisibilidade.

— Não sei por que estou fazendo tanto alarde — disse ele. — Você adora um drama. Veremos se essa coisa de "forjar a morte" dura uma semana, até você se entediar e voltar ao meu apartamento com seu tabuleiro de crokinole.

Ragnor riu e sumiu sem mais uma palavra.

Magnus ficou parado por um bom tempo, encarando o espaço vazio onde Ragnor estivera. Seu antigo mentor não levara bagagem, nem uma muda de roupas ou escova de dentes. Simplesmente sumira do mundo.

A porta da frente permaneceu aberta, como Ragnor a deixara. Parecia mais adequado ao cenário que ele estava tentando retratar, mas o gesto corroeu Magnus como uma ferida, e, depois de um instante, ele a fechou com cuidado.

Nas ruínas da cozinha de Ragnor, Magnus encontrou um enorme cachimbo de argila, e nas ruínas do banheiro, um vidro de uma rara folha seca, de origem idrisiana, muito popular como fumo entre os Caçadores de Sombras quando o próprio Magnus era criança, centenas de anos atrás. Por Ragnor, pelos velhos tempos, ele acendeu o cachimbo e o tragou pensativamente.

Pela janela, Magnus flagrou as passadas firmes dos cavalos de Clary Fairchild e Sebastian Verlac conforme eles iam descendo até a clareira para encontrá-lo.

Parte Um
Nova York

1

O ferrão do sono

Setembro de 2010

Era tarde e, até um momento atrás, tudo estava silencioso. Magnus Bane, Alto Feiticeiro do Brooklyn, estava sentado na sala de estar de casa, em sua poltrona preferida, um livro aberto com as páginas voltadas para o colo, observando o chacoalhar do trinco da janela da cobertura. Durante a última semana, alguém vinha cutucando e testando as proteções mágicas de seu apartamento. Agora, pelo visto, tinham resolvido fazê-lo mais incisivamente.

Magnus considerou aquela decisão deles um tanto tola. Para começo de conversa, feiticeiros costumavam ficar acordados até tarde. E, além disso, ele morava com um Caçador de Sombras — que no momento tinha saído para patrulhar, é verdade, mas Magnus era perfeitamente capaz de se defender, mesmo de pijama. Ele apertou o cinto do roupão de seda preta e agitou os dedos diante do corpo, sentindo a mágica se acumular neles.

Magnus refletiu que anos atrás teria sido muito mais casual a respeito daquele tipo de invasão, permitindo que transcorresse naturalmente e confiando em seus instintos para guiá-lo. Agora estava sentado apontando os dedos literalmente bélicos para a janela. Seu filho pequeno estava dormindo no quarto ao final do corredor.

Com apenas um ano, Max agora já dormia quase a noite inteira ininterruptamente. Aquilo era um alívio, mas também um inconveniente, afinal, seus papais tinham hábitos noturnos. Mas, por outro lado, o garoto era militarmente pontual, acordando toda manhã às 5h30 com um gritinho alegre que Magnus adorava e temia em igual proporção.

A janela foi aberta. O fogo despertou nas palmas de Magnus, e a magia acendeu na escuridão, azul-safira.

Uma silhueta passou o corpo pela janela, e então congelou. Emoldurado pela abertura, um Caçador de Sombras usando uniforme completo de caça, o arco sobre um dos ombros. Ele pareceu surpreso.

— Hã, oi — disse Alec Lightwood. — Cheguei. Por favor, não atire raios mágicos em mim.

Magnus gesticulou, as luzes azuis das mãos empalidecendo até se apagarem, deixando leves traços de fumaça em torno dos dedos.

— Você normalmente usa a porta.

— Às vezes eu gosto de variar. — Alec terminou de se erguer para dentro e fechou a janela. Magnus o encarou expressivamente. — Tudo bem. A verdade. Um demônio comeu minha chave.

— Nós perdemos tantas chaves. — Magnus se levantou para abraçar o namorado.

— Espere, não. Estou fedendo.

— Não tem nada de errado — declarou Magnus, aninhando a cabeça no pescoço de Alec — com o cheiro do suor depois de uma noite difícil no trabalho e... uau, você está fedendo *mesmo*. O que *é* isso?

— Isso — falou Alec — é o almíscar do demônio do túnel do metrô.

— Ah, querido. — Magnus beijou o pescoço de Alec mesmo assim. Mas respirou pela boca.

— Espere um pouco, a maior parte está no uniforme — disse Alec. Magnus deu um pouco de espaço ao namorado, que começou a se despir: o arco, a aljava, a estela, algumas lâminas serafim, o casaco de couro, as botas, a camisa.

— Deixe-me ajudar com o restante — murmurou Magnus quando Alec terminava de abrir a camisa, e ganhou um sorriso genuíno em retribuição, os olhos azuis acolhedores, sentindo uma onda de amor pulsar pelo seu corpo. Depois de três anos, seus sentimentos por Alec ainda eram mais fortes do que nunca. Mais e mais a cada dia. Era surpreendente.

Alec repuxou a boca, e voltou o olhar para o corredor, para além de Magnus.

— Ele está dormindo — disse Magnus, e beijou o namorado. — Está dormindo há horas. — Então avançou para puxar Alec para o sofá. Com apenas um breve agitar dos dedos, as velas na ponta da mesa se acenderam e a luz das lâmpadas diminuiu.

Alec riu, o som grave no peito.

— Temos uma cama perfeitamente boa, sabe.
— A cama está mais perto do quarto da criança. É mais silencioso aqui — murmurou Magnus. — Além disso, teríamos que expulsar o Presidente Miau da cama.
— Ooh — disse Alec, abaixando a cabeça para beijar a concavidade do pescoço de Magnus, que inclinou a cabeça para trás e se permitiu um leve gemido de satisfação. — Ele *odeia* isso.
— Espere — disse Magnus, recuando. Com um floreio, ele se livrou do roupão, deixando-o cair como uma poça de seda preta em volta dos pés. Por baixo, usava pijama azul-marinho estampado com pequenas âncoras brancas. Alec semicerrou os olhos.
— Bem, eu não sabia que isto iria acontecer, é óbvio — disse Magnus. — Ou teria usado algo mais sexy do que meu pijama de marinheiro fofinho.
— Ah, ele é muito sexy — respondeu Alec, e então os dois se paralisaram, porque um choro súbito cortou o ar. Alec fechou os olhos e suspirou lentamente, e Magnus notou que o outro contava até dez mentalmente.
— Eu vou — disse Alec.
— Eu vou — replicou Magnus. — Você acabou de chegar em casa.
— Não, não, eu vou. Quero vê-lo, de qualquer forma. — Usando apenas a calça, Alec foi caminhando com cuidado pelo corredor, até o quarto de Max. Deu uma olhadinha para Magnus, balançando a cabeça e sorrindo. — Nunca falha, hein?
— O menino tem sexto sentido — concordou Magnus. — Fica para a próxima?
— Fique aí.
Magnus abriu um pequeno Portal para o quarto de Max para observar enquanto Alec pegava o filho no colo e o ninava. Alec então olhou pelo Portal e disse:
— Claro, isso é bem mais fácil do que simplesmente caminhar pelo corredor.
— Fui ordenado a ficar aqui.
Alec apontou para o Portal e disse a Max:
— Aquele é o *bapak*? Está vendo o *bapak*?
Era o desejo de Magnus ser chamado de algo que remetesse à própria infância, mas, mesmo assim, sempre soava estranho. O pai dele, o humano, tinha sido *bapak*, e toda vez que dizia aquela palavra para Max, Magnus sentia um arrepio inexplicável, como se estivesse caminhando sobre o túmulo de seu pai.

Max de repente se acalmou — ultimamente era mais provável que o choro do filho estivesse sendo causado por pesadelos do que por qualquer coisa que requeresse algo mais complexo do que um colinho de consolo — e piscou os olhos sonolentos para Magnus, que sorriu e agitou pequenas faíscas cintilantes da ponta dos dedos para o filho. Quando Max fechou os olhinhos, um sorriso se abriu em seu rosto. Já estava quase dormindo de novo, um braço azul gorducho caído para o lado. A pele de Max era de um azul intenso — aquela era sua marca de feiticeiro, juntamente a lindos toquinhos na testa que, Magnus suspeitava, talvez fossem crescer e virar chifres. Alec devolveu o menino ao berço. Magnus continuou a admirar a cena, maravilhando-se com a estranha felicidade em relação à própria vida agora, enquanto um homem totalmente malhado, sem camisa e de olhos espantosamente azuis cuidava do bebê que eles tinham juntos. O feiticeiro zombou do próprio sentimentalismo e tentou pensar em coisas sensuais.

Alec olhou para Magnus, que, sob a luz fraca, subitamente notou como o namorado parecia cansado.

— Eu — declarou Alec — vou tomar banho. Então vou voltar para você na sala.

— Então provavelmente mais um banho — disse Magnus. — Volte logo.
— Ele fechou o Portal e se voltou para o livro, um estudo sobre artefatos mitológicos escandinavos, seus detentores e suas localizações ao longo da história. Seu plano era voltar a pensar em coisas sensuais assim que Alec retornasse.

Dois minutos depois de Alec entrar no banho, o qual provavelmente duraria vinte minutos, considerando os hábitos de Alec, Max soltou um grito repentino durante o sono. Magnus ficou alerta de imediato, e, então, quando o silêncio se estabeleceu, relaxou de novo e voltou a ler.

Alguns minutos depois, ele ouviu passos no corredor. Virou-se rapidamente. Não estava louco; alguém andava *mesmo* testando as proteções dele e planejava invadir.

Quando viu a figura à porta, seu coração se apertou. Qualquer que fosse o motivo da presença dela, certamente indicava o fim dos propósitos românticos da noite.

— Shinyun Jung — disse ele com um tom de voz blasé. — Veio tentar me matar de novo?

A marca de feiticeira de Shinyun Jung era o rosto sobrenaturalmente imóvel, a expressão vazia e enigmática, independente de seus sentimentos. Da última vez que Magnus a vira, ela estivera amarrada a uma pilastra de mármore, a trama para trazer o Príncipe do Inferno Asmodeus ao poder arruinada. Magnus nutria compaixão pela feiticeira — Shinyun Jung trazia dentro de si um ódio e uma dor que ele compreendia bem até demais. Por isso ele não ficara chateado quando ela "de alguma forma conseguira escapar" da custódia de Alec e os dois não precisaram entregá-la à Clave.

Agora ela estava bem ali, impassível como nunca.

— Levei muito tempo para quebrar suas proteções. São bastante impressionantes.

— Não o suficiente — disse Magnus.

Shinyun deu de ombros.

— Eu precisava falar com você.

— Temos um telefone — disse Magnus. — Você poderia simplesmente ter ligado. Não é uma boa hora, na verdade.

— Eu tenho uma notícia muito, muito boa — disse Shinyun, não exatamente o que Magnus vinha esperando ouvir. — E, também, preciso do Livro Branco. E você vai entregá-lo.

Agora sim, um pedido mais previsível.

Magnus cogitou se deveria pedir uma explicação do motivo, pois embora desejasse o melhor para Shinyun, ainda não ficava seguro em entregar a ela um dos livros de feitiços mais poderosos da existência, por causa de tudo que sabia a respeito dela e de todas as coisas que ela fizera. Mas em vez de questioná-la, falou:

— Não está mais comigo. Entreguei ao Labirinto Espiral. Mas, afinal, qual é a boa notícia?

Antes que ela pudesse falar, uma segunda figura adentrou na sala, vinda do corredor.

Magnus arquejou.

Ragnor.

Ragnor, que havia sumido três anos antes. Que assegurara a Magnus que logo entraria em contato. E Magnus ficara à espera, depois se entregara a uma busca ativa, e, por fim, concluíra que Ragnor provavelmente fora capturado, que o embuste fracassara, que morrera de verdade. Ragnor, a quem ele reservara seu luto, e de quem se despedira na mente, ainda que não no coração.

Ragnor, segurando Max.

Magnus ficou sem palavras. Sob circunstâncias normais, ele teria avançado para abraçar Ragnor pela sétima vez em sua vida. Mas aquelas não eram circunstâncias normais. Shinyun estava presente, e havia algo muito estranho na forma como Ragnor olhava para Magnus.

E na forma como segurava Max. Ele segurava o menino com indiferença, como um saco de farinha. Max não parecia se importar, na verdade. Ainda estava bastante sonolento e piscando bem lentamente.

— Então — disse Ragnor, num tom mais mordaz do que Magnus esperara —, vejo que isto aconteceu. Sempre presumi que você acabaria com um destes de algum jeito, Magnus. Mas isso é aconselhável?

— O nome *dele* é Max — falou Magnus. Era melhor administrar uma coisa de cada vez. — Alguém precisava acolhê-lo. Então nós acolhemos. Ele é nosso. Como você entrou aqui?

Ragnor riu, um som familiar que se tornava assustador devido ao seu ressurgimento inesperado.

— Magnus Bane. Tão grandioso em poder, tão mole de coração. Sempre acolhendo os indefesos e necessitados. Tem um abrigo e tanto aqui, entre o Caçador de Sombras e este mirtilinho aqui.

Magnus não tinha certeza se, dada a postura de Ragnor, ele tinha algum direito de chamar Max de mirtilo.

— Não é bem assim — disse Magnus. E olhou para Shinyun, que observava aquele diálogo com interesse silencioso. — Somos uma família.

— É claro que são — retrucou Ragnor. Seus olhos brilharam.

— Então — falou Magnus —, você ainda está morto de mentira? Ou este é seu retorno oficial à vida? Além disso, como conhece Shinyun? E além de além disso, acho que você deveria me entregar o bebê.

Shinyun falou:

— Ragnor e eu estamos colaborando juntos em um projeto.

Alec ainda estava no banho. Magnus considerou fazer algum barulho alto repentinamente, embora preferisse tirar Max de Ragnor antes disso. Então decidiu enrolar.

— Espero que não se incomode — disse ele — de eu perguntar qual é a natureza desse projeto. Da última vez que vi você, Shinyun, meu namorado estava lhe concedendo a liberdade, na esperança de que você aprendesse uma lição importante sobre trabalhar com Demônios Maiores, Príncipes do Inferno e afins. Especificamente, esperávamos que tivesse aprendido a *não* trabalhar com eles no futuro. — A categoria de Demônios Maiores era vasta, incluía muitos tipos de espíritos malignos inteligentes. Príncipes do Inferno eram muito mais poderosos, eram antigos anjos, os quais caíram ao lutar ao lado de Lúcifer na rebelião.

— Obviamente — falou Shinyun com ar altivo —, não sirvo mais a um Demônio Maior.

Magnus soltou um lento suspiro de alívio.

— Eu sirvo — disse Shinyun — ao *Maior* dos Demônios!

Houve uma pausa.

— O capitalismo? — arriscou Magnus. — Você e Ragnor começaram um pequeno negócio e estão buscando investidores.

— Sirvo ao maior dos Nove agora — disse Shinyun num tom de vanglória, triunfante, um tom do qual Magnus se lembrava bem e do qual não gostara nada desde a primeira vez. — O Abridor do Caminho! O Devorador de Mundos! O Ceifador de Almas!

— O Esplendor do Inferior? — sugeriu Magnus. — E Ragnor? Velho amigo? Qual é sua posição nessa destruição dos mundos?

— Eu passei a me posicionar a favor — respondeu Ragnor.

— Oh, eu já deveria ter mencionado — interrompeu Shinyun. — Ragnor está inteiramente sob o transe de meu mestre. E meu mestre deu a ele o dom do Svefnthorn. — De uma bainha junto à cintura ela sacou um aguilhão de ferro longo e horroroso, com espinhos ao longo da lâmina e rematado por uma ponta afiada que era maliciosamente retorcida como um saca-rolhas. Parecia um atiçador de lareira bastante gótico.

O autocontrole de Magnus se esgotou.

— Entregue-me o bebê, Ragnor — disse Magnus. Ele se levantou e avançou até o amigo.

— É muito simples, Magnus — começou Ragnor, afastando Max do alcance de Magnus. — Samael, governante dos Demônios Maiores, o maior dos Príncipes do Inferno, inevitavelmente vai terminar o trabalho que começou há mil anos, logo interrompido pela chatice dos Caçadores de Sombras, e governar este mundo, assim como ele governou outros. A inevitabilidade da vitória dele — prosseguiu Ragnor num tom muito corriqueiro —, como posso dizer... fez vergar minha vontade com sua força quase infinita? Sim, isso descreve muito bem, acho.

— Então forjar a própria morte foi basicamente inútil — falou Magnus.

— Shinyun me encontrou — admitiu Ragnor. — Ela estava bastante motivada.

Magnus quase conseguiu se aproximar de Ragnor, mas Shinyun cobriu a distância assombrosamente rápido e deteve Magnus contra a ponta do Svefnthorn, obrigando-o a parar de repente e estender as mãos na clássica pose de rendição pacífica. Seu coração estava galopando. Era difícil se concentrar enquanto Ragnor mantinha Max nos braços.

— Você não entende — disse Shinyun. — Não vamos *roubar* o Livro Branco de você. Vamos lhe dar algo em troca. Algo ainda mais valioso.

E, com um solavanco, ela enterrou o Svefnthorn no peito de Magnus.

A arma afundou no peito dele sem nenhuma resistência de osso ou músculo. Magnus não sentiu dor nenhuma, nem desejo de se mexer, mesmo enquanto o ferrão perfurava seu coração. Ele sentia apenas uma espécie de estafa terrível. Sentia seu coração batendo em volta do espeto. Não queria olhar para baixo, não queria ver o objeto despontando de seu peito.

Parte dele não conseguia acreditar que Ragnor estava ali, assistindo àquilo. Assistindo sem fazer nada a respeito.

Shinyun se inclinou e deu um beijo na bochecha de Magnus. Então girou o ferrão, como o disco de combinação de um cofre, e puxou. A arma saiu tão indolor quanto entrou, deixando um rastro de chamas vermelhas frias, que passaram entre os dedos dele inofensivamente. O ferimento não doía.

O cansaço começou a se dissipar.

— O que você fez? — indagou Magnus.

— Como eu disse — falou Shinyun —, dei a você um grande dom. A primeira parte dele, de todo modo. E em troca... vamos levar o Livro Branco.

— Eu já falei... — começou Magnus.

— Sim, mas eu sabia que você estava mentindo — respondeu Shinyun —, porque eu já estou com o livro. Peguei no quarto de seu filho antes me tornar visível para você. Como qualquer um faria. Se não fosse burro.

— Não se ofenda, Magnus — disse Ragnor em tom empático. — A própria vontade de Samael está atada ao Livro Branco, e os servos dele sentem uma atração constante à presença do livro.

Magnus não sabia disso, na verdade, e, se soubesse, provavelmente teria guardado o Livro Branco em algum lugar mais seguro, em vez de enfiá-lo numa pilha de livros ilustrados do filho.

— Eu poderia agir para impedir vocês de saírem com o Livro — disse ele, e notou os olhos de Ragnor se semicerrarem. — E, além do mais, Alec está aqui. Mas vocês me colocam em desvantagem. Ragnor, me entregue Max, e pode ir embora com o Livro.

— Nós sairíamos com o Livro de qualquer maneira — disse Shinyun, mas Ragnor, que jamais tivera muito apetite pelo embate físico, assentiu.

— Nada de gracinhas — disse ele a Magnus.

— É claro que não — falou Magnus.

Ragnor se aproximou e entregou o bebê a Magnus, que, por sua vez, o aninhou cuidadosamente na dobra do braço esquerdo. Então, num rompante súbito, Magnus cravou com violência os dedos da mão direita no peito de Ragnor, na região do coração. Imediatamente, devido ao fluxo de magia que migrava do corpo de Ragnor para sua mão, ele sentiu a presença do controle de Samael: um vazio, um lugar onde a essência da vida de Ragnor caía na escuridão. Com esforço, tentando não perturbar Max, ele tentou arrancar aquilo de Ragnor.

— Isso é trapaça, Magnus! — gritou Shinyun. Ela estava apontando o Svefnthorn para Ragnor, manipulando-o com movimentos sutis.

Ragnor soltou um ruído gutural do fundo do peito enquanto tentava se desvencilhar de Magnus. Então se retesou, e com uma força súbita golpeou Magnus, que foi lançado para trás, perdeu o equilíbrio e conseguiu cair no sofá atrás de si, aninhando Max. A aterrissagem foi macia, dentro do possível, mas a queda certamente foi surpreendente o bastante para fazer Max acordar e irromper num choro intenso.

Todos os adultos no cômodo pararam imediatamente. Em uma voz muito baixa, Ragnor disse:

— Não se sinta mal, Magnus. O poder concedido a mim por minha lealdade a Samael é maior do que você, ou qualquer feiticeiro, poderia enfrentar.

— Ragnor! — sibilou Shinyun. — Silêncio! O bebê...

Ela deu um gritinho. E caiu subitamente, a ponta de uma flecha despontando de sua panturrilha. Foi tão surpreendente que Max se calou de novo.

— Fique onde está! — gritou Alec do fim do corredor. Ragnor se virou para olhar em direção à voz, com uma expressão de surpresa genuína e curiosa.

Magnus deveria se envolver na confusão, ele sabia, mas estava estatelado no sofá, debaixo de seu filho pequeno. Com algum esforço, ele começou os movimentos elaborados necessários para ficar de pé sem deixar Max cair. Então cogitou, não pela primeira vez, teletransportar o filho, porém rejeitou a ideia, por não ser segura. Não havia tempo para abrir um Portal. Talvez se fizesse Max flutuar até o teto...

Seus pensamentos foram interrompidos pelo som e cintilar característicos de Shinyun abrindo um Portal para si. Magnus ingenuamente presumira que ela estava fora de combate, e Ragnor já corria em zigue-zague para o Portal. Não teria como Magnus pegá-lo a tempo.

Mas, então, Magnus contemplou uma visão realmente gloriosa. Como um deus grego, Alec entrou em cena, os cabelos selvagemente embaraçados pelo banho, ainda pingando água. Não usava nada além de uma toalha branca enrolada na cintura, um cordão de couro em volta do pescoço com um anel Lightwood pendendo e uma enorme Marca de Precisão de Ataque no peito, e estava com uma flecha toda engatilhada no arco recurvo de carvalho perfeitamente polido que em geral ficara pendurado na parede do quarto como decoração. Era algo saído de uma pintura renascentista.

Magnus sabia que Alec se preocupava por se achar comum demais para o namorado, que, em comparação às maravilhas que Magnus vira em centenas de anos, ele devia parecer comparativamente mundano. Magnus na verdade achava que Alec não compreendia o que era contemplar, de pertinho, um Caçador de Sombras em modo guerreiro absoluto.

Era muita coisa.

Voltando para a cena, Magnus reparou que Shinyun já tinha sumido pelo Portal e que Ragnor se preparava para entrar nele. Magnus, enquanto isso, tinha ficado de pé e estava segurando Max próximo ao corpo. Precisava das mãos livres para fazer magia, mas não queria soltar o filho.

Uma flecha disparou. Errou Ragnor por um triz, mas rasgou um retalho das costas da capa do feiticeiro quando o Portal se fechou em torno dele.

Houve um silêncio súbito. Alec se virou para Magnus, que estava ninando Max. O bebê agora estava quieto.

— Aquele era Ragnor Fell? — Alec estava chocado. — Com Shinyun Jung? — Alec jamais conhecera Ragnor, mas dentre os pertences de Magnus havia muitas fotos, desenhos, e até mesmo uma enorme pintura a óleo do feiticeiro que fora seu mentor.

— Exatamente — disse Magnus para o silêncio.

Alec cruzou o cômodo e se agachou para pegar a flecha e o retalho de tecido que ficara cravado no piso. Quando ergueu o olhar para Magnus, sua expressão era sombria.

— Mas Ragnor Fell está morto.

— Não — disse Magnus. E balançou a cabeça, subitamente exausto. — Ragnor vive.

2
Entre ar e anjos

Enquanto Magnus devolvia Max ao berço, Alec foi se vestir. Seu corpo ainda estava tenso, tomado pela adrenalina e ansiedade; não tinha certeza do que acabara de acontecer em sua casa, ou o que aquilo tudo significava. Magnus costumava se referir a Ragnor mais como uma figura de seu passado — seu mentor, seu professor, seu companheiro de viagem entre os Caçadores de Sombras em vários momentos. Alec ainda se lembrava da calma estoica com a qual Magnus reagira à morte de Ragnor três anos antes. Na época, presumira que o desfecho representava a grande sabedoria existencial de Magnus, nascida de uma vida vivida através de tantas mortes.

Agora já não entendia mais nada. Quando ouviu Magnus entrar no quarto, vestiu uma camisa sobre o calção e disse:

— Então você sabia sobre Ragnor? Que ele estava vivo?

— Mais ou menos — respondeu Magnus.

Alec esperou.

— Eu sabia que ele estava planejando forjar a própria morte, mas... Ele tinha prometido manter contato. E estava em perigo mortal. Por isso tratou de se esconder. Quando semanas se passaram, meses, um ano, dois anos, presumi que alguma coisa tivesse dado muito errado.

— Então primeiro você achou que ele não estivesse morto — disse Alec. Ele se virou para encarar Magnus, que parecia estranhamente vulnerável e hesitante. Tinha vestido o roupão preto de novo. — Então você achou que ele *estivesse* morto *mesmo*?

— Era a conclusão óbvia — respondeu Magnus. — E, de certa forma, eu tinha certeza de que... ele *havia* sido pego. Só que por Shinyun. — Ele olhou para Alec com intensidade. — Ele estava com Max nos braços — disse Magnus, baixinho. Então se aproximou e se sentou na beirada da cama. — Eu não... foi a primeira...

Magnus parou um momento, então voltou a falar, agora sem hesitação na voz.

— Tem algo bastante maravilhoso no ato de se ter um filho — disse ele. — Em momentos de perigo, deixa a concentração muito aguçada.

Alec foi até Magnus e colocou as mãos nos ombros do namorado.

— Não somos só nós dois mais.

— Era necessário manter a calma — disse Magnus. — Eu *precisei*. Não tive opção. Então fiquei calmo. Caso contrário, estaria muito abalado agora.

Alec deu um sorriso sarcástico.

— Porque Ragnor Fell está vivo? Porque Shinyun Jung está de volta em nossa vida? Porque os dois estão trabalhando juntos? Porque levaram o Livro Branco?

— Na verdade — disse Magnus tranquilamente, tirando o roupão e a camisa do pijama —, porque Shinyun me apunhalou com um graveto mitológico e não sei o que isso fez.

Alec olhou para o ferimento no peito de Magnus. Uma fissura da qual brotavam filetes de chama escarlate que se dissipavam tão logo surgiam. Ele se perguntava por que Magnus não estava tão mais preocupado. Porque ele mesmo estava muito, muito preocupado. Antes de falar, ele se abaixou e pegou sua calça do chão.

— Chama-se Svefnthorn, aparentemente — disse Magnus. A leveza do tom de voz dele causou arrepios em Alec. Qual era o problema de Magnus? Será que estava em choque? — Por que está vestindo a calça?

Alec exibiu o celular que acabara de tirar o bolso.

— Vou ligar para Catarina.

— Ah, não vá incomodá-la no meio da noite... — começou Magnus. Alec estendeu o dedo para calá-lo.

Uma voz ainda meio afogada no sono surgiu no telefone.

— Alec?

— Desculpe acordar você — disse Alec, às pressas. — Mas... é Magnus. Ele foi perfurado por um... bem, por um ferrão gigante, acho. Algo demoníaco, definitivamente. E agora tem uma fissura mágica no peito, com uma luz saindo dela.

Quando Catarina falou de novo, soou completamente desperta e alerta.

— Chego aí em dez minutos. Não deixe ele fazer nada. — Ela desligou.

— Ela disse para não fazer nada — informou Alec a Magnus.
— Excelente notícia — falou Magnus. Então colocou o roupão de volta e se deitou na cama. — Esse já era meu plano.

Alec pegou a flecha que caíra na mesa de cabeceira dele, tirando o retalho de tecido da ponta.

Ao atirar em Ragnor, ele errara de propósito. Mesmo sob pânico, sob a raiva por sua casa ter sido invadida e por Max e Magnus estarem sendo ameaçados, ele reconheceu o feiticeiro de pele verde como um dos amigos mais antigos de Magnus. Não podia feri-lo.

Então mirara num pedaço da capa, em vez disso. Agora segurava o retalho no punho cerrado.

— Vou tentar Rastrear Ragnor.

Os olhos de Magnus estavam semicerrados.

— Boa ideia. Ótima iniciativa.

— O que acha que eles querem com o Livro Branco? — perguntou Alec.

E então desenhou uma rápida Marca de Rastreamento no dorso da mão com a estela. Sentiu o pedaço de capa parecer ganhar vida dentro do punho, a comichão estranha no fundinho da mente lhe dizendo que a Marca estava funcionando para localizar Ragnor Fell.

Depois de um momento, Magnus, ainda de olhos fechados, falou:

— Não faço ideia. Para praticar magia sombria em nome de Samael, presumo. Alguma novidade?

— Sim — disse Alec. — Ele está a oeste.

— Que distância a oeste?

Alec franziu a testa, se concentrando.

— Muito longe.

Magnus abriu os olhos.

— Espere aí. — Ele se levantou da cama com uma vivacidade inesperada, levando-se em conta o quanto parecera exausto um momento antes, e foi até uma gaveta da escrivaninha do outro lado do quarto. Agitou um papel dobrado com animação. — Temos aqui uma excelente oportunidade para a colaboração feiticeiro-Caçador de Sombras. Venha cá com sua Marca e... — Magnus abriu sobre a cama o que se revelou ser um mapa da cidade de Nova York e agitou os dedos acima dele. Então pegou o pulso de Alec e agitou os dedos debaixo dele. Aí se inclinou e beijou o dorso da mão de Alec.

Alec sorriu.

— Qual é a sensação de beijar uma Marca ativa?

— Tem um leve aroma de fogo celestial, mas, tirando isso, é bom — respondeu Magnus. — Agora... o que você tem aí, meu nobre rastreador?

Alec se concentrou sobre o mapa.

— Hum, bem, ele está a oeste deste mapa inteiro.

— Volto já. — Magnus saiu do quarto; logo voltou e cobriu o mapa na capa com outro mapa, um da região Nordeste inteira.

— A oeste de tudo isto — disse Alec, como um pedido de desculpas.

Magnus voltou com um mapa inteiro dos Estados Unidos.

— Oeste — falou Alec. Ele e Magnus trocaram um olhar. Magnus saiu de novo e desta vez voltou atracado com um gigantesco globo terrestre, tranquilamente uns sessenta centímetros de diâmetro.

— Magnus — disse Alec. — Isto é um bar. — Ele abriu o globo na dobradiça, revelando quatro decantadores de cristal.

— Ainda é um globo terrestre — retrucou Magnus, fechando-o. Alec deu de ombros e começou a movimentar o punho lentamente sobre a superfície do globo. Quando o punho parou, Magnus forçou a vista para enxergar melhor.

— Leste da China. Ao longo da costa. Parece... Xangai.

— Xangai? — perguntou Alec. — Por que Ragnor e Shinyun estariam em Xangai?

— Não consigo pensar em motivo algum — respondeu Magnus. — Talvez por isso seja um bom esconderijo.

— E quanto a Samael?

Magnus balançou a cabeça.

— Da última vez que Samael caminhou pela terra, Xangai era uma aldeia de pescadores. Que eu saiba, não há conexão entre eles. — Quando Magnus se debruçou sobre o globo, seu roupão se abriu, e Alec voltou a fitar o corte na pele do outro, um ferimento grotesco, porém sem sangue, apenas aquela luz estranha. Magnus o flagrou olhando e recatadamente fechou a vestimenta até a altura do pescoço. — Está tudo bem.

Alec fez um gesto de impaciência.

— Você não está nem um pouco preocupado? — quis saber. — Você foi apunhalado. E a perfuração está vazando essa magia estranha. O negócio é sério. Às vezes você se parece com Jace. Aceitar ajuda não faz de você um fraco, sabe. — Ele suavizou o tom de voz. — Só estou preocupado com você, Magnus.

— Bem, não me tornei o servo de Samael, se é isso que preocupa você — falou Magnus. Ele se alongou. — Estou me sentindo *bem*. Só preciso de uma boa noite de sono. Vamos deixar Catarina confirmar que está tudo bem, então, amanhã de manhã, vamos a Xangai para encontrar Ragnor e Shinyun, e recuperar o Livro. Fácil.

— *Não* vamos, não — retrucou Alec.

— Bem, *alguém* precisa ir — falou Magnus, em tom racional.
— Não vamos apenas nós dois. Precisamos de reforços.
— Mas...
— Não — rebateu Alec, e Magnus parou, embora continuasse a sorrir.
— O que acontece se eu precisar de Marcas? O que acontece se Shinyun e Ragnor estiverem poderosos demais por causa do Livro e nós não darmos conta sozinhos? E, olha só, vamos levar Max também? Porque acho que não.
— Eu meio que esperava que Catarina pudesse cuidar dele — disse Magnus. — Pelo breve período que passaremos fora.
— *Magnus* — falou Alec. — Eu sei que você quer resolver todos os problemas sozinho. Sei que detesta parecer vulnerável...
— Mas eu tenho ajuda — replicou Magnus. — Tenho você.
— Farei tudo em meu poder — disse Alec —, e há muitas coisas que podemos fazer só nós dois.
— Algumas das minhas coisas preferidas — acrescentou Magnus, meneando as sobrancelhas.
— Mas essa coisa toda pode ser séria. Se formos, teremos de ir com reforços. Não vou aceitar de outro jeito.

Magnus abriu a boca para protestar, mas nesse momento, ainda bem, a campainha tocou, anunciando a chegada de Catarina. Alec abriu a porta para ela, que passou direto por ele, sem dizer nada. Estava usando uniforme azul, quase no mesmo tom de sua pele, e os cabelos brancos estavam presos num rabo de cavalo bagunçado. Quando Alec a acompanhou em direção ao quarto, ela disse:
— Há quanto tempo isso aconteceu?
— Não faz muito tempo — respondeu Alec. — Vinte minutos, talvez. Ele diz que está bem.
— Ele *sempre* diz que está bem — retrucou Catarina. Ela entrou no quarto e disparou: — Tire esta coisa de seda horrorosa, Magnus, vamos ver essa ferida. — Ela parou. — E por que sua cama está coberta de mapas?
— É um roupão absolutamente bonito — disse Magnus. — E estamos planejando umas férias pós-punhalada.
— Fomos atacados por Shinyun Jung, a feiticeira que conhecemos na Europa há alguns anos — disse Alec. — Estávamos Rastreando... enfim, descobrimos onde ela está. Parece que é em Xangai.

Catarina assentiu; estava claro para Alec que aquela informação nada significava para Catarina. Ele se perguntou se Magnus mencionaria Ragnor. A escolha de compartilhar tal notícia, pensou ele, definitivamente estava nas mãos de Magnus. Ele então olhou para Magnus, que apenas disse:

— Ela causou esta ferida com uma coisa que chamou de Svefnthorn.

— Nunca ouvi falar — disse Catarina. — Mas este apartamento inteiro não está cheio de livros sobre magia?

Alec falou, um pouco defensivamente:

— Eu não queria começar a vasculhar livros antes de saber se Magnus estava bem.

— Estou ótimo — insistiu Magnus enquanto Catarina cutucava as têmporas dele e então examinava um dos olhos com afinco.

Alec observava, tenso, enquanto Catarina avaliava o estado de Magnus. Depois de alguns minutos, ela suspirou.

— Meu diagnóstico oficial é que esse ferimento definitivamente não é boa coisa, e não sei como fazê-lo desaparecer. Por outro lado, não parece estar lhe causando danos neste momento, pelo menos não diretamente.

— Então o que está dizendo — falou Magnus — é que, em sua opinião profissional, não tem motivo para não irmos diretamente a Xangai para encontrar Shinyun e esclarecer essa história toda.

— *Não* estou dizendo isso — replicou Catarina. — Alec pode fazer algumas pesquisas na sua biblioteca e na do Instituto, e pela manhã vou olhar minhas fontes para ver o que consigo encontrar. Você *definitivamente não deveria* saltitar até Xangai com um buraco mágico brilhando no peito.

Magnus protestou mais um pouco, mas, por fim, como Alec sabia que ele faria, cedeu à sabedoria de Catarina. Depois que Magnus prometeu levar a avaliação a sério, ela suspirou, bagunçou os cabelos dele num gesto carinhoso e saiu.

Alec acompanhou Catarina até a porta, quando então ela lhe deu um olhar demorado.

— Magnus Bane — disse ela — é como um gato.

Alec ergueu as sobrancelhas.

— Ele jamais vai deixar transparecer para você a dor que está sentindo. Vai ficar exibindo uma expressão de coragem, mesmo que em detrimento próprio. — Ela pôs a mão no ombro de Alec. — Fico feliz que você esteja aqui para cuidar dele agora. Por causa disso, hoje em dia eu me preocupo menos com ele.

— Se acha que consigo obrigar Magnus a fazer o que digo — começou Alec, com um sorriso —, infelizmente você está enganada. Ele até me dá ouvidos, mas sempre acaba fazendo o que tem vontade. Acho que essa é mais uma característica que o faz se assemelhar a um gato.

Catarina assentiu e disse, impassível.

— E, além disso, ele tem olhos de gato.

Alec deu um breve abraço nela.

— Boa noite, Catarina.

De volta ao quarto, Alec encontrou Magnus vestindo o roupão novamente, remexendo embaixo da cama.

— O que está fazendo? — perguntou Alec.

— Obviamente — disse Magnus, os olhos brilhando —, vamos para Xangai para encontrar Shinyun e Ragnor.

— Não, *não* vamos — replicou Alec. — Você prometeu a Catarina que levaria esse ferimento a sério.

— E estou levando — falou Magnus. — Estou sentindo muito seriamente que pegar Shinyun e Ragnor é a melhor forma de começar a me curar.

— Talvez — retrucou Alec. — Mas agora vamos dormir as quatro horinhas de sono que conseguiremos ter antes de Max acordar.

Magnus pareceu prestes a se amotinar, mas então suspirou e voltou a se sentar na beira da cama.

— Inferno. Não perguntamos a Catarina se ela cuidaria de Max quando estivermos fora.

— Mais um motivo para esperar até de manhã. Podemos pensar em um plano para Max e tentar levantar pelo menos *um pouco* de informação antes de irmos. — Alec esperou um momento, então disse, com cautela: — Pode ser que precisemos passar muitos dias fora, sabe.

Magnus hesitou, então assentiu.

— É verdade. Tudo bem. Amanhã de manhã veremos quem pode cuidar de Max por... por muitos dias. — Ele então ofereceu a Alec um olhar um tanto familiar, pois era o mesmo olhar que o outro lhe dava às vezes. Era aquele olhar que dizia: *Como esta é nossa vida? Como é tão estranha, e difícil, e exaustiva, e maravilhosa?*

— Como é que isso nunca foi um problema antes? — começou Alec. — Precisar encontrar alguém para cuidar de Max?

— Bem, as coisas andam calmas — respondeu Magnus.

Ele estava certo. Tinha sido um ano relativamente tranquilo — exceto pela Paz Fria, é claro, que continuava a pairar por todo o Submundo. Ambos mal tinham sido convocados para além de Nova York, muito menos para dormir fora. Nos momentos em que precisaram deixar Max com terceiros, foi por apenas algumas horas — uma reunião do Conclave, uma briga deflagrada em algum lugar nas redondezas, alguma política do Submundo que deu errado. Jamais tinham ficado longe de Max por mais do que isso. Max nunca dormira sem a presença de seus pais.

Com esforço, Alec interrompeu essa linha de pensamento antes que fosse longe demais.

— Vamos pensar em um plano para Max — repetiu — daqui a quatro horas. Então se jogou na cama e esticou a mão para puxar Magnus, que se deitou prontamente ao seu lado e aceitou com prazer quando Alec se enroscou nele, exalando conforme eles foram se aninhando confortavelmente, juntinhos.

O latejar de tensão no estômago de Alec foi ficando mais lento, e, por fim, se acalmou. Quando o Presidente Miau saiu de baixo da cama e se empoleirou presunçosamente sobre o quadril de Magnus, este já respirava baixinho, relaxado. Alec deu um beijo suave no alto da cabeça de seu namorado e se permitiu, também, finalmente dormir.

No sonho, Magnus governava um mundo arruinado. Estava sentado em um trono de ouro no alto de um milhão de degraus dourados, proferindo ordens em uma língua que não entendia para criaturas cinzentas rastejando no piso abaixo. Estava tão alto que nuvens passavam junto aos degraus sob seu trono, e para além dos degraus era possível ver o sol, inflado e vermelho, refletido em chamas na superfície de um vasto oceano plano.

Não havia mais ninguém ali além dele, exceto as criaturas cinza maltrapilhas e bicudas que se curvavam abaixo. Lentamente, ele ficou de pé e desceu, curioso, alguns dos degraus. Pensou que se descesse o suficiente, conseguiria se ver refletido no oceano.

Continuou a descer pela escadaria, no entanto, ao olhar para trás, o trono mal parecia retroceder. Por fim, ele mirou o olhar na superfície do mar e se enxergou ali. Estava gigantesco, percebeu... 15 metros de altura, 30 metros de altura... Seus olhos de gato estavam enormes e luminosos. Não havia sinal do ferimento no peito causado pelo Svefnthorn. Em vez disso, a pele em seu peito estava áspera, texturizada, espessa como o couro de um animal. Ele ergueu as mãos diante do rosto, palmas para fora, e reparou com algum interesse nas enormes garras curvas na ponta de seus dedos.

— Para que isto? — gritou ele. — Por que eu estaria neste lugar?

As criaturas cinzentas todas pararam ao mesmo tempo e se viraram para olhá-lo. Elas falavam com ele, mas ele não conseguia entendê-las. Pareciam ou amá-lo intensamente, ou temê-lo intensamente. Ele não sabia dizer qual das alternativas. E também nem queria saber.

Magnus se tocou de que tinha dormido até tarde quando acordou e viu o ângulo da luz do sol batendo na parede. Encontrou o outro lado da cama vazio e concluiu que Alec resolvera deixá-lo dormir mais antes de partirem.

Pegou o roupão, piscou para afastar o sono e foi até a cozinha, onde Jace Herondale estava servindo café na caneca de Magnus que dizia EU MEIO QUE SOU FAMOSINHO.

Magnus ficou feliz por não ter entrado pelado na cozinha.

— Você não tem sua própria caneca? — perguntou ele, sonolento.

Jace, com o cabelo loiro em seu habitual estado sobrenaturalmente primoroso, lançou um sorriso triunfante com o qual Magnus não estava exatamente preparado para lidar antes de tomar seu café.

— Ouvi falar que você foi perfurado por um ferrão norueguês esquisito — falou Jace. — E, além disso, tem leite de soja? Clary está nessa onda de leite de soja agora.

— O que você está fazendo no meu apartamento? — indagou Magnus.

— Bem — falou Jace, agora vasculhando a geladeira —, gosto de pensar que eu seria bem-vindo a qualquer hora, com meu relacionamento íntimo com vocês três. Mas, neste caso, Alec chamou a gente. Falou alguma coisa sobre Xangai.

— *A gente* quem? — perguntou Magnus, desconfiado.

Jace sacolejou a caneca de café, girando-a.

— A gente! Você sabe. Todos nós.

— *Todos* vocês? — repetiu Magnus. Ele estendeu a mão. — Espere aí. Pare. Vou vestir alguma coisa mais substancial do que um roupão. Você vai usar seus poderes angelicais para me servir a maior xícara de café puro possível, já já eu volto, e então conversaremos sobre esses conceitos horríveis tipo "todos nós", e o que Alec contou sobre a noite passada.

Quando Magnus voltou à sala de estar, agora adequadamente vestido, encontrou Alec, de braços cruzados, com a expressão sofrida. No canto mais afastado da sala, próximo ao teto, Max flutuava, dando cambalhotas no ar. Não parecia estar em perigo — na verdade, estava gritando *Eeeeeeeeeeee* e parecia estar se divertindo horrores. Abaixo dele, Clary Fairchild e Isabelle Lightwood tentavam trazê-lo de volta ao chão com o cabo de uma vassoura. Com a mão livre, Clary agitava um cadarço vermelho, tentando chamar a atenção de Max como se o bebê fosse o Presidente Miau. Max estava de ponta-cabeça e nitidamente confortável. Todos usavam camiseta e jeans, exceto Isabelle, é claro, que escolhera um suéter preto justo sobre uma maxissaia de veludo em camadas. Era uma das poucas pessoas que ocasionalmente fazia Magnus se sentir malvestido.

Ele se aproximou de Alec.

— Feitiço antigravidade, aposto — disse Magnus.

— Ele sabe que isso nos deixa loucos. Está adorando Clary e Isabelle agora. — Alec parecia tanto irritado quanto admirado, um tom de voz que Magnus jamais imaginou associar tão intimamente à paternidade.

— Achei que iríamos até Xangai — disse Magnus baixinho.

— E nós vamos — respondeu Alec. — Mas eu já disse... Se vamos combater feiticeiros malignos, não podemos ir sozinhos. Liguei para Jace esta manhã.

— E convidou a turma toda? — A porta se abriu e Simon Lovelace entrou. Usava uma camisa preta que dizia, em grandes letras arredondadas, BOA SORTE COM A SUA COISA. Mas tinha uma expressão inesperada, distraída, infeliz, e Magnus se perguntou o motivo.

Talvez fosse simplesmente o fardo colocado em seus ombros nos últimos anos. Mesmo entre o grupo, Simon passara por muita coisa. Fora mundano, fora vampiro, estivera na prisão dos Caçadores de Sombras, se tornara invulnerável, matara a Mãe dos Demônios, conhecera o Anjo Raziel, perdera suas lembranças, recuperara suas lembranças, e se formara na Academia dos Caçadores de Sombras, e todos esperavam que terminasse por aí — um feliz para sempre para Simon.

Mas não fora desse jeito. Quatro meses atrás, Simon de fato passara pelo ritual da Ascensão para se tornar um Caçador de Sombras de pleno direito. E o que deveria ter sido um momento de triunfo e comemoração para todos terminara tragicamente, pois o melhor amigo de Simon na Academia, George Lovelace, morrera durante o ritual. E morrera de um jeito terrível, na verdade, diante de todos eles. A lembrança saltou na mente de Magnus sem ser convidada, o momento em que Simon se jogou inutilmente no corpo em chamas de George e foi contido por Catarina. Simon adotara o sobrenome de George em honra à memória do amigo.

Considerando todo o panorama, Magnus teve de admitir que foi bem esquisito ver Simon abrir um sorriso sarcasticamente divertido ao flagrar a situação no canto mais distante da sala. Ele correu para ajudar Clary e Isabelle, e Magnus olhou para Alec.

— Então, a turma *toda*?

— É — disse Alec —, Jace quis que Clary viesse, e achei uma boa. E então Clary sugeriu que Simon deveria vir também, afinal de contas, ele é o *parabatai* dela, e com a atividade demoníaca tão rara ultimamente, ele precisa de um pouco mais de experiência de campo. E então Isabelle descobriu que eles viriam e ficou ofendida por não ter sido a primeira a ser convidada, então decidiu que viria também.

Magnus achou necessário se perguntar se seria sábio levar Simon naquela viagem, bem como questionar a insistência de Clary. Ela sabia melhor do que ninguém, exceto, talvez, por Isabelle, como Simon estava, e era óbvio que ele não estava bem. Talvez fosse bom perguntar a ela mais tarde.

De volta ao presente, ele bateu palmas, bem alto, e os três Caçadores de Sombras pararam para prestar atenção. Simon segurava o bracinho de Max, que continuava pendurado de cabeça para baixo acima dele, gargalhando adoravelmente.

— Todos os Caçadores de Sombras na minha casa — gritou. — Vou lidar com o feitiço, então peço a um de vocês, por favor, que estenda os braços para pegar meu filho. E cadê o loirinho com meu café?

Com alguns gestos, Magnus com rapidez anulou o feitiço de Max, que de pronto voltou para o chão (onde imediatamente engatinhou até Alec, agarrando a perna do pai com animação). Jace veio da cozinha com o café prometido, e Magnus enfim se acomodou no sofá.

— Tudo bem, então, o que está rolando? — perguntou.

Isabelle ergueu as sobrancelhas.

— Primeiro... isso acontece muito com Max?

Magnus deu de ombros.

— Não *muito*. Bebês feiticeiros fazem magia vez ou outra. Acidentalmente.

— Não é tão ruim assim — disse Alec. — Só é preciso ter mais roupas sobressalentes e um extintor de incêndio por perto.

Jace deu um impulso para se sentar no parapeito da janela, conseguindo a façanha de não derramar o café.

— Achei que você fosse trocar de roupa.

— Eu troquei — disse Magnus, confuso.

— Você ainda está usando um roupão — respondeu Jace.

— Eu estava usando um *yukata* — falou Magnus. — Agora estou usando um penhoar.

— Bem, os dois parecem roupões — disse Jace.

— Vamos falar sobre a noite passada — prosseguiu Magnus. — O que exatamente Alec contou a vocês?

— Será que a gente pode ver a fissura brilhante no seu peito? — perguntou Simon.

— Simon, é grosseiro mencionar fissuras brilhantes no peito dos outros — ralhou Clary. — O que acha que querem com o Livro Branco, Magnus?

Magnus se virou para olhar para Alec.

— Então você contou tudo a eles? Disse a palavra com *S*? A palavra com *R*?

Alec revirou os olhos.

— Se está perguntando se contei a eles sobre Shinyun e Ragnor, sim, eu contei.

— Então você sabia que Ragnor não estava morto, naquele dia que fui até a casa dele em Idris? — questionou Clary. — Quando eu estava com... com Sebastian? Você mentiu para nós?

— Precisei mentir — falou Magnus. — Não podia arriscar que Ragnor fosse encontrado e acabasse ferido ou morto de fato. — Ele olhou para o teto. — Mas então ele não fez mais contato e eu achei que estivesse morto mesmo.

— E como você está em relação a tudo isso agora? — quis saber Clary. Pareceu preocupada, mais do que Magnus teria esperado.

— Estou me sentindo bem — disse ele, e percebeu que estava sendo sincero. Estava se sentindo bem, mesmo, como se tivesse dormido a noite inteira e tomado um café da manhã decente, em vez de mal ter dormido e ter bebido o café preto forte demais de Jace. — Este não sou eu fingindo cara de coragem — sentiu-se impelido a acrescentar. — Realmente me sinto bem. Não estou *feliz* por estar com um ferimento mágico brilhando no peito, mas não parece que esteja me prejudicando. Exceto pela estética, é claro.

Simon, que estava abaixado no chão, cuidando de Max, ergueu o olhar.

— Meio que combina com você, na verdade. Bota algo a mais nesse seu misticismo todo.

— O que Alec nos contou — disse Isabelle — é que Ragnor Fell está vivo, está aliado àquela feiticeira que vocês enfrentaram na Europa há alguns anos, e que os dois pegaram o Livro Branco para fazer alguma coisa que vai favorecer o tal Demônio Maior com quem eles estão trabalhando.

— E que, portanto, vai nos desfavorecer — acrescentou Simon.

— Vai desfavorecer o planeta — falou Magnus.

— E isso desfavorece a gente — confirmou Simon. — Afinal, moramos aqui.

— Você contou a eles qual demônio é? — indagou Magnus a Alec. Aos outros, ele prosseguiu: — O que o nome Samael significa para vocês?

Houve silêncio.

— Ah — falou Jace. — Foi por isso que você ligou — acrescentou ele a Alec, que assentiu.

— Ele é um Príncipe do Inferno, certo? — disse Clary.

— Um Príncipe do Inferno *morto há muito tempo* — falou Jace. — Ele era o consorte de Lilith. Uma pena que se desencontraram por alguns anos. — O poder de Lilith estava bastante reduzido desde a Guerra Maligna, estilhaçado pela Marca de Cain enquanto Simon a possuísse. Pouco se vira dela desde então.

— Ele é mais do que isso — falou Simon baixinho. Estava olhando para o chão, bem diferente de sua postura altiva de sempre, e Magnus supôs que ele estivesse se lembrando de sua desventura com Lilith. — Lembrem-se de que eu me formei na Academia há apenas uns meses. Estudei essas coisas mais recentemente do que qualquer um de vocês. — Ele ficou de pé e encostou na parede, como se buscasse apoio para soltar as palavras que viriam a seguir. —

Samael é o mais velho dos Príncipes do Inferno, exceto pelo próprio Lúcifer. Supostamente, foi a Serpente no Jardim do Éden. É conhecido como o Pai dos Demônios, assim como Lilith é chamada de a Mãe.

— Todo mundo tem problemas com o pai — disse Jace. — Até demônios.

Simon o ignorou.

— A história dos Caçadores de Sombras ensina que por milhares de anos antes de existirem os Caçadores de Sombras, os demônios já entravam em nosso mundo, mas apenas ocasionalmente, e em pequenos números. Samael mudou isso. Ele fez algo, não sabemos o que enfraqueceu as barreiras entre nosso mundo e os mundos dos demônios. Samael abriu o caminho para demônios invadirem a Terra. E quando ele mesmo chegou, a devastação o acompanhou.

"Não podia ser derrotado por nenhum ser humano, não importasse o quanto este fosse poderoso. Então diz a história que os anjos intervieram pessoalmente, e o Arcanjo Miguel desceu e derrotou Samael..."

Jace estava assentindo, e assumiu a narração.

— E Raziel desceu e criou *todos nós*. Mas ninguém conseguiu desfazer o que Samael fez, então as paredes entre os mundos permaneceram tênues e demônios continuam vindo.

— Acho que derrotar Samael pelo menos evitou que o problema piorasse — falou Clary. — Eu sei que Príncipes do Inferno não podem ser mortos...

— O golpe que derrotou Samael foi desferido por um Arcanjo — disse Magnus. — Acho que todo mundo pelo menos *torcia* para que pudesse de fato matá-lo. Parece que não.

— Como podemos fazer Miguel voltar e derrotá-lo de novo? — propôs Isabelle. — Isso nos garantiria mais mil anos.

— Não dá para fazer isso — respondeu Simon. — Estamos por conta própria. Essa é a questão com a gente, não é? Caçadores de Sombras. Os anjos não estão aqui para lidar com nossos problemas. Estamos sem apoio.

Ele tinha uma expressão tenebrosa. Magnus sentiu sua preocupação por Simon se renovar. Simon já vinha combatendo demônios há tanto tempo quanto Clary, fora ser do Submundo, estivera frente a frente com Raziel, e em meio à coisa toda Magnus realmente ficara impressionado com a determinação do outro, com sua vontade de perseverar e demonstrar bravura mesmo quando a situação parecia pior do que o insuportável. Simon conseguira enfrentar Lilith e sair vivo... então por que a mera ideia de encarar Samael era suficiente para deixá-lo abalado?

Simon quisera tanto ser um Caçador de Sombras, combater demônios, ser colega de Clary, de Isabelle, de todos eles. Mas, neste momento, ele agia como se aquilo não lhe tivesse feito bem nenhum.

— Eu sei que sou o cara agindo naturalmente enquanto carrega um buraco mágico no peito — disse Magnus —, mas posso fornecer um contexto aqui que talvez faça a gente se sentir um pouco melhor? Shinyun e Ragnor mencionaram Samael, mas, à exceção dessa arma que Shinyun tem, e que ela alega ser dele, não fazemos ideia se Samael sequer vai retornar. Shinyun e Ragnor podem estar envolvidos com um culto mundano, ou um Demônio Maior fingindo ser Samael. O importante é que Samael definitivamente, *definitivamente*, não está em nosso mundo. Se estivesse, nós saberíamos. Ele estaria agindo. Exércitos de demônios estariam assolando o planeta. E nada disso está acontecendo. — Magnus sorriu com alegria. Estava de fato se sentindo surpreendentemente otimista com a situação. — Então Alec e eu iremos a Xangai e encontraremos Ragnor e Shinyun, e aí recuperaremos o Livro Branco, e tudo ficará ótimo.

— Então o que você está dizendo — começou Isabelle, lentamente — é que a boa notícia é que Samael *ainda* não destruiu a Terra?

— Mesmo que esse seja o verdadeiro Samael, nós provavelmente teremos *dias* para impedi-lo! — falou Magnus.

Clary e Isabelle trocaram olhares de preocupação.

Alec também parecia preocupado.

— Hum, então, Magnus, quem vai cuidar de Max durante *dias*?

Magnus gesticulou para o grupo reunido.

— Algumas destas pessoas maravilhosas aqui.

— Está brincando? — disse Clary, se sobressaltando. — É óbvio que vamos todos a Xangai. É uma situação importante, certo? A equipe tem que estar completa.

Jace pareceu achar a reação de Clary engraçada.

— Claro. Certamente não é porque você está entediada com essas patrulhas a Nova York e está doida para ir a algum lugar novo.

— Tudo bem, estou — admitiu Clary. — Mas *também* precisamos impedir o Pai dos Demônios de, vocês sabem... se tornar pai de mais demônios, acho.

— *Muito* mais demônios — falou Simon. — Por que não? Vamos lutar contra dois feiticeiros poderosos e um demônio tão mau que foi preciso um anjo para matá-lo no último confronto. Tenho certeza de que toda a minha experiência na sala de aula será útil.

Isabelle se aproximou e bagunçou carinhosamente o cabelo de Simon.

— Claro, querido, você é apenas um novato. Jamais foi um vampiro Diurno invulnerável que esteve numa dimensão do inferno nem nada assim.

— Atenção à palavra "invulnerável" — resmungou Simon, mas deu um sorrisinho, pelo menos.

Magnus ficou de pé e bateu palmas.

— Muito bem, meus amores. Alec e eu precisamos arrumar as malas e pensar no que vamos fazer com este aqui. — Ele apontou para Max, que agora estava nos ombros de Jace. Obedientemente, Jace colocou Max de volta no chão. — Obviamente todos vocês precisam voltar ao Instituto para pegar seus uniformes, então... — Ele gesticulou com os braços. — Saiam da minha casa.

Todos se foram, exceto Clary. Alec levara Max para o quarto, e Magnus estava a caminho de se juntar a eles quando Clary subitamente o segurou pelo braço e disse em um tom de voz baixo, mas intenso:

— Preciso falar com você rapidinho.

Magnus a olhou. Era tão esquisito vê-la agora, uma adulta em toda a sua completude. Durante anos, ela fora uma criança calada, de olhos arregalados, que ele conhecera de novo e de novo pela primeira vez. Ela não sabia nada sobre o Mundo das Sombras — e fora função de Magnus se certificar de que isso permanecesse inalterado. Então, quando a mãe a trazia, Clary sempre tinha a mesma reação: espanto, hesitação. E em todas as vezes ela reparava nos olhos dele, luminosos e com as pupilas em fendas, e em todas as vezes ele esperava uma reação de medo, mas ela sempre demonstrava apenas curiosidade. Quando ficou mais velha, ela um dia perguntou a ele:

— Por que você tem olhos de gato? — Magnus teve a chance de testar muitas respostas.

— Troquei com meu gato. Agora ele tem olhos humanos.

— Para ver você melhor, minha cara.

— Por que você *não* tem olhos de gato?

Era estranho saber que Clary não partilhava das mesmas lembranças. Ter podido ver uma pessoa crescer sem que ela mesma se lembrasse disso. Até, é claro, o dia em que ele a viu na festa de aniversário do Presidente Miau, cercada pelos Caçadores de Sombras de Nova York, e subitamente transformada na guerreira que nascera para ser, já uma cópia de Jocelyn quando tinha a mesma idade da filha.

Agora Clary parecia desconfortável, como se estivesse pensando em como dar uma notícia ruim. Alguns anos antes, ela simplesmente teria desembuchado, mas agora era amiga de Magnus, se preocupava com os sentimentos dele. Era legal, mas esquisito ao mesmo tempo.

Ela falou:

— Nesta manhã, sonhei com você. Pouco antes de Alec nos acordar com o telefonema.

— Um sonho engraçado? — perguntou Magnus, esperançoso. — E *não* um sonho agourento e profético, certo?

— Eu parei de ter aqueles sonhos depois da Guerra Maligna, então espero que não. Você parecia estar se divertindo, na verdade — disse Clary. — Estava em um grande trono dourado.

— Também sonhei a mesma coisa — falou Magnus. — No alto de uma escadaria imensa? Eu estava cercado por criaturas cinza e com bicos?

— Não — respondeu Clary, parecendo preocupada. — Mas tinha se tornado um monstro de 30 metros.

Magnus assentiu, pensativo.

— Estamos falando de um lance tipo Godzilla?

— Mais para um lance tipo... um demônio. Você tinha dentes pontiagudos enormes, e longas garras saindo dos dedos. E havia algo errado nos seus olhos. E também... — Ela parou. — Havia um fogo vermelho, em formato de X, queimando no seu peito.

— Bem — disse Magnus, pesaroso. — Tenho boas notícias. Só tem uma linha de fogo queimando no meu peito neste momento, não um X. Sonho profético captado. Evitar levar outro corte para não virar um X. Excelente conselho.

— Tem mais coisa — acrescentou Clary. — A parte confusa.

— Até agora, a descrição foi bastante direta — concordou Magnus.

— Você estava acorrentado. Tipo, com *muitas* correntes. Suas pernas estavam acorrentadas ao chão, seus braços e ombros e sua cintura, acorrentados à parede. Correntes enormes mesmo, com elos de ferro imensos. Elas oprimiam você. Era incrível que você não estivesse sendo literalmente esmagado até a morte sob o peso delas.

Magnus precisava admitir que aquilo parecia mesmo ruim.

— Mas eis o fato singular do sonho — disse Clary. — Você não parecia estar sentindo dor. Nem parecia estar incomodado. Você parecia feliz. Mais do que feliz. Estava extasiado. Estava... triunfante.

Ela o encarou fixamente.

— Não sei o que isso quer dizer. Como eu disse... não tenho tido sonhos proféticos mais. Normalmente não. Mas achei que deveria contar mesmo assim.

— Melhor prevenir do que remediar — brincou Magnus. — Espero que seja completamente abstrato, tipo, eu vou ficar triste, mas feliz por estar triste. Algo assim. Em vez de envolver de fato correntes ou dentes gigantescos.

— Bem, tomara — disse Clary.

— Vá para o Instituto — pediu Magnus. — Preciso ver minha família.

Clary se foi finalmente, e Magnus, inseguro pela primeira vez desde aquela manhã, foi atrás de Alec e do filho deles para abraçá-los por um instante. Só para se aquecer um pouco.

3

Um breve adeus

Alec já estava ficando um pouco frustrado. Tinha ligado para Catarina para perguntar se ela poderia cuidar de Max por alguns dias, só para descobrir que ela estava dobrando o turno no hospital e que mal estaria em casa (embora tivesse concordado em passar lá para alimentar o Presidente Miau à noite). Então ligara para Maia, que estava hospedando amigos de Bat. Pensara em ligar para Lily, porém desistira. Lily frequentemente falava que Max era "delicioso" e que queria "devorá-lo", e, embora Alec confiasse em Lily, não tinha certeza se ela falava aquilo figurativamente.

— E sua mãe? — sugeriu Magnus. Tinha colocado Max em uma bolha mágica iridescente e estava rolando o menino pelo quarto enquanto Alec pegava as malas no fundo do closet deles.

— O quê? Não — disse Alec. Ele observou Max por um momento. — Ele está em uma rodinha de hamster mágica?

— Não! Bem, meio que sim — respondeu Magnus. — Ele gosta. Por que *não* a sua mãe?

— Esse menino flutua até o teto de vez em quando — replicou Alec. — E a mais ou menos a cada três semanas ateia fogo em um cobertor durante o sono.

— Mais uma vantagem da rodinha de hamster mágica — falou Magnus.
— Escudo mágico. Eu não gostaria que Max cortasse a televisão a cabo dos vizinhos de novo.

— Bem, minha mãe *não tem* uma rodinha de hamster mágica — falou Alec.

Magnus foi rolando Max até o corredor, sob gritinhos de alegria, e, de lá, berrou para Alec:

— Ela é uma Caçadora de Sombras! Deveria ser capaz de cuidar de feiticeiros. Ela criou você! — Então enfiou a cabeça no vão da porta do quarto e ergueu as sobrancelhas. — Ela criou *Jace*.

— Tudo bem! — disse Alec, gargalhando. — Você venceu. Vou ligar para ela.

Eles levaram vinte minutos para arrumar as malas, e então duas horas para juntar as coisas de Max, que estavam espalhadas por todo o apartamento. Não parecera tanta coisa assim, mas agora que estava tudo reunido, somava uma carga e tanto: o carrinho, o cercadinho, uma enorme pilha de roupas, uma caixa de papelão com comida para bebê, uma sacola preta na qual Magnus enfiara alguns dos livros ilustrados e brinquedos preferidos de Max, e também alguns componentes para os feitiços de proteção mais úteis para lidar com a magia acidental de Max.

Por fim, depois de pescar um teimoso Presidente Miau de dentro da bolsa de couro, onde ele havia entrado para dormir, a família seguiu para o Instituto.

O Instituto de Nova York era um castelo de pedra solene entre torres de metal e vidro. Magnus gostava das igrejas de Nova York, do modo como elas esculpiam um espaço silencioso e sagrado em meio ao agito da cidade. Talvez por isso sempre tivesse considerado aquela "autossisudez" dos Caçadores de Sombras estranhamente encantadora. Se quer saber, eles costumavam tratar o assunto com irreverência — até mesmo Alec —, mas o Instituto era um lembrete, mesmo quando seria fácil de se esquecer, de que o dever deles era divino.

Podia ser tão bom quanto ruim o fato de feiticeiros serem muito mais idiossincráticos e desorganizados. Até mesmo a ideia de Altos Feiticeiros tinha começado como uma piada, uma pretensão entre os raros feiticeiros dos séculos XVI e XVII que conseguiam conquistar algum prestígio na sociedade mundana que majoritariamente os rejeitava, nomeando-os monstros. Magnus estimava que boa metade dos "Altos Feiticeiros" no mundo hoje reivindicara o título para si. Até mesmo nas cidades com um longo histórico de Altos Feiticeiros, como Londres, a maioria deles ganhava o título como resultado das apostas em festas.

Na verdade, o próprio Magnus era um desses feiticeiros autonomeados; a graça da piada que dizia que ele era o Alto Feiticeiro do Brooklyn estava no fato de mais nenhum outro bairro em Nova York sequer possuir um Alto

Feiticeiro. Magnus esperava popularizar a ideia, mas até então ninguém se manifestara, exceto por uma jovem com chifre de unicórnio despontando da testa que se declarara a "Média Feiticeira", também do Brooklyn. Mas, ao longo dos anos, ele passara a encarar seu título com uma responsabilidade genuína. E os Caçadores de Sombras, Magnus rapidamente percebera, ficaram *extasiados* por terem um feiticeiro que poderiam convocar com toda a confiança — mesmo os Lightwood, que, quando passaram a dirigir o Instituto de Nova York, Magnus encarara apenas como membros de um famoso grupo de ódio dos Caçadores de Sombras. E Magnus, por sua vez, também ficou extasiado por passar a ter um fluxo de renda estável e frequente.

Quando sabia que os Caçadores de Sombras estavam vindo, Magnus respirava fundo, acrescentava uma "Taxa de Transtorno" de 15 por cento a suas tarifas já monstruosas, e, quando era absolutamente necessário, flanava pelo Instituto e tentava manter as coisas tranquilas. *Como você está; que belo tempo não apocalíptico está fazendo hoje; aproveite este lindo feitiço que você não merece; por favor, pague minha conta absurdamente alta de imediato; se estou habitualmente fornecendo feitiços de proteção a fugitivos que estão se escondendo dos Nephilim? Imagina!*

Era estranho entrar naquele mesmo Instituto, com um Lightwood ao seu lado, segurando o filho deles. Ver Maryse Lightwood mais como uma familiar e menos como uma parceira profissional indigna de sua confiança completa. Magnus ficava feliz por Robert, pelo menos, estar ocupado com assuntos de Inquisidor em Idris. Inquirindo algumas pessoas, presumia ele.

O saguão de entrada do Instituto se estendia bem acima deles, silencioso, escuro e imponente. A Magnus, sempre parecera que o pequeno grupo de Caçadores de Sombras que morava ali agitava o lugar de verdade. Ele conhecia bem o cômodo, mas da forma como se conhece o saguão de um hotel pelo qual se passou muitas vezes. Não era o lugar dele, e apesar dos esforços dos Lightwood e de Jace para fazer com que se sentisse confortável ali, Magnus permanecia quase inconscientemente na defensiva. Três anos de colaboração e amizade com os Caçadores de Sombras não foram capazes de apagar décadas de tensão experimentadas ali.

A primeira consequência era que ele estava sussurrando para Alec, embora não houvesse nenhum motivo para ficar aos cochichos. Simplesmente parecia adequado à estética do lugar.

— Onde está todo mundo?

Alec deu de ombros, caminhando pelo saguão como se fosse dono do lugar, o que Magnus supunha fazer sentido.

— Acho que todos saíram para pegar uniforme e armas. Vamos simplesmente procurar minha mãe.

— E como propõe que a encontremos? — perguntou Magnus.

— Ah — disse Alec —, o Instituto tem uma magia muito antiga impregnada nas paredes. Vou utilizá-la agora para me comunicar com minha mãe, não importa onde ela esteja. — Ele colocou as mãos em concha ao redor da boca e berrou a plenos pulmões. — MANHÊÊÊÊÊÊÊÊÊÊ!

A voz de Alec reverberou impressionantemente contra as paredes de pedra. Max riu e gritou, "Mãããããããããããããããããã!, juntamente a Alec. O som então se dissipou e Magnus ficou aguardando.

— E? — disse ele, e Alec estendeu um dedo. Depois de um momento, surgiu uma chama, e uma mensagem de fogo apareceu diante dele. Alec a pegou no ar e abriu, lançando a Magnus um olhar de superioridade.

— Ela está na biblioteca — leu Alec.

Uma segunda mensagem de fogo surgiu, no mesmo lugar da primeira. Alec abriu.

— "Você sabia que pode mandar mensagens de fogo dentro do Instituto?" — Ele leu em voz alta. — "Acabei de descobrir". — Alec olhou para Magnus, pasmado. — É claro que eu sabia disso.

— Para a biblioteca, então? — propôs Magnus.

Uma terceira mensagem de fogo surgiu. Max avançou para tentar pegá-la, mas estava muito acima da cabecinha dele. Foi capturada por Magnus, que leu:

— "Eu amo mensagens de fogo, tenham um ótimo dia, seu amigo, Simon Lovelace, Caçador de Sombras". Podemos ir?

Assim que passaram pela porta do saguão, ouviram uma quarta mensagem se acendendo a suas costas, mas nenhum dos dois olhou para trás.

— Garanto a você — disse Maryse — que tenho total capacidade de dar conta de Max por alguns dias.

A mãe de Alec estava de pé no centro da biblioteca, perto da mesa à qual o antigo tutor deles um dia se sentara. Ela era tão imponente quanto Isabelle, ocupando seu lugar no mundo sem pedir licença, tão ereta que parecia ainda mais alta do que já era. Ela cruzou os braços como se desafiasse Alec e Magnus a discordarem.

— Mãe — falou Alec, esfregando a nuca —, eu só não quero que precise lidar com nenhuma... emergência. Ele é um feiticeiro.

— Nossa, é mesmo? — disse Maryse. — Achei que ele tivesse sofrido um acidente horrível com uma caneta-tinteiro azul.

Max estava deitado de bruços no tapete entre eles, rabiscando com a estela de Maryse em um escudo velho e surrado que ela havia encontrado no porão da última vez que Max a visitara. A estela deixava linhas claras faiscantes na superfície de aço, que se apagavam lentamente até ficarem pretas. Max estava extremamente interessado naquilo.

— Sabe, você tem se mostrado mais engraçadinha ultimamente — disse Magnus, os olhos brilhando. Tinha aberto a sacola e estava descarregando brinquedos e livros na mesa de Maryse. Ela não pareceu se importar.

— Só estou dizendo — insistiu Alec — que esta manhã ele estava flutuando no teto. Ele ainda não detém nenhum controle sobre as mágicas que faz.

— Alec, eu criei você, Jace, Max e Isabelle e vocês deram bastante trabalho. Vou ficar bem. E, além disso, na maior parte do tempo, Kadir vai estar aqui.

Como se estivesse esperando pela deixa, Kadir Safar entrou no cômodo. Era um sujeito alto, de pele negra, com feições elegantes e um cavanhaque precisamente desenhado. Alec não entendia muito bem o título oficial de Kadir no Instituto, mas nos últimos meses ele evidentemente se tornara o vice de Maryse. Tinha ajudado a treinar Alec, Isabelle e Jace quando pequenos, e era um sujeito de poucas palavras e ainda menos expressões. Alec sempre sentira um bom entendimento entre os dois.

— Precisa de mim? — disse Kadir a Maryse, as mãos atrás das costas. Ele observava a mesa e a nova pilha de objetos coloridos. — Os pertences de seu neto, presumo. O que tem aqui, Magnus?

Magnus segurava uma pilha de livros que acabara de tirar da sacola. Ele os indicou para Kadir.

— Espero que esteja pronto para toda a leitura que esse menino vai exigir. — Então começou a colocar livros na mesa, um de cada vez. — *Boa noite, lua. The Poky Little Puppy. Onde vivem os monstros.* Um sucesso lá em casa agora. O personagem principal também se chama Max.

— Estou familiarizado — disse Kadir, se recompondo com dignidade — com *Onde vivem os monstros.*

— Tem este aqui, que acho que se chama *Caminhão*? Tem um caminhão diferente em cada página, com seu respectivo nome — prosseguiu Magnus. — Max fica muito animado com este, mas, devo avisar, não tem força narrativa.

— Caminhão — confirmou Max. Feiticeiros tinham tendência a falar cedo, e Max não era exceção. Dissera a primeira palavra, "salamandra", quando tinha apenas 9 meses, levando Magnus a esconder os ingredientes de feitiços.

— E, é claro — disse Magnus —, tem *A ratinha muito pequena que percorreu um caminho muito longo.* De Courtney Gray Wiese.

Alec soltou um longo gemido.

— Não é um favorito? — perguntou Maryse. — Não conheço esse, mas não me parece ruim.

— Lily trouxe para nós — disse Alec. — Não faço ideia de onde o encontrou. Deve ter sido no Hotel Dumort.

— Durante décadas — concordou Magnus. — A ratinha muito pequena percorre mesmo um caminho muito longo, mas o faz para aprender lições de moral muito ultrapassadas sobre higiene pessoal.

— Hum — murmuraram Maryse e Kadir.

— É o preferido dele — avisou Magnus, sacudindo a cabeça. — Infelizmente.

Alec inspirou dramaticamente e recitou:

— Agora lave os pés, ó ratinha teimosa / Ou jamais encontrará um marido.

— Ratinha? — indagou Max, esticando-se.

Kadir estendeu a mão.

— Estou ansioso para descobrir por conta própria. Agora, se não precisa mais de mim, Maryse...

— Fique um momento — pediu ela. — Queria dar a notícia a Alec. Alec, perguntei a Jace se ele assumiria em breve como o chefe do Instituto. Espero que não se importe.

Alec tentou esconder a surpresa. Não porque a mãe pediria a Jace que chefiasse tudo, mas porque ela mesma deixaria de chefiar o Instituto. Até então não demonstrara nenhuma indicação disso. Sua vontade era de perguntar o motivo, mas se conteve, hesitante.

Já Magnus não tinha tais inibições.

— Mas por que você largaria o cargo aqui?

Maryse balançou a cabeça.

— Chefiar um Instituto é trabalho para jovens. É preciso alguém com a energia para ser um Caçador de Sombras em período integral e *também* manter relacionamentos com os seres do Submundo, lidar com os membros do Conclave, manter contato com o Conselho... é muita coisa.

— Mas tem ficado mais fácil — disse Alec. — Não que você não mereça um descanso. A Aliança realmente aproximou a comunicação entre o Submundo e o Conclave. — Sentiu o rosto corar um pouco. Sempre tinha a sensação de estar se gabando quando mencionava a Aliança Submundo-Caçadores de Sombras que tinha criado com Maia Roberts, a líder da maior alcateia de lobisomens de Nova York, e com Lily Chen, chefe dos vampiros de Nova York. Mas ele sentia *mesmo* orgulho do trabalho que tinham feito.

— Ficou, sim — concordou Maryse —, e Alec, reconheço todo o esforço que você fez ali, e foi por isso que não convidei você para comandar o Instituto. Você já é atribulado demais. Sem falar neste pequenino jacinto azul aqui. Max ergueu o rosto, sentindo que alguém queria admirá-lo. O menino deu um largo sorriso para Alec, e a cabeça dele se acendeu com chamas azuis.

— Ai, céus — disse Maryse, piscando e recuando. A expressão de Kadir não se alterou quando ele pegou um copo de água da mesa de Maryse e jogou em Max, apagando as chamas. Max piscou, surpreso, e então começou a chorar.

Kadir ergueu uma sobrancelha para Alec.

— Desculpe por isso. — Maryse pegou Max, que rapidamente se esqueceu de que estava com a cabeça molhada e se pôs a agarrar os brincos da avó.

— É uma solução tão boa quanto qualquer outra — disse Magnus. — Melhor uma criança chorando do que uma casa em chamas.

— Um aforismo útil — respondeu Kadir. Para ele, aquele era o mais próximo de uma declaração de amor eterno.

— O que Jace respondeu? — quis saber Alec. — Ele aceitou?

— Ele disse que precisava de tempo para pensar — respondeu Maryse. Estava hesitante. — Tenho certeza de que vai aceitar — disse ela. — Fico surpresa por ele não ter mencionado nada a você, na verdade. Em parte, achei que você já saberia qual era minha novidade.

— Ele não mencionou nada mesmo — falou Alec. Estava incomodado. Por que Jace *não tinha* dito nada? Mesmo que estivesse inseguro sobre aceitar o cargo, quem mais seria melhor para conversar a respeito do que com o *parabatai*? E que tipo de preocupação Jace teria, afinal? Alec sabia que ele seria incrível como chefe do Instituto.

— Não consigo imaginar que ele queira ser o sujeito que precisa manter a Paz Fria — disse Magnus, em tom leve.

— Ele falou com *você* sobre isso? — indagou Alec. Mas o argumento de Magnus fazia sentido. A Paz Fria era o nome para o relacionamento horroroso entre fadas e Caçadores de Sombras no momento. Depois que uma boa quantidade do Povo das Fadas se aliara aos inimigos dos Nephilim alguns anos antes, os Caçadores de Sombras impuseram duras sanções a eles, obrigando-os a assinar um tratado que os deixava desprotegidos e seriamente enfraquecidos. Desde então, as coisas ficaram, digamos assim, mais do que tensas. Muitos Caçadores de Sombras, principalmente os Caçadores de Sombras do Instituto de Nova York, odiavam a Paz Fria e teriam alegremente preferido a restauração da relação normal. Mas era função do Instituto fazer cumprir a Lei, que era dura, mas era a Lei, e coisa e tal.

— Ele não me disse palavra — informou Magnus. — É só um palpite.
Maryse deu de ombros.

— Há três anos eu tenho feito malabarismos com a expectativa da Clave em relação à Paz Fria e à realidade do Submundo de Nova York. É possível. Jace sabe fazer política quando quer. E eu não estarei *morta*. Ainda estarei morando aqui e terei muitos conselhos sobre o assunto da Paz Fria. — Ela suspirou. — Admito que esperava que você tivesse alguma noção do que Jace está pensando.

— Não tenho, ainda — respondeu Alec, embora não soubesse muito bem em qual momento durante a viagem em grupo deles haveria uma oportunidade em particular de falar com Jace.

— Muitos dos *meus* conselhos — observou Kadir — sobre contornar a Paz Fria envolveriam consultar você e sua Aliança.

— Há, por falar nisso, não seria uma boa contar a eles que vai à China hoje? — indagou Magnus.

Alec não tinha pensado nisso.

— É mesmo — respondeu. Então pegou o celular, e, uma mensagem de texto depois, recebeu uma resposta rápida de Maia: ESTOU NO SANTUÁRIO.

Alec se levantou.

— Maia disse que está... no Santuário? Algum de vocês sabia que ela estava aqui? Ou ao menos que viria? — Ele trocou um olhar com Magnus, um que tinha desenvolvido ao longo do último mês: a pergunta silenciosa, *Posso deixar Max com você enquanto vou resolver uma coisa?* E o aceno silencioso em resposta. Era estranho ter criado uma nova língua entre ele e Magnus, uma exclusiva para a família deles.

— Talvez ela esteja aqui para dizer a você que consegue ver o futuro — disse Magnus. — Pergunte a ela o que vai acontecer em Xangai.

Alec pediu licença e foi para o saguão, então desceu as escadas até o Santuário. Lá, encontrou Maia à espera, parecendo muito orgulhosa de si.

— Alec! — disse ela. — Que bom ver você. — E estendeu a mão. Alec segurou a mão dela, confuso; não eram fãs de apertos de mão, nenhum dos dois.

Ele só percebeu o que estava acontecendo no momento que sua mão atravessou a de Maia e ela gritou um satisfeito:

— Ha!

Alec recuperou o equilíbrio e deu a ela um olhar de reprovação.

— Você é uma Projeção.

— Sou uma Projeção! — exclamou, erguendo as mãos acima da cabeça. — Que emocionante.

— Então isso significa...
— Finalmente temos Projeções funcionando na Toca.
— "Toca"? — disse Alec, erguendo uma sobrancelha.
— O novo nome do quartel-general — respondeu Maia. Os lobisomens de Manhattan ficavam em uma delegacia abandonada em Chinatown. — Estou testando.

Alec assentiu, pensativo.

— Sou a favor, com reservas.

— Bom saber. Então, *aparentemente*, tem um círculo de fadas exatamente abaixo da delegacia, e por isso as coisas não estavam funcionando. Acho que está lá desde, tipo, a fundação de Nova York.

— Um círculo de fadas? Hã... — Alec não tinha certeza de como fazer a pergunta seguinte, que era: *Como lidamos com esse problema, considerando que a aliança não deveria, tecnicamente, se comunicar com as fadas?*

— Olha, eu não conversei com nenhuma fada sobre a situação — disse Maia. — Mas falei com uma feiticeira, que, por sua vez, falou com alguém no Mercado das Sombras, então um dia as Projeções funcionaram e alguém deixou uma cesta de vime cheia de frutos do carvalho na escada da entrada.

— Isso é bastante outonal — observou Alec.

— Uma coisa a respeito das fadas, elas são *comprometidas* com a estética — concordou Maia. — Enfim. Que história é essa de Xangai?

— Livro de mágica desaparecido, Magnus se sente responsável, nós dois precisamos ir. Não deve levar mais do que alguns dias. E talvez não dê em nada e voltemos em uma hora — acrescentou Alec, embora não achasse que isso fosse provável.

— Então... tem alguma coisa da Aliança que precisa me contar?

— Céus, não — disse Alec. — Você e Lily certamente darão conta da Aliança por alguns dias. Mas talvez eu perca a noite de jogos.

Maia suspirou.

— Sem você lá, Lily vai nos obrigar a brincar de adivinhação. Ou uíste, ou algo assim. Às vezes ela parece uma idosa. Uma idosa bêbada.

— Maia — disse Alec, em tom de reprovação.

— Ah, você sabe que eu a amo — retrucou Maia. — Já cogitaram levar Lily com vocês? Ela fala mandarim, para início de conversa.

— Na semana passada eu ouvi Lily dizer, na minha presença, a frase completa: "Eu nunca mais na minha vida quero colocar os pés em território chinês", então, sabe... Magnus também fala mandarim.

— É claro que fala — disse Maia.

— Tem uma coisa — acrescentou Alec. — Minha mãe vai cuidar de Max enquanto estivermos fora. Ela nunca cuidou dele por mais de, tipo, algumas horas. Você tem como... ficar de olho neles?

— Tenho certeza de que Max vai ficar bem.

— Sinceramente, estou mais preocupado com minha mãe — disse Alec.

— Pode deixar que vou passar lá — prometeu Maia. — Tenho certeza de que consigo pensar em alguns motivos burocráticos entediantes para ir ao Instituto. Há, enfim... — Ela subitamente ergueu o rosto e olhou além dele. — Você tem companhia.

Alec se virou, surpreso ao flagrar Jace, Clary, Simon e Isabelle, todos de uniforme e completamente armados. Estavam basicamente carregando suas armas preferidas — Simon, o arco, Clary, a espada, Isabelle, o chicote. Jace, por algum motivo, carregava um tipo de mangual com espinhos preso a uma corrente. Eles e Maia acenaram — Jace acenou com muito, muito cuidado por causa do mangual — e trocaram cumprimentos.

— Fizemos uma pilha com nossas malas — disse Clary, apontando vagamente para trás de si. — Para Magnus poder transportar depois, se precisarmos passar a noite.

— Estou vendo que conseguiram fazer a Projeção funcionar — elogiou Simon a Maia, satisfeito. Ele deu um joinha para ela.

— Espere... como você percebeu que ela é uma Projeção? — indagou Alec.

— Dá para perceber fácil — disse Jace. — Pela sensação.

— É mesmo? — questionou Alec.

— Sim. — Simon assentiu.

— Hum... Que mangual é esse, Jace?

— É uma estrela da manhã — respondeu Clary, com um tom profundamente pesaroso.

— Estrelas da manhã não têm correntes — disse Alec. — É um mangual.

— Ele quer que a gente chame de estrela da manhã — comentou Clary, ainda mais triste. — Você nem é um Morgenstern — disse ela a Jace. — *Eu* sou uma Morgenstern.

— Mesmo assim, tenho associação próxima com o nome — insistiu Jace. — Eu só estava pensando... Será que a estrela da manhã pode ser minha marca registrada? Será que tem a *minha cara*?

— Ou seja, será que você consegue carregar essa arma sem parecer estar posando para a capa de um álbum de heavy-metal? — ironizou Simon.

— Não sei o que é isso, e não quero saber — falou Jace. — Minha dúvida é... estou parecendo descolado?

— É claro que sim, querido — falou Clary. — Olha — acrescentou para Alec —, dá para notar sua preocupação. Que tal se a gente deixar essa história de estrela da manhã rolar por uma semana, ou algo assim? E aí se não passar depois disso, podemos interferir.

— Justo — disse Alec.

— É um período de teste — concordou Jace. — Talvez eu não goste e pare de usar a estrela da manhã. Tenho lâminas serafim também, é claro. E, não sei, talvez quatro ou cinco facas que já estavam nos bolsos da minha roupa quando eu vesti.

Alec sentiu uma torrente de carinho pelo *parabatai*.

— Eu não estava preocupado.

Eles se despediram de Maia, que sumiu assim que Magnus surgiu à porta do Santuário. Ele havia trocado de roupa — só o Anjo sabia onde tinha conseguido o novo modelito — e agora usava um terno de veludo azul-marinho, com uma camisa azul-marinho combinando e gravata. Secretamente, Alec sempre achava Magnus a plena representação da beleza quando ele usava terno, por isso ficou satisfeito que o namorado tivesse escolhido seguir tal direção. Mas também reparou que o traje evitava qualquer possibilidade de o ferimento brilhante ficar visível.

Atrás de Magnus estava Maryse, com Max nos braços, o filho deles. Ainda era esquisito, mesmo depois de meio ano, pensar na expressão *meu filho*. Esquisito, mas bom. Ela e o bebê acenavam, animados.

— Deseje boa sorte aos seus papais na missão deles — falou Maryse. — Vamos torcer para que recuperem o livro mágico da mulher malvada que o roubou. — Alec assentiu. Tinham todos concordado, sob súplicas de Magnus, que não contariam à Clave sobre Ragnor. Então Maryse só sabia que uma feiticeira chamada Shinyun Jung, conhecida de Magnus, e que não era flor que se cheirasse, tinha roubado o Livro Branco, e que eles iriam até Xangai encontrá-la.

Alec se aproximou e beijou a testa de Max.

— Seja bonzinho com sua avó, tudo bem, filho? — Max colocou a mão no nariz de Alec, que rapidamente se virou para dar um beijo na bochecha da mãe e recuou, sendo bem-sucedido em sua empreitada para não chorar.

— E vocês, crianças, tomem cuidado lá — recomendou Maryse.

Isabelle falou:

— Mãe, somos adultos.

— Eu sei — disse Maryse, inclinando-se para abraçar a filha. Então se virou para Jace e, depois de uma breve hesitação, ele também permitiu que ela o abraçasse. — Mas tomem cuidado mesmo assim.

Ela jogou um beijo para Magnus e então se foi, fechando a porta atrás de si. Alec começou a rir.

— Não é assim que estou acostumado a começar uma missão. É muito meloso em comparação ao modo antigo.

Jace disse:

— Você se refere a quando saíamos de fininho na calada da noite? Não sinto a menor falta.

— Então, já estamos no Santuário — falou Magnus. — Posso muito bem fazer o Portal aqui mesmo. — Com alguns floreios, ele se dedicou à construção do Portal. Alec ficou observando. Magnus sabia ser extremamente elegante, mesmo quando não se esforçava para fazê-lo; a destreza com que fazia os gestos e proferia as palavras que compunham a conjuração do Portal era algo lindo de se ver, um lembrete de que Alec não só amava Magnus, mas também continuava admirando tanta coisa nele.

Seus devaneios foram interrompidos quando o Portal se abriu e a expressão de Magnus mudou de concentração para alerta. A paisagem através do Portal definitivamente não parecia um lugar na Terra. As cores estavam erradas.

Para além dele, uma dúzia de criaturas demoníacas semelhantes a besouros saíram num enxame, todas do tamanho de uma bola de basquete.

Magnus gritou, surpreso, e começou a gesticular freneticamente, trabalhando para fechar o Portal. Alec sacou uma lâmina serafim, murmurou *Kalqa'il* para ela, e saltou contra o besouro mais próximo.

— São demônios Elytra — gritou Simon. — Eu acho.

— Mais algum conhecimento para compartilhar conosco? — indagou Jace, sacando o mangual. — Além do nome? Saudação, demônios Elytra! Bem-vindos à nossa dimensão. Seu período aqui será educativo, porém curto.

— Eu tenho uma nova informação — disse Isabelle. Então chutou agilmente um besouro ao seu lado. Quando o bicho virou de barriga para cima, ela afundou uma lâmina no corpo macio sob a carapaça dura. — Dá para virá-los com um chute.

— Entendido — falou Jace. Ele começou a girar o mangual e, depois de um momento, acertou a lateral de um Elytra, que imediatamente murchou e sumiu. — Isso também funciona, aliás. Se você tiver um mangual.

— Aha! Eu disse que era um mangual! — gritou Alec, chutando um besouro também.

Eles agiram rápido contra os demônios. Quando as coisas se acalmaram de novo, Alec imediatamente foi até Magnus, cujo terno continuava impecável, mesmo depois de Alec tê-lo visto despachar dois dos besouros com raios de fogo azul.

— O que aconteceu?

Magnus balançou a cabeça.

— Não faço ideia. Aquele lugar no Portal era Xangai, mas... não a nossa Xangai. Isso não costuma acontecer. E por "isso", quero dizer que nunca acontece. Não se abre uma porta para um mundo alternativo por acidente. Já é bastante difícil fazê-lo de propósito. — Ele olhou em volta, para o grupo. — Clary, você pode tentar? Apenas tente reativar o Portal que eu fechei.

Clary olhou para Magnus, surpresa. Alec estava contendo a própria expressão, mas estava simplesmente chocado.

— É claro — disse Clary. Ela pegou a estela e começou a trabalhar.

No silêncio que se seguiu, Alec disse:

— Será que é por causa do ferrão? — Afinal de contas, alguém precisava perguntar.

Magnus hesitou.

— Não sei — admitiu. — Estávamos correndo para nos arrumar para viajar, e eu nem mesmo dei um Google na palavra Svefnthorn.

— Eu dei — falou Jace, para a surpresa de Alec. — Enquanto estávamos arrumando nossas coisas.

— Você — começou Alec — deu um *Google* na palavra?

— Sim — disse Jace. — Parecia norueguês, então fui até a biblioteca e procurei nas Concordâncias de Saga. Como uma pessoa normal. Isso é *dar um Google*, certo?

— Mais ou menos — respondeu Simon.

— E? — indagou Isabelle.

Jace deu de ombros.

— Significa o "ferrão do sono". Aparece algumas vezes. Algum deus usa um Svefnthorn para colocar outro deus em um sono mágico. Sabem como é, coisa de deuses.

— Mas não me deu sono — disse Magnus, desconfiado. — Ninguém mencionou sono.

— Bem, isso é apenas mitologia mundana — falou Jace. — Não tive tempo de olhar nossos textos ou algo de contexto demoníaco.

— Infelizmente — disse Magnus —, temo que a biblioteca do Instituto de Xangai possa estar quase toda em chinês. Felizmente, por acaso, estamos indo a uma cidade que é o lar de uma das mais incríveis maravilhas do Submundo: o Palácio Celestial.

— Como um palácio vai ajudar? — disse Simon.

— Porque — respondeu Magnus, obviamente se regozijando com aquilo tudo, o que Alec achava adorável — o Palácio Celestial é a melhor das coisas: uma livraria.

De onde estava, a apenas alguns metros de distância, Clary gesticulou com os braços; tinha aberto o Portal.

— Parece bom? — disse ela, hesitante.

Magnus se aproximou para espiar e deu de ombros.

— O céu está da cor certa, tem estrelas, a lua está visível, os prédios parecem certos, nenhum besouro gigante. Eu digo para avançarmos.

— Que discurso inspirador, Magnus — brincou Jace.

— Que seja — disse Isabelle.

Eles se reuniram e passaram pelo Portal. A brisa fria se tornou uma nuvem macia de umidade que os envolveu. O ruído baixo diante das janelas do Santuário foi substituído pela cacofonia de uma orquestra de carros buzinando e o clamor constante de uma rua lotada da cidade noturna. Luzes de cores alegres piscavam, animadas e rodopiantes no céu.

E de repente o mundo de Alec virou, o céu estava no lugar errado. E ele estava caindo. Estavam todos caindo. E continuaram a cair por um bom tempo.

Parte Dois
Xangai

4
Lugares celestiais

Foi impressionante eles não terem ferido ninguém. Os Caçadores de Sombras emergiram da moldura perolada do Portal em pleno ar, a quase cinco metros do chão, e desabaram na calçada em meio a uma enorme e movimentada multidão.

Todos aterrissaram a salvo, ou pelo menos amorteceram uns aos outros bem o bastante para sofrer apenas uns poucos hematomas. Alec ficou de pé cuidadosamente, feliz por estar enfeitiçado com invisibilidade. Onde quer que estivessem na cidade, estava *lotado*.

A noite corria solta em Xangai, uma noite agradavelmente cálida, e, ao se levantar, Alec percebeu que estavam de pé em uma imensa calçada de pedestres que se estendia nas duas direções além do alcance da vista. A multidão era densa — densa como em Manhattan — e dos dois lados da rua enfileiravam-se prédios iluminados com imensas placas alegremente acesas. Todas as paredes estavam inundadas de cores neon e propagandas vívidas. Grandes placas verticais com caracteres chineses pendiam diante de cada prédio, pintando as paredes de um arco-íris elétrico de azul, vermelho e verde. Ao longe, uma estrutura com formato de agulha se erguia para o céu noturno, brilhando em ondas de um roxo deslumbrante. Ao redor, o restante do horizonte de Xangai, com seus trechos inacabados, cercado por guindastes, e mais partes acesas para se erguer como totens acima da cidade fervilhante abaixo.

Havia placas em inglês em meio a todo aquele chinês.

— Parece a Times Square! — disse Isabelle, alegremente. — Times Square de Xangai.

— É muito mais legal do que a Times Square — disse Simon, olhando em volta para o espetáculo diante de si. — Mais neon e lasers e montes de luzes coloridas, menos telas gigantescas.

— Há muitas telas de vídeo gigantescas — falou Clary. — E não é a Times Square. Bem, acho que meio que é, mas é mais como a Quinta Avenida. Estamos em East Nanjing Road, é uma grande área de compras sem circulação de carros.

— Então — disse Simon —, você pensou que seria melhor aproveitar as promoções antes de encontrarmos os feiticeiros malvados?

— Eles não são necessariamente malvados — disse Alec. — Os, hã, feiticeiros mal-intencionados.

— Os feiticeiros mal-intencionados que tomaram péssimas decisões — emendou Isabelle.

— Não — respondeu Clary. — Quero dizer... eu estava lendo sobre este lugar no meu celular esta manhã. Estava procurando os lugares famosos para visitarmos em Xangai. Não estava tentando acabar aqui. Estava tentando ir para o Instituto, e este lugar aqui não fica nem perto.

— Além do mais — falou Alec, sobressaltado —, cadê o Magnus?

Eles olharam em volta. Alec estava contendo seus sentimentos, tal como se fizesse pressão sobre uma ferida sangrando. Não podia entrar em pânico agora. Isso não ajudaria Magnus.

— Clary, consegue ver através do Portal? — indagou ele. — Magnus ainda está do outro lado? — Ele semicerrou os olhos para o quadradinho brilhante que flutuava bem acima da cabeça deles.

Clary recuou e balançou a cabeça.

— Não, nada.

Alec pegou o celular e ligou para Magnus. Não atendeu. Alec ainda assim não entrou em pânico. Em vez disso, mandou uma mensagem de texto: ESTAMOS EM NANJING RD, PARTE DE COMPRAS, ONDE ESTÁ VOCÊ?

Eles ficaram em pé ali, esperando, junto à multidão cega que passava ao redor, escondidos pelos feitiços de disfarce. Alec não tinha certeza do que fariam caso não conseguissem encontrar Magnus. Teriam que simplesmente seguir com a missão? Como isso sequer daria certo? Magnus era o único dentre eles que falava mandarim. Magnus tinha o retalho da capa de Ragnor, peça essencial para Rastreá-lo. Eles poderiam ir para o Instituto — o que era, por si só, um objetivo que envolvia conseguir trocar dinheiro, encontrar um táxi e assim por diante —, mas mesmo lá, havia a questão de Magnus e o longo relacionamento dele com a família Ke, que chefiava o lugar. Alec esperava ter a ajuda de Magnus quando chegassem.

Todos os outros olhavam para Alec com preocupação. Jace se aproximara um pouco, e parecera prestes a colocar a mão no ombro de seu *parabatai*, porém não chegara a fazê-lo. E, de fato, Alec sabia, se Magnus não aparecesse, e muito em breve, não haveria missão mais, independentemente do quanto ele maquinasse o assunto na cabeça. Mesmo que o perigo de um Príncipe do Inferno estivesse iminente, Alec abandonaria tudo e iria atrás de Magnus primeiro, onde quer que ele estivesse.

O telefone de Alec apitou.

Ele o pegou. Era uma mensagem de Magnus. Todos se reuniram em volta do aparelho para ler: DEI UM MERGULHO INESPERADO. ME ENCONTRE NA FRENTE DO MCDONALD'S, PERTO DA GHIZHOU ROAD.

Alec sentiu a mão de Jace roçar levemente em suas costas, um conforto silencioso: *Está vendo, irmão, está tudo bem.*

— É claro que tem um McDonald's — disse Isabelle, e eles saíram, usando o GPS no celular de Simon como guia.

Às vezes Alec achava que em algum momento o mundo moderno atropelaria os Caçadores de Sombras, apesar de todas as tentativas de ficarem alheios às tecnologias. Mas era inevitável se você vivesse em uma cidade grande; simplesmente deslocar-se para encontrar um trajeto requeria uma compreensão do mundo mundano e de seus mecanismos. Ali estava Alec, literalmente jogado num dos locais mais movimentados de uma das maiores cidades do mundo, tão longe de casa quanto era possível sem sair do planeta. E ao mesmo tempo ele sentia certa familiaridade: os centros de compras das cidades grandes eram sempre familiares. As placas estavam em chinês e a estética não era igual, mas a sensação era: a noite e as luzes e as pessoas, as famílias, casais estranhos, trabalhadores sozinhos simplesmente tentando passar pela multidão para chegar em casa. Deveria ter sido completamente estranho para Alec, mas não era. Era novidade. Mas havia algo ali que ele já entendia. E ficou surpreso ao descobrir quantas coisas em sua vida funcionavam daquela mesma forma quando ele se abria para elas.

O grupo encontrou Magnus no ponto onde a parte de pedestres da rua acabava e o trânsito de carros começava. Os cabelos dele estavam estranhamente encharcados e desgrenhados no alto da cabeça. As roupas estavam secas, mas não eram as mesmas que ele estivera usando ao passar pelo Portal. Alec ficou um pouco decepcionado — pois amava Magnus de terno —, mas pode ser que a troca de trajes fosse uma sábia intenção de se misturar, com jeans preto, uma camisa preta de botão justa e um casaco de couro estilo motoqueiro. Ele parecia um piloto sexy de corrida urbana de carros. Alec aprovava.

Magnus correu até Alec, envolveu seu pescoço num abraço e o beijou. Foi retribuído de pronto, apaixonadamente, o alívio correndo nas veias de Alec, que teria gostado de puxar o outro selvagemente pela camisa, beijá-lo até os dois estarem cambaleando, *mas*. Estavam bem diante de sua irmã e seu *parabatai* e a namorada de seu *parabatai* e a *parabatai* dela. Precisava haver limites. Mas Alec retribuiu com o máximo de intensidade que conseguiu. Magnus estava ali, estava bem, e Alec conseguiu sentir o próprio corpo relaxar.

— Acho que você também não chegou ao Instituto — disse Clary depois de um bom tempo de silêncio.

Magnus interrompeu o beijo.

— Tem problema? Dois homens se beijarem em uma rua lotada de Xangai? Não sei se eu beijaria você assim na Times Square — falou Alec.

— Querido — disse Magnus, baixinho —, estamos invisíveis.

— Ah — respondeu Alec. — Certo.

— Eu não fui ao Instituto, não — disse Magnus a Clary. — Fui para uns dez metros acima do rio Huangpu. — Ele viu o olhar alarmado de Alec. — Então se passaram alguns segundos e eu estava no rio Huangpu.

— O que você fez? — disse Jace.

— Eu dei cambalhotas pelo ar graciosamente e pousei nas costas de um golfinho amigável — respondeu Magnus.

— Isso é *muito* crível — disse Simon, alentador como sempre.

Magnus gesticulou com a mão.

— É isso que desejo que pensem de mim. Montado em um golfinho até a margem, e direto para me juntar a vocês. Não entendo. São dois Portais seguidos que dão errado, de um jeito que não era para acontecer. Como acabamos nos separando?

— Eu acho — disse Jace — que estávamos todos esperando que você soubesse.

— Minha função é só desenhá-los — falou Clary. — Isso não significa que eu seja capaz de compreender a magia por trás deles.

— Chega de Portais por um tempo, de toda forma — disse Magnus. Então sacou o retalho da capa de Ragnor do bolso com um floreio e entregou a Alec. Jace pegou a estela e gesticulou para Alec, que prontamente estendeu a mão para Jace refazer a Marca de Rastreamento.

— A Marca não vai fazer mais do que nos atrair para uma direção, e Xangai é imensa — disse Alec. — Como vamos resolver isso?

— Vamos pegar um táxi — sugeriu Magnus, estendendo o braço para a rua. — Então, tirem o feitiço de disfarce. — Os táxis em Xangai pareciam ser de uma variedade de cores, mas eram todos prateados na parte inferior e do mesmo modelo de carro, então era bem fácil vê-los no tráfego. Um, de teto num tom vívido de violeta, rapidamente parou para eles.

Magnus olhou para o tamanho do grupo.

— Dois táxis.

Alec acenou para um segundo táxi e Magnus rapidamente falou com o motorista do novo carro, então voltou para entrar no primeiro.

— Espere, o que disse a ele? — quis saber Alec.

— Mandei seguir o primeiro táxi. E que o homem de cabelo preto com os olhos azuis brilhantes cuidaria do pagamento. — Ele hesitou. — Alec... se Ragnor não sabe que o estamos Rastreando, e se estiver em Xangai, ainda vai estar aqui amanhã de manhã. Se não quiser sair correndo sem nenhuma pista além dessa Marca de Rastreamento, eu entendo perfeitamente. Podemos reservar alguns quartos de hotel, conheço uns lugares ótimos, e amanhã de manhã podemos ir para o Instituto e fazer isso pelos canais adequados.

Alec tentou não se abalar pela guinada súbita nos planos.

— Magnus, estou comovido, mas preciso me perguntar... está evitando alcançar Ragnor porque não sabe o que fazer quando encontrá-lo? É esse o problema?

— Esta conversa é uma verdadeira montanha-russa — disse Isabelle, colocando a cabeça para fora da janela traseira do segundo táxi —, mas meu Mandarim é nulo, e o de Jace é muito sofrível, e este taxista já ligou o taxímetro.

— Não — disse Magnus. — É que... encontrar Ragnor é melhor do que não ter pistas, mas é o inverso de como eu gostaria de fazer isso. Não quero ter que lidar com ele para pegar o Livro. Não quero nem mesmo lidar com Shinyun.

— Eles são as únicas pistas que temos, meu amor — falou Alec —, então acho que vamos entrar nos táxis.

— Tudo bem — falou Magnus, e beijou Alec. — Vamos.

Os dois se acomodaram no banco de trás do primeiro táxi, juntando-se apenas a Simon, que estava com o mapa aberto no celular e deu um joinha para eles, embora sua expressão estivesse distante. Magnus se virou para Alec.

— Muito bem, para qual direção?

Alec mostrou o retalho de tecido.

— Ainda oeste.

Magnus se inclinou para a frente e falou com o motorista em mandarim, apontando numa direção. O motorista pareceu surpreso, mas após breve negociação, aquiesceu.

— Apenas diga quando precisarmos virar — pediu Magnus, e Alec assentiu, e os táxis partiram noite adentro.

A última vez que Magnus tinha estado em Xangai havia sido vinte anos atrás. O renascimento da cidade tinha acontecido há poucos meses, aquela súbita e estranha segunda vida, na qual se tornaria a maior cidade da China, afogada em dinheiro e novo desenvolvimento. Mesmo agora havia novos arranha-céus sendo erguidos, novas luzes brilhantes para onde quer que Magnus olhasse. Ainda era a mesma cidade, ainda era Xangai. Mas tinha mudado tanto, em tão pouco tempo.

Eles saíram do centro da cidade, abandonando as luzes chiques da Nanjing Road. Passaram pelo animado distrito de Jing'an, até chegarem aos imensos quarteirões residenciais a perder de vista, com novos arranha-céus e alguns complexos de apartamentos baixos com jardim. Mais algumas curvas e entraram em um bairro mais antigo, um resquício da Xangai diligentemente substituída pelas marcas internacionais de luxo e pelos arranha-céus com sua camada reluzente de modernidade.

Durante a viagem de carro, Magnus tentava explicar a situação incomum dos seres do Submundo de Xangai.

— Lá no século XIX — disse ele —, Xangai era dividida em um monte de concessões internacionais, terrenos que eram alugados para outros países, dentro da cidade. A Grã-Bretanha tinha um, a França, os Estados Unidos. Ainda eram oficialmente parte da China, mas os outros países meio que podiam fazer o que quisessem dentro das fronteiras da concessão. Quando isso aconteceu, os seres do Submundo de Xangai fizeram seu próprio acordo, e também receberam sua concessão.

— O quê? — indagou Alec, se virando para olhar Magnus. — Tem um bairro permanentemente governado pelo Submundo aqui?

— Alguns mundanos com a Visão moram lá também, provavelmente — disse Magnus. — Mas, sim.

— Se eles têm um bairro permanente, isso quer dizer que não tem Mercado das Sombras em Xangai?

Magnus riu.

— Ah, tem um Mercado das Sombras, sim.

Rapidamente, as ruas se tornaram estreitas demais para os táxis, e Magnus e os demais tiveram que descer para prosseguir a pé. Simon estava estranhamente pálido, embora não da forma vampiresca que tivera um dia.

— Caçadores de Sombras não ficam com *enjoo no carro* — zombou Jace.

— Seu pai ensinou isso a você? — indagou Simon, oscilando levemente em suas passadas. — Ele algum dia já entrou em um carro na vida dele? Já entrou em um carro *em Xangai* na vida dele?

Clary e Isabelle trocaram olhares.

— Você está bem, Simon? — perguntou Clary.

— Ei, aqueles que não lidam bem com esse trânsito freia e arranca também servem ao Anjo — gritou Alec para o grupo. — Podemos ir?

Às vezes Magnus não tinha certeza se, para Simon, ser um Caçador de Sombras era melhor do que ter sido um vampiro. Ele não era morto-vivo mais; essa parte sem dúvida era boa, é claro. Mas havia um machismo meio soco e sangue que conseguia se espreitar desconfortavelmente no limite da cultura dos Caçadores de Sombras. Valentim defendera aquela narrativa de força nata, de supremacia, como uma arma. Era uma postura que sempre ameaçava ressurgir entre os Nephilim. Virar-se do avesso para se encaixar nela quase destruíra Jace. Se não fosse por Alec, Isabelle e Clary...

A Marca de Rastreamento os levara a um dos bolsões remanescentes da antiga Xangai, de antes dos bulevares amplos e dos shoppings prateados brilhantes. Era preciso caminhar em fila única ali para evitar bloquear o caminho de pedestres e ciclistas. E mesmo assim ainda estava apinhado, por todo lado um fluxo de pessoas, bicicletas, animais, como um rio correndo, de um jeito que fazia Magnus se lembrar de uma dúzia de cidades que eram sempre iguais, mas sempre novas. Xangai, Singapura, Hong Kong, Bangkok, Jacarta, Tóquio, Nova York...

Magnus não tinha contado a ninguém ainda, mas sentia algo dentro da fissura brilhante em seu peito, um nó de magia que inchava. Não magia maligna, pensou ele. Nem mesmo magia estranha. A magia dele mesmo, acumulando dentro do corpo. Estava criando um tipo de aura em sua visão periférica, azul brilhante e faiscante. A aura parecia repuxar e se dobrar em reação a outras auras que Magnus de outro modo jamais teria notado.

Ele não sabia muito bem como mencionar aquilo. Imaginava que encontrariam Ragnor, então Ragnor encontraria Shinyun, e, com alguma sorte, ela explicaria o fenômeno a ele. Ou ele torcia para que aquilo pudesse esperar até que conseguissem pesquisar direito, no dia seguinte.

Clary examinava uma série de placas escritas à mão com caneta hidrográfica, coladas às janelas de uma loja fechada. Magnus apontou acima deles.

— É um cabeleireiro. Essa é só a lista de serviços deles.

— Isabelle? — sussurrou Simon sarcasticamente. — Podemos levar uma das galinhas para casa?

— Sim — disse Isabelle. — Pode levar tantas quanto conseguir pegar.

— Não estimule — ralhou Clary. Para Magnus, ela disse: — Este é o tipo de lugar onde Ragnor estaria?

Magnus olhou em volta, para as ruas estreitas, as paredes de concreto cobertas de avisos e propagandas e grafite de estêncil; dava para sentir o cheiro de animais e comida e lixo e de pessoas morando amontoadas, tudo inalterado durante décadas em um lugar que parecia se transformar a cada hora.

— Aqui não é realmente onde Ragnor moraria — disse ele, lentamente. — Mas *é* exatamente onde Ragnor se esconderia.

— A não ser que ele saiba que estamos vindo — falou Jace.

— Se ele sabe que estamos vindo — disse Magnus —, por que ficaria em Xangai? É um especialista em magia dimensional. Poderia abrir um Portal para qualquer lugar. Poderia ir para o Labirinto Espiral e se esconder, se quisesse. Eles não sabem que ele está sendo... controlado, ou o que quer que seja.

— Mas a Marca de Rastreamento deixa claro que ele ainda *está* em Xangai — disse Alec. — Ou então ele não sabe que estamos vindo.

— Ou — falou Jace — ele quer ser encontrado.

Magnus não tinha pensado nisso, mas concordou que era uma possibilidade. Estar hipnotizado por Samael e ser amigável com Magnus não eram exatamente incompatíveis, pelo menos não na mente de Shinyun, e talvez não na mente de Ragnor também.

Por outro lado, será que Ragnor esperava que ele fosse chegar com cinco Caçadores de Sombras? Um era até aceitável, mas cinco?

Magnus estava ficando ansioso. O ferimento pinicava.

A Marca de Rastreamento os levou a um prédio surrado. Sua lateral estava manchada pelo grafite preto borrado sobre a tinta descascando. Com Alec à frente, eles entraram, seguindo-o dois lances escadaria acima até a porta suja de um apartamento em um corredor com carpete encardido. Magnus estava prestes a bater, mas então hesitou.

Alec lançou um olhar ao namorado e então bateu à porta por ele. Depois de um instante, ela se abriu, revelando um homem fada careca, barbudo e com pernas de cabra que escancarou a boca, horrorizado, ao flagrar um esquadrão inteiro de Caçadores de Sombras à sua porta.

— Vocês não podem entrar! — gritou ele no dialeto de Xangai, muito mais ruidosamente do que Magnus teria esperado.

— Eles não falam chinês — informou Magnus, educadamente, em mandarim. — Inglês, se você puder. Não que isso seja um grande esforço para uma fada.

O ser das fadas não tirou os olhos dos Caçadores de Sombras.

— Vocês não podem entrar! — ordenou ele em inglês.

— Oi — disse Alec. — Na verdade, não temos assunto nenhum a tratar com você, e lamentamos por estar incomodando. Nós...

— Vocês nunca vão encontrar nada! — gritou o cavalheiro das fadas. — Sou inocente, estão me ouvindo? Inocente!

— Tenho certeza que sim — respondeu Alec. — Estamos procurando um feiticeiro. Ele é muito fácil de reconhecer. É verde...

— Tudo bem — disse o ser das fadas. Ele se aproximou. — Se eu confessar parte do que fiz, vão mostrar leniência? Posso ajudar vocês a derrubar alguns nomes grandes. Nomes *grandes*.

— Vá em frente — pediu Jace.

Alec lançou a Jace um olhar sombrio.

— Não precisa fazer isso — sugeriu ele. — Se puder nos contar onde viu nosso amigo... Achamos que ele pode ter entrado em seu apartamento.

— Não estamos interessados em nomes grandes — acrescentou Magnus.

Jace se intrometeu:

— Estamos *um pouco* interessados, não?

— Posso dar a vocês Lenny Lula — disse o ser das fadas, fervorosamente. — Posso lhes entregar Bobby Duas-Pernas. Posso dar Meias MacPherson.

Alec esfregou o rosto, e Magnus conteve um sorriso. De fato, a paciência e o profissionalismo de seu namorado eram algo lindo de se ver.

— Vamos voltar um pouco — disse Alec — Você já ouviu falar de um feiticeiro chamado Ragnor Fell?

O homem fada parou e semicerrou os olhos para Alec com desconfiança, como se tentasse desvendar um truque.

— Não preciso responder a todas as suas perguntas.

— Já cogitamos começar a pegar pesado aqui? — disse Jace, com um leve grunhido na voz. — Isso está ficando cada vez melhor.

— Tudo bem — disse o ser das fadas. — Eu jamais ouvi falar de alguém com esse nome.

— Espere um pouco — falou Alec, virando-se para o grupo. — Vamos dar um pouco de espaço a este sujeito aqui? Ele está morrendo de medo. Se cinco fadas aparecessem à porta de vocês sem avisar, vocês também estariam bem assustados.

— Claro — falou Jace, trocando um olhar com ele. — Vamos lá, gente. Vamos dar espaço a ele. — Eles se embrenharam um pouco pelo corredor; Magnus foi junto. Alec se escorou na porta e conversou com o homem fada. Depois de um minuto ou mais, retornou ao corredor, a expressão neutra. — Vou entrar e conversar com o Sr. Rumnus por um minuto. Magnus, pode vir comigo?

De alguma forma, Alec tinha acalmado o ser das fadas o suficiente para que sua entrada no apartamento fosse permitida. Magnus precisava se lembrar de que Alec sabia uma coisinha aqui e ali sobre conversar com seres do Submundo desconfiados. Alguns desses seres do Submundo desconfiados tinham se tornado amigos íntimos de Alec.

Simon gritou:
— Ele sabe que o nome dele é...
— Ele sabe — falou Alec.
Simon assentiu, satisfeito.

Magnus seguiu Alec para dentro. Era um apartamentinho malcuidado, bastante comum. Talvez comum demais para ter um morador do povo das fadas com pernas de cabra, pensou Magnus. Ele começou a estender a magia pelo cômodo, tentando manter a expressão e os gestos sob a maior neutralidade possível.

— O Sr. Rumnus disse que ultimamente o negócio tem andando meio feio entre os feiticeiros em Xangai — explicou Alec.

— Feio de que jeito? — quis saber Magnus. — Tipo disputas territoriais?

— Ele estava distraído. Tinha esperado encontrar algum tipo de assinatura mágica, algum resíduo, ao menos; a Marca de Rastreamento os levara até ali, então Ragnor *tinha* estado ali, a Marca dizia que ele *estava* ali. Mas não havia lugar onde pudesse se esconder. O apartamento era de um quarto, o lugar inteiro logo visível; a porta do banheiro estava aberta e não revelava ninguém. Definitivamente não havia outro ser mágico no cômodo além dele mesmo e aquele ser das fadas. Como aquilo podia ser um beco sem saída?

— O que está fazendo com todos esses Caçadores de Sombras? — indagou o Sr. Rumnus abruptamente para Magnus.

— Ele é meu namorado — falou Alec. — Também é um Alto Feiticeiro.

— Areia demais pro seu caminhão, hein? — disse o ser das fadas para Alec, caçoando.

— Afff! — exclamou Magnus.

— Este não é seu apartamento, é, Rumnus? — provocou Alec, em tom mordaz.

— O quê? — perguntou o ser das fadas.
— Você não mora aqui. Olhe isto. — Ele apontou para uma grande escultura, de quase dois metros. Parecia um cardume de peixes abstratos colidindo contra um bando de pássaros abstratos. Era maravilhosamente horrível.
— Isso é ferro retorcido. Você tem uma escultura de ferro retorcido gigante na sua sala?
— Além do mais — disse Magnus —, aquela poltrona de plástico grandona em forma de mão não tem nada a ver com as fadas. — E então ele se curvou de dor.

De repente, Magnus sentiu sua cabeça doer como se tivesse levado um golpe. E então começou a sentir reverberar na parte de trás da cabeça um grito agudo, que veio baixo, mas foi ficando cada vez mais alto.

Ele sentiu as mãos de alguém agarrando-o, e a voz de Alec gritou:
— Magnus!

Como se estivesse muito, muito longe. Com dificuldade, Magnus ergueu a cabeça a tempo de ver o teto se abrir e as nuvens espirais de um mundo demoníaco surgirem atrás de um Portal reluzente.

Assim que o Portal se abriu e o vento começou a assoviar, Alec soube que demônios estavam vindo. Ele sacou o arco e gritou para a porta da frente aberta:
— É uma armadilha!

Isabelle foi a primeira a chegar, o chicote em punho.
— É claro que é uma armadilha — disse ela.
— É claro que não colocamos Marcas de combate — falou Jace, juntando-se a ela.

Demônios começaram a cair no cômodo, vindos do Portal. Esses eram demônios que Alec nunca tinha visto, enormes cobras com escamas pretas brilhantes e rostos humanos numa expressão de grito. Assim que eles surgiram, ele começou a disparar as flechas. Simon entrou na batalha, uma flecha engatilhada em seu arco, mais alarmado do que Alec teria esperado. Clary entrou em posição de ataque com lâminas serafim brilhando.

Foi uma luta estranha. Rumnus tinha rastejado para baixo de uma mesa e estava encolhido, com os olhos fechados, como se desejasse que tudo simplesmente sumisse. Magnus tinha uma das mãos estendidas, e faíscas voavam delas aleatoriamente, às vezes atingindo demônios e às vezes deixando pequenas marcas chamuscadas nas paredes e na mobília. A outra mão estava na têmpora, os olhos fechados com força; ele parecia combater uma dor de cabeça, embora não costumasse tê-las. Alec queria ir até ele, mas o cômodo tinha se tornado uma confusão abarrotada de demônios-cobra e objetos afiados.

O que quer que estivesse fazendo as cobras surgirem, não estava visando nenhum tipo de estratégia de batalha. Elas continuavam a cair no cômodo como se estivessem sendo largadas aleatoriamente pela mão gigante e invisível de alguém. Algumas caíam de pé, mas outras se estatelavam emboladas ou desabavam na cabeça dos presentes, o que as tornava vulneráveis a mortes fáceis. Clary percorreu o cômodo causando essas mortes alegremente.

Alec virou para evitar a mordida de um demônio e flagrou Jace com os braços presos por duas das cobras. Então rapidamente atingiu ambas com suas flechadas, e assim que Jace se libertou, deu um salto e enterrou uma lâmina serafim no rosto do demônio do qual Alec tinha se desvencilhado, que agora viera para lhe dar o bote.

Eles trocaram um olhar breve, numa confirmação de que ambos estavam bem, e retornaram para a batalha.

Tudo acabou muito rápido, levando-se em conta a quantidade de demônios e o despreparo dos Caçadores de Sombras para uma luta. Da perspectiva de Alec, em um momento havia muitas cobras e de repente não havia mais nada, restando apenas a respiração ofegante dele e a dos amigos que agora se empenhavam em recuperar o fôlego, não mais sob perigo imediato.

Abruptamente, surgiu no Portal uma versão gigantesca daquele rosto--humano-com-expressão-de-grito igual ao das cobras, com uns bons metros de ponta a ponta. O rosto abriu a boca estendida e *guinchou*, os olhos fazendo uma varredura no ambiente. Então a criatura viu Magnus, que ainda estava com a mão na cabeça, os dentes trincados, os dedos da mão esticada faiscando, porém sem efeitos notáveis.

Simon disparou uma flecha em direção ao Portal; ela passou pelo rosto e sumiu no nada. Ele olhou para Alec com uma expressão de pânico. Alec deu de ombros.

E tão subitamente quanto tinha surgido, o rosto demoníaco sumiu. O Portal também desapareceu rápido, deixando apenas o teto vazio e rachado do apartamento e o som da batida do coração de Alec.

Ele foi até Magnus imediatamente e colocou a mão no ombro do namorado. Então disse:

— Estou aqui. Você está bem?

Magnus tirou a mão da testa e piscou para Alec.

— Estou bem — Magnus parecia estranhamente instável, como junco sendo sacudido pelo vento. — A dor de cabeça está indo embora. Aquilo foi... aquilo foi algo. Não creio que algum dia...

Ele se calou e uma expressão fria tomou seu rosto.

— Você — disse ele, para além de Alec, para o ser das fadas, que agora rastejava para sair de debaixo da mesa.

— Acho que podemos... — começou Rumnus.

— Você! — rugiu Magnus. Alec ficou surpreso... não por Magnus estar com raiva, mas pelo vigor em sua voz. Em praticamente todas as situações, Magnus sempre mantinha a calma. Era uma das maiores consistências na vida de Alec. Agora Magnus estendia a mão para Rumnus, que saiu rolando, desabando no chão como um montinho de lixo.

— Este não é seu apartamento — disse Magnus, num tom perigoso. — Este também não é o apartamento de Ragnor. Na verdade — prosseguiu —, este não é o apartamento *de ninguém*. — Ele ergueu os braços e uma grande tempestade elétrica foi emitida de suas mãos, estalando tão alto quanto o guinchar do rosto demoníaco. Os raios de energia azul voavam pelo cômodo, pontiagudos e caóticos, e quando se dissiparam, Alec percebeu que Magnus tinha desfeito algumas ilusões poderosas, mais fortes do que qualquer feitiço de disfarce que já tinha visto. Na verdade, o apartamento estava vazio, abandonado até. Sem móveis, sem tapetes, paredes brancas rachadas com um resíduo escuro desconhecido nelas, uma lâmpada quebrada pendia do único bocal do teto. Magnus voltou o olhar para Rumnus, que tinha se levantado. — O que tem a dizer em sua defesa? — disparou ele.

Rumnus pensou em suas opções, então, tomando uma decisão, gritou:

— Vocês nunca vão me levar vivos, seus tiras! — Então correu para a janela e se atirou antes que alguém conseguisse impedir.

Todos ficaram observando-o mergulhar rumo ao chão. Antes de aterrissar, imensas asas de pássaro marrons brotaram de suas costas, e ele as bateu e saiu voando pela noite.

— Olha só — disse Alec, tranquilamente, em meio àquele silêncio.

Magnus estava ofegante. A mão agarrava o peito. Logo acima do ferimento, notou Alec. Ele se aproximou de Magnus com cautela.

— Tudo bem — disse Clary —, então, o que foi *qualquer* uma daquelas coisas?

Magnus fez menção de se sentar na poltrona, pareceu se lembrar de que não havia poltrona, então se abaixou devagar até o chão, exalando.

— Não tenho certeza.

— Vamos começar com a parte que não eram demônios-cobra — disse Alec. Ele cruzou os braços e olhou para Magnus. — O que foi *aquilo*? Aquele não era o seu jeito normal. Você não fica com raiva daquele jeito.

— Eu fico com raiva daquele jeito com frequência — replicou Magnus — quando encontro seres do Submundo mentirosos que estão colaborando com demônios.

— E presumimos que ele esteja colaborando com demônios — falou Jace — por causa de todos os demônios que caíram do teto? E daquele rosto de demônio gritando?

— Isso — concordou Magnus. Parte da luta parecia estar se esvaindo. Ele olhou para Alec. — Desculpe. Só estou frustrado.

— Sem brincadeira — disse Isabelle. Ela começou a listar coisas com os dedos. — Onde está Ragnor? Por que a Marca de Rastreamento nos trouxe até aqui em vez de nos levar ao verdadeiro paradeiro dele? Como ele sabia que estava sendo rastreado por nós? Ele enviou aqueles demônios? Ou foi Shinyun Jung? Ou foi outra pessoa aliada a eles cuja existência sequer conhecemos?

Alec pensou.

— Tinha muitas cobras, mas definitivamente não o suficiente para ser uma ameaça real para todos nós. O que significa que ou foi um aviso...

— Ou — acrescentou Jace — não se deram conta de que vocês trariam quatro Caçadores de Sombras.

— Então o que a gente faz agora? — indagou Simon. Tinha os braços cruzados e as mãos sob as axilas, parecendo esquivo.

Todos olharam para Magnus, que suspirou pesadamente.

— O que diz a Marca de Rastreamento?

Alec tirou o retalho de tecido do bolso e tentou a Marca novamente. Então deu de ombros.

— Diz que estamos no lugar certo.

Simon falou:

— Poderíamos tentar o Instituto. Ver o que sabem sobre esse "negócio que tem andado meio feio entre os feiticeiros" que o ser das fadas mencionou.

— Não — disse Alec incisivamente, e Simon recuou. — Não vamos levantar mais sinais de alerta do que já levantamos. Precisamos tentar controlar o fluxo de informações até a Clave.

— Nós *somos* a Clave — disse Isabelle. — É diferente de alguns anos atrás, quando éramos jovens demais para ter voz.

Jace balançou a cabeça.

— Alec está certo. Somos um pedaço muito pequeno da Clave, e nossa abordagem das questões do Submundo está longe de ser universal ou mesmo normal, pelos padrões dos Nephilim. Não sabemos em que estamos nos metendo.

— Na verdade, sabemos sim — disse Magnus. Ele parecia estar se recuperando; levantou-se do chão e cuidadosamente limpou a poeira do casaco. — O Instituto de Xangai é dirigido pela família Ke; tem sido há anos. Eles são boas pessoas. São a família de Jem Carstairs... do Irmão Zachariah. Mas — acrescentou ele, quando Jace fez menção de responder alguma coisa — não temos nada para eles fazerem agora, está ficando tarde, e eu *não* vou dormir em uma cama de lona em um quarto de hóspedes do Instituto. Vou dar um telefonema, então vamos ficar no meu hotel preferido na cidade. — Alec sentiu uma onda quente de alívio; aquele sim era o Magnus que ele conhecia. — Quando vocês viajam comigo — lembrou Magnus a eles —, viajam com *estilo*.

5
O tabuleiro de xadrez

Magnus sempre ficava no mesmo hotel em Xangai, em grande parte por nostalgia. Ele geralmente achava que nostalgia era uma droga perigosa da qual era preciso manter distância — caso contrário, passaria tempo demais nostálgico pela época em que Manhattan ainda tinha fazendas, ou pela corte do Rei Sol, ou pelos dias em que a Coca-Cola tinha drogas de verdade. Mas neste caso em especial ele se permitia porque tinha dormido naquele hotel algumas vezes antes de sequer ser um hotel, quando era a residência particular do notório chefe da máfia Du Yuesheng. Era uma exuberante mansão estilo vila de arquitetura ocidental na Concessão Francesa, cheia de colunas clássicas brancas, guirlandas de pedra e sacadas sustentadas por pilares adornadas com arabescos de ouro. Du a comprara nos anos 1930 com, Magnus tinha certeza, o único propósito de dar as festas mais escandalosas da década na cidade. Du Yuesheng fora um homem perigoso e violento, mas extremamente inteligente: inteligente demais para supor que Magnus tivesse qualquer interesse em ópio. Eles costumavam conversar sobre ópera e cantores de ópera.

Agora, décadas após a morte do mafioso, o local se transformara no Mansion Hotel. Lembrava a Magnus de uma época mais antiga — não melhor, apenas mais antiga. Mas qual hóspede do Mansion Hotel hoje poderia se lembrar de como ele era antes? Apenas os mundanos mais velhos, se é que restava algum. O lugar era decorado com relíquias do passado, de dias mais luxuriantes: um antigo cachimbo de ópio, um fonógrafo que ainda tocava ópera de alto-falantes com estática, fotografias sépia das quais Magnus se retirara magicamente, poltronas de um veludo intenso e armários de ébano entalhado. Era um grande prazer entrar pelos portões e subir os degraus, passar pelos pequenos guardiões de pedra e pelas fontes e se aproximar da opulenta fachada branco-cristal com expectativa.

Magnus olhou para os demais. Eles tinham usado *iratzes* e se limpado, mas ainda estavam maltrapilhos o suficiente da luta para precisarem manter os feitiços de disfarce e aguardar do lado de fora enquanto ele entrava sozinho para fazer o check-in.

Magnus voltou com chaves penduradas dos dedos, e eles se dividiram em três grupos. Magnus tinha reservado uma suíte com varanda para ele e Alec; ele abriu a porta com um floreio.

Alec olhou em volta, pensativo. Magnus não conseguiu evitar se lembrar do rapaz que Alec fora um dia, quando eles visitaram Veneza pela primeira vez, da forma como tocara tudo no quarto do hotel com dedos maravilhados, surpresos.

Agora ele sorria.

— Isto é a sua cara.

Magnus gargalhou.

— Porque é opulento, porém de bom gosto?

— Isso também, mas... tenho certeza de que há muitos outros hotéis extravagantes em Xangai. Mais joias, mais ouro, mais purpurina.

— Nem sempre eu sou extravagante — protestou Magnus, sentando-se na ponta da cama.

— Exatamente — falou Alec, e se inclinou para beijá-lo. — Este hotel parece um pedaço do passado. Não a Xangai moderna de vidro e aço, um lugar diferente. Não mais silencioso ou inferior, apenas... diferente.

Magnus sentiu o coração se encher de amor por aquele homem que o entendia tão bem. Mas tudo o que ele disse foi:

— É muito melhor do que qualquer espelunca na qual o Instituto instalaria vocês...

Alec havia jogado o casaco em uma cadeira ao entrarem, e agora tirava a camisa. Ele sorriu quando a peça passou por sua cabeça.

— Bem — disse Magnus —, minha noite parece que está ficando cada vez melhor.

— Espero que você ache cicatrizes uma coisa bem sexy — disse Alec. Ele passou a mão no braço e fez uma careta. — Sinto como se tivesse rolado em um demônio-cobra. Preciso de um banho. Volto logo, está bem? Não deixe essa ideia morrer.

Magnus o puxou para mais um beijo, então, só para não perder o hábito, deu mais um do lado do maxilar dele. Alec inspirou, fechou os olhos. Deu uma mordiscada carinhosa no lábio inferior de Magnus e se afastou.

— *Banho*.

Cedendo, Magnus caiu de costas na cama e deixou os olhos se fecharem.

A última vez que estivera em Xangai fora em 1990, com Catarina. Era a primeira vez que colocava os pés na cidade desde que a situação local piorara, nos anos 1940, permanecendo igualmente ruim ao longo dos anos 1950 e 1960 e 1970. Uma família de mundanos com a Visão tinha encontrado e adotado uma jovem feiticeira, uma criancinha com cerca de dois anos de idade, e precisava desesperadamente que alguém ensinasse como criar um ser do Submundo. À época, os feiticeiros de Xangai eram um bando esquisito, acadêmicos obcecados com astrologia chinesa e indiferentes aos problemas de uma criança desgarrada; para eles, o usual seria simplesmente retirá-la dos mundanos e soltá-la nas ruas da Concessão das Sombras, para que fosse criada por quaisquer seres do Submundo por perto. Grupos interessados procuraram Catarina, que por sua vez convencera Magnus a ir junto como intérprete, e também, Magnus desconfiava, porque ela estava preocupada com ele.

A criança feiticeira era uma menina de expressão assustada com imensas orelhas de morcego, talvez com uns três anos de idade. Quando ela viu Magnus pela primeira vez, amontoado na minúscula cozinha com os novos pais e Catarina, caiu em lágrimas, o que não soou para ele como um bom começo.

Então ele manteve distância enquanto Catarina falava com os pais. Por sorte, eles já sabiam sobre o Submundo, e Magnus se viu anotando listas em chinês com suprimentos mágicos enquanto Catarina tagarelava suas recomendações em inglês. Quando houve uma pausa, ele tentou dar um sorriso para a criança — aparentemente batizada de Mei —, que se encolheu atrás da perna da mãe.

Seriam os olhos dele? Ele voltou a traduzir para Catarina, sentindo-se desconfortável. Uma experiência rara para ele.

Em certo momento, os pais foram para outro cômodo da casa, aparentemente para discutir a situação com um parente mais velho que não estava com saúde boa o suficiente para se juntar ao grupo. Eles perguntaram a Catarina se ela poderia cuidar de Mei, e é claro que ela concordou.

Mei lentamente foi até Magnus, os olhos arregalados e as orelhas tremendo levemente. Magnus tentou parecer tão inofensivo quanto possível. E pensou estar indo relativamente bem, mas então a menina subitamente gritou e recuou.

Magnus ergueu as mãos em rendição, e Mei recuou para ainda mais longe e começou a chorar.

Catarina fez um "tsc" para Magnus.

— O que está fazendo? Fale com ela! Interaja com ela!

— Ela não gosta de mim — disse Magnus. — Acho que tem medo dos meus olhos.

— Ah, faça-me o favor — retruca Catarina impacientemente. — Ela não tem medo dos seus olhos. Apenas não conhece você.

— Bem — disse Magnus —, estou dando espaço a ela.

Catarina revirou os olhos.

— Não se dá *espaço* a crianças pequenas, Magnus. Ela já está sozinha o suficiente. — Catarina foi até Mei e se ajoelhou para abraçar a menina. Mei imediatamente afundou a cabeça no peito de Catarina, que simplesmente envolveu a pequena nos braços. — Esta criança tem muita sorte — disse ela, baixinho. — Um feiticeiro criado por pais mundanos amorosos é... bem, ela tem sorte.

— Você tem muita sorte, Mei — disse Magnus para Mei, em mandarim, com a voz mais suave que conseguiu.

Mei espiou de seu abrigo em Catarina e olhou de esguelha para Magnus, pensativa.

— E, um dia, vai ter muito poder! — exclama Magnus, animado.

Mei gargalhou, e Catarina deu a Magnus um olhar resignado. Mas Magnus estava um tanto satisfeito consigo.

— Está vendo? — disse Catarina. — Não é tão difícil.

Magnus às vezes se perguntava se a menina se lembraria dele. Provavelmente não; ele mesmo não se lembrava muito de quando tinha apenas três anos. Por que se importava? Havia passado apenas uma hora com ela, décadas atrás.

Era estranho isso, afetar a vida de alguém de tal forma e esse alguém não se lembrar disso.

Agora ele sentia a cama afundar ao seu lado, então abriu os olhos e descobriu Alec ali. O cabelo de Alec estava molhado, pingando nos ombros, mais escuro do que uma mancha de nanquim.

— Primeira noite sem Max no quarto ao lado — disse Magnus, baixinho.

— Por um tempo.

— Então acho que podemos nos demorar — sugeriu Alec, passando o dedo sob o cós da roupa de Magnus.

Magnus estremeceu. A habilidade de responder com inteligência o havia abandonado; Alec era a única pessoa capaz de desfazê-lo tão completamente, de reduzi-lo a pedacinhos balbuciantes que desejavam fazer apenas uma coisa.

— Acho que podemos — respondeu ele. E então, por um tempo, foi só silêncio. Alec se embrenhou nos braços de Magnus, e ele era todo pele nua cálida e cabelo úmido e beijos com gosto de chuva.

Os dois se beijaram, a princípio timidamente, assim como fizeram quando ficaram pela primeira vez, e então com um senso de avidez mais profundo. Magnus deslizou as mãos pelas costas de Alec, as palmas acompanhando a curva da coluna, o músculo dorsal rígido. Os lábios dele roçaram a bochecha de Alec, o lugarzinho atrás da orelha, bem onde Alec gostava. Tinha alguma coisa urgente na conexão deles, alguma coisa que estava retraída e presa. Magnus se lembrou de que não havia criança no quarto ao lado, nenhuma chance de um choro semelhante ao som de uma sirene para cortar o momento e declará-lo abruptamente terminado. Ele sentia falta de Max, muita. Mas também sentia falta desse contato intenso.

Alec começou a abrir os botões da camisa de Magnus, que se concentrava em distrair Alec, que por sua vez tentava se ater aos finos movimentos de coordenação motora. Normalmente, aquilo levava a um rasgar de camisa frustrado, com botões voando para todos os lados, algo de que Magnus sempre gostava. Dessa vez, no entanto, Alec conseguiu se conter, e Magnus tirou a camisa de um dos ombros, então do outro. Alec desceu para beijar o pescoço e o peito de Magnus, então parou.

Magnus abriu os olhos. Alec estava olhando para o ferimento que o Svefnthorn lhe causara, um corte diagonal sobre o coração que brilhava levemente em um tom avermelhado inconstante. Alec vira o ferimento na noite em que fora infligido, mas não tinha estado frente a frente com ele daquela forma.

Alec continuou a olhar o peito de Magnus, a cabeça inclinada. Magnus o fitou de volta com interesse. Lenta e pensativamente, Alec lambeu o dedo, então o desceu, mantendo contato visual com Magnus, e tracejou o dedo úmido pela extensão do machucado.

— Dói? — perguntou, rouco.

— Não — respondeu Magnus. — São apenas resquícios de magia. Não parece diferente de como seria se não estivesse aí.

Alec estendeu a mão para tocar o rosto de Magnus, a ponta dos dedos roçando o contorno do olho, trilhando pela bochecha, flexionando-se sob a mandíbula, de modo que Magnus ficou parado por um momento. Então Alec exalou profundamente. Magnus sequer notara que o outro estivera reprimindo tanta tensão, mas sentiu quando se dissipou e a rigidez dos ombros de Alec relaxou.

Magnus se viu sentado de novo. Amassou a camisa e a jogou longe. Então pegou Alec e o segurou no colo, que o beijou novamente. Magnus entrelaçou a mão pelos cabelos de Alec e puxou um pouco, para trazê-lo ainda mais perto, capturando o fôlego acelerado na própria boca. O beijo passou de leve para quente. Magnus agarrou com dois dedos o nó que segurava a toalha de Alec e selou o espaço entre eles, de forma que nem mesmo o luar pelas cortinas seria capaz de se entranhar ali. Alec não interrompeu aquele beijo voraz e firme nem mesmo quando suas mãos deslizaram pelos braços de Magnus e o contato ficou mais descontrolado, um acompanhamento selvagem para a doce troca de carícias e calor e pressão.

Os corpos se uniram com força. A cabeça de Magnus estava anuviada e sua pele ardentemente viva quando ele abaixou a mão e tirou a toalha de Alec agilmente. A toalha logo acompanhou a camisa numa pilha no chão.

— Ainda somos nós — sussurrou Alec para Magnus, que sentiu uma onda de amor e desejo percorrê-lo, desejo fervoroso. Eles amavam Max, eles o amavam mais do que a própria vida, mas também era um fato: ainda eram eles dois ali.

— Um brinde a sempre sermos nós — murmurou Magnus, e puxou Alec para a cama.

Mais tarde, ambos estavam deitados nos braços um do outro, respirando juntos silenciosamente. O luar entrava pela janela, e lá fora, o brilho ambiente da Concessão Francesa. Não se sabia quanto tempo havia se passado, então Magnus ouviu a voz abafada de Alec:

— Detesto estragar o clima, e, sinceramente, ficaria feliz por apenas ficar aqui e nunca mais me mexer de novo, mas... preciso dormir, ou vamos ter que combater demônios e o *jet lag* ao mesmo tempo.

— Deixe comigo — disse Magnus, e ergueu a mão, gesticulando e formando no ar redemoinhos de poeira dourada que, ele sabia, deitariam sobre os dois suavemente e os embalariam em um sono tranquilo.

Ou era esse o plano, de toda forma. Em vez disso, Magnus sentiu uma descarga de magia irromper de sua mão, oriunda do nódulo quente no centro do peito, e então veio muito mais pó de sono do que o pretendido, caindo diretamente sobre o rosto deles. Alec engasgou e riu.

— O que foi *aquilo*? — indagou, os olhos já fechados, então desabou contra o travesseiro e começou a roncar suavemente.

— Parece que estou tendo problemas com a calibrag... — disse Magnus, e então dormiu também.

Na manhã seguinte, Magnus acordou e se viu sozinho. Alec tinha acordado ao alvorecer, junto com os outros Caçadores de Sombras, e todos tinham ido ao Instituto. Alec deixou um recado dizendo ter deixado Magnus dormir porque percebeu sua necessidade de mais sono — o que deixou Magnus imediatamente desconfiado. Afinal, ele tinha mais conexão com a família Ke do que qualquer um deles; por que dispensaram sua presença?

Magnus foi caminhando, sonolento, até o banheiro. Jogou água no rosto extenuado e encarou o espelho emoldurado em ouro acima da pia de porcelana e nogueira. A linha irregular entalhada em seu peito o encarou de volta, ainda emanando a luz estranha. Estava sendo ridículo, disse a si mesmo — Alec sempre fora franco com ele, e se tinha dito que o deixara dormir porque ele parecia precisar do sono, então certamente estava sendo sincero.

As cortinas de veludo estavam milimetricamente fechadas diante das portas altas da sacada, o chacoalhar e ronronar da manhã atribulada da cidade totalmente abafados. A escuridão fazia tudo parecer sombreado, mesmo os olhos de Magnus. Ele abriu as cortinas e semicerrou os olhos contra a luz.

E então se vestiu — Xangai estava quente e úmida, como sempre, por isso Magnus optou por calça de linho branca, uma camisa *guayabera* e um chapéu-panamá branco — e desceu, perguntando-se se estaria tarde demais para o café da manhã. Anexo ao hotel havia um jardim fechado, os muros eram altos, brancos e adornados com círculos de pedra branca feitos para lembrar ferro retorcido. Ele se viu perambulado até ali, aproveitando o sol no rosto. Turistas caminhavam pela passagem de cascalho, vestidos elegantemente; Magnus contou pelo menos dez idiomas sendo falados em seus arredores. Flores de um vermelho intenso cresciam em arbustos ali, folhas em verde-escuro ofereciam seu núcleo ao céu. Galhos de outras árvores se curvavam sobre os muros como se também quisessem entrar no jardim. Havia bancos dispersos e uma ponte de pedra com um padrão geométrico anguloso, a qual dava para um pequeno templo verde e amarelo aberto aos elementos e vigiado por uma criatura de pedra.

Na ponte estava Shinyun.

Em uma mudança radical de suas vestes tradicionais, ela escolhera alfaiataria impecável e um terno vermelho-sangue. O Svefnthorn estava preso às costas, a ponta feia retorcida despontando atrás da cabeça.

Aquilo, pensou Magnus, era demais para se lidar antes de tomar café.

— Magnus! — gritou Shinyun para ele, em tom afiado. — Fique aí. — Ela olhou ao redor. — Ou vou ter que machucar um desses viajantes bonzinhos. Como eles se chamam mesmo? Turistas.

Magnus sopesou as opções. Eram infelizes. Nenhum dos turistas se virara para olhar para Shinyun quando ela falou: ele esperava que ela estivesse usando um feitiço de disfarce. Ele poderia tentar avançar com algum feitiço de proteção, mas no mínimo alguns mundanos seriam feridos ou mortos de qualquer forma, e ele não tinha certeza da extensão atual dos poderes de Shinyun.

Magnus não se mexeu quando Shinyun se aproximou. Silenciosamente, ele começou a se cercar de proteções. Poderia ao menos se proteger de mais uma ferroada.

— Se quiser lutar — disse Magnus, em tom tranquilo —, vou ter que agendar para depois. Não consigo fazer nada antes de comer.

— Não precisa chegar a esse ponto se você não fizer nada estúpido — comentou ela. — Eu só quero conversar.

— Se quiser conversar — sugeriu Magnus —, é melhor estar pronta para conversar durante o café da manhã.

Shinyun se compôs com dignidade e falou:

— Estou. — Tirou um saco plástico de dentro da bolsa. — Gosta de *ci fan*?

— Gosto — respondeu Magnus, olhando para os pacotinhos de arroz grudado. — Gosto muito.

Alguns minutos depois, lá estavam eles sentados nos bancos do jardim. Fazia uma linda manhã, ensolarada e fresca. Flores de osmanto se abriam em Xangai, e o vento trazia o suave aroma delas, um pouco parecido com pêssego ou damasco. Magnus mastigou um punhado de porco com vegetais em conserva e se sentiu um pouco melhor. Infelizmente, aquilo o lembrou de que estava tomando café com uma pessoa instável, que o apunhalara da última vez que se encontraram, com a mesma arma que ela portava no momento, e que, se o sonho de Clary fizesse sentido, poderia tentar esfaqueá-lo novamente. Por outro lado, pelo menos tinha quase certeza de que o café da manhã não estava envenenado.

Magnus enfiou mais um *ci fan* na boca e verificou seus feitiços de proteção. Ainda estavam ativos. Um rinoceronte descontrolado não conseguiria passar por eles.

— Como me encontrou? — perguntou ele, em meio a uma mordiscada. — Só estou perguntando por curiosidade profissional.

— Estamos em Xangai há meses — disse Shinyun. — Obviamente a esta altura reunimos um time de informantes secretos pela cidade.

— Obviamente — resmungou Magnus. Se no fim das contas ele e os amigos não conseguissem encontrar Ragnor apenas porque o feiticeiro estava sendo mais bem-sucedido no rastreamento *deles*, Magnus ia ficar muito irritado. Ele esperava que os demais não tivessem encontrado Ragnor a caminho do Instituto, nem nada parecido. Por outro lado, também esperava que não voltassem antes de ele descobrir um jeito de se livrar de Shinyun. — Então, hã... como está seu mestre maligno? Como estão indo os planos malignos dele?

— O único conselheiro de Samael é ele mesmo — respondeu Shinyun. — Eu obedeço às ordens dele sem questionar. É muito relaxante, na verdade.

— Então você nem mesmo sabe o que ele está tentando fazer? Sabe por que ele queria o Livro Branco? Sabe por que ele queria *Ragnor*?

— Ah, isso é fácil. — Shinyun mordeu a comida. — Ele queria que Ragnor lhe encontrasse um mundo. E Ragnor encontrou. Há um tempo. Mas àquela altura ele tinha aceitado a vitória de Samael e se tornado o servo voluntário dele.

— Servo *voluntário*? — indagou Magnus, olhando para o Svefnthorn. — Isso não parece o Ragnor Fell que eu conheço.

— Samael não é como outros demônios — disse Shinyun. Ela olhou para Magnus pensativamente. — Você acha que sou uma tola por atar meu destino à Serpente do Jardim.

— Não, não — protestou Magnus. — Serpente do Jardim, ele soa bastante confiável.

— Não é uma questão de confiança — disse Shinyun. — Eu sei o que estou fazendo.

— Tudo bem — aceitou Magnus. — O que você está fazendo?

— Aqui na Terra — falou Shinyun —, o poder é uma coisa complicada, estranha. Humanos concedem poder uns aos outros; é trocado, conquistado e perdido... é tudo muito abstrato. Mas *lá fora*... — Ela apontou para o alto.

— No céu? — perguntou Magnus.

— Lá fora, para além do nosso mundo, nos mundos de demônios e anjos e o que mais houver lá. Lá fora, o poder não é um pedaço abstrato de cultura humana. Poder é *poder*. O que nós aqui na Terra chamamos de magia é meramente o poder com outro nome, poder empunhado aqui neste mundo.

— E você quer poder — disse Magnus. Apesar de sua resistência, ele estava um bocadinho interessado. Sempre soubera que havia Príncipes do Inferno e arcanjos loucos à solta por aí, brincando com a humanidade como se fosse um tabuleiro de xadrez. Aquilo era como um lampejo do salão de jogos.

— Poder é tudo que alguém pode querer — admitiu Shinyun. — Poder é a habilidade de escolher o que acontece, de desejar uma coisa e ela acontecer.

Os ideais sobre os quais os humanos falam, ter liberdade, distribuir justiça, isso tudo é poder com outro nome.

— Está errada — falou Magnus, mas sem rispidez. — E mesmo que em algum lugar, em algum abismo primordial, você estivesse certa, não importa. Porque nós vivemos aqui na Terra, onde o poder é complicado e interessante, em vez de cósmico e entediante.

Shinyun exibiu os dentes, uma visão estranha, considerando como a expressão dela era vazia.

— Isso pode ter sido verdade sobre a Terra um dia — disse ela —, mas então Samael soltou demônios cósmicos e entediantes por toda a sua superfície, e Raziel soltou Caçadores de Sombras cósmicos e entediantes para combatê-los.

— Ela balançou a cabeça. — Talvez você não consiga entender. Você nasceu com uma grande herança. Não sabe como é passar por este mundo na fraqueza.

Magnus gargalhou.

— Eu nasci de fazendeiros paupérrimos em uma colônia imperial oprimida. Estou bem agora, mas...

— É claro que não estou falando de seus pais mundanos — sibilou Shinyun. — Estou falando de *Asmodeus*.

Pensativo, Magnus olhou ao redor; ninguém estava olhando para eles. Ninguém tentara se sentar no banco deles também; feitiços de disfarce eram úteis desse jeito.

— Qualquer feiticeiro — prosseguiu Shinyun, com a voz mais baixa, mas não menos intensa — que se ache mais semelhante a humanos do que a demônios, que pense que humanos merecem a proteção dele... esse feiticeiro está se iludindo. Ele não é um humano. Ele é um demônio vivendo como um nativo.

— Olhe — disse Magnus, enquanto ela o encarava de olhos arregalados —, eu entendo. Entendo por que você tentaria encontrar o maior e mais malvado demônio possível para torná-lo seu protetor. Mas não precisa fazer isso. Não precisa encontrar demônio *nenhum*. Você é uma feiticeira: já possui um poder mágico com o qual humanos sequer poderiam sonhar. E você é imortal! Você está muito bem, Shinyun. É a única que não se dá conta disso. Acomode-se. Comece uma família! Adote uma criança, talvez.

Shinyun falou:

— Viver para sempre não é um *poder* quando sua vida é uma tragédia.

Magnus suspirou.

— A vida de *todo* feiticeiro começa como uma tragédia. Não há histórias de amor nas origens de nenhum feiticeiro. Mas você pode escolher. Você escolhe em que tipo de mundo vai viver.

— *Não* escolhe, não — falou Shinyun. — Peixes comem peixes menores. Demônios comem demônios menores.

— A vida não se resume a isso — Magnus insistiu. — Shinyun. — Ele colocou a mão no ombro dela. — Por que veio me ver? Certamente não foi para vencer esta discussão.

Shinyun deu uma risadinha, uma continuação desconcertante em relação à postura anterior.

— Eu vim lhe dar o presente que prometi no Brooklyn. E eu queria vencer esta discussão. E agora posso fazer os dois ao mesmo tempo.

Ela avançou, a mão um borrão de movimento; Magnus já estava de pé, a mão erguida, fogo azul zumbindo da palma.

Algo o perfurou de uma ponta a outra. Ele arquejou.

Estivera pronto para ver Shinyun tentar estocá-lo com o Svefnthorn, tinha se preparado com magia para bloqueá-la, mas suas proteções se estilhaçaram como vidro quando o Svefnthorn foi enterrado diretamente no ferimento que já havia em seu peito.

Um espasmo de magia, não exatamente dor, não exatamente prazer, mas sobrepujante, qualquer que fosse a sensação, deixou Magnus de joelhos. Ele olhou para o ferrão que despontava de seu peito pela segunda vez. Então tomou um fôlego trêmulo.

— Como...?

Pairando acima dele, Shinyun disse, com um tom tanto de satisfação quanto de pena:

— O ferrão já é parte de sua magia, Magnus. Sua magia não pode se proteger dela mesma.

Ela girou o ferrão no peito dele, como uma chave destrancando uma fechadura.

— Você não pode se proteger do Svefnthorn. — Ela girou mais uma vez antes de, por fim, arrancá-lo do peito dele. Não havia sangue no ferrão, mas Magnus teve a impressão de ter visto um brilho de luz azul quando ela o devolveu à bainha. — Não me diga que não pesquisou desde que eu lhe contei a respeito dele.

— É da mitologia nórdica e coloca as pessoas para dormirem — disse Magnus. — Exceto, obviamente, que está de alguma forma conectado a Samael, que não é parte da mitologia nórdica, então, não, acho que pesquisamos muito pouco até então, agora que eu estou dizendo em voz alta.

— Fora da mitologia mundana — falou Shinyun —, tem uma história e tanto. A primeira tarefa a mim confiada por Samael foi recuperá-lo de onde estava escondido e devolver ao meu mestre. Foi uma baita aventura, na verdade. Enfrentei muitos perigos e me meti em muitas pequenas intrigas...

— Por favor — disse Magnus, estendendo a mão. — Não me importo. — Ele levou a mão ao peito, sentiu o calor que emanava do ferimento. O nódulo de magia continuava a pulsar e a bater como um segundo coração, mais forte do que antes. A sensação era... bem, na verdade, a sensação era muito boa.

Shinyun se sentou ao lado dele, que continuava ajoelhado na grama. Ela estava muito calma.

— Você vai entender — disse, como se confidenciando um segredo. — Eu me ferroei desse mesmo jeito assim que recebi a permissão para fazê-lo. Jamais me arrependi. Em breve você vai valorizar o que eu fiz por você.

— E se eu não valorizar — provocou Magnus —, vai me ferroar de novo?

Shinyun fez que não com a cabeça. Parecia animada, como se há muito estivesse ávida para contar uma coisa a Magnus, e agora finalmente pudesse fazê-lo.

— Não — respondeu ela. — Agora você tem escolha. Agora *você vai* escolher ser atingido de novo pelo ferrão.

Magnus notava a avidez desesperada dela para que ele perguntasse o que ela queria dizer. Mas ele se recusava a dar a Shinyun a satisfação, então simplesmente ficou aguardando, calado, enquanto ela o observava ansiosa.

Por fim, ela disse:

— Depois que você degusta o ferrão duas vezes...

— Por favor, não diga "degusta" — replicou Magnus, desapontado.

— ...você fica conectado ao poder de meu mestre. Uma terceira degustação...

— Por favor — disse Magnus.

Shinyun fez um gesto de impaciência, mas falou:

— Uma terceira *ferida* com o ferrão tornará você inteiramente dele. Ele vai se tornar o mestre da sua vontade, e com seu dom recém-descoberto, você vai servir a ele.

Magnus arregalou os olhos para ela.

— Por que eu faria isso?

— Porque — começou ela, quase quicando de joelhos de tanta alegria —, se você não for ferido uma terceira vez, o ferrão vai queimar você de dentro para fora. Você vai ser consumido pelas chamas. Apenas se aceitar Samael em seu coração você pode evitar a morte.

Magnus colocou a mão no peito de novo, alarmado.

— O quê? Então preciso aceitar Samael no meu coração *literalmente*? Ou eu morro?

— É assim que funciona — confirmou Shinyun. — Magia nenhuma é capaz de reverter o curso do ferrão depois que ele se enterra em você. — Ela apontou para o peito de Magnus de forma brincalhona. Ele deu um tapa para afastar o dedo dela. — Muito em breve, você vai perceber que essa é a melhor coisa que já aconteceu com você.

— Eu ficaria muito surpreso — disse Magnus, obrigando-se a ficar de pé — se saísse da lista de "piores coisas que já aconteceram comigo". Mas vou manter você atualizada. — Ele respirou fundo, apesar do ferimento, e olhou para Shinyun. — Achei que você aprenderia a lição. Nós tentamos ajudar você, de verdade.

— E agora eu estou ajudando você — afirmou ela. — Da próxima vez que nos encontrarmos, você vai se sentir diferente. Eu prometo.

— E quando vai ser isso?

— O momento está mais próximo do que você pensa. O momento pode estar mais próximo até do que eu penso. — Shinyun estava quase dançando de tão satisfeita consigo.

— O que isso significa? — gritou Magnus, exasperado. — Por que você está tão louca?

Mas uma névoa vermelho-sangue surgiu sob os pés de Shinyun, e rápido rodopiou em uma nuvem crescente até cobri-la inteiramente. Quando se dissipou na brisa da manhã, a feiticeira tinha desaparecido.

6

Tian

Não era algo que ele admitiria para ninguém além dos amigos mais próximos, mas Alec tinha uma lista mental dos Institutos que mais queria visitar.

Obviamente, havia centenas de Institutos que ele *gostaria* de visitar. Aquele era simplesmente um dos dez melhores.

Tinha o Instituto de Maui, é claro, onde não havia muros externos e quase nenhum teto, e dizia-se que a atividade demoníaca ali era mínima. O Instituto de Amsterdã, um imenso e invisível barco permanentemente ancorado no IJ. O Instituto de Cluj, um imenso castelo de pedra despontando contra o céu, bem acima do horizonte das árvores dos Cárpatos. E havia o Instituto de Xangai.

Diferente de qualquer outro Instituto no qual Alec conseguia pensar, o de Xangai ficava em um lugar bem conhecido e sagrado para os mundanos, muito antes de os Caçadores de Sombras sequer terem sido criados. O prédio fora um dia parte do Templo Longhua, um complexo de monastérios e altares budistas de quase dois mil anos. O complexo vinha sendo constantemente renovado, consertado e atualizado ao longo dos séculos, e no início da história deles, os Caçadores de Sombras aproveitaram a oportunidade para reivindicar parte do terreno inutilizado como seu lar.

Caminhando com os amigos pela manhã quente e ensolarada, Alec parou diante do complexo do templo para admirar sua paisagem preferida, o Templo Longhua, uma torre de seis telhados com beirais invertidos sobreposta ao redor de um octógono carmesim e ocre que se elevava até o céu. Alec tinha visto fotografias dele dezenas de vezes.

— Não acredito que estou mesmo aqui — comentou em voz alta.

— Você poderia ter vindo a qualquer momento — observou Isabelle, atrás dele. — Temos Portais.

— Eu simplesmente não aproveitei a oportunidade — respondeu. — Eu deveria visitar alguns dos outros na minha lista, depois que voltarmos para casa. — O breve pensamento traiçoeiro, *eu deveria ter visitado esses lugares antes de ter um filho*, lampejou na mente dele, e Alec o rejeitou. Não era como se ele e Magnus fossem precisar voar em um avião comercial mundano com Max. Poderiam simplesmente carregá-lo por um Portal. Presumindo que Portais não continuassem dando nos lugares errados, ou sendo infestados por demônios-besouros.

A torre era linda, mas a onda de turistas mundanos subitamente pareceu opressiva. Ele se virou.

— Vamos.

O Instituto era feito do mesmo tijolo que a maioria dos outros templos, com os mesmos beirais invertidos e janelas hexagonais. Em uma torre deslocada do eixo central havia um sino de cobre, idêntico àquele da torre do sino mundana que ficava ali perto. Os sinos eram um conjunto, criados para espantar demônios, e embora os mundanos apenas os tocassem ocasionalmente, os Caçadores de Sombras saudavam o alvorecer tocando os deles. Alec se perguntou se conseguiria ouvir. Ele já estava pensando em como encontrar um pretexto para voltar para lá antes de eles irem embora.

Enquanto subia as escadas até as imensas portas duplas, ele hesitou. Deixar Magnus para trás tinha sido uma escolha difícil, mas o namorado precisava de um descanso. Magnus lidava com o estresse da chegada da paternidade em sua vida simplesmente dormindo menos e se cobrando mais. O mínimo que Alec podia fazer era deixar que ele dormisse até tarde naquele dia. Era verdade que Magnus conhecia a família Ke, que dirigia o Instituto, e sem dúvida se juntaria a eles em breve, mas Alec tinha certeza de que o restante do grupo daria conta de ir a um Instituto amigo sem assistência. Estavam todos uniformizados e usando Marcas, então seriam imediatamente reconhecíveis.

Ele recomeçou a subir as escadas, mas congelou quando uma das portas gigantes rangeu alto nas dobradiças, e então se escancarou.

Alec ficou um pouco surpreso ao descobrir que atrás daquela porta estava um homem bastante jovem — talvez uns 18 anos, alguns anos mais jovem do que o próprio Alec —, alto e esguio, com cabelo preto de corte reto e sobrancelhas dramáticas. Usava uniforme de um tom de Borgonha escuro e brilhoso — a famosa laca cor de sangue de boi dos Caçadores de Sombras da

China, que entrava e saía de moda a cada poucas gerações. Ao vê-lo, Alec de pronto se lembrou de alguém, embora não conseguisse associar exatamente a quem quer que fosse.

Clary levantou a mão numa saudação e começou a falar, mas o jovem estava olhando para Alec.

— Você é Alec Lightwood? — perguntou ele em um inglês sem sotaque.

Alec ergueu as sobrancelhas, surpreso.

Isabelle disse:

— Ah, *não*, o Alec agora é famoso.

O homem se virou para olhar para ela.

— E você deve ser Isabelle, irmã dele. Venham — disse o rapaz, gesticulando para que entrassem. — Todos vocês são aguardados.

O Instituto estava surpreendentemente vazio. Acontece que havia apenas quatro Caçadores de Sombras em casa, explicou o homem: o restante estava fora "investigando a situação dos Portais".

— Perdoem-me — disse o jovem, depois que todos tinham entrado em fila e ele havia fechado a porta. — Não tenho a intenção de ser misterioso. Sou Ke Yi Tian, podem me chamar de Tian, e fui informado de que deveria aguardar por vocês. Alec e Isabelle Lightwood, assim como Clary Fairchild, Jace Herondale e Simon Lovelace.

— Então Alec não é Famoso? — Isabelle pareceu decepcionada.

— Informado por quem? — quis saber Jace. Soou cauteloso; Alec não o culpava.

— Um membro de minha família — respondeu Tian. — Não é mais um Caçador de Sombras, mas continua... de olho naqueles que considera alvo de interesse.

— Isso não é nada agourento — murmurou Simon.

— Não é — disse Clary. — Ele está falando do Irmão Zachariah.

— Antigo Irmão Zachariah — falou Tian. Ele olhou ao redor e apontou para uma porta. — Vamos caminhar e conversar no pomar de pessegueiros?

Todos se entreolharam. Alec disse:

— Sim. Sim, parece muito bom.

O pomar de pessegueiros era um espaço bonito e agradável, sombreado e organizado com pequenas mesas de madeira com banquinhos posicionados em um ou outro canto. Tian os levou até uma daquelas mesas, e Simon e Clary se sentaram, enquanto o restante do grupo permaneceu de pé.

— Então... Vocês estão aqui por causa dos Portais?

— Mais ou menos — disse Alec. — O que está acontecendo com os Portais, exatamente?

Tian pareceu surpreso.

— Portais estão se comportando mal pelo mundo todo. Começou há apenas alguns dias, mas está rapidamente se tornando uma verdadeira confusão. Presumi que vocês saberiam... não vieram até Xangai de Portal?

— Sim — falou Clary —, e estavam definitivamente... se comportando mal. Presumimos que fosse algo conosco.

— Todos acharam que era algo de cunho pessoal — disse Tian. — Mas está acontecendo com todo mundo. Portais vão para o lugar errado, ou nem se abrem, ou estão cheios de demônios. Por isso todos saíram para investigar.

— Achamos que nossa missão possa estar indiretamente relacionada aos Portais, de algum jeito — disse Alec, cauteloso —, mas, na verdade, estamos em Xangai atrás de dois feiticeiros, um homem e uma mulher. Eles roubaram um poderoso livro de feitiços de Nova York recentemente, e consideramos os dois perigosos demais para botarem as mãos nesse livro.

Tian puxou um galho distraidamente, o cabelo escuro caindo nos olhos.

— Bem, a boa notícia — e a má notícia — é que quase todos os seres do Submundo em Xangai moram no mesmo bairro.

— A Concessão do Submundo — disse Alec.

— Exatamente. Mas tem *muitos* seres do Submundo na cidade. *Muitos*. Eu deveria saber, já que é a minha área de patrulha.

— Eles deixam você patrulhar por lá? — indagou Isabelle.

Tian assentiu e disse, com certo orgulho:

— As relações entre Caçadores de Sombras e seres do Submundo sempre foram muito boas em Xangai.

— Mesmo agora? — falou Alec.

Tian fez uma careta.

— Fazemos o melhor possível. O segredo é conhecer as pessoas, forjar relacionamentos com elas, confiar nelas, para que então elas confiem em você quando for pertinente.

Alec percebeu que gostava daquele sujeito.

— Você tem alguma sugestão?

Tian assentiu.

— Se puderem esperar, deveriam ir ao Mercado das Sombras amanhã. Tem algumas pessoas com quem poderiam conversar... mas, na verdade, o melhor lugar para começar seria com Peng Fang. Ele é um mercador de sangue de vampiro...

— Já nos conhecemos — disse Alec, sombriamente. Isabelle e Simon trocaram olhares confusos.

— E há outros. — Tian hesitou. — Vocês ficariam ofendidos se eu os acompanhasse? As coisas estão melhores em Xangai do que em outros lugares, mas muitos seres do Submundo ainda ficariam desconfiados de Nephilim desconhecidos. Principalmente, óbvio, Nephilim estrangeiros.

— Ei — disse Simon, defensivo —, o Alec aqui é o *fundador* da Aliança Submundo-Caçadores de Sombras. Ele tem um passe do Submundo.

— Eu não tenho passe do Submundo — replicou Alec.

— Se algum Caçador de Sombras tem um, é você — insistiu Simon.

— Levarei vocês e farei as apresentações — disse Tian. — Eles me conhecem. E vocês vão querer se dividir quando perambularem por lá. Seis Caçadores de Sombras juntos em um Mercado das Sombras parece um presságio de algo grave. — Ele sorriu para o grupo. — Venham até a casa de minha família amanhã. Podemos tomar café da manhã e então ir ao Mercado.

— Mas o mercado é à noite — disse Simon.

Tian deu um sorriso largo.

— Bem-vindos a Xangai, lar do único Mercado do Sol.

— Mas como os... — começou Simon.

— Vampiros têm uma seção escura do Mercado, a qual foi fechada para uso deles — disse Tian.

Simon assentiu, satisfeito.

— Ouvi falar de uma livraria — comentou Alec. — O Palácio Celestial.

As sobrancelhas de Tian se ergueram.

— Fica perto de lá. Podemos visitá-la também. É... — Ele hesitou. — Mas o local é de posse e administração das fadas. Vocês vão atrair atenção. A concessão inteira saberá em minutos que uma gangue de Caçadores de Sombras estrangeiros foi até o Palácio.

— Isso vai causar problemas? — perguntou Jace.

Tian deu de ombros.

— Provavelmente não. Só fofoca. Se não quiserem que monarcas das fadas ou clãs de vampiros ou o Labirinto Espiral saibam que estão em Xangai, isso vai cair por terra assim que entrarem.

— Por que não gostaríamos que soubessem que estamos em Xangai? — questionou Alec.

Tian hesitou.

— Posso falar francamente? — perguntou. Quando todos assentiram, ele prosseguiu. — Um dos motivos pelos quais as coisas permanecem amigáveis entre todos aqui em Xangai é que nós, Caçadores de Sombras, tentamos encarar as situações conforme elas surgem, e encontrar soluções onde pudermos.

— Não tenho certeza de onde quer chegar — falou Clary.

Tian pigarreou.

— Nossa meta é a estabilidade geral do lado das Sombras da cidade. Isso significa às vezes permitir alguma atividade do Submundo que pode não ser normalmente aceitável. Sempre por causa de consideráveis circunstâncias atenuantes, vocês entendem.

— Ah, entendi — falou Jace. — Está dizendo que se formos juntos à concessão, talvez vejamos coisas ilegais, e você quer saber se conseguimos deixar passar.

— É *isso* o que está dizendo? — indagou Alec.

— Eu não colocaria exatamente nesses termos, mas... sim — falou Tian.

Eles trocaram olhares. Cuidadosamente, Jace falou:

— Embora todos nós sejamos conhecidos principalmente por nossa aderência rigorosa à letra e ao espírito da Lei...

— Obviamente — concordou Isabelle.

— ...também somos visitantes aqui, e compreendemos que circunstâncias costumam ser complicadas e têm muita história. Além disso, somos do Instituto de Nova York, e somos conhecidos mestres do deixar passar.

Jace deu uma piscadela. Tian pareceu confuso.

— Não estamos aqui para interferir na forma como vocês fazem a sua caça às sombras — esclareceu Alec, como confirmação.

As sobrancelhas de Tian se franziram.

— É assim que se diz em inglês? "Caça às sombras"?

— Não — interveio Isabelle. — Ninguém fala assim.

— Bem, talvez devêssemos começar — replicou Alec. Isabelle mostrou a língua para o irmão.

— Então, como é a situação demoníaca aqui? — perguntou Clary.

— Não é ótima. Está piorando. — Tian se aprumou. Parecia desconfortável. — Vamos voltar para dentro. Quero verificar se meu pai voltou da ronda dele.

Conforme caminhavam, ele elaborou.

— Primeiro, em uma cidade grande como esta, sempre haverá idiotas evocando novos demônios, e ainda haverá velhos demônios de séculos atrás por aí. Na verdade, estamos vendo muito disso ultimamente. Demônios estranhos, coisas que não são vistas em Xangai há centenas de anos. Coisas que é preciso procurar em um livro ao voltar de uma luta.

— Alguma ideia do motivo?

— Um monte de teorias. Nada sólido de fato. É engraçado: durante décadas, Xangai foi conhecida por ser uma cidade muito segura, muito poucos demônios, segura para os seres do Submundo. Na época após Yanluo...

Eles estavam de volta ao saguão de acesso ao Instituto e Tian estava prestes a continuar falando quando houve uma súbita batida forte às portas da entrada. Tian lançou um olhar penetrante para as portas, então foi atender, a testa franzida.

— Qual é o problema? — disse Alec.

— Não é possível *bater* a esta porta — explicou Tian. — Tem meio metro de espessura. Ninguém conseguiria bater com força o suficiente.

Ele abriu a porta e, atrás dela, na claridade da manhã, estava Magnus. Estava curvado, as mãos nos joelhos, ofegante, como se tivesse corrido muito.

— Magnus! — Alec avançou até ele.

Magnus estava com os olhos arregalados, não parecia ele mesmo. Ele olhou para o grupo, então para Tian.

— Você deve ser Tian — disse. — Sou Magnus Bane, é um prazer conhecer você. E, agora, todos vocês — acrescentou —, saiam e tragam armas. Já.

Alec acompanhou Magnus pelas portas. Atrás dele, Isabelle arquejou.

Cortinas pretas de sombras pendiam do céu, sob o que parecia ser uma nuvem de tempestade pequena e baixa. Não havia chuva, embora trovões ribombassem. A região sob a nuvem estava escura como a noite, e para além da névoa fervilhante abaixo da nuvem vertiam demônios, dezenas deles.

No centro da chuva de demônios, trinta metros acima do chão, Shinyun pairava com as mãos elevadas. Luz brilhava em volta dela, carmesim e ondulante.

— Então, algumas observações importantes — começou Magnus.

Tian surgiu do Instituto, agora segurando um artefato em um cordão de prata, o qual ele chicoteava junto à lateral do corpo.

— Quem é?

— Aquela é uma feiticeira muito má que não gosta de mim — explicou Magnus. — Essa é a primeira observação. A segunda é, não tenho certeza, mas *acho* que ela pode estar controlando alguns demônios.

Os demônios que tinham aterrissado rolavam e se combinavam em suas várias formas diferentes. Havia criaturas que pareciam feitas da própria nuvem, com olhos frios brancos como osso. Havia mais dos demônios-cobra que eles haviam enfrentado no apartamento do ser das fadas, e esqueletos sorridentes.

Alec tinha se aproximado de Magnus e permanecia perto dele.

— Como ela encontrou a gente?

— Ela me encontrou — falou Magnus. — No hotel.
— Como? — questionou Clary.
Ele revirou os olhos.
— Ela tem espiões por todo lado, aparentemente.
— Ela atacou você? — perguntou Jace.
— Sim, mas então eu saí do hotel para vir até o Instituto, e ela apareceu quando eu estava na metade do caminho e me atacou *de novo*, com demônios desta vez.
— Isso significa que ela perfurou você com o ferrão de novo? — perguntou Alec, alarmado.
— Não temos tempo para entrar nesses...
Alec se virou para encarar Magnus e o agarrou pelos ombros.
— Ela apunhalou você de novo? — indagou ele, com mais determinação.
Magnus respondeu:
— Sim.
Foi como se o próprio Alec tivesse sido ferido. Ele fechou os olhos.
— E fica pior. Mas nós realmente *não* temos tempo para isso ainda. Neste momento precisamos lidar com o pequeno exército dela. Eles me seguiram até aqui.
— Você a trouxe até a gente? — Simon pareceu surpreso.
— Bem — disse Magnus, irritado —, não achei que conseguiria dar conta dela e de todos os demônios sozinho. O que você teria sugerido que eu fizesse?
Alec não disse nada. Normalmente, Magnus teria conseguido neutralizar Shinyun facilmente; ele era um feiticeiro muito mais poderoso do que ela. Ou Shinyun tinha ficado mais poderosa, ou Magnus tinha ficado mais fraco. Ou ambos. E agora ele tinha sido ferido de novo.
Alec sacou o arco e disparou algumas flechas nas bolas de névoa; elas ficaram presas, então havia *alguma coisa* sólida ali.
— Tian! — gritou ele. — Esses demônios são locais? Em que tipo de criatura estou disparando?
— As cobras são Xiangliu, elas não existem nos Estados Unidos? — Houve um clarão e o cordão que Tian rodopiava subitamente avançou, formando um ângulo, e Alec percebeu que na extremidade havia uma lâmina de *adamas* em formato de diamante, a qual arrancou a cabeça de um dos tais Xiangliu. — As nuvens são Ala, são só irritantes.
— Ah, nossa — disse Isabelle, correndo até Tian, com um cajado esguio na mão. — O que *é* essa arma? É incrível.
Tian pareceu satisfeito.

— Dardo de corda. — Habilmente, ele girou o cordão em torno do corpo, segurando-o perto da lâmina para recuperar o controle.

— Quero uma dessas — disse Isabelle. Ela chicoteou a ponta do cajado e uma longa lâmina curva, como uma cimitarra, se abriu e estalou, fixando-se na ponta.

Simon tinha soltado o arco e sacado duas lâminas serafim, as quais brilhavam em suas mãos como faróis no escuro sobrenatural.

— Isto é um *guisarme*? — gritou ele para Isabelle.

Isabelle empalou um esqueleto com a ponta da arma, então a girou ao redor do corpo e empalou um segundo esqueleto antes de o primeiro sequer ter caído.

— É uma *glaive* — disse ela, com um sorriso malicioso para Simon.

— Céus, eu amo você — rebateu Simon.

— Será que alguém poderia jogar água nesses dois? — disse Magnus.

— Olhem, sinto muito por tê-la trazido para cá. Eu não sabia o que fazer. Shinyun... vou tentar conversar com ela.

— Você consegue voar até onde ela está? — perguntou Alec.

— Sim, mas vou precisar de ajuda se não quiser ser nocauteado de lá do alto.

— Vamos manter todas as outras criaturas longe de você — disse Alec.

— Vou lutar contra os esqueletos — rebateu Simon.

— Eu já estou lutando contra os esqueletos — comentou Isabelle. Ela olhou Simon de cima a baixo, com preocupação em sua expressão de guerra. — Você dá conta?

— Posso ser um Caçador de Sombras há pouco tempo, mas me preparei *a vida inteira* para combater guerreiros esqueletos. Eu dou conta.

Jace tinha desaparecido de vista. Alec olhou para o enxame de demônios e derrubou um Ala com duas flechas velozes. E então viu Jace, que estava dando grandes saltos, muito mais altos do que qualquer mundano conseguiria, e açoitando com o mangual qualquer coisa que se aproximasse dele. A corda de dardo de Tian estava fazendo os Xiangliu cadenciarem e desviarem para se desvencilhar dos arcos imprevisíveis, e enquanto Alec disparava mais flechas, ele também reparava que Clary tinha se posicionado de modo que os Xiangliu desorientados pelos golpes de Tian caíssem diretamente nas lâminas serafim dela.

Atrás de Alec, faíscas voavam dos dedos de Magnus em direção ao chão, e de repente ele se elevou em direção a Shinyun. Alec ficou observando-o, o arco em punho. Havia alguma coisa diferente nas faíscas, elas pareciam... mais afiadas? E havia uma névoa estranha sobre a batalha toda, como se ele estivesse olhando através de uma fogueira.

Em torno de Alec, os outros cinco Caçadores de Sombras devastavam os demônios. Alec mantinha a atenção em Magnus, derrubando com uma flecha bem posicionada qualquer nuvem de demônios que ousasse voar para seu namorado.

— Alec, atrás de você — gritou Simon, e Alec se virou bem a tempo de ver um Xiangliu surpreso se estilhaçar para a inexistência. O cordão do dardo de Tian pairou alguns centímetros diante do rosto de Alec, então recuou. Alec olhou para Tian, que lhe ofereceu uma piscadela.

Alec voltou o olhar para Magnus.

Magnus voou na direção de Shinyun e se perguntou se ela tentaria explodi-lo céu acima. Ele jamais desviava o olhar dela; precisava confiar que Alec manteria seu caminho livre. Ele *confiava* que Alec manteria seu caminho livre.

— Shinyun — gritou ele ao se aproximar, para ser ouvido por cima do vento e do estrondo do trovão em segundo plano. Mas também porque estava com raiva. — Você me dá um belo presente, então nos ataca? Achei que nossa conversa tivesse ido bem!

Shinyun olhou para ele impassivelmente.

— Você poderia conjurar um exército tão grande quanto este, sabe.

— Não poderia — disse Magnus —, mas também, eu não faria isso. Primeiro, é totalmente ilegal. — Shinyun soltou uma gargalhada. — Segundo, então teríamos *duas vezes* mais demônios, em vez de *nenhum* demônio, que é o que eu prefiro.

— Ah, mas você poderia, sim — insistiu Shinyun. Houve um farfalhar de vento e Magnus percebeu dois demônios Ala avançando para ele, um de cada lado. Shinyun, pensou ele, sombriamente, estava tentando comprovar sua argumentação.

Ora, muito bem. Que tal este *argumento aqui?*

Com um rugido, Magnus esticou os braços, deixando a bolha quente de magia no fundo de seu peito ferver de vez. Raios estalaram de suas mãos, azul-claros e cortantes. Os demônios Ala foram partidos ao meio com um corte limpo e desabaram. Magnus abaixou as mãos — para sua surpresa, ele não tivera problema algum para se manter no alto durante o ataque.

Embora a face de Shinyun estivesse inexpressiva como nunca, Magnus teve a distinta impressão de que ela sorria para ele.

— Está vendo? Não importa o que você pensa sobre meu mestre, o poder do Svefnthorn é inegável.

— O que o seu mestre pensa de *mim*?

Ela gargalhou.

— Ele ainda não sabe nada sobre você. Mas acho que vai ficar muito satisfeito quando souber.

— Por que ele ficaria satisfeito? — quis saber Magnus, incrédulo. — Porque você está dando força a um dos inimigos dele?

Ela riu de novo.

— Você não conhece mesmo Samael.

— Concordo. Não conheço. — Ele olhou em volta. — Parece que meus amigos estão quase terminando de limpar seu exército de demônios.

Shinyun deu de ombros.

— Tem mais de onde eles vieram. Mas vou embora. Só queria que você e seus amigos vissem uma pequena demonstração do que o ferrão possibilita.

Ela levantou as mãos e, em uníssono, os demônios lá embaixo congelaram. Em uníssono, eles se viraram para encarar Shinyun. Magnus viu um deles murchar e sumir quando um Caçador de Sombras, ele não soube dizer qual, aproveitou a oportunidade para atirar uma lâminas nas costas da criatura.

Mais um gesto, e todos os demônios que restavam subiram aos céus. E seguiram até começarem a ser sugados de volta à nuvem preta que fizera sombra sobre a batalha.

— Espere — disse Magnus. — Onde está Ragnor? Quero... *preciso* falar com ele.

— Vou dar o recado a ele — disse Shinyun, em tom manhoso —, mas ele está muito ocupado.

Magnus gritou:

— Como ele se esquivou de nossa magia de Rastreamento? O que você está tentando fazer? *Onde está o Livro?*

Shinyun apenas gargalhou. E então se elevou para a nuvem de tempestade, ainda rindo. Magnus tinha de lhe dar o crédito: a feiticeira possuía um tipo clássico de vilania.

Depois que Shinyun entrou na nuvem, tudo ficou quieto. Em silêncio, por cerca de dois minutos, a nuvem de tempestade enfraqueceu, se acendeu, se dissipou em fiapos de arabescos de névoa. E desapareceu; Shinyun e seus demônios se foram.

E o dia estava ensolarado outra vez.

Alec ficou admirando Magnus descer, os cabelos pretos ondulados embaraçados pelo vento forte. Ele aterrissou com leveza, gracioso como um gato, e o encarou de volta.

Alec estava aliviado. Ficara apavorado. E tinha perguntas a fazer.

Também notou a expressão de Tian, que parecia chocado, e se perguntou se aquele seria o primeiro contato dele com magia de feiticeiros. Mas Tian não estava olhando para Magnus.

— Baigujing — disse Tian. Olhou para o céu, então de volta para Alec. — Os esqueletos. Eram as filhas de Baigujing.

— Quem? — perguntou Isabelle.

— Aah, eu sei essa, eu sei essa — disse Simon, erguendo a mão e quicando avidamente. Isabelle olhou feio para ele, que baixou a mão. — Desculpe. Eu acabei de Ascender na última primavera — justificou ele a Tian.

Tian fez um gesto para que ele prosseguisse.

— Não, fique à vontade se quiser explicar.

— Baigujing é um Demônio Maior. Ela está em *Jornada para o Oeste* — acrescentou. — O romance. Hum, ela é uma Transformadora, mas sua verdadeira forma é um esqueleto. E ela tem essas... ajudantes.

— As filhas dela — informou Tian. Ele respirou fundo. — A própria Baigujing é... bem, nem ela, nem as ajudantes têm sido vistas em nosso mundo há muito tempo.

— Como você dizia — falou Clary —, demônios que ninguém vê há muito tempo.

— Esses demônios eram parte de um exército — continuou Tian, balançando a cabeça. — Baigujing era uma capitã naquele exército. Só que aquele exército foi destruído e dispersado há gerações. O que houve aqui deveria ser completamente impossível. E tem mais...

— Muitas coisas impossíveis têm acontecido ultimamente — disse Magnus, se juntando aos demais.

Simon cruzou os braços e encarou o feiticeiro, os olhos semicerrados.

— Então, voar? Você consegue simplesmente voar agora? É isso mesmo?

— Eu... não sei, na verdade — respondeu Magnus. Soou distante. Então deu a Tian um sorriso fraco. — Ke Yi Tian, não é? Sou Magnus Bane. Alto Feiticeiro do Brooklyn.

— Você já foi mais alto hoje do que qualquer outro feiticeiro que eu conheço — brincou Tian.

Magnus apontou um dedo para ele.

— Boa. Acha que tem algum lugar onde eu possa me deitar por um minuto?

Em menos de um segundo Alec apareceu ao lado de Magnus, com o braço em volta dele, permitindo que ele se apoiasse pesadamente. Magnus estava pálido, sem fôlego.

— Ele precisa descansar — disse Alec para Tian. — Podemos levá-lo ao Instituto?

Tian balançou a cabeça.

— Isso vai causar mais problemas, não menos. Minha família toda conhece Magnus, mas tem muita gente entrando e saindo do Instituto constantemente agora, por causa desse problema dos Portais. E essa feiticeira que não gosta de vocês poderia encontrá-los aqui novamente.

— O que você sugere? — disse Alec.

Tian sorriu.

— O que acham de conhecer minha avó?

7
Casa Ke

Magnus queria abrir um Portal para a Casa Ke. Todos os outros votaram *contra*, considerando o que estava acontecendo com os Portais, mas Magnus estava se sentindo com sorte.

Magnus sabia que ele precisava dormir, e bastante, muito em breve. Mas também se sentia surpreendentemente bem. Ele abriu o Portal com um floreio. Demônios-besouro começaram a cair imediatamente; porém cada criatura teve tempo apenas de registrar surpresa por estar em plena luz do dia antes de explodir em icor. Depois de cerca de um minuto e mais de cinquenta demônios-besouro, Magnus fechou o Portal, dando um suspiro.

— Eu não aguentava mais as carinhas tristes deles — disse ele.

Os amigos o olharam com preocupação. Tian ergueu uma sobrancelha e acenou um celular para Magnus.

— Chamei alguns táxis.

Logo, Magnus estava observando a cidade passar pela janela conforme eles dirigiam pela Universidade Jiao Tong rumo a uma área mais residencial. Magnus não ia para a Casa Ke fazia... mais de oitenta anos. Xangai tinha passado não apenas por uma transformação, mas por muitas transformações, uma por cima da outra, desde então.

Ele pensou na primeira vez que foi a Paris depois das renovações de Haussmann. Ficou parado na Île de la Cité, pasmado, incapaz de se recompor. Dava para ver o rio; dava para ver as espirais da Notre Dame a alguns quarteirões.

Tinha estado naquela localização geográfica dezenas de vezes antes, mas não fazia ideia de onde estava.

E a mesma coisa acontecia neste momento. As novas casas da Xangai moderna passavam como um borrão pelas janelas.

Não, pensou Magnus quando o ajudaram a sair do carro. *Não é aquilo que é estranho. Isto é que é estranho.* Portas duplas altas, reluzindo com um vermelho metálico, dispostas em um muro cinza de concreto simples, impossível de se espiar por cima. Aquelas portas eram as mesmas das quais ele se lembrava. Era tão estranho ver algo que não tinha mudado.

As proteções permitiram que Tian entrasse, e ele gesticulou para que os convidados o acompanhassem. O grupo o fez um pouco cautelosamente. Magnus tinha visto como Jace e Isabelle ficaram surpresos quando Tian explicou que o lar ancestral da família Ke não era o Instituto. Pelo visto, a família Ke era grande, e tradicional. A Casa Ke era mais antiga do que o Instituto, e os familiares que tinham se aposentado do trabalho no Instituto, ou que eram apenas parte do Conclave de Xangai, sempre tinham morado ali.

A propriedade em si era ampla, lembrava-se Magnus, mas a casa principal era muito modesta. Ele tinha certeza de que houvera reformas desde 1920, mas a parte central da casa parecia bastante igual: colunas de tijolo vermelho, suportes *dougong* e telhado com linhas sóbrias. Simples e modesta, mas protegida, é claro, pelas tradicionais criaturas nas arestas dos cantos do telhado, leões e cavalos belamente entalhados comemorando a união da família Ke e alguma outra casa, séculos atrás. Os suportes estavam pintados de azul agora, pensou Magnus. Um azul que pareceu ficar mais escuro mesmo sob seu olhar atento. Magnus ouviu a voz de Alec e fechou os olhos.

Estava mesmo muito cansado.

Magnus acordou e se viu em um quarto pequeno e confortável; pela janela, o sol começava a pensar em descer no céu. Sentia-se revigorado, como se tivesse dormido durante um dia inteiro. Queria encontrar Alec.

Magnus saiu da cama e olhou para a ferida no peito, que estava exposta acima da dobra do roupão. (Ele reparou que tinham lhe vestido com um roupão, presumia ser obra de Alec. *Tomara* que tivesse sido Alec.) Agora, com dois cortes, formava um X sobre seu coração, então Magnus pensou, com um arrepio, no sonho de Clary. Nenhuma corrente ainda, pelo menos. O X estava quente ao toque, como um corte inflamado, mas não causava dor ao pressioná-lo. As pequenas chamas de luz que emanavam do ferimento não causavam sensação alguma. Na verdade, o ferimento causava uma sensação boa. Atrás dele havia um núcleo morno de magia, obviamente o dele, mas Magnus sentia tendões do núcleo estendendo-se através da ferida, tentando alcançar... o quê? O ferrão?

Samael?

Ele encontrou suas roupas dobradas em uma cadeira ao lado da cama e tirou o roupão. Então caminhou pelo corredor. Ao fim do corredor havia uma saleta de estar, ricamente decorada com armas — *Caçadores de Sombras*, pensou Magnus, suspirando —, e um homem sentado em uma das cadeiras. Ele estava inclinado para a frente, como se imerso em pensamentos ou, possivelmente, tirando uma soneca, e Magnus não conseguia ver seu rosto. *Que engraçado*, pensou ele, *a família Ke ainda se parece com...*

O homem levantou a cabeça, e Magnus se espantou.

— Jem? — disse ele. Sussurrou, como se talvez devesse ser um segredo.

Jem se levantou. Estava muito bem, pensou Magnus, para alguém com 150 anos de idade, para alguém que um dia fora Caçador de Sombras e Irmão do Silêncio, e então, depois de tantos anos, subitamente um mundano. Mesmo nesta era moderna, Jem ainda dava preferência às roupas do mesmo estilo de quando era muito mais jovem — estava usando uma camisa branca simples com botões de pérolas, mas por cima dela havia um paletó marrom de corte vagamente vitoriano. Sob outras circunstâncias, Magnus teria pedido a ele o nome do alfaiate.

Sem dizer palavra, Jem avançou e abraçou Magnus. Eram amigos fazia muito tempo. Havia muitas desvantagens em ser feiticeiro, mas a sensação de abraçar um amigo de mais de um século não era uma delas.

— O que está fazendo aqui? — perguntou Magnus. — Não que eu não esteja feliz por ver você.

— Tenho todo o direito de estar aqui — disse Jem, com um brilho nos olhos. — Sou membro da família Ke, afinal de contas. Ke Jian Ming, caso tenha se esquecido.

— Então... uma coincidência? Você por acaso estava visitando a família? Tessa está com você?

A expressão de Jem ficou subitamente séria.

— Tessa não está comigo, e não, não é coincidência que eu esteja aqui.

Ele conduziu Magnus para fora, e os dois caminharam até o lago. Magnus tinha a impressão de que estava com o formato um pouco diferente do que da última vez que estivera ali, mas era um lago lindo antes, e continuava lindo agora. Abetos e salgueiros se inclinavam sobre a água, os galhos tão baixos que mergulhavam nela. As árvores sombreavam as carpas koi douradas, pretas e brancas que nadavam rapidamente, visíveis apenas como sombras tremulantes na água verde.

Uma ponte vermelha, com a tinta descascando devido ao tempo, arqueada sobre o lago, levava a um pátio com chão de terra batida onde uma menina de uniforme, de apenas uns 11 ou 12 anos, repassava movimentos de luta com bastão.

— Eu nasci aqui, sabe — disse Jem. — Antes de meus pais dirigirem o Instituto. — Ele olhou para o reflexo do sol na água calma do lago.

— Onde está Tessa? — quis saber Magnus.

— No Labirinto Espiral — respondeu Jem, e Magnus respirou aliviado. — Mas não espontaneamente. Ela estava sendo perseguida por uma feiticeira. Uma conhecida sua, acho. Uma com o rosto que não se mexe.

— Shinyun Jung — falou Magnus. — Eu diria que ela é minha conhecida; vim para cá diretamente de uma batalha contra ela e seu esquadrão de monstros.

— Foi o que eu soube pelos outros — disse Jem.

— Por que Shinyun estaria atrás de Tessa?

Jem olhou para ele com surpresa.

— Bem... porque ela é uma maldição ancestral, é claro. Como você.

Magnus piscou.

— Ou seja, porque ela é a filha de um Príncipe do Inferno? Como eu?

— Não. É mais do que isso. Tessa foi até o Labirinto não apenas para se esconder, mas para pesquisar. Maldições ancestrais não são apenas os filhos dos Príncipes do Inferno. São os filhos vivos mais velhos desses príncipes. Só pode haver nove deles vivos simultaneamente, e eu só conheço dois. E estou falando com um e sou casado com a outra.

Magnus se espantou.

— Eu não sabia que vocês tinham se casado. — Fora um longo e estranho caminho para Jem e Tessa; ele estava feliz por eles estarem chegando a um lugar onde poderiam finalmente descansar juntos. — Parabéns.

— Bem, na verdade, não — disse Jem. — Nós nos casamos pelas leis mundanas... em particular, entende, em segredo, ninguém presente além de nós e os celebrantes necessários. — Ele olhou para a água. — Nós queremos desesperadamente ter uma celebração de casamento adequada, com todos os nossos amigos e família, mas... temos uma vida perigosa. Há muito estamos procurando por algo que muitas pessoas ruins também querem encontrar. Fomos perseguidos por muito mais criaturas além de Shinyun. Eu não poderia pedir a meus amigos, ou aos descendentes de Tessa, que comparecessem a uma cerimônia de casamento na qual ficassem em perigo.

— Parece uma festa interessante para mim — disse Magnus, mas a tristeza profunda nos olhos de Jem tocou fundo seu coração. — Olha, consigo pensar em uma forma de ajudar vocês a terem um casamento, em segurança, com todos os convidados que vocês quiserem. Quando sairmos dessa situação toda, eu conto.

— Obrigado — agradeceu Jem. Ele pegou a mão de Magnus. — Obrigado. Vou fazer o que eu puder para ajudar vocês com o problema de Shinyun. Quando descobrimos pelo Labirinto que ela estava em Xangai, vim até aqui para ver se o Instituto tinha conhecimento de alguma coisa. Eles não tinham, mas então você apareceu. Estou aqui há apenas alguns dias a mais do que você.

— Bem — disse Magnus —, o que você descobriu?

Jem suspirou.

— Que Portais não estão funcionando.

Magnus disse, em voz muito baixa:

— Shinyun está trabalhando em nome de Samael. O *Samael*, Samael — acrescentou com veemência.

Jem ergueu as sobrancelhas.

— Bem, eis aí um nome que não se ouve todo dia. Como a Terra não está em plena guerra demoníaca apocalíptica, presumo que ele não esteja aqui de verdade.

— Também presumo isso, mas não sei como Shinyun está se comunicando com ele, ou onde ele estaria. Ou em que forma assumiu, digamos. — Magnus pensou um pouco. — Se lhe serve de consolo, não creio que Samael tenha qualquer interesse em Tessa. Shinyun me disse que ela nem mesmo contou a Samael que *eu* sou parte disso.

Jem refletiu a respeito.

— Não me serve de consolo. — Ele suspirou. — Acho que era inevitável. Nós dois sabemos que Príncipes do Inferno não podem ser mortos de fato. Eles simplesmente vão embora e então voltam em algum momento. Faz mil anos; é surpreendente que tenha levado tanto tempo.

Magnus gargalhou.

— Sabe, o mais engraçado é que ele se desencontrou de Lilith *por um pouquinho*.

Tian surgiu na curva do pátio adiante, onde a menina estava treinando. Estava usando uniforme Borgonha inconfundível, com os cordões prateadas da arma de dardo dando voltas em torno do corpo. Ele se abaixou para falar com a menina.

— É melhor eu procurar Alec — disse Magnus. — Sabe onde estão os outros?

— Na cocheira, creio — disse Jem. — Estavam se limpando...
Ele se calou quando uma mulher mais velha, com cabelo grisalho longo preso em duas tranças, surgiu da casa e os encarou com seriedade. Ela segurava uma colher de madeira do tamanho de uma espada longa e uma tigela que era o dobro da cabeça de Magnus. Em cada um dos braços, uma imensa Marca de Equilíbrio.
Também havia Marcas na colher.
— Mamãe Yun — disse Jem, tranquilamente. — Avó de Tian.
— Seus amigos estão sentados à mesa para jantar — disparou a dita--Mamãe-Yun para Jem, em Mandarim. — O que é mais do que posso dizer a você. Ou a ela. — A mulher balançou a colher para a menina que treinava.
— LIQIN! — berrou, do fundo dos pulmões. — Venha comer, menina! Você também, *xiao* Tian.
A menina literalmente parou a perna no ar no meio de um chute e a abaixou devagarzinho. Então se virou e notou que Magnus e Jem a estavam observando, e subitamente ficou com vergonha.
— Esta é outra prima Ke — disse Jem. — Liqin. Tian é meio que um irmão mais velho para ela, pois ele é filho único.
A menina, com a mesma expressão séria que parecia ser o padrão de Tian, assentiu para Jem e passou correndo para obedecer ao aviso de Mamãe Yun.
— Oi, Liqin — disse Magnus, acenando.
A menina parou e revirou os olhos.
— É Laura, na verdade. Sou de Melbourne. Tia Yun não me chama de outra coisa que não seja meu nome chinês, embora ela fale inglês *perfeitamente bem*. — As duas últimas palavras foram dirigidas mais incisivamente em direção ao alvo.
— Oi, Laura — cumprimentou Magnus, acenando novamente.
Ela corou e abaixou a cabeça, se retirando para comer.
— E *você* — disse Yun a Jem, ainda em mandarim. — Jian. Entre também. Com seu amigo.
— Yun, *mei mei* — disse Jem, aprumando-se ao máximo. Magnus sorriu ao ouvir Jem se dirigir a Yun como *irmãzinha*: tecnicamente, ela *era* mais nova do que Jem, embora parecesse ser décadas mais velha. — Sou seu tatara--tio-primo, ou alguma coisa assim, e não vou aceitar que fale comigo dessa forma. Mas, sim, Magnus — acrescentou ele, baixinho —, vamos comer. Não quer vê-la irritada.

* * *

Fora preciso toda a força de vontade de Alec para não passar aquele tempo todo na Casa Ke observando Magnus dormir. Uma vez que descobriram que Irmão Zachariah — agora Jem Carstairs — estava na residência, pediram que ele examinasse Magnus, e ao menos por enquanto, foi proclamado que a coisa da qual Magnus mais necessitava era descanso. Então Alec o deixou dormir.

Ele se sentiu estranho, a princípio, na casa daqueles desconhecidos, sem Magnus para ser descontraído e amigável e deixar todo mundo à vontade. Por sorte, Alec tinha a tendência de se aliar a pessoas extrovertidas e confiantes, por isso Jace e Isabelle fizeram todas as apresentações e explicações enquanto ele, Clary e Simon ficaram mais contidos. Até que Jem chegou, quando então Clary e Simon se animaram e foram conversar com ele e explicar a situação.

Alec ainda não se achava tão íntimo assim de Jem, embora a essa altura já o tivesse encontrado várias vezes. Assim como ocorria com muitos velhos amigos de Magnus, os séculos literais — bem, um século e meio, no caso de Jem — pareciam uma camada impenetrável. Mas o próprio Jem era sobrenaturalmente gentil, e, portanto, se aproximara para falar com Alec por conta própria — para assegurá-lo de que Magnus estava bem, de que ele havia queimado muita magia em pouco tempo, que se sentiria melhor depois de um bom descanso, e que, enquanto isso, Alec deveria aproveitar a propriedade e ir conhecer a família.

Os únicos presentes na casa no momento eram a avó de Tian, a quem Jem chamava de Mamãe Yun, e a prima dele, Liqin, que, de olhos arregalados, encarou Clary por alguns segundos, então fugiu. Os convidados ganharam chá e um passeio pela propriedade, que era tão densa quanto a história dos Caçadores de Sombras e o Instituto em si. Era uma pena, pensou ele, que nenhum deles tivessem conseguido dar a atenção adequada ao lugar. Estavam todos ainda abalados pelo encontro com Shinyun e seu exército de demônios.

Enquanto Magnus dormia e Yun preparava a refeição, Tian levou os convidados à sala de jantar, onde uma longa mesa de pau-rosa dominava o espaço. Ele se sentou com um suspiro, passando as mãos pelos cabelos.

— Por favor, sentem-se — pediu. — Sei que andei arrastando vocês pela casa toda sem entrar na discussão necessária, mas eu precisava de tempo para pensar.

Alec e Jace trocaram um olhar de alívio mútuo. Alec sabia que Jace mal conseguia se segurar para não sair exigindo respostas sobre guerreiros esqueletos supostamente extintos. Todos ocuparam seus assentos, a atenção fixa em Tian.

— Preciso saber — disse Tian. — Quem era aquela feiticeira? Aquela comandando as filhas de Baigujing?

— Shinyun Jung — respondeu Alec. — Uma feiticeira que só toma decisões ruins. O que significa ela estar comandando as filhas de Baigujing?

— Elas são vorazmente leais à própria Baigujing. E essa Jung Shinyun, estando capaz de comandar Baigujing, seria realmente poderosa. — Tian olhou para Alec. — Presumo que ela seja a feiticeira que roubou o livro que você está procurando.

Alec assentiu.

— Pode ser que eu precise explicar parte da história dos demônios em Xangai — disse Tian. — Vou tentar ser breve.

— Recomendo o uso de dioramas — falou Jace. Clary o chutou sob a mesa.

Nos séculos XVIII e XIX, explicou Tian, os Nephilim da China, e principalmente de Xangai, foram atormentados durante anos e anos por Yanluo, um Demônio Maior conhecido por mundanos de todo o Leste Asiático como o Rei do Inferno. Ele se unira a outros demônios poderosos também, inclusive Baigujing, e juntos eles travaram uma guerra assustadora contra mundanos, seres do Submundo e Caçadores de Sombras.

Quando Yanluo atacou o Instituto de Xangai, em 1872, e assassinou vários Caçadores de Sombras, ele se tornou o nêmese da família Ke. Eles o caçaram pela China, finalmente o matando em 1875. (Tian pareceu orgulhoso de tal feito, e com razão.)

— Ele está morto — falou Jace. — Então não é nosso problema, imagino?

— E quanto a Baigujing? — perguntou Isabelle.

— Essa é a questão — disse Tian. — Yanluo não é o verdadeiro Rei do Inferno, é claro. Não é nem mesmo um Príncipe do Inferno. Mundanos o chamavam de Rei do Inferno porque acreditava-se que o mundo dele, Diyu, fosse o inferno humano. Era *mesmo* um lugar horrível. Ninguém parece saber como Yanluo passou a governar Diyu, mas ele usava o mundo para torturar almas mundanas e entreter seus acompanhantes demoníacos com cenas de massacres sangrentos e tormento. — Tian suspirou. — Durante muito tempo, a única passagem permanente entre Diyu e nosso mundo, ou qualquer mundo, era um Portal bem aqui em Xangai. Isso antes de os humanos conseguirem fazer os próprios Portais, é claro, e Yanluo ia e voltava entre os mundos sem que ninguém pudesse fazer nada a respeito. Assim que ele morreu, no entanto, o Portal se fechou, para sempre, e seus acompanhantes ficaram presos em Diyu. Dentre eles, Baigujing e suas filhas.

— Bem, elas fugiram agora — disse Simon sombriamente.

— Será que o Portal que se fechou pode ter aberto novamente? — indagou Clary. — Deveríamos ir verificar?

— Ninguém sabe onde fica... ou ficava — respondeu Tian. — Na época da morte de Yanluo, Xangai estava no meio de uma enorme expansão, com todos os países europeus estabelecendo território aqui e o comércio explodindo. Não ficou claro o que aconteceu com o Portal. Ninguém esbarrou com ele desde a morte de Yanluo, de toda forma. A maioria de nós se apegou à crença de que sumiu quando ele morreu. Ele era do tipo que não iria querer que mais ninguém usasse se ele mesmo não pudesse usar.

Liqin entrou abruptamente e se sentou à mesa com um tipo de disciplina militar, e Tian interrompeu a história para perguntar a ela como tinha sido o treinamento. Alec reparou, com certa surpresa, que quando a menina respondeu, ela o fez com um sotaque indubitavelmente australiano. E então Jem chegou, com Magnus.

Os Caçadores de Sombras saltaram da mesa num movimento sincronizado para recebê-los e também verificar como estava Magnus, mas Alec deu um jeito de chegar primeiro. Ele pegou Magnus pela cintura e o abraçou forte.

— Eu nem sabia que você estava acordado — disse ele, a voz baixa. — Como está se sentindo?

— Com fome. Fora isso, bem. — Ele roçou os dedos sobre a camisa de um jeito meio consciente, logo acima da ferida.

Alec o beijou, com força e voracidade, como se para provar para si que Magnus estava bem. Foi devidamente retribuído, e então Alec sentiu parte da tensão abandonar seu corpo.

Depois de alguns segundos, Isabelle soltou um assovio alto, e Alec se afastou, sorrindo envergonhado. Magnus deu a ele um olhar empático e um beijinho na bochecha.

— Aquilo foi fofo — disse ele.

Alec o abraçou um pouco mais forte, e Magnus assegurou:

— Estou bem. — Só que Magnus sempre diria que está bem, pensou Alec sarcasticamente.

— Não está — retrucou baixinho. — Você disse que levou uma nova punhalada de Shinyun.

Magnus suspirou e abriu a camisa, revelando que o ferimento era agora um X grosseiro sobre o peito. Todos os Caçadores de Sombras arquejaram. Clary levou a mão à boca; parecia surpreendentemente mais alarmada do que os outros.

— Tenho notícias ainda piores — disse Magnus. — Mas creio que Tian estava contando uma história, e detesto interromper.

Tian pareceu chocado.

— Não, por favor. Isto parece mais urgente.

— Se ela me acertar uma terceira vez, vou me tornar um servo de Samael.

— Bem — disse Alec —, então você vai direto para um esconderijo agora mesmo. Ou para o Labirinto Espiral.

— Está seguro aqui — falou Jem. — Esta casa é muito bem protegida.

— Não posso me esconder — prosseguiu Magnus, obstinado —, porque se eu *não* for ferroado uma terceira vez, o poder do ferrão vai me queimar de dentro para fora e eu vou morrer.

Houve um silêncio terrível. Tudo o que Alec ouvia era a própria respiração, intensa e irregular aos ouvidos. Notou que Jace o encarava com os olhos cheios de preocupação, mas seu próprio medo era tão profundo que nem mesmo o conforto oferecido por seu *parabatai* foi capaz de penetrá-lo.

— Então o que vamos fazer? — disse Simon. Estava desolado.

— Derrotar Samael — respondeu Jace, com a voz severa.

— Destruir o ferrão — sugeriu Isabelle.

Alec olhou para eles com afinco, mas os dois não pareciam estar brincando. Magnus falou:

— Não sei se uma coisa dessas vai ser fácil.

Clary, com um olhar obstinado, disse:

— Nunca supus que você nos trouxe até aqui para fazer coisas *fáceis*.

— Vamos dar um jeito nisso — falou Magnus. E olhou para Alec, que correspondeu. — *Vamos*, sim — disse ele novamente

No entanto, as elucubrações de Alec a respeito do assunto teriam de esperar, pois Yun veio pela porta da cozinha, carregando uma enorme bandeja com comida. Alec reparou que ela guardara a colher gigante em uma bainha às costas, o que pareceu apropriado.

— Nenhum de vocês está sentado! — gritou ela, e todos correram para voltar à mesa. — Bem-vindo! — acrescentou ela a Magnus, com o mesmo tom de grito.

Magnus respondeu em mandarim, e a mulher pareceu se acalmar um pouco. Ele causava esse efeito nas pessoas. Ela respondeu em mandarim até certo ponto, então continuou em inglês.

— Jian diz que vocês são pessoas excelentes, e ele é, *na maioria das vezes*, bom em julgar o caráter das pessoas, mesmo que não seja um Caçador de Sombras mais. — Ela deu uma piscadela a Jem e começou a dispor os pratos.

— Deveríamos continuar falando sobre Yanluo? — perguntou Simon a Tian. Magnus fez que *não* com a cabeça violentamente. — Ou... não? — acrescentou Simon.

— Não tem problema, Magnus. — Jem deu um sorriso fraco. — Eu tenho uma conexão pessoal com Yanluo, só isso.

Tian começou a se servir de tofu frito e vegetais. Gesticulou para que o restante deles o acompanhasse.

— Comam, antes que minha avó comece a se ofender — disse ele. — Fico feliz em ajudar com qualquer um desses pratos se vocês...

Mas não foi preciso que ele falasse duas vezes, os Caçadores de Sombras mergulharam no banquete, o qual Alec notou ser bem diferente da comida chinesa com a que estava acostumado em Nova York, mas definitivamente com algumas semelhanças. A coisa mais familiar à mesa eram os bolinhos de sopa, que, a julgar pela sinalização de Tian, deixavam bem claro que Yun tinha se desdobrado pelos convidados. Ele tinha começado a explicar como comê-los, mas parou rapidamente ao perceber que todos à mesa pegaram colheres e estavam mordendo cuidadosamente o topo dos bolinhos para deixar o vapor escapar para assim poderem beber a sopa dentro.

Simon sorriu ante a surpresa de Tian.

— *Xiaolongbao*, não é? — disse ele. — É, tipo, a única coisa chinesa que eu conheço. Ah! E também *char siu bao*. A maior parte do meu conhecimento está relacionada a *bao*.

— *Char siu* é cantonês — disparou Yun, olhando para trás, ao voltar para a cozinha.

— Eu não quis ofender — justificou Simon, parecendo morto de vergonha.

Jem revirou os olhos.

— Ela não está ofendida. É só o jeitinho dela de passar informações úteis.

— Ela treinou a mim — disse Tian —, e uma geração de Caçadores de Sombras antes de mim.

— Ela é assustadora — comentou Magnus, com sincera admiração.

— Deveria tê-la visto no auge — disse Jem. — Mas aquela era outra Xangai. Ela tem um pedigree e tanto, é a neta mais nova de Ke Yiwen.

Magnus pareceu impressionado. Isabelle parou enquanto cortava metade da imensa almôndega cabeça de leão do prato de Simon para roubar um pedacinho para si.

— Quem é essa?

— Foi ela quem matou Yanluo — disse Tian, a boca cheia de comida. — Embora Jem saiba mais sobre isso do que eu.

A expressão de Jem estava sombria e um pouco distante. Alec a conhecia bem. Era o mesmo olhar que Magnus estampava quando pensava em alguma coisa que tinha acontecido há muito tempo e cuja lembrança ainda o magoava.

— Alguns anos antes de Yanluo ser morto, ele invadiu o Instituto de Xangai, capturou meus pais e a mim, e me torturou na frente deles. Como vingança.

A voz dele era firme, mas Jem tinha vivido duas vidas inteiras desde então. Alec não ficou surpreso quando Magnus pôs a mão de modo reconfortante no braço de Jem.

— Vingança pelo quê? — disse Clary, os olhos verdes arregalados e tomados de preocupação.

A mãe de Jem, explicou Magnus, tinha destruído um ninho de crias de Yanluo, que então mirou a vingança no filho dela. Ele contou ao grupo sobre a droga demoníaca *yin fen*, sobre como Yanluo precisara injetá-la em Jem durante dias seguidos, de modo que o corpo dele se tornou dependente da droga e ele teria de tomá-la para sempre ou morreria — o vício se foi somente quando ele se tornou um Irmão do Silêncio, e apenas o fogo celestial, sendo derramado sobre Jem enquanto ele segurava Jace, que queimava com ele, o curara permanentemente.

— Eu lembro dessa parte — disse Clary, sombria.

— Eu lembro *um pouco* — falou Jace. — Foi meio que uma época esquisita para mim.

— Que estranho. Você *nunca* é esquisito — disse Isabelle inocentemente.

— Ainda vemos *yin fen* por aí de vez em quando — falou Tian —, embora nada parecido com a da época do tio Jem. Jovens lobisomens trazem de Macau ou Hong Kong. Mas a comunidade dos seres do Submundo é muito boa em dar fim ao que aparece; eles conhecem os perigos.

— Em Singapura — acrescentou Magnus, coçando o ferimento sem parecer notar —, os Caçadores de Sombras matam você na hora se o pegarem com ela.

— Isso não é contra os Acordos? — indagou Simon, incrédulo. Magnus deu de ombros.

— Pelo menos eu sobrevivi — disse Jem, retomando a história —, diferentemente dos meus pais. A irmã de minha mãe, Yiwen, se dedicou à vingança, e alguns anos depois... fui morar no Instituto de Londres, é claro... ela e meu tio Elias Carstairs encontraram Yanluo e o mataram. — Ele assentiu para a porta da cozinha, por onde Yun saíra. — Mamãe Yun é a neta mais nova de Yiwen, a única ainda viva. — Ele sorriu. — A segunda Ke mais velha viva.

Alec se serviu de mais um pouco do frango agridoce e se sentiu deslocado. Era algo que sentia às vezes, quando a vida de Magnus antes dele, muito antes de ele nascer, na verdade, entrava em cena. Magnus e Jem tinham tanta história juntos, um relacionamento tão longo e complexo... por um momento ele sentiu uma pontada de ciúmes, e então se censurou; obviamente, seu relacionamento com Magnus era de um tipo totalmente diferente do que aquele com Jem, e era bobeira invejar os dois e a história que partilhavam.

Então sua mente deu um salto e, em substituição, começou a pensar em Jem, tão jovem, apavorado, gritando; nos pais de Jem, observando com horror impotente enquanto o filho era torturado na frente deles durante dias. E então percebeu que o maior horror para ele agora era o horror dos pais: conseguia imaginar suportar a própria tortura, a própria dor, mas a ideia de ver Max sofrendo, gritando, de se ver impotente diante da cena... ele estremeceu e olhou para Magnus, que por sua vez o fitava com aquele olhar que Alec classificava como o olhar felino dele — pálpebras pesadas, sério, enigmático. Ele deu um sorriso para Magnus, que sorriu de volta, embora mais desanimadamente do que o normal.

Após o jantar, Magnus desapareceu subitamente, mas Alec ficou preso com os amigos por mais alguns minutos. Liqin se aproximou muito timidamente de Clary para pedir um conselho sobre qualquer coisa; a conversa se voltou para treinamento, armas e Marcas, e então Alec fugiu para o crepúsculo que rapidamente se dissipava do pátio dos fundos da casa, onde encontrou Tian, Jem, Yun e Magnus, de pé em um pequeno círculo, olhando para o céu. Os braços de Magnus estavam cruzados firmemente, de modo protetor, e Alec não soube dizer o motivo — a conversa era toda em um mandarim baixo e acelerado.

Magnus o viu e o chamou. Alec então se aproximou e passou o braço ao redor dele; ficou aliviado ao sentir Magnus encostar o peso contra ele, embora ainda mantivesse os braços cruzados.

— Yun estava nos contando agora mesmo que o Instituto de Xangai enviou uma mensagem de fogo para ela esta noite — informou Jem. — Estão preocupados porque muitos dos demônios que têm visto na cidade são da época de Yanluo e estão associados ao Diyu. Mas Yanluo está morto, e Diyu foi fechado há muito tempo.

— Aquelas filhas de Baigujing que enfrentamos hoje — falou Tian. — Para minha geração, são praticamente lendas; ninguém as combatia há anos.

— Até mesmo para a minha geração — concordou Yun, com a voz baixa, mas ainda intensa. — Os Xiangliu também foram raros em minha vida toda, mas o Instituto diz que agora parecem estar em todo beco escuro.

— Acham que Yanluo pode ter voltado? — perguntou Alec, sem olhar para Jem.

Mas o próprio Jem falou.

— Eu não acho. Yanluo não era um Príncipe do Inferno; ele podia ser morto e *foi* morto. Mas outra pessoa poderia estar acessando Diyu e libertando esses demônios de volta ao nosso mundo.

— Aposto um milhão de iuanes que é Shinyun — disse Magnus, sombrio.

— E Ragnor.

— Mas por quê? — indagou Tian.

— Vários motivos — concordou Alec. Ele tinha chegado a praticamente à mesma conclusão mais cedo. — Sabemos que declararam lealdade a Samael — Yun olhou com determinação para Alec, os olhos subitamente arregalados —, mas não sabemos onde Samael está agora, ou que poder ele tem, ou mesmo se Shinyun e Ragnor têm acesso direto a ele. Talvez seja uma distração das próprias atividades deles. Talvez Samael tenha algum interesse em Diyu.

Magnus soltou um longo suspiro.

— Ragnor encontrou um mundo para Samael, aparentemente.

— Aposto um milhão de iuanes... — começou Alec.

— Nada de apostas — disse Tian. — Se Samael tomou Diyu, então ele está a um passo de entrar em nosso mundo de novo.

— Ele está a um *mundo* de distância — falou Jem. — Há proteções capazes de manter Samael longe da Terra, colocadas desde que a Taxiarquia o derrotou. Mas seria apenas uma questão de tempo.

— Talvez menos tempo do que gostaríamos — falou Magnus. — Eles têm o Livro Branco, e não sabemos para que o querem. Não sabemos onde ficava esse antigo Portal, ou se Samael poderia estar tentando reabri-lo. Talvez ele já tenha reaberto, e é assim que esses demônios estão entrando aqui.

— Não sabemos *de nada* — falou Alec, frustrado. De soslaio, viu os amigos, com Liqin, marchando no crepúsculo para a área de treino. Não queria deixar Magnus, mas estava doido para se juntar a eles, para se deixar perder na normalidade do combate e do treino. Sabia que os outros estavam tentando dar espaço a ele e a Magnus, e também para permitir que Magnus se reconectasse a Jem e Yun. Era inevitável para Alec não se preocupar com Magnus, que talvez estivesse mais vulnerável do que eles achavam, afinal de contas, ele sempre projetava uma imagem de confiança inabalável. Mas Alec compreendia que por mais que Magnus pudesse ser próximo de Clary, de Jace, de Simon, havia um Magnus particular que apenas ele e alguns outros enxergavam. Catarina. Jem e Tessa. Ragnor. — Precisamos tentar encontrar Ragnor. Ele vai falar com você, Magnus, sei que vai... mesmo que esteja tentando converter você para o lado dele, ainda falará com você.

— Ragnor é muito bom em não ser encontrado quando não quer — falou Magnus. — Eu precisaria pesquisar algum tipo de magia incomum para tentar achá-lo, considerando a facilidade com que se esquivou da Marca de rastreamento.

— Então acho que nosso próximo passo é pesquisa — disse Tian. — Amanhã vamos para o Mercado do Sol. Tenho contatos lá. Podemos começar com Peng Fang...

Magnus soltou um resmungo baixo.

— Ele não é tão ruim assim — justificou Alec.

— Acho que prefiro ele a *Samael* — cedeu Magnus.

— Há alguns outros — disse Tian —, e o Palácio Celestial, para materiais de pesquisa.

— E a biblioteca do Instituto não serve? — questionou Alec, surpreso.

Tian deu de ombros.

— A biblioteca do Instituto foi cuidadosamente curada e contém livros úteis reconhecidamente genuínos. O Palácio Celestial contém cantos obscuros com livros cheios de rumores e insinuações. Desconfio que nos divertiremos mais lá.

— Eu adoro rumores e insinuações — falou Magnus.

— Deveriam ir ver Mo Ye e Gan Jiang — acrescentou Yun. Tian franziu a testa.

— O quê? — disse Alec.

— Ferreiros de armas das fadas — falou Tian. — Eles trabalham apenas... com hora marcada. Vovó, não sei se armas são o que...

— Se a horda de Diyu está voltando — falou Yun severamente —, então vocês vão precisar de mais do que lâminas serafim. Mo Ye e Gan Jiang conheceram a luta contra Yanluo e as crias dele por centenas de anos, antes de qualquer um de nós nascermos. Até mesmo você — acrescentou ela, com um aceno para Magnus.

— Eles podem saber sobre o Svefnthorn também, já que são ferreiros de armas. Sendo assim, eis a lista de coisas que precisamos investigar, se entendi bem — falou Alec, enumerando nos dedos. — Shinyun, Ragnor, Diyu, Yanluo, Samael, o Portal para Diyu, o Svefnthorn, o Livro Branco, algum outro livro de magia, talvez.

— Bem — disse Magnus, em tom agradável —, soa como um dia bastante ocupado, portanto, vou precisar de uma boa noite de sono. Alec e eu precisamos ligar para casa agora para ver como está nosso filho, então vou deixá-los por esta noite. Alec?

Eles agradeceram a Yun pela hospitalidade novamente, e Magnus, ainda sem descruzar os braços, liderou o caminho pelo pátio até o quarto. Alec o seguiu, com um presságio duvidoso no peito.

Assim que a porta do quarto se fechou, Magnus se virou e empurrou Alec contra ela, com força. Então o beijou vorazmente, afogando-se em seu gosto, na sensação da barba por fazer contra sua boca (Alec achava um desmazelo, mas Magnus era meio que fã disso), na força dos braços de Alec que envolveram a parte de trás de sua cabeça, ajudando a intensificar o beijo.

Quando ele se afastou, os olhos azul-claros de Alec estavam surpresos e brilhando, a boca, em uma linda contração.

— Isso foi inesperado.

— Senti sua falta — disse Magnus, sem fôlego, e Alec, ainda bem, não perguntou o que aquilo queria dizer, simplesmente o beijou de volta. Sem interromper o beijo, Magnus levou a mão à base do pescoço de Alec e começou a abrir o zíper do casaco do uniforme. Alec, rindo, também começou a abrir os botões da camisa de Magnus, que beijou seu pescoço, fazendo-o gemer de prazer, baixinho, e então continuou a cuidadosa e pacientemente abrir os botões, as mãos levemente trêmulas. Aquilo era puro Alec. Magnus pensou, divertindo-se, na primeira vez que Alec rasgara sua camisa, no início do relacionamento. Ele sempre se lembrava do lindo olhar de surpresa de Alec, como se não estivesse conseguindo acreditar que havia rasgado a camisa de alguém.

Alec começou a beijar, suave, porém urgentemente, o pescoço de Magnus, que então se perguntou, distante, o que faria quando as carícias chegassem ao ferimento causado pelo ferrão, que, aliás, continuava a fervilhar com magia escarlate. Ele afastou o pensamento e abaixou a cabeça para correr as mãos pelos lindos cabelos pretos de Alec e beijar o ponto sensível atrás da orelha. Alec murmurou, e se afastou para tirar o casaco de vez e jogá-lo no chão. Sorriu para Magnus e o ajudou a tirar a camisa também.

E então Alec parou e o encarou. Mas não mirou no ferimento, percebeu Magnus. Em vez disso, ficou olhando desvairadamente, subitamente alerta, para os braços de Magnus. A persistência calorosa, intensa, que vinha se espalhando pelo corpo de Magnus conforme ele beijava Alec foi substituída abruptamente por uma sensação fria, como um cubo de gelo escorregando lentamente do pescoço até o estômago.

— O quê? — disse. E estendeu os braços para olhar, então viu.

No meio de cada uma das palmas estava o contorno de uma estrela, como a ponta afiada de... bem, de um flagelo. Estendendo-se de cada estrela, elos entrelaçados percorriam a parte de dentro dos dois braços dele, irritados e vermelhos e cobertos de bolhas.

Alec estendeu a mão, abalado e ofegante, e com muito carinho passou os dedos pelos elos. Estavam em relevo, duros e inchados. E se estendiam para além dos bíceps de Magnus, pela superfície macia do peito até o ferimento propriamente dito.

— Correntes — disse Alec para si, então olhou para o rosto de Magnus, a expressão intensa. — Elas se parecem com correntes. — Ele hesitou, então acrescentou. — Você sabia?

— Não. Elas não... causam sensação nenhuma. Quero dizer, não mais do que a sensação da ferida...

— Qual é a sensação da ferida? — quis saber Alec. Estava encarando os olhos de Magnus como se fosse encontrar as respostas ali, mas não havia respostas disponíveis.

— Morna. Esquisita. Não... não é desagradável — acrescentou.

— Deveríamos chamar Jem.

— Não! — falou Magnus. — Ele não sabe nada sobre isso.

— O Labirinto Espiral, então. *Alguém*.

— *Não* — insistiu Magnus. — Amanhã iremos ao Mercado e ao Palácio, e conseguiremos respostas lá.

— E se não conseguirmos? — Alec agarrava o ombro de Magnus com intensidade. Magnus hesitou, e Alec fechou os olhos, preocupado, a testa franzida. — Por que você não aceita ajuda? — disse ele, baixinho. — Não precisa lidar com isso sozinho.

Magnus estendeu o braço e carinhosamente tirou a mão de Alec de seu ombro, mas continuou a segurá-la.

— Não estou fazendo isso sozinho. Até onde sei, estou fazendo isso com um verdadeiro time. Você, Jace, Clary, Simon, Isabelle, Tian, Jem... é espantoso que não tenhamos trazido Maia e Lily junto.

— Você preferiria que todos eles não estivessem aqui? — falou Alec. — Queria que eu não estivesse aqui? Queria que eu não soubesse? Sobre essa história toda?

— Não — afirmou Magnus de novo. Alec estava *com raiva*? Ele exalou lentamente. — Eu falei pra você, eu não sabia sobre as correntes...

— Você não está preocupado? Não está *chateado*? — pressionou Alec, e Magnus percebeu: ele não estava com raiva. Estava apavorado. — Não precisa bancar o tranquilo comigo. Sou a pessoa com quem você jamais precisa fingir tranquilidade.

Magnus sorriu e abraçou Alec, enlaçando-o com firmeza. Para seu alívio, Alec permitiu o gesto.

— Eu sei disso. E você me conhece — murmurou ele ao ouvido de Alec, os fios dos cabelos do outro provocando seu nariz com o cheiro cálido de sabonete, suor e sândalo que lembrava a casa deles. — Tento encarar um momento por vez.

Ele sentiu a longa exalação deixando o corpo de Alec, a tensão se aliviando um pouco.

— É claro que estou preocupado — prosseguiu, ainda ao ouvido de Alec. — É claro que estou chateado. Não sei bem o que está acontecendo, e a única pessoa que poderia explicar isso pra mim está...

— Fora de controle?

— Eu estava falando de Ragnor, na verdade — corrigiu Magnus. — Que está possuído por Samael. Mas vamos dar um jeito. Juntos. Amanhã. Amanhã você vai poder ajudar. Hoje à noite eu preciso... relaxar. — Ele deu um beijo na têmpora de Alec e ficou satisfeito ao ver que o namorado se permitiu um sorrisinho.

Alec se virou e colocou a mão no coração de Magnus, logo acima da ferida.

— Se você morresse — disse ele —, parte de mim morreria também. Então, lembre-se, Magnus. Não é só a sua vida. É a minha vida também.

Alguém, há muito tempo, dissera a Magnus que humanos jamais poderiam amar da forma como os imortais amavam; as almas deles não detinham força para tal. Aquela pessoa jamais conhecera Alec Lightwood, ou mesmo alguém como ele, pensou Magnus, e por isso a vida dela devia ser um tanto vazia. A força do amor de Alec o tornava mais humilde e o erguia como uma onda; e então Magnus permitiu que a onda o carregasse até Alec, até a cama deles, juntos, até as mãos entrelaçadas dos dois conforme eles se movimentavam em uníssono, os gemidos mútuos sendo contidos pelos lábios colados.

Horas mais tarde, Magnus estava dormindo profundamente, mas Alec permanecia acordado, ouvindo os insetos e pássaros entoando suas canções noturnas. A lua derramava luz suave pela janela. Depois de um tempo, ele se levantou da cama, vestiu um pijama e saiu.

Percorreu o perímetro do terreno da casa, ao longo do muro de tijolo baixo que marcava seus arredores, traçando os dedos. Sentia-se inquieto e estranho. Estava preocupado com Magnus e queria *agir*, não dormir, mas não conseguia formular um plano ou mesmo pensar nos passos. Simplesmente não tinha informação o suficiente.

Jace, inesperadamente, estava sentado no muro de tijolo, observando o céu. Ele se virou ao ver Alec chegando.

— Também não consegue dormir?

— Por que você está com insônia? Sou eu quem tem um namorado com um grande X mágico entalhado no peito por alguém insano.

— Todos têm seus problemas — retrucou Jace, e Alec concordou que aquilo provavelmente era verdade. — Maryse perguntou se eu toparia assumir a direção do Instituto — acrescentou Jace casualmente.

Alec não disse *eu sei*, mas, em vez disso, perguntou:

— Você vai aceitar?

Jace se esquivou da resposta.

— Não sei.

— Por que não? Você seria bom nisso. É um bom líder.

Jace balançou a cabeça, sorrindo.

— Sou bom em ser o primeiro a avançar na batalha. Sou bom em matar muitos demônios. Talvez eu possa liderar assim.

— Não quer um trabalho burocrático? — perguntou Alec, impressionado.

— Você não precisaria parar de patrulhar, sabe. Não há tantos de nós assim para isso.

— Eu simplesmente não me considero bom nas coisas que fazem parte da direção de um Instituto. Estratégia? *Diplomacia*?

— Você é ótimo nessas coisas — protestou Alec. — Quem anda colocando na sua cabeça a ideia de que você só serve para lutar? É melhor que não seja Clary.

— Não — falou Jace sombriamente. — Clary acha que eu deveria aceitar.

— Eu também acho.

— Nenhum de nós precisa aceitar. A Clave mandaria alguém de outro Instituto, se preciso. Um adulto.

— Jace — recomeçou Alec —, nós somos adultos. Somos os adultos agora.

— Pelo Anjo, isso é *assustador* — falou Jace, com um leve sorriso. — Eles até mesmo deixaram você ter um *filho*.

— Eu deveria ligar para minha mãe, na verdade — disse Alec. Ele pegou o celular e gesticulou com o aparelho. — E você deveria ir dormir.

— Você também — rebateu Jace, levantando-se. Mas antes que pudesse escapulir, Alec o puxou para um abraço, e Jace retribuiu com a gratidão esperada.

— Vai ficar tudo bem — falou Jace. — Vamos salvar o dia de novo. Estamos aqui para isso. — E, a seguir, retornou para o quarto.

Alec ficou observando-o partir, e então voltou a atenção para o celular e ligou — e quase pensou *estou ligando para casa*, mas não, o Instituto não era sua casa mais. Isso ainda parecia estranho às vezes.

Para sua surpresa, Kadir atendeu o celular de Maryse.

— Alec! — disse ele, com entusiasmo surpreendente. — Justamente a pessoa com quem eu queria falar. Não queríamos incomodar você, mas...

— O quê? — indagou Alec, imediatamente alerta. Os nervos dele não estavam em bom estado. — Max está bem?

— Sim, Max está bem — falou Kadir. — Ele é um belo engatinhador!

— É, ele consegue engatinhar bem rápido — contou Alec, sem saber aonde aquilo estava indo. — Espero que isso signifique que ele vai andar de verdade em breve.

— Bem — hesitou Kadir —, você sabia que... quero dizer... em *casa*, ele...

— O quê?

— É Alec? — disse Maryse ao fundo. Houve um estalido, então ficou nítido que ela colocara a ligação no viva-voz. — Alec, seu filho está subindo pelas paredes.

— Ele às vezes é bastante ativo, de fato — falou Alec.

— Não — disse Maryse com bastante calma —, quis dizer que ele está *escalando pelas nossas paredes*. E cruzando o teto! E então se pendurando nas cortinas.

Alec beliscou o osso do nariz com a mão livre. Em casa, é claro, Magnus conseguia evitar as aventuras mágicas acidentais de Max com a gravidade.

— Não acho que ele vá cair — falou ele sem muita segurança. — Normalmente quando ele faz isso, nem mesmo nota que aconteceu e nós simplesmente ficamos esperando que ele retorne ao chão.

— Sim, mas... Alec, o teto do Instituto é *muito* alto.

— Eu preciso carregar uma almofada grande o tempo todo por precaução — acrescentou Kadir.

— Tem algumas lanças na sala de armas, mas nada longo o suficiente para ele alcançar — prosseguiu Maryse. — Não existe uma solução mágica para isso? Alguma coisa nos componentes de feitiços que Magnus trouxe? Alguma coisa para... para neutralizá-lo?

— Hum, não, mãe. Não tem nada para "neutralizá-lo". Eu disse que ele dava trabalho.

— É óbvio que só usaríamos o lado do cabo das lanças, se preciso — sugeriu Kadir.

— Ele está chateado? — quis saber Alec.

— Kadir? É sempre difícil dizer...
— Não, mãe, Max. Max está chateado?
— Max está *animadíssimo* — falou Maryse, num tom que Alec associava fortemente à mãe falando de Jace. — Max está se divertindo *intensamente*.
— Então vocês só precisam ficar de olho nele e esperar que desça.
Houve uma longa pausa.
— Bem... tudo bem — respondeu Maryse. — Se é só isso que pode ser feito.
Alec começou a falar:
— Você poderia ligar para Catarina...
— Não, não, não — falou Maryse rapidamente. — Está tudo sob controle aqui. Volte para sua missão e não se preocupe, está bem?
— Alec — interveio Kadir, muito intensamente. — Também preciso falar com você sobre *A ratinha muito pequena que percorreu um caminho muito longo*, de Courtney Gray Wiese.
— O que tem ele? — respondeu Alec.
— Você não me contou — disse Kadir. — Não me deu avisos o suficiente.
— Nós tentamos — informou Alec.
Em tom desolado, Kadir recitou:
— O melhor dos ratos será negligenciado / Se não for frequentemente desinfetado.
— É difícil preparar alguém de verdade para isso — falou Alec. — Você meio que precisa vivenciar por conta própria.
— De fato — replicou Kadir. — Fiquei feliz com *Onde vivem os monstros*, pelo menos. Aprendi, depois de todos esses anos, onde os monstros vivem. Eles vivem aqui neste Instituto.
Alec se despediu e desligou, então olhou para o céu noturno limpo. Maryse havia criado quatro filhos em uma construção de pedra sem acolchoamento e lotada de armas. Maryse *o* criara, e ele jamais sequer quebrara um osso sob a vigilância dela. Max ficaria bem.
Mas será que Magnus vai ficar bem?
Ele afastou o pensamento e voltou para a cama.

Magnus estava em um imenso salão empoeirado. Havia luzes pendendo do teto, fornecendo uma iluminação amarela fraca, no entanto, as luminárias e o teto em si estavam tão longe dele e tão cobertos de escuridão que ele não conseguia enxergá-los.
Conforme seus olhos foram se adaptando, ele foi percebendo que estava em um tipo de tribunal, dos bem antiquados, algo saído de cem ou duzentos

anos antes. Parecia ter sido abandonado por pelo menos todos esses anos. Uma espessa camada de poeira e teias de aranha cobriam cada superfície, e embora a maior parte da mobília de madeira entalhada estivesse intacta, havia cadeiras jogadas aqui e ali, que foram devidamente recolhidas.

Ele estava sonhando, pensou. Certamente sonhando. Mas com o quê? Ou onde?

Atrás da bancada dos juízes havia três assentos. O do meio era muito maior do que os outros, e uma espessa nuvem cinzenta pairava acima dele, como se um demônio Ala gigante estivesse agachado dentro dela, embora Magnus não conseguisse ver olho nenhum. À direita da nuvem sentava-se Shinyun; à esquerda da nuvem sentava-se Ragnor.

Magnus ergueu as mãos e viu que as bolas com espinhos gravadas em suas palmas tinham se tornado bolas de ferro reais, sólidas, com alguns centímetros de diâmetro, profundamente enterradas. Sangue escorria em torno delas. Ele ergueu as mãos de maneira hesitante e bateu as palmas, ouvindo as bolas tilintarem no salão vazio.

Houve um ruído seco que, depois de um momento, Magnus reconheceu como o pigarrear de Ragnor.

— Elas são feitas para você não conseguir unir as mãos em oração — disse ele. A voz estava baixa, mas ecoava nos ouvidos de Magnus claramente. — É um pouco antiquado, mas você sabe como são esses artefatos. Simbolismos demais, praticidade de menos.

— Onde estamos? — perguntou Magnus. Ele se dirigiu a Ragnor e ignorou Shinyun. Tinha a nítida impressão de que ela o fitava com escárnio, embora, é claro, seu rosto estivesse inexpressivo como sempre.

— Lugar nenhum em particular — falou Ragnor, acenando preguiçosamente. — Estamos apenas conversando.

Magnus avançou, embora se sentisse mais pesado do que o normal, como se suas pernas estivessem acorrentadas a halteres.

— Conversando sobre *o quê*? Está pronto para me dar minhas respostas? Vai me contar o que está acontecendo com este... este ferrão? As correntes em meus braços? O que vocês estão planejando? O que querem com o Livro Branco? Por que se uniram a S...

Nesse instante, Shinyun levou um dedo aos lábios e o calou. O ruído foi ensurdecedor, como ser afogado em uma onda quebrando na praia, e Magnus levou a mão às orelhas, então as tirou rapidamente ao sentir os espinhos de ferro das palmas espetando-o.

Quando o ruído parou, Ragnor disse em tom de reprovação:
— Você não deve dizer o nome dele.
— O quê? — questionou Magnus, incrédulo. — *Samael*?
A sala estremeceu muito levemente, nuvens de poeira agitando-se.
— Samael! — gritou Magnus. — Samael, Samael, Samael!
O salão roncava agora, e chacoalhava como um trem descarrilhado. Magnus se esforçou para continuar de pé, mas Ragnor e Shinyun permaneceram sentados, parecendo impacientes.
— *Por quê?* — gritou Magnus para Ragnor, agora com raiva. — Por que ele? Por que o grande Ragnor Fell se aliaria a *qualquer* demônio, sem levar em conta seu poder? Não foi isso que você me ensinou. É contra tudo em que jamais acreditou!
— Os tempos mudam — disse Ragnor, irritantemente calmo.
— E qual é o problema com esse... esse *espinho*? O que isso tem a ver com S... com seu Príncipe do Inferno?
Ragnor gargalhou, um som desagradavelmente rouco, muito diferente da risada da qual Magnus se lembrava.
— O Svefnthorn? Isso é coisa de Shinyun. É magia antiga, Magnus, magia de feiticeiro muito antiga e poderosa, e não houve mestre por trás dela. Shinyun encontrou o ferrão, e então ele ganhou um mestre. Nosso mestre. O ferrão vai apenas ajudar você a se tornar quem está destinado a ser.
Ele ficou de pé, e Magnus arquejou. Os chifres de Ragnor, sempre tão arrumados e elegantes, tinham crescido e se enroscado completamente em torno da cabeça; agora terminavam de cada um dos lados do rosto, projetando-se em torno do queixo como presas. Os olhos de Ragnor brilhavam como obsidiana, mesmo sob as sombras amarelas da sala.
— Shinyun não estava mentindo para você — prosseguiu. — O Svefnthorn é um ótimo dom, que foi perdido, mas que, graças a nosso mestre, foi encontrado. Ele nos ajuda a servi-lo melhor. Vai ajudar você a servi-lo melhor também, no fim.
Magnus puxou o colarinho e abriu a camisa para revelar o ferimento e as correntes.
— Isto é um dom? — gritou. — Como isto pode ser um presente?
Ragnor gargalhou, e foi pior do que o guincho áspero de antes. Ele fez menção de falar, mas de repente desapareceu, junto a Shinyun e ao tribunal, e Magnus acordou sobressaltado no quarto, na casa Ke, com um grito nos lábios e o rosto preocupado de Alec brilhando sob a luz da lua cheia.

8

Sombra e luz do sol

Magnus ainda estava abalado, mas conseguiu estampar uma expressão de coragem no café da manhã. Ele e os Caçadores de Sombras devoraram o *congee*, o mingau de arroz de Yun, antes de Clary abrir um Portal para o grupo de volta ao Mansion Hotel, para que pudessem vestir roupas casuais. Tian observou que uma equipe de Caçadores de Sombras de uniforme marchando por qualquer Mercado do Submundo não seria vista como amigável, independentemente de suas intenções.

Magnus estava de pé na cozinha Ke e olhava pela janela conforme demônios se dispersavam do Portal de Clary, se incendiando de imediato ao se deparar com a luz do dia. (Eles tinham decidido abrir o Portal no pátio por esse motivo.) Não eram mais apenas besouros, reparou Magnus — agora estavam acompanhados por centopeias de quase um metro e tanto semelhantes a um aracnídeo branco feito cera do tamanho de uma melancia grande. Os Caçadores de Sombras não precisaram combatê-los — a luz do sol deu conta do recado —, mas o enigma de por que sequer estavam aparecendo ainda incomodava Magnus. Ele deveria ter perguntado a Ragnor e a Shinyun sobre a coisa do Portal, pensou, quando estava no... onde quer que estivesse... no sonho dele...

Distraidamente, ele estalou os dedos para as louças sujas, fazendo-as flutuarem até a pia para serem lavadas. As primeiras poucas tigelas já estavam limpas quando Magnus reparou que sua magia parecia errônea.

A cor da magia de um feiticeiro não era especialmente significativa, sob circunstâncias normais. Não era como em um filme, onde bons feiticeiros tinham magia azul bonitinha e feiticeiros maus tinham magia vermelha feia. Nesse sentido, não era como num filme com seus "bons feiticeiros" ou "maus feiticeiros" — havia apenas feiticeiros, pessoas como quaisquer outras, com a capacidade de fazer o bem ou o mal e a habilidade de tomar uma nova decisão a cada vez. Mesmo assim, Magnus sempre se sentira feliz com o suave azul-cobalto da própria magia, bem cultivado ao longo dos séculos. Para ele, soava como algo poderoso, porém controlado. Tranquilizador, como o papel de parede de um spa luxuoso.

Naquele dia, no entanto, a magia de Magnus estava vermelha. Um vermelho forte, estourado, quase rosa-choque, e faiscando nas beiradas com filetes de fogo espiral preto. A magia ainda o obedecia, movimentava os pratos pela pia e os empilhava de forma organizada, mas certamente parecia assustador.

Com esforço, ele se concentrou em trazer a cor normal da magia de volta. Nada mudou, e ele começou a ficar frustrado. E cada vez mais sua concentração se afastava da louça e de seus amigos lá fora para focar em fazer a magia obedecer à preferência dele. Esse, afinal de contas, era o verdadeiro significado da cor da magia: era algo que estava sob total controle do feiticeiro. Era da cor que o feiticeiro quisesse.

O brilho em volta da louça continuava com a névoa vermelha cafona. A frustração de Magnus aumentou, e, por fim, quando uma voz baixa o chamou da porta atrás, ele perdeu o controle de vez, e uma tigela voou e se espatifou ao atingir o parapeito da janela.

A magia se esvaiu completamente. Magnus se virou e viu Jem de pé à porta, o rosto sério.

— Desculpe — falou Magnus. — Mas a cor... não sei o que significa.

Jem balançou a cabeça.

— Eu também não. Os outros sabem?

— Foi a primeira vez que aconteceu — respondeu Magnus. — Não estava assim ontem.

— Mais uma coisa para pesquisarmos hoje.

Magnus assentiu lentamente.

— Acho que é só o que nos resta fazer. Mas é um mau sinal. Você vem com a gente?

— Se quiser que eu vá — ofereceu-se Jem. — Eu disse que ajudaria com a situação de Shinyun.

Magnus pegou uma tigela.

— Não precisa se arriscar. Você disse que estava sendo seguido por pessoas perigosas... presumo que algumas delas sejam frequentadoras do Mercados das Sombras?

— Algumas delas — admitiu Jem.

— Certamente não vou querer lidar com a ira de Tessa se alguma coisa acontecer a você. Fique aqui; podemos conversar quando voltarmos.

Nesse momento, Alec surgiu, usando o que na concepção dele eram roupas de sair: jeans cinza, uma camiseta azul lavada muitas vezes e que combinava com seus olhos e uma camisa de botão com listras cinza e brancas com as mangas arregaçadas até os cotovelos.

— Precisamos ir — disse ele para Magnus. — O Portal finalmente parece estar livre de demônios.

Magnus entregou a tigela que segurava para Jem, cuja sobrancelha erguida foi prontamente ignorada.

— Você algum dia precisou lavar louça na Cidade do Silêncio?

— Não — respondeu Jem.

— Então este será um bom treino.

A caminho da Concessão do Submundo, Tian os levou por um imenso prédio gótico de tijolos, com duas espirais de cada lado da porta; parecia ter sido transportado até ali diretamente de uma região campestre francesa. Alec estava acostumado a notar construções religiosas quando viajava — era sempre bom saber onde encontrar o estoque de armas mais próximo —, e ficara frustrado por não conseguir identificar construções religiosas à vista, naquela cidade com tantos mundanos e religiões mundanas diferentes. Aquele prédio, no entanto, era familiar de uma forma que se destacava naquele mar de coisas nada familiares.

— Aquilo é uma *igreja*? — perguntou ele a Tian conforme caminhavam. Tian assentiu.

— Catedral Xujiahui — disse ele. — Também chamada de São Inácio. Tem o maior arsenal de armas Nephilim da cidade, caso precisemos delas. Mas também está lotada de turistas na maioria das vezes, então não usamos muito.

Ele estava certo; o lugar estava superagitado. Turistas enfileiravam-se do lado de fora aguardando para entrar. E, além disso, parte do monumento parecia em obras: andaimes envolviam a maior parte dos vitrais das janelas de um dos lados.

— Talvez devêssemos parar e pegar mais algumas armas — murmurou Simon. — Eu estou me sentindo meio pelado indo até esse Mercado com apenas uma lâmina serafim e mais nada.

— Como aquele sonho que você tem às vezes — disse Clary, alegremente, e Isabelle roncou com uma gargalhada que foi rapidamente abafada.

Jace deu a Simon um breve olhar de empatia.

— Talvez Simon esteja certo — disse ele. — Os vilões parecem conseguir nos encontrar quando querem, mas nós não conseguimos encontrá-los. A gente devia ter vindo de uniforme.

— Não — falou Tian. — Assim é melhor. O Instituto e a concessão estão mantendo uma relação razoavelmente boa no que diz respeito a essas coisas, mas a Paz Fria deixou todos tensos. É preciso que nos vejam sob uma aura amigável.

— Vamos ver o quanto eles vão gostar da nossa aura amigável quando demônios invadirem o lugar — falou Jace, e Simon olhou para ele, tenso.

Alec, enquanto isso, olhava para Magnus, que parecia aliviado por eles não precisarem entrar na igreja. Magnus, assim como a maioria dos feiticeiros, não era lá muito fã de frequentar prédios religiosos mundanos. Religiões mundanas não costumavam demonstrar muita bondade por feiticeiros, e isso era um eufemismo.

Depois de algumas voltas e reviravoltas, Tian os levou por um portão vermelho elaborado, e depois para uma rua de pedestres de paralelepípedo. O portão era vigiado por duas estátuas de bronze: uma de um lobo bastante intimidador sobre as patas traseiras, as garras para o alto em uma ameaça ou boas-vindas, Alec não tinha certeza; a outra, um grande morcego com as asas fechadas sobre o corpo de forma a fazê-lo parecer estranhamente sedutor.

— Bem-vindos à Concessão do Submundo — falou Tian, apontando orgulhosamente.

Não havia, pelo menos a princípio, nada particularmente relacionado ao Submundo no lugar, mesmo que os seres do Submundo tivessem um estilo arquitetônico específico. Parecia Xangai em miniatura, na verdade, uma pilha eclética da história da cidade toda construída sobre si mesma. Tradicionais telhados chineses curvos se projetavam contra prédios de estilo ocidental, alguns parecendo diretamente oriundos da zona rural inglesa ou francesa, alguns totalmente colunas clássicas e mármore. E todos os presentes eram seres do Submundo.

As ruas não estavam lotadas àquela hora da manhã, mas Alec ficou maravilhado ao ver fadas, lobisomens ou mesmo um ou outro feiticeiro caminhando por ali, sem feitiços de disfarce ou ilusão alguma. Ele percebeu Magnus absorvendo a cena também: um lugar onde seres do Submundo viviam com liberdade, sem precisar se esconder constantemente dos mundanos. Era estranho. Era bom.

Tian notou o olhar dele.

— A concessão inteira está protegida dos mundanos — explicou. — O arco parece a entrada de um prédio em ruínas, destruído nos anos 1940 e jamais reconstruído.

— Por que isto aqui não existe em nenhum outro lugar? — perguntou Clary. — Por que não há no restante do mundo bairros do Submundo disfarçados, assim como este?

Magnus, Tian e Jace falaram ao mesmo tempo.

— Xangai tem uma história muito específica e incomum, que permitiu que isso acontecesse — falou Tian.

— Os Caçadores de Sombras jamais permitiriam — foi a opinião de Magnus.

— Na maioria dos lugares, os seres do Submundo brigam demais entre si — foi o veredito de Jace.

Eles se entreolharam.

— Acho que provavelmente são todas essas coisas — falou Alec diplomaticamente. Magnus assentiu, mas olhou em volta, distraído.

— Alguma chance de conseguirmos comer? — quis saber ele.

Alec lhe deu um olhar engraçado.

— Acabamos de tomar café da manhã.

— A pesquisa exige calorias — justificou Magnus.

— Eu comeria alguma coisa — acrescentou Clary. — Tian, tem dim sum por aqui?

— Tem *muito* dim sum — confirmou Tian. — Venham comigo.

Embora estivesse em melhor condição do que o bairro da velha Xangai onde eles haviam estado dois dias antes, a Concessão do Submundo era o mesmo tipo de labirinto confuso de ruas estreitas. O que Alec presumiu ser um beco se revelou a entrada de uma casa; o que ele presumiu ser a fachada de uma loja, se revelou uma rua.

Alec confiava em Tian — ele era um irmão Caçador de Sombras, ele era um Ke, tinha sido recomendado por Jem —, mas não conseguia evitar pensar que eles jamais seriam capazes de encontrar a saída dali sem a ajuda de Tian. Ele trocou um olhar com Jace, que estava nitidamente pensando o mesmo, então colocou a mão no arco em busca de conforto, para então se lembrar de que não o estava carregando.

Depois de algumas curvas, a rua se abriu em um pátio maior, com restaurantes de todos os lados e aglomerados de plátanos no centro. Tian indicou ao redor.

— Bem-vindos ao distrito dim sum, por assim dizer. Não sei com que frequência vocês comem em estabelecimentos de seres do Submundo...

— Talvez com mais frequência do que você imagina — disse Clary.

— Bem — falou Tian —, tem dim sum vampiro, dim sum de fadas e dim sum de lobisomem.

— Qual vamos querer?

— Nós *definitivamente* vamos querer dim sum de lobisomens — respondeu Tian.

O dim sum dos lobisomens se revelou não muito diferente do dim sum mundano de Nova York, exceto pelo fato de que as robustas mulheres grisalhas que empurravam os carrinhos eram todas lobisomens. Elas também não falavam inglês, mas, por um lado, isso não era muito diferente de Nova York, e por outro, foi facilmente resolvido com gestos para as cestas de cozimento no vapor e tigelas de metal quando necessário. Alec não era o maior fã de *congee*, e tinha comido uma tigela pequena para não insultar Mamãe Yun, então ele mergulhou nos bolinhos de camarão, bolos de nabo, pães no vapor, mexilhões ao molho *douchi*, gai lan frito — e ficou observando atenciosamente a expressão de Tian e a sutil negativa com a cabeça quando as iguarias oferecidas eram lobisomens demais para o gosto dele: salsichinhas sangrentas, fatias de carne vermelha crua, algo semelhante a um pequeno roedor frito imerso em molho agridoce. Tian tentou impedir Magnus de pegar pés de galinha, mas depois de vê-lo mordiscar um deles com satisfação, cedeu e pediu uma porção para si. Estranhamente, Jace fez a mesma coisa.

— Você gosta de pés de galinha? — indagou Tian, surpreso.

— Eu gosto de tudo — respondeu Jace, com a boca cheia de comida.

Simon balançou a cabeça.

— Meus ancestrais fugiram da terra natal para não precisarem mais comer pés de galinha. Então não é agora que vou começar a fazer isso. Há alguma coisa nesta mesa que *não* tenha carne?

Tian pegou alguns bolinhos de vegetais e cogumelos envoltos em tofu do carrinho seguinte, e a moça lobisomem deu a Simon um olhar de reprovação.

— Desculpe — falou Tian. — Mesmo os que não têm carne costumam usar camarão seco ou gordura de porco.

— Estou acostumado com isso — falou Simon com resignação.

— Além disso — observou Clary, mastigando um pãozinho no vapor —, eles são lobisomens.

Saciado, o time saiu novamente. Enquanto caminhavam atrás de Tian, Alec se aproximou de Magnus e esbarrou nele com carinho.

— Ei, você está bem? Ficou calado durante toda a refeição.

— Gordo e abusado — disse Magnus, esfregando a barriga e sorrindo para Alec, que correspondeu, porém sentiu um tranco hesitante no âmago. As correntes, o ferimento reluzente, e Magnus despertando aos gritos de madrugada. Ele alegara ter sido só um pesadelo qualquer, mas Alec não estava tão seguro quanto a isso.

Ele também não tinha contado ao restante do pessoal sobre as correntes no corpo de Magnus. Não sabia muito bem como abordar o assunto.

E se um momento antes Alec estava de bom humor, subitamente ele se sentiu desnorteado, inquieto e ansioso. E se percebeu muito ciente de que não conseguia ler nenhuma das placas da rua ou fachadas das lojas, de que estava a meio mundo de distância do filho, de que havia pessoas ali que poderiam odiá-lo por ser um Caçador de Sombras em um bairro de seres do Submundo, não importasse o quanto as relações estivessem amigáveis. O peso da Paz Fria, do ferimento de Magnus e dos desconhecidos empilhados sobre desconhecidos se fez presente.

— Queria que Max estivesse aqui — sussurrou para Magnus, e foi nesse momento que a coisa com asas veio planando e colidiu contra Tian.

Magnus estava distraído pela sensação no peito; desde que tinham adentrado a concessão, ele estava sentindo aquilo. Toda vez que seu coração batia, lançava um pequeno latejar de magia pelo corpo dele, o qual ele sentia explodir atrás da ferida no peito e se estender em espirais pelos elos das correntes em seus braços. Não era ruim, mas ele não sabia especificar a sensação, e não gostava nada disso. Queria ir logo para o Palácio Celestial e se enterrar em pesquisa; particularmente, achava que falar com Peng Fang era um desperdício de tempo. No passado, ele provavelmente teria expressado tal sentimento. No passado, provavelmente teria convencido o grupo a pular o encontro com Peng e ir direto para a livraria.

Ele estava tão perdido nos pensamentos que não viu a sombra passar acima deles, e ficou chocado quando a mulher-pássaro colidiu contra Tian.

Ele viu Alec e os outros Caçadores de Sombras de Nova York recuarem e levarem as mãos às poucas armas que carregavam — exceto por Simon, que esboçou uma posição de defesa e olhou ao redor, como se não soubesse muito bem o que fazer. Rapidamente, no entanto, eles perceberam que Tian não parecia preocupado — na verdade, ele estava sorrindo e gargalhando.

— Jingfeng! — disse, e Magnus percebeu que a mulher-pássaro dera um breve abraço em Tian e agora, ao se afastar um pouco, sorria para ele.

Era uma fada, percebeu ele um pouco tardiamente, e uma das mais impressionantes: uma *feng huang*, uma fênix. A fênix chinesa era uma fada completamente diferente da fênix ocidental, e muito mais linda. Ela era quase tão alta quanto Tian, e os cabelos pretos reluzentes iam até os pés. Asas em tons de vermelho, amarelo e verde abriam-se às costas, ondulando no ar; a pele dela era desenhada com elegantes padrões de ouro luminoso. Os olhos escuros, emoldurados por longos cílios, brilhavam enquanto ela olhava o grupo.

Jace, Clary e Isabelle abaixavam as armas lentamente, confusos. Simon continuava a encarar a cena de olhos arregalados, e Alec, é claro, observava Magnus com um olhar inquisidor.

Tian estava falando baixinho com a moça fada.

— Ah — disse ela, em mandarim —, desculpe. Estes são... quem... — Ela parou, sorrindo timidamente.

— Gostaria de nos apresentar, Tian? — disse Magnus com tranquilidade.

— Sim — respondeu Tian. — Esta é Jinfeng, pessoal. Jinfeng — ele prosseguiu em mandarim —, estes são os Caçadores de Sombras de Nova York. E também Magnus Bane, Alto Feiticeiro do Brooklyn.

A fênix recuou, subitamente cautelosa.

— Desculpe — disse ela de novo. — Eu sei que eu... a Paz Fria...

— Não tem problema — falou Magnus. — Nós também não gostamos muito da Paz Fria.

— Jinfeng é a filha dos ferreiros de armas de quem eu falei ontem — explicou Tian. — E também — ele suspirou — minha namorada.

— Ohhhhhhhhhhhh — falou Jace. Clary deu um tapa no ombro dele. Jinfeng recuou nervosamente para Tian e passou o braço em volta dele. E então deu um beijo na bochecha dele, que sorriu.

— Como vocês podem imaginar — prosseguiu Tian —, precisamos manter nosso relacionamento secreto quando outros estão por perto. Minha família não vê problema em estarmos juntos, mas há muitos no Conclave de Xangai que adorariam usar isso contra nós.

— O que seus pais acham de Tian? — perguntou Magnus a Jinfeng. — Ou a corte deles?

Jinfeng se virou para Magnus, satisfeita por alguém além de Tian estar conversando com ela em mandarim.

— Eles gostam dele — disse ela, as penas farfalhando um pouco —, e confiam nele. Mas não confiam no povo dele. — Ela olhou para Alec, que estava com o braço apoiado casualmente em volta de Magnus. — O que seu povo acha do seu relacionamento com *ele*?

— Eu não tenho um povo, na verdade — disse Magnus —, mas eles parecem, na maioria, gostar dele. E estes aqui são todos os amigos e familiares próximos dele, e eu confiaria minha vida a eles. — Com isso, Tian ergueu as sobrancelhas. Magnus captou a expressão e prosseguiu: — Mas levou alguns anos. A propósito, estou dando crédito a vocês aqui, pessoal — acrescentou ele aos demais, esta última frase em inglês.

— Conte a ela sobre a Aliança — disse Alec, cutucando Magnus.

— Meu namorado quer que eu conte a você que ele fundou a Aliança Submundo-Caçadores de Sombras — falou Magnus, piscando para Alec. — Se é que você sabe o que é essa Aliança.

Jinfeng deu um sorriso sarcástico.

— Em Xangai, Tian e eu *somos* a Aliança Submundo-Caçadores de Sombras.

— Achei que você tivesse dito que sua família aprovava o relacionamento — falou Magnus para Tian.

Tian pareceu acanhado.

— Eles aprovam — confirmou —, mas não é o mesmo que nos permitir demonstrar o relacionamento em público. Muito menos nos casarmos. Você deve saber que eu... e eles... poderíamos ter problemas sérios. A Paz Fria proíbe até mesmo relações profissionais entre as fadas e os Nephilim, muito menos...

— Relações de natureza sexual — concordou Magnus.

O restante do grupo estava de pé educadamente, mas começava a aparentar um bocadinho de desconforto. Simon estava verificando o celular.

Tian reparou e disse a Jinfeng:

— *Qin'ai de*, eu queria falar com seus pais. Estes Nephilim encontraram uma arma estranha recentemente, e achamos que talvez eles possam saber de alguma coisa. Talvez eu pudesse falar com eles?

— Pode ir — falou Magnus para Tian, em inglês, para que os outros entendessem. — Já fui tantas vezes ao Mercado do Sol que tenho certeza de que consigo levar o restante de nós até lá.

Tian assentiu; e já estava rabiscando um endereço em um pedaço de papel que sacara do bolso.

— Vou com Jinfeng. Encontrem a gente aqui em duas horas e, com sorte, vamos ter uma palavrinha com Mogan.

— Quem é Mogan? — quis saber Magnus.

Tian sorriu.

— Os ferreiros. Mo e Gan. Mogan.

— Fadas — disse Magnus, com um suspiro.

Ele pegou o papel, e Jinfeng e Tian desapareceram por uma rua lateral, relativamente rápido.

— Ele pareceu bem feliz em se livrar da gente — observou Isabelle quando os dois partiram.

— Amor jovem — disse Magnus. — Tenho certeza de que você não entenderia. — Ele sorriu para Isabelle, que sorriu de volta. — Encontraremos os dois novamente mais tarde. Por enquanto, vamos até o Mercado.

— Temos um sommelier de sangue muito irritante para encontrar — concordou Alec.

— E uma livraria — acrescentou Clary, ansiosa. — *Não* se esqueça da livraria.

Agora que Tian tinha ido embora, eles dependiam de Magnus para navegar, o que não era problema para Alec. Tian era amigável, e saber que ele também estava lidando com as complexidades do relacionamento Submundo-Caçadores de Sombras o tornava mais amigável ainda, no entanto, ele sentia um pouco como se estivesse sendo cerceado por uma babá. Conhecia Mercados das Sombras; conhecia seres do Submundo. Conhecia Peng Fang. Era uma questão de orgulho, em parte, que conseguissem lidar com aquela tarefa por conta própria.

Como guia, obviamente, Magnus era um pouco mais hesitante do que Tian.

— Tem certeza de que sabe para onde está indo? — questionou Alec algumas vezes enquanto Magnus avaliava dois caminhos possíveis.

— Este percurso me parece familiar — diria Magnus, e então sairia andando naquela direção. Os outros depositavam confiança total no feiticeiro, fazendo com que Alec evitasse levantar dúvidas para não se sentir desleal.

Depois de algumas voltas, eles se flagraram em um beco escuro e estreito. Diferentemente do restante da concessão, que era bem-conservada, limpa e clara sob o fim da manhã ensolarada, aquele lugar parecia decrépito, como se estivesse apodrecendo, e estava projetado sob as sombras dos prédios no entorno. Os cheiros agradáveis de comida e flores do outono tinham sumido, substituídos por um odor úmido e fétido, não como uma aglomeração de pessoas em uma cidade, mas como um lugar há muito abandonado por qualquer coisa viva.

Todos pressentiam que havia alguma coisa errada. Jace e Clary sacaram suas lâminas serafim, e Simon ficou de pé na ponta do beco, observando vigilantemente o entorno. Isabelle se manteve ao seu lado, parecendo menos preocupada, mas não menos alerta.

Alec tinha a mão sobre a própria lâmina serafim, embora ainda não a tivesse sacado.

— Acho que talvez tenhamos errado o caminho — começou ele, mas engasgou com as palavras quando olhou para Magnus.

Magnus estava brilhando, uma chama escarlate nervosa envolvendo-o sob as trevas do beco. O lábio superior estava repuxado e a cabeça estava inclinada para cima, como um animal farejando o ar em busca de predadores. Ou presas. Os olhos dele também brilhavam no escuro, amarelo-esverdeados e estranhos de um jeito irreconhecível para Alec. Estavam vítreos e sem foco — ele parecia estar escutando alguma coisa muito distante, algo que nenhum deles conseguia ouvir. E provavelmente era uma ilusão causada pela estranha luz que se infiltrava pelos prédios, mas ele parecia mais alto, mais elegante.

— Magnus? — disse Alec baixinho, mas aparentemente não foi ouvido. Um ruído de algo correndo soou de trás e acima dele, mas quando se virou, não havia nada ali.

Os Caçadores de Sombras avançaram cautelosamente pelo beco. Jace e Isabelle chegaram à ponta primeiro e ficaram aguardando enquanto Clary conduzia Simon, que parecia um gato com os pelos eriçados, lentamente descendo a viela, ficando ombro a ombro com ele. Alec esperou que Magnus os acompanhasse, mas ele parecia travado. Seus cabelos estavam bagunçados e a respiração ofegante, como se tivesse corrido. Alec o segurou carinhosamente pela mão, e Magnus permitiu, embora, ao voltar o olhar para Alec, não houvesse reconhecimento ali.

Alec sentiu uma descarga de medo percorrer seu corpo. Magnus jamais se distraía, jamais ficava confuso. Era uma das coisas que ele mais amava no namorado: ainda que Magnus fosse forçado a entrar no Inferno em si, ele o faria com os cabelos perfeitamente penteados, as roupas passadas, os olhos focados no objetivo.

E tinha de admitir que mesmo agora Magnus *estava* bonito. A expressão dele podia estar voraz e vazia, mas ressaltava suas maçãs do rosto, e, apenas por um momento, Alec se perguntou como seria beijá-lo enquanto encarava os olhos ardendo em verde e dourado. Era uma estranha combinação, essa sensação de medo e desejo.

Ele se obrigou a avançar, levando Magnus pela mão, que se permitiu ser guiado, porém mal pareceu notar. Alec prendeu a respiração, certamente seriam atacados a qualquer momento, mas no fim do beco havia outro arco, e depois que os seis o atravessaram, o sol voltou a brilhar e o ar estava leve e tranquilo. Entre um momento e o seguinte, toda a peculiaridade se esvaiu de

Magnus, que então voltou a ser ele mesmo. E pareceu surpreso quando Alec o enlaçou com os braços, intensamente.

— Todo mundo bem? — disse Clary.

— Claro — respondeu Simon, embora sua voz permanecesse abalada. — Nada aconteceu, certo?

Todos olharam para Magnus; é claro que olharam, pensou Alec. Mesmo com toda a experiência que tinham, eles sempre esperavam que Magnus tivesse as respostas para qualquer mistério. Ele balançou a cabeça, um tanto sisudo.

— Não sei — disse. — Estávamos andando, então... então vieram aquelas vozes...

Isabelle e Clary se entreolharam, preocupadas.

— Não ouvimos voz nenhuma — disse Isabelle.

— O que estavam dizendo? — perguntou Alec, baixinho.

Magnus olhou para Alec, tomado pela sensação de impotência.

— Eu... eu não me lembro.

— Era de se pensar que os seres do Submundo fariam alguma coisa com um beco do Inferno bem no meio do bairro — falou Jace.

Magnus balançou a cabeça.

— Não sei onde estávamos — disse ele —, mas definitivamente não era Xangai.

Magnus não estava mentindo. Ele não se lembrava do que tinha acontecido, e não se lembrava do que as vozes estavam dizendo ou se sequer era capaz de reconhecer quem estivera falando. No entanto, ele omitiu a parte da qual se lembrava: de como se sentira poderoso, forte. Assim como o restante deles, ele tivera certeza de que seriam atacados, mas sentiu apenas desprezo pelas forças que poderiam emboscá-los, como se pudesse devastá-las com um mero gesto da mão. Agora, ele sentia um vazio estranho, tanto alívio quanto decepção por aquela sensação não ter sido colocada em prática.

Ele era o guia deles, no entanto, por isso tentou afastar tais sentimentos e se concentrar em se lembrar para onde estavam indo. Ele *tinha* estado ali antes, mas fazia uns oitenta anos — mesmo assim, conseguia acompanhar o barulho, e logo eles estavam passando por mais seres do Submundo, todos seguindo basicamente na mesma direção. Grupos de jovens lobisomens, pares de vampiros mais velhos amontoados sob guarda-chuvas pretos grandes, e algumas fadas, as quais deram aos Caçadores de Sombras olhares preocupados e atravessaram a rua para evitar passar por eles.

Alec notou.

— Não gosto muito de ser visto como o inimigo aqui — disse. — Estamos todos do mesmo lado, Caçadores de Sombras e seres do Submundo.

Jace arqueou uma sobrancelha.

— Creio que a posição oficial da Clave seja que estamos de lados opostos.

— É ridículo — falou Clary. — Quantas fadas *realmente* estiveram do lado de Sebastian na guerra? A Rainha, a corte dela... deve ser uma porcentagem minúscula delas. Mas punimos todas.

— A Clave puniu todas — falou Simon. — *Nós* não fizemos nada. Nós tentamos evitar a Paz Fria.

— Contanto que consigamos explicar isso para cada uma delas individualmente, tenho certeza de que ficaremos bem — zombou Jace.

— Talvez pudéssemos mandar fazer camisetas — concordou Simon. — Nós Tentamos Prevenir a Paz Fria.

Magnus apontou na direção de mais um arco de pedra.

— Por aqui, acho.

— Nossa sorte com arcos aleatórios não tem sido das melhores — murmurou Isabelle. Mas eles passaram mesmo assim, e depois de um breve momento sob um brilho misterioso que fez todos prenderem a respiração, a passagem tremeluziu e se expandiu, e subitamente uma fada alta de sorriso torto e um longo casaco de brocado estava tentando vender a eles colônia de acônito.

A praça do Mercado era imensa e aberta, pavimentada com imensas lajes de pedra. Os Mercados das Sombras costumavam ser estruturas sinuosas e labirínticas, cheias de barraquinhas e tendas improvisadas, todos competindo pela atenção de clientes e gritando uns com os outros. Mas o Mercado do Sol de Xangai era uma coisa mais civilizada de modo geral, com barraquinhas e cabanas organizadamente enfileiradas em fileiras amplas, sombreadas pelos plátanos onipresentes de Xangai. As cafeterias tinham varandas externas com mesas perfeitamente arrumadas, e no centro havia uma imensa fonte com uma estátua de pedra em cada um dos cantos. Dali, Magnus via um dragão e um pássaro semelhante a Jinfeng, e, se ele se lembrava bem, havia um tigre e uma tartaruga do outro lado. A fonte jorrava cores: vermelho, amarelo e verde, e embora a água disparasse muitos metros no ar, tudo permanecia precisamente dentro do perímetro do lago. Magnus reparou com interesse que era possível detectar a aura da magia responsável por aquilo, um brilho prateado que, pensou ele, normalmente seria invisível a seus olhos.

Ele estava começando a entender por que Shinyun considerava o ferimento do Svefnthorn um presente, mas considerando as correntes em seus braços, era um presente com um custo ridiculamente alto. Dom algum compensaria a prisão das correntes.

O Mercado era mais bem organizado do que a maioria, mas ainda era um rompante de atividade caótica. Um vampiro idoso que parecia parcialmente derretido estava parado sob uma sombrinha de veludo preto e negociava com um mundano com a Visão sobre estacas de obsidiana. Dois feiticeiros estavam envolvidos no que parecia ser um jogo mágico de bebida em uma das mesinhas da cafeteria, e a cada poucos segundos, fogos em miniatura explodiam da ponta dos dedos deles com estalidos altos. Diante da fonte, quatro lobisomens estavam uivando em harmonia errática.

Magnus recuou um passo, para sussurrar ao ouvido de Alec:

— O quarteto *a capella* da noite. Que bela música eles fazem.

— Tem uma coisa que não entendo — falou Clary. — Se os seres do Submundo têm o próprio distrito na cidade, por que precisam de um Mercado? Por que não constroem lojas permanentes?

— Eles têm — falou Magnus, guiando-os pela multidão até o perímetro externo das barraquinhas. — Por isso que este não é realmente um Mercado das Sombras. É apenas um mercado, desses que você encontraria em qualquer bairro mundano.

Da última vez que Magnus tinha estado ali, o círculo externo do mercado era cheio de barracas de comida, e apesar de décadas de revoltas e mudanças na cidade, isso ainda era igual. Em todo lugar havia uma estranha combinação de comida mundana e do Submundo, com pato Peking e tofu *mapo*, *baozi* e *mantou* dispostos em fileiras ao lado de frutas das fadas caramelizadas e flores em espetinhos. Magnus comprou uma tangerina caramelizada, então ofereceu a Alec com um sorriso. Alec aceitou, porém sem abrir mãos das olhadelas preocupadas e discretas ao parceiro. Magnus queria muito se lembrar do que tinha acontecido no beco.

Ele também queria que os Caçadores de Sombras fossem um pouco mais sutis. Todos tinham se acostumado com o Mercado de Nova York, pensou ele, onde já eram bem conhecidos e recebiam olhares amigáveis da maioria dos comerciantes e de pelo menos parte dos clientes. Ali, não importava a qualidade da relação entre o Conclave e o Submundo, a qual era boa nas palavras de Tian: eles ainda eram um grupo de cinco Nephilim *laowai*.

— Estamos recebendo alguns olhares — falou Jace, sempre um pouco mais ciente da situação do que o restante deles. — Talvez devêssemos nos separar.

— Esse Peng Fang provavelmente não vai querer se encontrar com todos nós — disse Clary, esperançosa. — Talvez alguns de nós simplesmente devêssemos ir direto para a livraria?

— Oooh, olhem só os heróis — disse Magnus, com um risinho. — Salvam o mundo algumas vezes e começam a fugir das responsabilidades.

— Sinceramente, Peng Fang é *terrível* — falou Alec.

— Traidor — disse Magnus.

— Eu também gostaria de ir direto para a livraria — acrescentou Simon.

— Tudo bem! — disse Magnus. — Todos vocês, vão embora. A livraria fica logo além do Quarteirão Noturno, onde estão todos os vampiros, e à esquerda. É difícil errar o caminho. Vou cuidar de Peng Fang sozinho.

— Não vai, não — interveio Alec. — Você vai cuidar de Peng Fang comigo.

— Magnus pensou em protestar, mas preferia ter Alec com ele, de toda forma. Peng Fang podia ser bem difícil de se lidar.

Eles mandaram os outros Caçadores de Sombras embora, e, quando eles saíram do alcance dos ouvidos, Magnus falou:

— Agradeço o reforço, mas talvez você precise esperar do lado de fora da loja de Peng Fang. Da última vez, ele calou a boca assim que você chegou.

— Tudo bem. Não estou preocupado com Peng Fang. Estou preocupado com você. — Ele olhou para Magnus. — Você realmente não se lembra de nada do beco?

— Nada *aconteceu* — falou Magnus, e Alec pareceu prestes a responder, mas não o fez.

Eles passaram pelo Quarteirão Noturno sozinhos, por uma enorme cortina de veludo. Lá dentro estavam a meia-luz, a iluminação oriunda de uma quantidade realmente grande de velas em candelabros prateados, e bem acima delas, tecido remendado e telhados de lona bloqueavam qualquer indício do sol. Era como entrar em uma tenda de um circo muito gótico.

— Vampiros e sua mania com velas — sussurrou Alec.

— Eu sei! São vulneráveis até mesmo ao fogo — disse Magnus. — Mas não conseguem resistir. São como mariposas, de certa forma.

Ele estava começando a se perguntar como encontraria Peng Fang, quando notou que Alec tinha parado de caminhar. Ele se virou e viu o namorado encarando alguma coisa no canto, assustado, e acompanhou o olhar dele. Então foi preciso um momento para ele entender qual era o alvo daquele olhar.

Ali, diante de uma barraquinha com cortinas de veludo — *vampiros e sua mania com veludos*, pensou Magnus —, havia uma foto de papelão de Alec em tamanho real.

Ele piscou para aquilo.

O modelo de papelão estava com uniforme completo de Caçador de Sombras, segurava um decantador de cristal cheio de líquido carmesim e um balão de fala surgindo da boca dele dizia, em letra cursiva: *Hummm! Que sangue bom!*

— Magnus — disse Alec lentamente —, acha que talvez eu tenha sofrido algum dano cerebral?

— Espere aqui — disse Magnus, e começou a caminhar com determinação até a tenda, a magia se acumulando em suas mãos.

Antes que ele conseguisse chegar à entrada, no entanto, um homem atarracado surgiu da barraca e estendeu os braços para saudá-lo, exibindo um enorme sorriso. Seus cabelos eram semelhantes aos de um abelhão que havia se tornado estrela do rock, e usava um paletó preto com forro vermelho desabotoado sobre uma camiseta com a ilustração de um trem a vapor. A nuvem de vapor formava letras cinza nebulosas que diziam O TREM DA VEIA JÁ VEM!

— Peng Fang — disse Magnus. — Já estou arrependido de ter vindo falar com você.

— Magnus Bane! Não vejo você há... bem, faz simplesmente uma eternidade!

— Faz três anos — disse Alec, em tom sarcástico. — Você nos expulsou do Mercado das Sombras de Paris porque disse que Caçadores de Sombras eram ruins para os negócios.

Peng Fang parecia animadíssimo.

— E Alec Lightwood! Ah, estou tão feliz por ver que vocês dois, pombinhos, ainda estão juntos. Inspirador! Uma nova era de cooperação entre Caçadores de Sombras e o Submundo! Venham, deixem-me dar um abraço em vocês dois.

Magnus estendeu a mão educadamente.

— Nada de contato físico, Peng Fang. Você conhece a regra.

— Mas...

— Sem. Contato. Físico. — Não que Magnus tivesse alguma objeção a abraços em si, mas Peng Fang sempre fora... entusiasmado demais com Magnus. E todo mundo. Magnus estipulara a regra assim que se conheceram, ali por meados do século XVIII, e jamais tivera motivo para revogá-la.

— O que traz vocês a Xangai? O que os traz à minha loja? — Ele continuou a oferecer um sorriso largo para eles.

— Não importa — falou Alec, mal se segurando. — O que *me* traz à sua loja? — Ele apontou sua figura de papelão.

Peng Fang olhou para o modelo com as sobrancelhas erguidas, como se tivesse acabado de reparar na existência dele.

— Meu caro rapaz, você é famoso. Você fundou a Aliança Submundo-Caçadores de Sombras. Foi herói de duas guerras. Precisa entender o quanto é útil para os negócios deixar que as pessoas saibam que você esteve em minha loja.

— Você me expulsou da sua loja! — exclamou Alec, e Peng Fang estendeu as mãos para calá-lo. Alec ignorou o gesto. — *E* deu em cima de Magnus.

— Eu dou em cima de todo mundo. — Peng Fang deu de ombros. — Não leve para o lado pessoal. — Ele se inclinou para Magnus. — Você tem que entrar na loja. Acabei de conseguir umas coisas vintage. Pré-Acordos, muito difícil de encontrar. Não posso revelar mais, mas digamos que... foi pescado de sua origem? — Magnus o encarou. — Sangue de sereia. É sangue de sereia — elucidou ele.

— Não, Peng Fang, ainda não bebemos sangue — suspirou Magnus. — Viemos atrás de fofoca.

— Estão perdendo — falou Peng Fang. — Entrem. — À entrada da barraca, ele fechou a cortina com uma reverência educada, muito destoante da camiseta que usava, e gesticulou para que eles entrassem.

O interior estava cheio de caixas de vidro, todas lotadas de frascos de cristal lapidado e decantadores. Eles brilhavam à luz de velas, mas Peng Fang os ignorou.

— Nada dessa bobagem — disse ele, desprezando os frascos e pegando uma vela do alto de um grande barril manchado. — Esta barraca é apenas para promoção e venda de vinho barato por taça. — Ele se virou para Alec. — Sangue de mundano recente, o tipo de coisa que se consegue em qualquer lugar da rua. *Você* sabe do que estou falando — acrescentou ele a Magnus.

— Não sei — respondeu Magnus.

O sorriso de Peng Fang jamais titubeava.

— Sigam-me — disse ele. — Vamos conversar no meu escritório. — Ele chutou um tapete, revelando uma escada espiral de pedra úmida que levava ao subsolo. Alec deu a Magnus um olhar de preocupação, e Magnus retribuiu na mesma intensidade, mas eles já tinham chegado até ali, não tinham? Sendo assim, seguiram Peng Fang até as profundezas.

Alec não tinha gostado de Peng Fang três anos antes, quando sentira grande ódio por parte do sujeito, e também não gostava mais dele agora que o outro o tratava como se fossem grandes amigos. Já havia coisas demais acontecendo, pensou, para além de tudo ter que acompanhar um vampiro suspeito por uma passagem subterrânea sob luz de velas, e tudo por uma chance muito remota de que ele tivesse informações úteis. Queria que tivessem passado direto pela coisa toda e ido direto à livraria. Ele manteve uma das mãos no cabo da lâmina serafim no cinto, certo de que a qualquer momento Peng Fang se viraria e avançaria neles, para mordê-los, beijá-los, ou ambos.

Ao fim do corredor havia outra cortina vermelha, e, quando passaram, Alec relaxou um pouco. Ainda era um porão, mas ao menos estava aceso por lâmpadas permanentes, e o chão, em vez de ser de terra batida, era de mármore preto. Uma escada espiral de ferro retorcido dava para cima, e, conforme eles subiam, Alec notava as duas portas no topo, uma delas luxuosamente envernizada com vermelho e preto, e a outra pintada da mesma cor das paredes cinza-escuro e ornada com uma plaquinha de metal que dizia APENAS FUNCIONÁRIOS em cinco idiomas.

— Com licença um momento — disse Peng Fang, e abriu a porta envernizada. Atrás dela havia duas mulheres vampiras anciãs, com pele delicada branco-azulada e olhos cinza e pálidos, ambas usando véus de viúva antiquados. Uma delas estava examinando um pequenino frasco de cristal com sangue.

Peng Fang falou com elas em russo; Alec não conseguiu entender, mas o tom foi afetado como sempre, e o sorriso de Peng Fang estava largo como de costume. Ele concluiu o diálogo com uma pergunta e olhou de uma mulher a outra, que piscaram para ele.

— *V'skorye* — disse ele, e fechou a porta. — Sala de degustação — falou Peng Fang para Magnus, que sorriu meio sem graça. — Moças adoráveis. Vêm até mim há anos. Elas querem investir em contratos de sangue futuros.

Alec ergueu uma sobrancelha.

— Então... sangue que ainda está dentro das pessoas?

Peng Fang deu um tapinha nas costas de Alec e gargalhou sinceramente, mas não explicou mais. Ele abriu a porta com a placa APENAS FUNCIONÁRIOS e gesticulou para que entrassem.

Lá dentro havia uma imensa mesa de mogno e algumas poltronas de encosto largo. Em um clássico estilo vampiresco, as luzes estavam bastante fracas, mas tinham sido cuidadosamente projetadas para refletir nas prateleiras de decantadores e garrafas que cobriam a parede dos fundos. Peng Fang foi até lá e começou a cuidadosamente selecionar e se servir de uma taça de sangue. Magnus se acomodou em uma das poltronas que estava virada para a mesa e esticou as pernas. Alec permaneceu de pé, mantendo os braços cruzados.

Peng Fang voltou, segurando a taça.

— *Ganbei* — disse, e tomou um gole. Magnus e Alec permaneceram em silêncio, e Fang lançou a eles um sorriso cheio de dentes e manchado de vermelho. — Como posso ajudar meus clientes preferidos hoje?

— Bem, estamos investigando algumas coisas no momento — começou Alec. — A situação com os Portais, por exemplo. Eles estão funcionando errado por toda Xangai, ao que parece.

Peng Fang tomou outro gole.

— Isso não é exatamente fofoca quente. Estão funcionando errado pelo mundo todo, ao que parece. Por que vocês dois estão investigando, não faço ideia; o Conclave tem estado bem ocupado tentando entender isso.

— Mas você ouve coisas por aí — disse Magnus. — Por todo o Submundo. Alguma teoria interessante?

— Ah, muitos culpam os Caçadores de Sombras, é claro — disse Fang, com um gesto de desprezo da mão livre. — Desde a Paz Fria, eles são culpados por tudo. Mas isso é besteira, é claro. Portais são magia de feiticeiro. Vejamos. Alguns dizem que as fadas estão sabotando os Portais.

— Não consigo imaginar como elas conseguiriam fazer isso — disse Magnus duvidosamente.

— Eu também não — concordou Peng Fang —, a não ser que estejam aliadas a alguém muito poderoso. E quero dizer *muito* poderoso.

— Um Demônio Maior? — sugeriu Alec.

— Maior que Maior — disse Fang, dando mais um sorriso. — Um Príncipe do Inferno. *O* Príncipe do Inferno.

— Não o... — começou Magnus.

— Não — disse Fang imediatamente. — Ele não. Mas quase. Samael.

Alec fez o possível para não reagir.

— Samael? — disse ele, rindo. — Todo mundo sabe que Samael *se* foi. Que se foi há... bem, basicamente desde sempre.

— E daí que está morto? — disse Fang, embora não tivesse sido bem isso que Alec falou. — Eu também estou, mas isso não me impediu de gerenciar um negócio internacional bem-sucedido, não é? Vocês sabem tão bem quanto eu que não é possível manter um Príncipe do Inferno aplacado para sempre. Por algum tempo, claro. Por mais tempo de vida que eu tenho, ou até mesmo você tem — acrescentou ele, apontando para Magnus —, definitivamente. Mas não para sempre. E Samael é, afinal de contas, o Abridor do Caminho.

— O quê? — disse Alec.

Fang pareceu impaciente.

— O Descobridor de Passagens? O Escavador de Mundos? O Desvelador? Algum desses parece familiar?

— Nada mesmo — respondeu Alec.

Fang emitiu um ruído de reprovação e virou o resto da bebida.

— O que ensinam a esses Caçadores de Sombras? Samael, ele é o cara que abriu caminhos dos mundos demoníacos para este mundo, para início de conversa. Ele enfraqueceu as proteções do mundo, ou é o que dizem. — Ele pegou o decantador e encheu a taça. — Então quando as coisas dão errado com Portais, naturalmente as pessoas começam a comentar sobre a influência de Samael nisso.

— Você acredita nisso? — perguntou Magnus.

Peng Fang sorriu.

— Não acredito em nada, a não ser que eu seja pago para isso, Magnus Bane. Descobri que é um bom jeito de manter minha cabeça grudada no pescoço e as estacas longe do meu peito.

— Também estamos procurando dois feiticeiros — falou Magnus. — Uma mulher coreana e um sujeito verde com chifres.

— Ah — disse Fang, com nítida mudança de humor. — Eles.

— Você já os viu? — indagou Alec, tentando não parecer muito ansioso.

— Todos já viram — respondeu Fang. Agora soava rabugento. — Eles têm andado pelo Mercado há meses. A mulher há mais tempo. Ninguém gosta muito deles, mas gastam como marinheiros de férias, e passam a impressão de que podem matar você num piscar de olhos.

— O que têm comprado? — perguntou Magnus.

— Ah, normalmente — disse Fang, passando o dedo pela borda da taça —, esse tipo de informação não sairia de graça.

— Eu...

— Mas a resposta é tão simples que não posso, em sã consciência, cobrar. O que eles *não têm* comprado? Componentes de feitiços, simples e requintados. Livros de feitiços antigos e aleatórios que ninguém usa há centenas de anos. Sangue fresco aos borbotões.

— Compraram alguma coisa *de você*? — quis saber Magnus.

— Ora, ora — disse Peng Fang, com um brilho nos olhos —, isso *sim* não seria de graça. Mas não importa. Nenhuma das magias de sangue realmente sérias seria acessível a eles sem alguns feitiços muito poderosos. Contanto que eles não estejam com o Livro Branco ou nada assim, vamos ficar bem.

Alec não conseguiu evitar uma olhada flagrante para Magnus. Percebendo o erro, ele rapidamente conteve as feições em uma expressão vazia, mas Peng Fang notou de pronto.

— Eles não estão com o livro, né? Certo? — Pela primeira vez, ele soou um pouco menos confiante.

— Como eu poderia saber? — disse Magnus, com um sorriso impenetrável.

— Bem, vamos esperar que não, pelo bem de todos nós — falou Peng Fang. Ele virou a taça de novo e começou a se ocupar servindo a si mesmo a terceira dose. — Não constatei por conta própria, mas andam dizendo que esses feiticeiros estão trazendo demônios para a concessão. Isso é estritamente proibido, é claro — acrescentou para Alec.

— Foi relatado aos Caçadores de Sombras? — disse Alec, já sabendo a resposta. — Considerando que a relação entre os dois é tão boa por aqui.

Peng Fang deu de ombros.

— Ninguém se feriu ainda. E ninguém quer repetir o ano de 37. — Alec não fazia ideia do que isso queria dizer, mas Magnus franziu a testa. — Cavalheiros, foi maravilhoso novamente, mas creio que é hora de cuidar de minhas russas.

Alec ficou surpreso com a mudança abrupta, mas Magnus se levantou imediatamente e assentiu.

— Obrigado pelo seu tempo, Peng Fang. Também precisamos ir; temos hora marcada com Mogan.

— Os ferreiros? — Peng Fang pareceu surpreso. — Não leve este daí — aconselhou, gesticulando para Alec. — Nos últimos tempos a maioria das fadas não tem gostado muito de Caçadores de Sombras.

Magnus revirou o bolso e sacou um maço de notas.

— Alguns yuanes pelo incômodo.

Peng Fang fez um gesto exagerado de recusa.

— Magnus, Magnus, somos amigos há tanto tempo. Hoje não contei nada a você que valesse um pagamento. É esse o tanto de confiança que você pode depositar em mim. Não sou um charlatão ganancioso como Johnny Rook.

Magnus colocou o dinheiro na mão dele mesmo assim. Peng Fang tentou abraçar o feiticeiro mais uma vez, e com um não definitivo, Magnus tomou a escada espiral, com Alec logo atrás. Eles refizeram os passos de volta pelo porão, e então escadaria acima até a barraca.

O piso térreo da loja estava escuro, mas ainda dava para se enxergar facilmente os armários de vidro cobertos com rótulos chineses, bem como o conteúdo deles. A quantidade de sangue à disposição estava começando a afetar Alec, e ele ficou feliz ao sair e retornar para as ruas da concessão, onde a tarde ainda estava bela e ensolarada.

— Quem é Johnny Rook mesmo? — murmurou Alec quando saíram.

Magnus deu de ombros.

— Algum charlatão ganancioso.

9

O Palácio Celestial

A caminho da livraria, Alec permaneceu calado, e Magnus, pela primeira vez naqueles últimos anos, estava se sentindo estranho. Algo o incomodava a respeito do encontro com Peng Fang.

— Eu realmente não conheço Peng Fang tão bem assim — disse ele. — Apenas comprei informações dele algumas vezes ao longo dos anos.

Alec assentiu, distraído.

— É só que... Eu sei que tem muitas coisas duvidosas no meu passado — prosseguiu Magnus. O que estava acontecendo com ele? — Não quero que você se preocupe se alguma delas vai voltar para... bem...

Ele se calou, e Alec parou de andar e lançou a ele um olhar curioso.

— Do que é que você está falando?

— Quando estávamos na reunião com Peng Fang, comecei a pensar em como tudo era suspeito, em como muitas das coisas que faço são suspeitas. Quero dizer, Peng Fang é inofensivo, mas eu sou estimado entre os esquisitões. Todos acham que eu os amo.

Alec deu um sorriso carinhoso.

— É seu carisma diabólico — disse ele. — Não consegue evitar.

— Sim, mas alguns dos esquisitões que conheço se revelaram perigosos. E eu sei que não queremos colocar Max em perigo — começou Magnus, e Alec começou a rir. — O quê? — indagou Magnus.

— Magnus, sou *eu* quem tem o emprego perigoso. Eu literalmente ganho a vida enfrentando demônios. Adotamos Max em uma situação familiar incrivelmente perigosa. Eu sei disso! Quero dizer, esqueça a parte da luta, dos monstros, da magia sombria. Sou um Caçador de Sombras gay em um relacionamento com um famoso ser do Submundo e filho de um Príncipe do Inferno. Meu pai é o Inquisidor e meus pais foram membros de um grupo de ódio. Meu *parabatai* foi preso na Cidade do Silêncio. Mais de uma vez!

— Quando você coloca dessa forma — murmurou Magnus —, não parece um ambiente doméstico muito bom.

— Mas *é* — disse Alec, com mais veemência do que Magnus teria esperado.

— Eu gosto da nossa vida, Magnus. Eu gosto de não saber o que vai acontecer a seguir. Gosto de termos a chance de dar a Max o tipo de vida que feiticeiros raramente têm. Gosto que faremos isso juntos. Lembra-se do que dizia o bilhete que veio com Max quando o encontramos? *Quem poderia um dia amar isto?* Nós poderíamos, Magnus. Nós poderíamos amá-lo. Nós o amamos.

A mente de Magnus estava dividida. Por um lado, ele estava tomado de afeição e agradecimento, por Alec, por Max, por uma vida que jamais imaginara que pudesse ter. Por outro lado, ele pensava na magia crescendo em seu peito, e no que quer que tivesse acontecido no beco. E pensava em Ragnor, que, no momento, estava em transe por causa de um demônio após centenas de anos fazendo apenas o bem com seus poderes.

— Como conseguiremos explicar isso a Max? — disse ele, baixinho. — De onde ele veio. De onde *eu* vim. Que as pessoas vão olhar para ele e julgá-lo sem sequer conhecê-lo. Que os próprios pais dele se colocam em perigo constantemente, mas que sempre voltaremos para ele.

— Acho que você acabou de explicar muito bem — falou Alec. — E... Eu não sei. Sou um principiante nisso também. Mas vamos descobrir juntos. Essa é a ideia. — Ele colocou a mão atrás da cabeça de Magnus e o puxou para um beijo. Magnus esperava algo breve, mas Alec o beijou intensamente, a boca levemente aberta, morna, reconfortante e cheia de amor e desejo. Magnus se permitiu relaxar no beijo, mas, ao fazê-lo, sentiu a língua percorrer os próprios dentes. Eles pareciam diferentes. Estavam maiores? Estavam se transformando em presas? O que estava acontecendo com ele?

Ele decidiu que resolveria uma coisa por vez, e esta era a vez de beijar Alec. Ultimamente, os beijos vinham sendo mais casuais, familiares, lindos da maneira como eram em casa. Mas agora eles se beijavam com desespero e perdição, afogando-se um no outro, assim como costumavam fazer no início do relacionamento. Depois do que pareceu um longo tempo, Alec interrompeu o beijo e encostou a testa na de Magnus.

— Vamos resolver isso. Vamos resolver tudo. Sempre resolvemos.

Um lobisomem passou e gritou em mandarim:
— Arrumem um quarto, bonitinhos!
Alec se virou e acenou alegremente.
— O que ele disse?
— Vamos para o Palácio — sugeriu Magnus. — Temos coisas para resolver.
Eles prosseguiram, de mãos dadas, e por um breve momento Magnus se sentiu um pouco mais à vontade do que nos últimos dias.

Momentos depois de eles terem começado a andar novamente, uma mensagem de fogo explodiu no rosto de Alec, assustando-o. Ele a pegou e leu para Magnus.
"Onde vocês estão? Encontramos informações sobre o ferrão. Fadas estão nos vigiando como se fôssemos roubar o lugar. Venham assim que puderem.
— Jace"
Eles correram pela rua, e Magnus confiou em seu senso de direção, até que viraram em uma velha rua no Mercado, e lá estava sua livraria preferida em toda a Ásia.
O Palácio Celestial era do tamanho de um quarteirão, uma estrutura com beirais duplos semelhante a um dos prédios dos tribunais de Pequim reinterpretados pelas fadas. Reivindicava o título de comércio do Submundo mais antigo de Xangai, precedendo a própria concessão em centenas de anos. Magnus não tinha certeza se acreditava nessa história — embora talvez estivesse certa, pois fadas não conseguem mentir —, mas era um pedaço impressionante da antiga Xangai, independentemente de qualquer coisa, e uma demonstração do poder das fadas. Em vez de tijolo, pedra e azulejo, que compunham suas inspirações mundanas, o Palácio era todo de vitrais, ouro e madeira lustrosamente polida. De cada lado das imensas portas duplas, um dragão de vidro montava guarda. Eles eram pintados com mercúrio, e os olhos eram enormes pérolas marinhas.
Quando Magnus se aproximou, um deles virou a cabeça de serpentina para olhá-los.
— Magnus Bane — entoou o dragão, a voz se assemelhando ao som de pedras sendo raspadas entre si. — Há quanto tempo.
— Huang. — Magnus assentiu para a criatura, então se virou para a outra. — Di.
O dragão chamado Di não moveu a cabeça.
— Espere.

Com um estouro, as portas se escancararam e uma pequena fada com orelhas de raposa saiu correndo, com um enorme volume em um dos braços. Ele esbarrou no ombro de Alec, empurrando-o, e saiu pela rua.

Tinha percorrido apenas uma curta distância quando um raio prismático de luz irrompeu da boca de Di. Ele atingiu a fada-raposa, que congelou e então sumiu em uma lufada de fumaça azul. O livro caiu no chão. Havia um cheiro de ozônio no ar.

Huang olhou para Magnus e Alec.

— O destino dos ladrões de livros. A arte faz a vida valer a pena, então o roubo é o parente do assassinato. Serão eternamente amaldiçoados e jamais escaparão aos olhos de Huangdi.

— Entendido — falou Alec, nervoso. — Nós não roubamos livros.

— Não é pessoal — rebateu Di. — São apenas negócios.

— Que seu comércio seja sempre próspero e sua saúde plena — falou Magnus.

— Digo o mesmo — concordou Alec.

Os olhos dos dragões ficaram observando-os enquanto eles passavam pelas portas.

Alec já tinha visto muitas maravilhas em sua curta vida até então, mas até mesmo ele tinha de admitir que o interior do Palácio Celestial era algo a se contemplar. Embora parecesse ter apenas dois andares quando visto de fora, por dentro o prédio se elevava por cinco andares, cada um deles ladeado por uma sacada com estantes do chão ao teto contendo uma quantidade de livros aparentemente infinda. O interior todo era de pau-rosa entalhado no formato de gavinhas e galhos retorcidos, e no centro do imenso espaço aberto acima deles, três grandiosas esferas de chamas pendiam, suspensas, conferindo ao lugar um brilho cálido.

Alec tinha ficado preocupado com a possível dificuldade para encontrar os amigos em um lugar tão grande, mas os viu quase imediatamente. Isabelle estava empoleirada no alto de uma escada, se movimentando com facilidade apesar dos saltos altíssimos, sempre tão destemida com altitude quanto era com a maioria das outras coisas. Ela gritou para Simon levar a escada rapidamente à seção de maldições de sangue, e gritou um "Uhuuuuu!" quando ele obedeceu.

Clary se aproximou correndo, carregando um livro de couro de carneiro com um símbolo desconhecido estampado na capa.

— Encontramos o espinho — disse ela. Então abriu o livro em uma mesa próxima, a qual já estava coberta com o que pareciam ser livros de culinária das fadas, e apontou triunfantemente para o desenho de um ferrão espinhento, abaixo do qual havia parágrafos em escrita rúnica.

— Então, o que é? Por que o ferrão do sono não coloca pessoas para dormir? — quis saber Magnus.

— Ele faz isso apenas com deuses nórdicos, acho — respondeu Jace. — Olhe. — Ele apontou para o texto. — Quer que eu traduza para você?

— *É claro* que você sabe ler runas nórdicas antigas — falou Magnus, revirando os olhos.

— Sou um homem de muitos talentos. Além disso, meu pai foi um tirano abusivo.

— Justo.

— Então — retomou Jace. — O Svefnthorn é feito de *adamas* sombrio.

— O que é o quê, exatamente? — perguntou Clary.

— *Adamas* corrompido por um mundo demoníaco — falou Magnus. — Coisa muito rara. — Ele passou o dedo pela ilustração do ferrão. — Ele ata o feiticeiro àquele mundo e ao governante dele, e o feiticeiro suga poder dele. Torna feiticeiros muito mais fortes do que o normal.

— Isso não parece tão ruim — falou Alec.

— Até que o poder os sobrepuja, e ou eles morrem, ou são ferroados três vezes e se tornam os lacaios voluntários do demônio que governa o mundo — acrescentou Magnus.

— Isso parece bem ruim — corrigiu-se Alec.

— Então é basicamente... metanfetamina mágica? — disse Clary.

Jace falou:

— O Labirinto Espiral proibiu o uso dele em... espere, deixe eu converter a data... 1500, por aí.

— Por que Shinyun diria que é um *presente*? — falou Alec.

— Porque ela é desequilibrada? — sugeriu Magnus. — O mundo precisa ser Diyu, é claro. Mas por que Shinyun ferroaria *a si mesma*? Nem ela é insana o bastante para se matar por um rompante de poder temporário.

— Talvez ela ache que o papai demônio seja capaz de evitar que ela morra — sugeriu Clary.

— A pergunta é, como impediremos que *Magnus* morra? — falou Alec. Ele percebeu que tinha cerrado as mãos, e se obrigou a abri-las.

— Talvez algum tipo de maldição ancestral consiga dar conta disso? — sugeriu Magnus. — Talvez eles achem que tem algo no Livro Branco capaz de ajudar?

— Meu palpite é que ou você precisa ir a Diyu o mais rápido possível, ou se certificar de nunca pisar lá — falou Jace.

Alec esfregou as têmporas.

— Talvez Shinyun apareça de novo e nós consigamos perguntar, entre uma luta e outra contra o exército demônio dela.

— Simon e Isabelle estão pesquisando o paradeiro do Portal de Diyu — falou Clary. Todos olharam para o local onde tinham visto os dois pela última vez. Um goblin de olhar severo usando óculos sem armação parecia estar passando um sermão irritado em Simon, que gesticulava como se pedisse desculpas. Aparentemente tinham atrapalhado um círculo de leitura de goblins travessos em idade pré-escolar. Isabelle então localizou seu grupo e se aproximou, uma pilha de livros sob o braço.

Ela os apoiou na mesa, com um suspiro.

— Podemos voltar quando tivermos tempo para pesquisar? A história local não faz muito meu estilo.

— Encontrou alguma coisa sobre a localização do antigo Portal? — quis saber Alec.

— Na verdade, não. Simon estava anotando a lista de lugares mencionados, mas simplesmente parece um guia turístico da cidade. — Isabelle parecia frustrada. — É como se houvesse boatos de que cada um dos lugares famosos é o local do Portal.

— Shinyun e Ragnor devem saber — falou Magnus. — Eles têm *alguma* forma de se comunicar com Samael, e temos quase certeza de que ele está em Diyu.

— Então voltamos ao ponto de esperar que eles apareçam — falou Clary. — Ou então vamos verificar cada uma dessas possíveis locações. Qualquer uma delas pode acabar sendo um Portal aberto para o Inferno. Só estou dizendo.

Simon se aproximou deles, passando as mãos pelos cabelos.

— Um conselho, gente, nunca irritem um goblin livreiro. Eles são *rigorosos*.

— Soube que vocês não encontraram nada — disse Jace, alegremente. Simon lançou um olhar pesado para ele.

— Não é verdade que não temos nada — disse Alec. — Temos novas informações sobre o ferrão.

— E andei lendo sobre o mundo Diyu — falou Simon. Ele colocou sua pilha de livros sobre os de Isabelle.

— É o Inferno chinês, não é? — disse Clary.

— Bem — falou Simon. — Na verdade, não. Talvez seja mais como o purgatório chinês? As almas vão para lá para serem torturadas pelos pecados por um período de tempo antes de reencarnarem. Tudo parece ser muito organizado... muitos infernos diferentes, cada um com um governante diferente; há juízes, e eles decidem para qual inferno você vai; e servidores públicos mantêm tudo em ordem. Ou pelo menos — acrescentou ele — *costumava ser* organizado, antes do reinado de Yanluo. Mas Yanluo se foi.

— Então como é agora? — falou Alec.

— Os relatos variam — disse Isabelle sarcasticamente.

— Ninguém sabe porque ninguém esteve lá desde que Yanluo morreu — acrescentou Simon.

— Samael poderia estar tentando ganhar energia de toda a tortura de almas — sugeriu Alec.

— Isso parece muito trabalhoso — falou Magnus, franzindo a testa. — Jamais pensei em Samael como o tipo que chefiaria uma repartição pública. Ele pode estar apenas ocupando o lugar.

Clary pareceu inquieta.

— Acho que devo perguntar — começou ela. — Se encontrarmos um Portal aberto para Diyu, vamos... passar por ele?

Antes que qualquer um pudesse responder, as portas da entrada se escancararam e Tian entrou rapidamente. Estava sem fôlego.

— Esperava encontrar vocês aqui — disse ele sem preâmbulos. — Os pais de Jinfeng querem ver vocês imediatamente. Dizem que é importante. Disseram que "aquele com correntes precisa se armar".

Todos, exceto Alec e Magnus, pareceram confusos.

— Que correntes? — perguntou Jace.

Magnus suspirou e desabotoou a camisa, abrindo-a para revelar as correntes vermelhas irritadas que se estendiam desde a ferida e desapareciam nas mangas. Alec não tinha certeza, mas a impressão era que estavam ainda mais definidas do que antes. E aquelas correntes se estendendo na direção das pernas e até a garganta já estavam ali antes? Ele não se lembrava.

Os outros Caçadores de Sombras encararam Magnus.

O goblin de óculos que tinha gritado com Simon surgiu inesperadamente e falou em um sussurro dramático:

— Sinto muito, mas *preciso* pedir que saiam. Estão perturbando os outros clientes. Eles não estão acostumados com Caçadores de Sombras, para início de conversa, e agora vocês estão tirando a roupa...

— Entendido — falou Alec. — Já estávamos de saída.

— A Paz Fria diz que temos permissão para impedir que vocês sequer entrem aqui — prosseguiu o goblin. Ele claramente havia preparado um

discurso, e iria recitá-lo de qualquer jeito. — Mas nós dissemos que não, que o Palácio é um território neutro, que todo o Mundo das Sombras deveria ser bem-vindo. Mas *não* nos referíamos a todo um... *esquadrão* de Nephilim que...
— Sim, sim — aquiesceu Alec. — Estamos indo embora. — Ele continuou a conduzir o grupo em direção à saída.
— Além do mais — continuou o goblin —, aqui não *emprestamos* livros. Estes livros estão *à venda*, e agora precisaremos recolocar todos nas prateleiras...
Magnus estivera abotoando a camisa lentamente. A seguir, ele se virou e colocou a mão no ombro do goblin de forma amigável. O ser das fadas olhou para a mão como se fosse uma cobra venenosa.
— Senhor, peço desculpas por meus companheiros — disse ele. — Assumo total responsabilidade. Só estavam me ajudando com parte da minha pesquisa. Sou Magnus Bane, Alto Feiticeiro de Nova York, e vou comprar todos estes.
O goblin pareceu desconfiado.
— Já ouvi falar de você. É o Alto Feiticeiro só do Brooklyn.
— Tecnicalidades. A questão é que, senhor... posso saber seu nome?
O goblin fungou.
— Bem, se precisa saber. É Kethryllianalæmacisii.
— Mesmo? — disse Magnus. — Bem, enfim, Keth... posso chamá-lo de Keth?
— Não pode, não.
Magnus prosseguiu.
— Se puder reunir todos estes livros e enviar a conta para o Labirinto Espiral. Pode mandar entregá-los no Mansion Hotel, por favor.
Simon tinha prestativamente empilhado os livros, entregando-os então a Kethryllianalæmacisii, que cambaleou um pouco sob o peso, mas nitidamente não estava disposto a perder uma venda considerável para o Labirinto Espiral.
— É claro, senhor Bane — disse ele, entre dentes. — Mas se não desejam mais nada, minha equipe e eu agradeceríamos...
— Sim — falou Magnus —, já estávamos de saída.
— Desculpe — disse Simon para o goblin, o qual sibilou para ele.
Parecendo um pouco zonzo, Tian os levou para fora da loja. Quando as portas se abriram, um pássaro em uma gaiola acima cantou o trecho de uma canção, assustadora e doce.
— *Ó criança humana, venha com ligeireza! Para as águas e a natureza!*
Nos degraus da saída, Alec disse a Magnus:
— Você pode mesmo mandar a conta para o Labirinto Espiral?
— Vamos descobrir! — disse Magnus. — Bem, foi dito que aquele com as correntes precisa se armar, então, Tian, vá na frente.

10
A Impermanência Preta e Branca

Eles acompanharam Tian por ruas desconhecidas da Concessão das Sombras. Trepadeiras se estendiam em densos emaranhados entre os prédios, formando uma espécie de dossel sobre a cabeça deles. A luz que entrava para a rua abaixo era fria e suave. O grupo passou por uma selkie vendendo canja de galinha moroseta e por um rio feito por fadas adornado por ipomeias, nas quais sereias cantavam. Magnus parou de andar e sorriu para elas, escutando. Ele queria ver seu filho. Queria rastejar para a cama com Alec e se aninhar e dormir. Ele deixou a música fluir pela mente, lembrando-o de visitas à China muito antes de os avós dos avós de seus companheiros terem nascido. Fechou os olhos e, depois de um momento, sentiu a mão de Alec em suas costas — não para apressá-lo, apenas tocando-o.

— *"Chun Jiang Hua Yue Ye"* — disse ele a Alec. — "Uma noite de floração em um rio de primavera enluarado". Uma canção mais antiga do que eu.

Ele começou a murmurar consigo, os olhos ainda fechados. Que os outros esperassem. Por que nunca tinha levado Alec ali apenas para visitar? Se seus amigos não estivessem em perigo, ele teria puxado Alec para dançar às margens do rio reluzente, ensinando a ele a letra e a melodia.

Em vez disso, aquele com as correntes precisava se armar.

Não tinha como confundir a ferraria com qualquer outro prédio. Ela ficava logo no limite da praça principal do Mercado do Sol, e era cercada por uma assustadora muralha de dezenas de longas lanças entremeadas. O que fazia sentido, pensou Alec.

Tian os guiou por um portão na cerca, o qual se abriu ao toque com um tilintar semelhante ao de sinos de fadas. Quando passaram, Jace percorreu o dedo por uma das pontas de lanças onduladas com admiração, e Tian notou.

— Olhe como as curvas de cada lâmina são idênticas — disse ele. — A habilidade desses ferreiros é sem igual na China.

— Você diria que são *qiang* ou *mao*? — falou Jace.

Tian pareceu surpreso.

— Talvez *mao*? Mas você precisa perguntar aos ferreiros. Conhece armas chinesas?

— Jace conhece todas as armas — comentou Clary com um tom de sofrimento, mas sorriu.

Alec acompanhou Tian para dentro, esperando ver paredes reluzentes com armas em expositores luxuosos. Por mais que provocasse Jace a respeito de sua obsessão com armas, no fundo havia uma curiosidade a respeito de arcos das fadas, e, afinal de contas, os chicotes de corrente não eram uma arma tradicional das artes marciais chinesas? Talvez um presente para Isabelle...

Lá dentro, no entanto, ele não viu nenhuma arma lindamente exposta — na verdade, não viu arma nenhuma. Em vez disso, um homem e uma mulher muito, muito velhos estavam sentados em bancos em um cômodo de pedra vazio, iluminado por braseiros. Entre os dois havia uma fogueira de cocção, na qual havia um caldeirão de argila sendo mexido pela mulher.

Os Caçadores de Sombras adentraram no cômodo e olharam ao redor, confusos.

O homem e a mulher ergueram o rosto.

— Ah, Tian! — disse a mulher. — Estes devem ser seus amigos.

— Soubemos que vocês vão entrar em Diyu! — exclamou o homem.

— Nós *não* decidimos fazer isso — informou Alec apressadamente. — Estava sob discussão.

Tian falou:

— Mo Ye, Gan Jiang, eu gostaria de apresentar... — Ele respirou fundo e falou o nome de cada um deles seguindo a fileira, da direita para a esquerda, sem tomar fôlego. Alec ficou impressionado. — Pessoal — prosseguiu Tian —, estes são Gan Jiang e Mo Ye, os maiores ferreiros das fadas vivos.

— Besteira! — disse Gan Jiang. — *Também* somos melhores do que qualquer um dos mortos.

— Ouvimos que você foi ferroado com um Svefnthorn — disse Mo Ye, ansiosa. — Temos outros Svefnthorn nos fundos em algum lugar, se quiserem.

— Não, não temos — falou Gan Jiang. — Não dê ouvidos a ela. Da última vez que vi aquele Svefnthorn, Xangai nem mesmo tinha sido *fundada*. Está em algum lugar sob a montanha, mas quem sabe onde? Não eu, e nem ela, aposto.

— Hum, honorável... Sinto muito, não conheço a terminologia certa — disse Magnus —, mas você disse alguma coisa sobre o da corrente e como eu precisava me armar? E, bem... Ele começou a desabotoar a camisa.

— Pare! - disse Mo Ye. — Não precisa se despir. Nós já sabemos. Aqui. — Ela colocou as mãos dentro do caldeirão de argila que estava mexendo e de dentro dele tirou duas espadas, nenhuma das quais podia, de modo algum, caber ali. Apesar do ambiente humilde, pensou Alec, fadas jamais conseguiam resistir a um espetáculo.

Mo Ye apoiou as espadas sobre o topo do recipiente de argila. Eram claramente um conjunto, idênticas espadas longas, exceto pela cor: uma tinha a lâmina de um preto obsidiana intenso, o cabo de metal branco brilhante, e a outra era o inverso, o cabo era preto e a lâmina era branca.

Magnus olhou para as duas, e então para as fadas.

— Não sou um cara muito bom com espadas — disse ele.

— Não são *espadas* — falou Gan Jiang. — São *deuses*.

— São *chaves* — acrescentou Mo Ye.

— Sem querer ofender — disse Jace —, mas elas se parecem muito com espadas.

— Heibai Wuchang — falou Gan Jiang. — A Impermanência Preta e a Impermanência Branca.

Tian falou, baixinho, em um tom de assombro:

— Elas guiam as almas dos mortos até Diyu.

— Elas *guiavam* — falou Mo Ye. — Até que seu mestre, Yama, foi destruído.

— Foi Yanluo — sussurrou Tian.

— Elas se libertaram de Diyu, livres e quebradas... — disse Gan Jiang.

— Até que as encontramos e as transformamos em espadas — concluiu Mo Ye. — Você vai precisar delas — acrescentou ela a Magnus — para guiar sua alma até Diyu.

— De novo — rebateu Alec. — Nós realmente não temos certeza sobre a ida a Diyu. Tentamos evitar dimensões infernais sempre que possível.

Gan Jiang sorriu para ele como se ele fosse uma criança.

— *E* você vai precisar delas se quiser sair de novo.

Magnus hesitou.

— Sou um homem de muitos talentos, mas luta com espadas definitivamente *não* é um deles.

— E vou lhe contar, quando chegar a hora, não precisará matar com elas — disse Gan Jiang. Ele examinou o grupo com os olhos semicerrados. — Estas são espadas de misericórdia e julgamento. Você, feiticeiro, deve levar misericórdia, a lâmina branca... — Mo Ye pegou a Impermanência Branca e se postou atrás de Magnus, onde ela começou a desajeitadamente prender a espada às costas dele com uma fivela e uma bainha. Alec sorriu para Magnus, que imediatamente adotara a expressão neutra que estampava quando um alfaiate alfinetava suas roupas durante a prova.

— E você, Nephilim, vai levar a preta. — Gan Jiang ofereceu o cabo de Impermanência Preta a Alec.

Alec estava prestes a dizer *Por que eu preciso ser "julgamento"?*, mas assim que sua mão tocou a espada, o cômodo, os ferreiros e seus amigos sumiram, e ele se viu em outro lugar.

Uma planície rachada indistinguível, preta e esburacada, se estendia eternamente rumo a um horizonte vazio. Acima dela, abria-se um céu vermelho, no qual pairava um sol grande demais e escuro como sangue.

Na planície estava Magnus. Ou o que quer que Magnus tivesse se tornado.

Ele não tinha se tornado um monstro, não de verdade. Não parecia mais com um animal, ou um demônio. Mas tinha crescido até uma altura assustadora, e quando abaixou o olhar para Alec, foi com olhos sem as íris, sem reconhecê-lo.

Esse Magnus imenso levantou os braços nus e Alec viu as correntes de ferro presas a uma bola coberta de espinhos enterrada em cada uma das palmas dele. As correntes recuavam para trás de Magnus, para uma tempestade de fumaça e chamas que formavam um rastro.

Magnus ainda tinha a liberdade de movimento para unir as mãos. Cacos pontiagudos e reluzentes de magia rosa-avermelhada começaram a se acender entre as mãos dele, e Alec conseguiu sentir o chão rugir e o poder começar a se acumular.

Ele estendeu Impermanência Preta diante do corpo, e compreendeu para além de qualquer dúvida que somente ele poderia empunhá-la. Somente ele poderia realizar o julgamento, caso chegasse a tal ponto. Se Magnus fosse sobrepujado pelo ferrão, por Samael.

Além disso, pensar nessa versão de Magnus, completamente ausente de emoções, ardendo de tanto poder, empunhando uma espada de julgamento, era um pouco apavorante.

Ele segurou a espada diante de si, apontou para o deus sombrio que outrora fora Magnus, e disse:

— Magnus, se me reconhece, fale comigo.

E então ele estava de volta ao cômodo de pedra. Gan Jiang o observava atentamente.

— É óbvio que reconheço você — disse Magnus, preocupado. — Você está bem?

Alec olhou para Gan Jiang, e ele assentiu.

— Ele está bem — falou o ferreiro. — Um breve momento com a espada, acho.

— Acho que seu marido foi testado — disse Mo Ye alegremente para Magnus. — Boa notícia! Ele passou no teste.

Magnus olhou, preocupado, para Alec, que corou.

— Não somos casados — informou, como se pedisse desculpas, ao prender a espada às costas.

— Vocês não são casados *ainda* — intrometeu-se Isabelle.

Gan Jiang gargalhou.

— Estão vendo alianças em *nossas* mãos? E mesmo assim Mo Ye e eu somos casados desde antes de o mar ser salgado. — Ele se inclinou para Alec. — Fique com ele — disse Gan Jiang, em tom íntimo.

— É o que planejo — respondeu Alec.

— Excelente! — gritou Gan Jiang. — Agora, vocês precisam ir. Estamos fechando para o jantar.

Foi tão abrupto que todos ficaram parados em silêncio por um momento.

— Vocês não têm ouvidos? — bradou Mo Ye. — Saiam! Estamos fechados! Precisam de vocês no Mercado!

Eles enxotaram Magnus e os Caçadores de Sombras de volta à rua. De algum modo, no curto espaço de tempo que passaram dentro da ferraria das fadas, o sol baixara para trás dos prédios e o crepúsculo se estabelecera. Um brilho alaranjado passava sobre as construções e as árvores, e uma brisa morna soprava suavemente, carregando o cheiro de flores e das barracas de comida no Mercado nos arredores.

A porta bateu forte, e Alec ouviu o som de várias trancas e de cadeados sendo travados.

— Isso foi surpreendente parecido com uma visita aos meus avós — disse Simon, depois de um momento. — Com a exceção de que eles teriam enchido a gente de comida.

— O que aconteceu lá dentro, Alec? — quis saber Jace.

— Eu tive uma visão — respondeu Alec lentamente.
— Uma visão do quê? — indagou Isabelle.
— Do que aconteceria se fracassarmos em impedir Samael, acho.
Jace falou:
— E a visão te deu alguma ideia? Do que deveríamos fazer?
Alec estava olhando para Magnus.
— Não fracassar.
— Tudo bem — falou Jace. — Temos pesquisa, temos espadas. Qual é o próximo passo?
— Todos os sinais dizem que precisamos saber mais sobre Diyu — falou Isabelle. — Poderíamos começar verificando possíveis locais do antigo Portal. O que acha, Tian...? Tian?

Todos olharam em volta. Tian estivera na ferraria com eles, mas agora havia sumido. Alec percebeu que ele não via o jovem Caçador de Sombras desde antes de pegarem as espadas.

Houve um rompante de luz no céu bem acima da praça central do Mercado. Uma impressão roxa brilhou nos olhos de Alec, e ele piscou, tentando fazê-la sumir. Não muito longe, alguém começou a gritar.

Eles estavam parcamente armados. Não usavam uniforme. Não tinham desenhado Marcas de combate. Magnus carregava uma das duas espadas deles, só que não manipulava uma espada havia décadas. Na verdade, ele mal conseguia descobrir como tirá-la da bainha de ombro complicada que Mo Ye afivelara às suas costas.

Mas todos correram na direção da praça do Mercado mesmo assim.

O lugar estava um caos. Seres do Submundo corriam aleatoriamente em todas as direções, procurando refúgio ou uma saída. Grades e persianas de barracas do Mercado eram cerradas com força. Silhuetas se espalhavam pela luz fraca; Magnus mal conseguia distinguir o que estava acontecendo no chão. Bem acima deles, um brilho meio preto pulsava, como um círculo recortado do céu. Era quase do tamanho da praça em si. E demônios saíam dele.

— É um Portal — falou Isabelle, os cabelos pretos sendo açoitados pelo vento.

— Um Portal *dimensional* — gritou Clary acima do caos. — Não é um normal... este vai para outro mundo...

Diyu. Todos souberam sem precisar dizer, mesmo antes de Ragnor e Shinyun saírem do Portal, pairando diante deles, de braços erguidos e com magia vermelha estalando ao redor. Era da mesma cor que a magia de Magnus tinha se tornado.

Magnus olhou para o Portal. Não conseguia ver nada através dele, apenas nuvens tão escuras que eram quase pretas. Longos fios de seda surgiam de pontos dentro do Portal, e por esses fios deslizavam esferas cinza-escuro do tamanho de cachorros grandes. Conforme desciam, eles se abriam e se revelavam — o que não era surpreendente, considerando todos os acontecimentos do dia — imensas aranhas.

Ele lançou um olhar para Alec. Alec não era um grande fã de aranhas, e por isso Magnus passara a se divertir com a recusa dele em lidar até mesmo com as pequenas que apareciam no apartamento deles, muito embora Alec fosse um guerreiro angelical fortemente armado.

Agora Alec sacava Impermanência Preta e trincava os dentes.

— Vamos ver o quão bem essa chave-deus funciona como uma espada comum.

Magnus começou a reunir magia entre as mãos, incomodado por estar com a mesma cor da magia dos inimigos. Ele foi distraído pela voz grave de Ragnor, flutuando acima daquele caos.

— A horda de Diyu está sobre vocês! As cortes julgaram que são indignos, e sofrerão as torturas dos mortos!

Simon estava congelado, olhando horrorizado para as aranhas que continuavam a descer do Portal. Atrás deles, correntes de névoa anunciavam a chegada de demônios Ala, que planavam para baixo, gritando, para perseguir os seres do Submundo entre as estreitas passagens do Mercado. Uma matilha de cães demoníacos tinha surgido e encurralado uma família de pixies. Magnus estava prestes a gritar por Simon quando Jace passou correndo por eles, carregando lanças de cabeça curva retiradas da cerca da ferraria, uma em cada mão.

— Atenção, Lewis! Desculpe, Lovelace! — gritou ele, e Simon saiu do transe com um sobressalto, bem a tempo de pegar uma das lanças. Ele pareceu levar um momento para se recompor, então se juntou a Jace e ambos arrebanharam os cães do inferno. Um dos cães deixou uma criança cair de sua mandíbula quando a lança de Jace atingiu a lateral de seu corpo. O cão demoníaco ganiu e caiu no chão; o restante dos cães se virou para encará-los, olhos vermelhos e bocas abertas, exibindo fileiras de presas pontiagudas.

O líder da matilha do inferno foi nocauteado por Simon. Outro cão rugiu e saltou para Jace, que se abaixou com precisão e usou o cabo da lança e o momento do próprio animal para lançá-lo contra uma vidraça.

Xiangliu começou a formar um enxame na direção de Jace e Simon, mas Clary rapidamente surgiu para lhes dar cobertura. Ela atacou com uma lâmina serafim brilhando, dando giros, um borrão de luz na névoa. Em um momento de pausa, encontrou o olhar de Magnus, então se voltou para os feiticeiros acima. Magnus entendeu o que ela quis dizer — ele precisava voar até lá e falar com eles, exatamente como tinha feito na frente do Instituto. Nesta batalha, no entanto, ninguém tinha um arco, e ele estaria exposto no ar, protegido apenas pela própria magia.

Isabelle, enquanto isso, tinha sido encurralada por um grupo dos demônios-aranha junto a uma tenda de lona listrada. Ela só tinha uma única lâmina serafim e nenhum *parabatai* para lhe ajudar. Pressentindo sua vulnerabilidade, as aranhas saltaram. Isabelle girou e chutou uma no ar, mas, ao fazê-lo, se desequilibrou e caiu rolando na tenda, a qual desabou em volta dela e das aranhas.

Magnus gritou e correu na direção dela, mas não precisaria ter se preocupado. O corpo de um dos demônios-aranha subitamente surgiu da confusão, empalado como um kebab por uma das estacas de aço da estrutura da tenda desabada. Isabelle apareceu, empunhando a estaca como um cajado, e derrubou mais duas aranhas. Agora ela segurava a arma diante de si, mantendo as aranhas afastadas, e com a mão livre tirou a lâmina serafim da bainha e gritou:

— *Nuriel!*

A lâmina serafim se iluminou. Isabelle girou e voltou o ataque contra as aranhas, empurrando-as para trás, quando então Alec surgiu, cortando-as com Impermanência Preta. Icor jorrou.

Shinyun aterrissou entre os demônios e fez surgir uma imensa bola de fogo, a qual ela atirou em Jace, Clary e Simon, que lutavam costas contra costas. Magnus, sem pensar, se jogou entre a bola de fogo e os amigos, e a órbita incandescente se chocou contra ele, onde desapareceu, parecendo afundar em seu peito. Clary viu a cena e seus olhos se arregalaram.

— Por que vocês estão fazendo isso? — gritou Magnus para Shinyun. — Estes são seres do Submundo! São seu povo!

Shinyun voltou o olhar impassível para ele.

— Testemunhe — gritou ela — a abertura de um novo e permanente caminho até Diyu! — Ela abaixou a mão, traçando chamas cor-de-rosa, e mais dos demônios-aranha brotaram de seus dedos. — *Zhizhu-jing*, minhas irmãs! Este é seu mundo agora! Preparem o caminho para seu novo mestre!

— Não! — gritou Magnus, e se atirou nas aranhas. Ele apontou a mão para uma, que afundou nas vísceras do demônio com um barulho úmido.

Ele abriu o punho dentro do bicho, que explodiu. Então olhou para Shinyun e ficou surpreso ao vê-la assentindo com aprovação. Aquilo só fez aumentar a fúria de Magnus, então ele pegou mais uma das aranhas com as duas mãos e, unindo as palmas, a esmagou como um melão.

Ele ficou parado ali, as mãos trêmulas, chocado com o que tinha feito. Ele sequer esmagava as aranhas normais que encontrava no apartamento. Embora, verdade fosse dita, elas merecessem muito menos do que um demônio merecia.

— Magnus! — A voz de Alec parecia distante. — Consegue fechar o Portal?

— Cuidando das aranhas — murmurou ele consigo. Uma delas havia rolado para perto dele, e ele deu um pisão, esmagando-a. Livre por um momento, ele olhou para o Portal e alcançou o limite dele com a magia, na esperança de conseguir fechá-lo.

Ragnor subitamente apareceu acima dele, descendo rápido. Era a primeira vez que Magnus o via, afora seus sonhos, desde aquela noite no apartamento deles — aquilo tinha mesmo sido há poucos dias? —, e Ragnor parecia mudado desde então. Seus olhos, normalmente escuros e bondosos, brilhavam, e seus chifres tinham ficado mais longos e mais curvos. Espinhos tinham começado a brotar dos chifres, e quando Ragnor levantou as mãos, Magnus viu que estavam maiores do que o normal, e com garras pretas nas pontas.

— Não tem jeito — provocou Ragnor. — Você jamais vai conseguir fechar. Não deste lado.

Magnus o ignorou, concentrando-se nas linhas que atavam o Portal ao mundo. Ele trincou os dentes, sentindo magia correr em torrentes desde o nódulo no coração, passando pelas correntes nos braços, até emergir das palmas.

— Não é uma questão de poder — falou Ragnor, e quase soou como seu antigo eu, dando um sermão a Magnus sobre teorias e técnicas da magia. — Esta é uma magia diferente. Magia mais antiga.

"É sua culpa, sabe — prosseguiu ele, em tom casual. — O fato de termos aberto o Portal aqui. Poderíamos ter escolhido qualquer lugar, mas depois que nosso mestre soube da sua presença no Mercado, bem, simplesmente não pudemos resistir."

— Da minha presença? — disse Magnus.

— Da presença de todos vocês — disse Ragnor, com um tom alegre que era demasiado errado vindo dele. — Principalmente dos Caçadores de Sombras. A Serpente tem uma afeição particular por eles. Ele quer que todo o Submundo saiba que os Nephilim não conseguem protegê-los de maneira alguma.

— Eles parecem estar fazendo um bom trabalho com isso — falou Magnus. — Ragnor... o que aconteceu com você? Por que se aliou a... não apenas um demônio, mas ao pior mal que existe? Você foi se esconder para evitar Samael, e agora ele é seu melhor amigo. Você não precisa fazer isso. Você não *precisa* fazer nada. Você me ensinou isso.

Pela primeira vez, Ragnor pareceu hesitar. Magnus o pressionou.

— Deixe Samael. Deixe Diyu. Venha comigo. Nós podemos proteger você...

Mas Ragnor balançou a cabeça.

— Você não sabe — disse ele. — Não sabe como é estar na presença dele. Você sentiu o ferrão, mas não sentiu quando é a mão dele que o empunha de verdade.

— Podemos reverter isso. Iremos ao Labirinto Espiral. Podemos chamar Catarina, e Tessa... — Ele parou de falar. Ragnor dava um sorriso cheio de dentes que era absolutamente incaracterístico dele.

— Magnus. É tarde demais para mim. — Ele levou a mão ao peito de Magnus, sobre a ferida em forma de X. — É tarde demais para nós dois. Você simplesmente ainda não aceitou. — Ele olhou para o Portal no céu, turbulento com demônios e uma tempestade, raio pulsando com a cor perversa de sangue arterial. — Você pode fechar o Portal do outro lado — disse ele. — De Diyu. Mas não daqui.

Num momento ele estava ali, e, no outro, tinha desaparecido, ascendendo até o céu tão rápido que Magnus mal o viu partir. Magnus tinha muito mais a dizer, mas já que Ragnor não estava mais ali, ele voltava a atenção aos Caçadores de Sombras. Estavam lutando, mas começavam a se cansar. Todos os cinco tinham se reunido no centro da praça, de costas uns para os outros, e por mais rápido que atingissem os demônios, sempre aparecia uma nova leva para ocupar o lugar deles.

Magnus correu para eles — seus amigos, e o amor de sua vida. Sentiu o peso pouco familiar de Impermanência Branca nas costas; como os Caçadores de Sombras carregavam esses pedaços de metal pesados com eles o tempo todo? Alec estava golpeando com Impermanência Preta, derrubando demônios Baigujing. Magnus nem mesmo os vira entrar na confusão. Alec gritou o nome de Magnus e estendeu a espada diante do corpo.

A magia se agitou no peito de Magnus como um animal selvagem em uma jaula. Ele se preparou para senti-la correr pelas correntes nos braços, como vinham fazendo antes, quando então teve uma ideia. Ele se concentrou, sentiu o peso de Impermanência Branca nas costas e permitiu que o poder fluísse do coração até a espinha, até a nuca, e então para a lâmina da espada.

Com um estalo de um trovão, um raio carmesim estourou da ponta da lâmina. Ela buscou sua gêmea e repassou a magia para a lâmina de Impermanência Preta enquanto Alec a segurava. Tendões de magia faiscaram do raio, e os demônios fugiram. O crepúsculo se acendeu com luz vermelha infernal — mas era uma luz que podia salvá-los.

Os demônios mais próximos do alcance dos raios simplesmente foram vaporizados. Outros explodiram em chamas e fugiram, gritando. Os raios pararam, e, por um momento, tudo ficou nítido e quieto. Ao longe, acima dele, Magnus conseguia ver relâmpagos de luz: Ragnor e Shinyun desciam tão rápido quanto a magia lhes permitia.

Magnus percorreu a distância até os outros Caçadores de Sombras, que tinham se reunido desleixadamente, com as armas em punho.

— Ouçam! — gritou ele. — Preciso fechar o Portal pelo outro lado. De Diyu. É o único jeito.

Alec se virou para encará-lo.

— Vou com você. Obviamente.

— Não — disse Magnus, embora notasse o olhar de Alec, destemido e resoluto. — Mas Max...

— Magnus — disse Alec com veemência. — Este é *meu trabalho*. Este é *nosso trabalho*. Nós vamos. Nós salvamos todas essas pessoas. *Nós* fechamos o Portal.

— Todos nós vamos — disse Jace. O rosto dele estava manchado de terra e sangue, os olhos dourados brilhavam. — Obviamente. E então vamos todos voltar.

— Por que não? — indagou Simon. — O que é mais uma dimensão infernal, não é mesmo?

— Não podemos ir todos — protestou Clary. — Não podemos simplesmente deixar o Mercado sob ataque de todos esses demônios.

Magnus apontou.

— Para nossa sorte, a cavalaria está finalmente chegando.

Eles olharam. Nos limites da praça, em meio à luz azul fraca do crepúsculo, dava para ver as lâminas serafim se acendendo, uma após a outra. Ragnor e Shinyun pararam de descer, porém ainda bem acima do chão, e cautelosamente se puseram a encarar os recém-chegados.

— Alguém encontrou o Conclave — exalou Isabelle. — Graças ao Anjo.

— Talvez Tian tenha ido buscá-los — falou Jace. — Ele está lá?

— Poderíamos ficar e lutar com eles até acabar — sugeriu Simon.

Magnus balançou a cabeça e ficou surpreso ao ver Alec fazendo o mesmo. Alec falou:

— Precisamos fechar o Portal ou jamais acabará. — *E não queremos responder perguntas sobre mim, ou sobre Ragnor*, pensou Magnus, e trocou um olhar com Alec, que assentiu.

— Mas como chegaremos lá em cima? — disse Isabelle, virando o rosto para cima, para a imensa fissura no céu.

— Não sei se vocês já souberam — disse Magnus —, mas meu poder mágico foi fortemente intensificado. — Ele recuou um passo e olhou para o grupo. — Muito bem. Todo mundo, juntos. Como se estivéssemos posando para uma foto.

Os Caçadores de Sombras ficaram confusos, mas obedeceram, aproximando-se uns aos outros até que estivessem todos bem unidos. Estavam todos de pé no mesmo bloco de pedra agora. Atrás deles, as silhuetas de Caçadores de Sombras começavam a enfrentar a horda demoníaca. Magnus olhou para ver se Tian estava entre eles, mas não soube dizer.

Retornando para a tarefa diante de si, Magnus estendeu as mãos e, com esforço, deslocou a placa de pedra do chão. Fez um terrível som de esmerilhamento, mas depois que se soltou, ergueu-se perfeitamente no ar, levitando os Caçadores de Sombras cerca de trinta centímetros do chão. Pedaços de cascalho e concreto caíram em lascas, mas a pedra continuou inteira.

— Tudo bem — disse Magnus. — Estarei logo atrás de vocês. Tentem se segurar.

Ele não queria ver. Fechou os olhos e se agachou, deixando o peso da placa e dos cinco ocupantes se acomodarem no leito da magia.

— Levante com os joelhos! — sugeriu Clary.

— Por favor, me avise quando isso acabar — disse Simon.

Magnus sentiu a magia estalar dentro de seu corpo. Havia tanto dela. A sensação era... ótima. Assustadora, mas ótima.

Um furacão soprou em torno dele e dos Caçadores de Sombras. Rapidamente, ganhou velocidade e força, ampliando-se. Magnus esperou até que se tornasse poderoso o suficiente... e rapidamente o viu girando para além de seu controle.

Ele viu os amigos começarem a ficar alarmados conforme o furacão se tornava mais veloz e mais forte do que era sua intenção. Logo, estava mais para um pequeno tornado do que a lufada de vento controlada inicialmente pretendida. Um relâmpago tremeluziu dentro dos redemoinhos do furacão, irritado e vermelho. Alec gritou o nome de Magnus, mas Magnus não conseguiu ouvi-lo por cima do barulho.

Era agora ou nunca. Magnus se entregou ao poder e, com um grito, atirou os Caçadores de Sombras e a placa no ar. Ele foi junto, puxado para dentro do ciclone que rugia em direção ao Portal.

A placa de concreto girou e se inclinou, e Magnus viu os amigos saírem voando. Clary conseguiu agarrar o braço de Simon, e os dois giraram juntos, conectados, mas fora de controle.

Os cinco sumiram pelo Portal, seguidos pela placa, da qual choviam pedaços de cascalho na direção de Magnus conforme ele também subia para o céu atrás dela.

O momento o puxaria pelo Portal, não importava o que acontecesse, e ele estava determinado a tirar o melhor proveito da situação. Ele girou o corpo no ar e estendeu as mãos para Ragnor em uma direção e para Shinyun na outra. O vento os pegou, e eles também voaram rumo ao Portal, não mais no controle do que o próprio Magnus.

Rolando pelo ar, todos os três feiticeiros seguiram as rochas e os Nephilim pela ruptura entre os mundos. A rachadura brilhava como a luz que saía do peito de Magnus.

Então uma escuridão os cobriu, mais forte do que qualquer luz. Houve nuvens de fumaça, e um vento frio, e então não houve absolutamente mais nada.

Parte Três
Diyu

11

O Primeiro Tribunal

Centenas de anos antes, Magnus se deitara insone na Cidade dos Ossos, entre os Irmãos do Silêncio. Naquela época, tal como agora, a paz parecia uma impossibilidade.

A mãe de Magnus se suicidara por causa do que ele era. O padrasto dele tentara matá-lo por isso, e terminara assassinado pelo enteado. Ele não se lembrava muito bem da época posterior a tais fatos. Ficara fora de si, seus poderes fora de controle, uma criança perdida carregando uma tempestade de magia e ódio no peito. Ele se lembrava de ter quase morrido de sede em um deserto. Ele se lembrava de um terremoto; de escombros desabando; de gritos. Quando os Irmãos do Silêncio chegaram, ele seguiu em meio àquela chuva de rochas ao encontro das figuras encapuzadas, sem saber se seriam seus tutores ou seus algozes.

Eles o levaram embora, mas mesmo em sua cidade de paz e silêncio, Magnus continuava a sonhar com seu padrasto queimando. Estava desesperado por ajuda, mas não fazia ideia de como pedi-la.

Os Irmãos do Silêncio abordaram o feiticeiro Ragnor Fell para que auxiliasse aquela criança feiticeira perdida.

A lembrança do primeiro encontro deles era cristalina. Magnus estava deitado na cama do quarto de pedra vazio oferecido pelos Irmãos do Silêncio. Eles fizeram o possível, conseguiram um cobertor macio e colorido e alguns brinquedos para que o espaço ficasse mais semelhante a um quarto de criança, e menos a uma cela de prisão. Ainda era bastante desconfortável, ainda mais porque os Irmãos do Silêncio em si eram muito intimidadores. A bondade deles para com Magnus era muito contrastante com os rostos apavorantes e desprovidos de olhos, e o feiticeiro vinha se esforçando para parar de se encolher quando eles entravam no quarto.

Estava finalmente se acostumando aos monstros que lhe dispensavam tantos cuidados, quanto então um monstro novo entrou. A porta rangeu ao se abrir, aço contra pedra.

— Vamos lá, menino — disse uma voz vinda da porta da cela. — Não precisa chorar.

Um *demônio*, pensou o menino desesperadamente, um demônio tal qual a imagem que seus pais faziam dele: pele verde como o musgo dos túmulos, cabelos brancos como ossos. Cada um dos dedos dotados de uma articulação a mais, e curvados grotescamente em garras. Magnus se atrapalhou para ficar sentado e se defender, um pré-adolescente desajeitado no meio de um alarmante surto de crescimento, braços e pernas se debatendo e magia perigosa jorrando descontroladamente.

Mas Ragnor ergueu uma de suas estranhas mãos, e a magia de Magnus se transformou em fumaça azul, um clarão de cor inofensivo no escuro.

Ragnor revirou os olhos.

— É muito deselegante encarar as pessoas.

Magnus não estivera esperando que aquele ser estranho falasse sua língua, mas o malaio de Ragnor era suave e fácil, se é que tinha algum sotaque.

— Minhas primeiras impressões são que você não tem tato social, e que está desesperadamente precisando de um banho. — Ele soltou um suspiro pesado. — Não acredito que concordei com isso. Minha primeira lição para você, menino, é jamais jogar baralho com um Irmão do Silêncio.

— O que... o que você é? — perguntou Magnus.

— *Eu* sou Ragnor Fell. O que você é?

Magnus mal conseguiu encontrar a própria voz.

— Ele disse... ela me chamou de... eles disseram que eu era amaldiçoado.

Ragnor se aproximou.

— E você sempre deixa as pessoas lhe dizerem o que você é?

Magnus ficou calado.

— Porque elas sempre vão tentar — continuou Ragnor. — Você tem magia, exatamente como eu.

Magnus assentiu.

— Ora, então — disse Ragnor —, eis as coisas mais importante que posso lhe dizer. As pessoas vão querer controlar você por causa do seu poder. Elas vão tentar convencê-lo de que estão fazendo isso para seu próprio bem. Você precisa tomar muito cuidado com elas. — Quando Magnus voltou os olhos para além de Ragnor, no corredor diante do quarto, Ragnor disse: — Sim. Mesmo os Irmãos do Silêncio estão ajudando você porque em parte pretendem beneficiar os próprios propósitos. Os Caçadores de Sombras precisam de feiticeiros amigáveis, mesmo que não queiram.

— É errado? — indagou Magnus, baixinho. — Que eles estejam me ajudando?

Ragnor hesitou.

— Não — disse ele, por fim. — Você não é responsabilidade deles, e eles não têm garantias do que você vai se tornar. Você tem sorte o bastante de ter nascido em uma época em que Caçadores de Sombras gostam de feiticeiros, e não na época em que eles nos caçavam por divertimento.

— Então é perigoso ter magia — falou Magnus.

Ragnor gargalhou.

— A vida é tremendamente perigosa tenha você magia ou não, mas sim, principalmente para pessoas como nós. Feiticeiros não envelhecem como outros humanos, mas costumamos morrer jovens mesmo assim. Abandonados por nossos pais humanos. Queimados em fogueiras por mundanos. Executados por Caçadores de Sombras. Não é um mundo seguro, mas não conheço nenhum mundo seguro. Você precisa ser forte para sobreviver em todos eles.

A criança que um dia seria Magnus gaguejou:

— Como você... como você sobreviveu?

Ragnor se aproximou e se sentou no chão de terra fria ao lado de Magnus, ambos de costas contra uma parede de crânios amarelados. As costas de Ragnor eram largas, e as de Magnus, estreitas, mas Magnus tentou se sentar tão ereto quanto Ragnor.

— Eu tive sorte — respondeu Ragnor. — É assim que a maioria dos feiticeiros sobrevive. Nós somos os sortudos, aqueles que foram amados. Minha família era de mundanos com a Visão, que sabiam um pouco sobre o nosso mundo. Eles pensaram que uma criança verde pudesse ser uma criança trocada pelas fadas, e só descobrimos que a história era outra bem mais tarde. Mesmo quando eles descobriram, eles continuaram a me amar mesmo assim.

Os Irmãos do Silêncio tinham falado com Magnus na mente dele, tinham ensinado um pouco sobre a origem dos feiticeiros, contado como demônios invadiram o mundo, forçando ou enganando os humanos para que concebessem seus filhos.

— E quanto a seu pai?

— Meu pai? — repetiu Ragnor. — Quer dizer o demônio? Este não posso chamar de pai. Meu pai foi aquele que me criou. O outro, o demônio, não tem nada a ver comigo.

"Eu sei que você não foi um dos sortudos — prosseguiu Ragnor. — Mas somos feiticeiros. Nós vivemos para sempre, e isso significa que, cedo ou tarde, ficamos sozinhos. Quando outros nos chamam de cria de demônios, tentam usar nosso poder para os fins deles, nos invejam, nos temem, ou simplesmente morrem e nos deixam, precisamos decidir por conta própria o que seremos. Nós, feiticeiros, nomeamos a nós mesmos antes que outros possam nos dar nome."

— Vou escolher um nome — disse o menino.

— Então, sem dúvida nós nos conheceremos melhor. — Ele olhou para Magnus de cima a baixo. — Sua segunda lição: os Irmãos do Silêncio não precisam se lavar, ou lavar as roupas, mas você precisa. Você precisa muito.

O menino gargalhou.

— Vamos nos manter brilhando de tão limpos de agora em diante, certo? — sugeriu Ragnor. — E, pelo amor de Deus, arrume umas roupas bonitas.

Mais tarde, Ragnor diria que desejava jamais ter ido à Cidade dos Ossos naquele dia, e que jamais pretendera que Magnus exagerasse tanto nas roupas. E, evidente, ele jamais teria previsto a invenção do glitter cosmético.

Magnus esperara encontrar paz na Cidade do Silêncio, mas agora compreendia que tal paz era impossível. Só lhe restava fazer perguntas. E esperava que Ragnor lhe desse algumas das respostas, e então Magnus se daria um nome.

— Magnus!

Alec ouviu a própria voz, ecoando pelo espaço desolado que se estendia ao redor e acima dele.

O inferno estava vazio.

Alec estava deitado de costas, sem fôlego, mas, pelo menos, consciente. Ele apagara ao atravessar Portal, não fazia ideia de quanto tempo ficara desacordado. Ele se apoiou nos cotovelos, já na expectativa de sentir dor, mas aparentemente estava ileso.

Não havia nada ali. O céu estava desprovido de estrelas ou luas ou nuvens — não havia nem mesmo um céu. Não havia profundidade ou distância, nenhuma sombra ou cor, apenas um mar de vazio uniforme e claustrofóbico de um horizonte a outro.

Piscando, ele se sentou e olhou em volta. Estava em uma extensão imensa de pedra cinza, plana porém irregular, com grandes fissuras aqui e ali. A paisagem não tinha características marcantes, ondulava rumo a horizontes vazios em todas as direções. Os outros Caçadores de Sombras estavam espalhados ao redor, todos a não mais do que uns 15 metros de distância. Jace já estava de pé, obviamente, e tinha, de alguma forma, milagrosamente conseguido segurar a lança surrupiada da ferraria. Os demais estavam se levantando, cada um no seu ritmo. Ninguém parecia ferido.

Magnus estava de pé, não muito longe deles, olhando para o alto. Alec acompanhou o olhar dele e viu um nó de magia no céu, emaranhado e caótico, como um ferimento costurado às pressas no campo de batalha. Ele faiscava preto, mas nenhum demônio saía dali.

Alec se aproximou de Magnus, colocando a mão no ombro dele, que disse, ainda olhando para a sutura tosca no céu:

— Não ficou bonito. Mas acho que vai aguentar.

Alec puxou Magnus em um abraço forte e o envolveu por um momento, sentindo o calor de seu corpo e o som tranquilizante de sua respiração. Então deu um passo para trás.

— Shinyun? — disse ele. — Ragnor?

— Estavam logo atrás de mim — falou Magnus. Havia fadiga na voz dele, e Alec se perguntou quanto aquele furacão o teria extenuado. — Eu juraria pela minha vida que eles passaram pelo Portal logo atrás de mim. Mas não apareceram deste lado.

— Bem, Samael é o Mestre dos Portais e o mestre de Ragnor e Shinyun — observou Alec. — Então talvez eles tenham ido para outro lugar.

— Quem sabe — disse Magnus, inexpressivo. Apesar do sucesso na empreitada, ele soava derrotado.

Isabelle, logo atrás deles, subitamente gritou:

— Simon?

Alec se virou. Isabelle, Clary e Jace finalmente se juntavam a eles, todos com o aspecto de quem tinha passado por uma ventania, mas não havia sinal de Simon.

Clary se virou.

— Simon? *Simon?*

Todos olharam ao redor, mas não era como se houvesse um esconderijo na rocha exposta que os cercava. Simon tinha sumido.

Todos olharam para Clary. Ela abraçava o próprio corpo, com o rosto muito pálido. Jace pôs a mão nas costas dela.

— Procure por ele — disse ele, com carinho. — Dentro de você.

Quando Clary fechou os olhos, Alec se lembrou de um momento, há muito tempo, quando Sebastian levara Jace, e ele buscara dentro de si pela fagulha que era seu *parabatai*, em vão. Observando Clary agora, ele revivia aquela dor.

Ela inalou profundamente.

— Muito bem... ele está vivo, pelo menos.

— Acha que ele foi para onde Ragnor e Shinyun foram? — perguntou Alec a Magnus.

A expectativa era que Magnus fosse responder *quem sabe* novamente, mas, em vez disso, sua expressão ganhou um ar alerta, e ele pareceu um pouco mais presente novamente.

— É possível — respondeu simplesmente.

— Ele *definitivamente* passou pelo Portal — falou Jace. — Eu o vi.

Isabelle estava angustiada.

— Ele não queria vir — disse ela. — Para Xangai, quero dizer. Ele achou que alguma coisa terrível aconteceria. Eu disse a ele que estava sendo ridículo. — Ela afastou o cabelo preto embaraçado do rosto, seus lábios tremiam.

— Iz — falou Alec. — Nós vamos encontrá-lo.

— Nós vamos ter que descobrir como voltar para casa — falou Jace. — E também não temos ideia de como fazer isso.

— *E* não podemos ir embora sem o Livro Branco — acrescentou Alec. — *E* precisamos salvar *você* — acrescentou ele para Magnus.

— E precisamos salvar Ragnor — completou Magnus.

Todos olharam para ele.

— Magnus — disse Clary, carinhosamente —, precisamos ser salvos *de* Ragnor.

— Ele não está em seu estado normal — falou Magnus. — Está sob o controle de Samael. Não vou deixá-lo desse jeito. Se há um jeito de me salvar, então há um jeito de salvar Ragnor.

Depois de um momento, Jace assentiu.

— Certo — disse ele. — Então precisamos encontrar o Livro Branco, encontrar Ragnor, derrotar Ragnor, salvar Ragnor, encontrar Simon, salvar Simon, entender o que Samael está tramando, neutralizar Shinyun, e destruir de uma vez por todas o Portal entre Diyu e Xangai.

— Achei que tivéssemos acabado de fazer esse último — falou Isabelle, olhando para a cicatriz no céu. — Além do mais, parece que Ragnor e Shinyun descobriram como abrir um rombo entre Diyu e nosso mundo sempre que quiserem.

— O que nos leva à pergunta — falou Jace —, se eles conseguem fazer isso, por que Samael simplesmente não atravessa com eles?

Magnus uniu os dedos, formando uma tenda.

— Se Samael *pudesse* ir para nosso mundo, ele iria — falou. — Então ainda existe alguma coisa que o impede de passar de Diyu para a Terra. Provavelmente tem algo a ver com a forma como ele foi banido. Mas não sei o que é.

Jace olhou ao redor, as mãos no quadril.

— Talvez tenha um balcão de informação em algum lugar. Sabem, tipo "Bem-vindos ao Inferno"?

Magnus olhou para ele com censura.

— Bem, não podemos simplesmente ficar aqui nesta pedra — falou Alec.

— Diyu não deveria ser uma burocracia toda com juízes e tribunais e câmaras de tortura? As coisas aqui não podem ter sumido de vez, podem?

— Esperem aí — disse Magnus, e se lançou ao ar. Alec ficou observando-o, desconfortável. Normalmente, Magnus não era capaz de *voar*, mas agora o fazia sem esforço visível. O Svefnthorn em ação, supunha ele.

No silêncio, o grupo ficou observando Magnus acima da extensão rochosa. Clary colocou a mão no ombro de Isabelle, que, por sua vez, deu a ela um olhar de preocupação.

— Vamos encontrar Simon — observou Clary. — Ele não tem nada a ver com essa coisa toda. Não tem motivo para ele estar em perigo.

— Ah, vai ser tranquilo — disse Isabelle, com a voz fraca. — Ele só está *perdido* no Inferno.

Ninguém soube o que responder, então ficaram parados em silêncio por mais um minuto, até que Magnus iniciasse a aterrissagem, o casaco voando ao redor do corpo elegantemente conforme ele descia. Mesmo em um submundo demoníaco, pensou Alec, Magnus tinha estilo.

— Por aqui — chamou ele, e os levou ao que parecia ser uma direção arbitrária. Todos seguiram, confusos.

Depois de alguns minutos caminhando, durante os quais a paisagem não mudou ou sequer sugeriu que estivessem indo a algum lugar, Magnus parou e apontou o chão.

— *Voilà* — disse.

Abaixo deles havia uma abertura no chão, a qual seria invisível caso estivessem a alguns metros de distância. Dentro dela, degraus de pedra em espiral.

— Onde esses degraus vão dar? — falou Clary.

Magnus lançou um olhar a ela.

— Vão dar lá embaixo — disse ele, e começou a descer os degraus.

Clary olhou para ele.

— A única pessoa que poderia ter gostado *dessa* referência — disse ela — é a que estamos tentando salvar.

Magnus disse, tranquilamente:

— Seu comentário sugere que você também gostou, ao seu modo.

— Pelo menos vamos morrer piadistas — murmurou Isabelle, seguindo-os também.

Alec também foi atrás deles, sua mente inquieta.

A escadaria tinha centenas de degraus, projetada num ziguezague que os fazia seguir mais ou menos verticalmente para baixo. Previsivelmente, não havia corrimão, mas Magnus não fazia ideia do que aconteceria caso alguém caísse. Ele poderia aparar a pessoa com a magia, supôs, mas esperava que não precisasse chegar a esse ponto.

Durante um tempo, as escadas sumiram em névoa e fumaça sem fim abaixo deles. Mas, gradualmente, mais abaixo, uma enorme forma quadrada foi entrando em foco, e conforme se aproximavam, Magnus percebeu estar olhando para uma cidade murada.

Se vista de cima, poderia se passar por uma cidade na Terra, porém da época da antiguidade. Havia um muro externo de pedra, demarcado a intervalos regulares por torres que, Magnus tinha certeza, eram o topo de portões de acesso, embora do lado de fora da muralha houvesse o mesmo vazio escuro que cercava tudo. Do lado de dentro havia uma série de pátios separados entre si por construções de telhados vermelhos que lembravam tribunais ou palácios.

Conforme se aproximavam, foi ficando nítido para Magnus que aquele era um lugar abandonado. Tudo estava silencioso. Tudo estava inerte. Quando o ângulo permitiu que eles enxergassem melhor as torres, Magnus notou que a maioria delas estava quebrada, e no piso, aqui e ali, imensos pedregulhos caídos bloqueavam as ruas.

A princípio, parecia que eles desceriam bem no coração da cidade em ruínas, mas foi uma ilusão de ótica; quando chegaram ao térreo, perceberam que a escada os deixava bem diante do muro externo.

Os cinco desceram dos últimos degraus para um pátio pavimentado com pedra, tão silencioso quanto a planície que tinham deixado acima. De três lados, o pátio parecia terminar e cair no nada, mas no quarto lado erguiam-se duas imensas torres de estilo *que*. A arquitetura delas era tradicionalmente chinesa — "tradicionalmente" no sentido de ter milhares de anos —, intricadamente entalhadas e arrematadas por telhas planas como chapéus de abas largas. Ao se aproximarem das torres, viram que ambas eram feitas de centenas, até mesmo milhares, de ossos animais e humanos. Uma das torres brilhava num branco alvíssimo, e a outra reluzia num preto ébano. Entre elas, uma estrada sinuosa que levava até uma abertura nos muros da cidade, para além dos quais estava tudo escuro.

Os passos deles ecoaram vazios. O silêncio era opressor, o ar estava completamente parado. Todos caminhavam pela trilha sinuosa; não parecia haver outro trajeto. Alec tinha sacado Impermanência Preta e estava segurando a espada cuidadosamente diante do corpo, mas nada aconteceu quando eles passaram entre as torres *que*.

Magnus não tinha certeza do que estivera esperando quando entrassem pelas muralhas da cidade. O caminho dava num beco sem saída em outro grande pátio retangular, pavimentado com pedras. Na ponta do pátio erguia-se um prédio branco, com acabamento de madeira até a metade e um telhado vermelho inclinado de quatro faces, cujas portas estavam escancaradas. Lanternas de papel vermelhas, apagadas, pendiam dos beirais. Não havia como contornar o prédio; precisariam entrar nele, e, esperançosamente, serem capazes de atravessá-lo, para continuar.

Uma vez lá dentro, Magnus foi lembrado estranhamente do saguão de um hotel. Pilastras altas de pedra sustentavam um teto tão elevado que sumia na névoa, em um espaço aberto amplo que parecia projetado para conter várias pessoas de uma vez.

Dos dois lados do salão havia tapeçarias penduradas entre uma série de mastros de bronze altos. Para Magnus, ficou a impressão de que um dia elas serviram de tela para algum conto, ou talvez tivessem fornecido uma sugestão das punições oferecidas nos recônditos daquele reino, mas agora, além de um ou outro rosto discerníveis aqui e ali, eram indecifráveis, cobertas com manchas de sangue seco, esfarrapadas e rasgadas nas pontas, e desbotadas pelo tempo. Ao fim do salão havia um amplo, porém simples, balcão de madeira, com uma pilha organizada de livros empoeirados e podres, e um monte de pergaminhos despedaçados até virar quase nada. Atrás do balcão, uma parede de azulejos retratava uma estampa surpreendentemente comum de crisântemos.

Não havia movimento, nenhuma atividade ou vento. A respiração de Magnus ecoava alto aos ouvidos; as passadas dele e dos companheiros soavam como batidas a uma porta de pedra imensa.

Magnus caminhou até o balcão, hesitante, e, ao fazê-lo, viu movimento — um tentáculo grosso, atarracado, preto esverdeado, surgiu de baixo e bateu no tampo do balcão.

Os Caçadores de Sombras congelaram. Magnus ouviu um sussurro e, de soslaio, viu o brilho de uma lâmina serafim sendo acesa.

Um segundo tentáculo se juntou ao primeiro, depois um terceiro. Então começaram a se movimentar pelo tampo do balcão, deixando rastros de gosma. Então, agindo coordenadamente, eles se apoiaram no balcão e se elevaram até surgir uma cabeça gosmenta e um tronco, e de repente a criatura estava de pé. Os tentáculos se descolaram do balcão com um ruído de sucção e bateram no piso de pedra com um ruído aquoso.

O demônio tinha olhos verdes estreitos e uma fenda vertical no lugar de um nariz ou uma boca. Ele abriu essa fenda e soltou um gorgolejo alto, carregado de gosma, o qual poderia ter sido um rugido ou um bocejo.

— Isso é um demônio Cecaelia? — indagou Jace, incrédulo.

— Mortais! — entoou o demônio, com uma voz que parecia a de um homem se afogando. — Bem-vindos a Youdu, capital dos cem mil infernos! Aqui no Primeiro Tribunal, os pecados de sua vida serão contabilizados, e sua puniç... — Ele parou e semicerrou os olhos para eles. — Espere, eu conheço você. Magnus Bane! *O que* está fazendo em Diyu, entre tantos lugares?

Alec disse, praticamente num berro:

— O quê?!

— Como você me conhece, demônio? — indagou Magnus, mas uma lembrança já despontava em sua mente, de alguns anos atrás. No início do relacionamento dele e de Alec... um cliente que queria algo relacionado a sereias...

O demônio estava olhando para Alec.

— Ei, este é Alec? Então vocês, doidinhos, deram certo! Parabéns, rapazes, de verdade.

— Elyaas — falou Magnus, com a voz fraca. — Você é Elyaas, não é?

— Magnus — disse Alec, usando sua voz mais módica. — Como você e este demônio se conhecem?

— Você conhece... Elyaas! — disse o demônio, entusiasmado, agitando alguns tentáculos e pingando gosma no balcão. — Magnus deve ter falado de mim para você. Fomos colegas de quarto!

— Nós não fomos *colegas de quarto* — disse Magnus, em tom mordaz. — Eu conjurei você em meu apartamento. Uma vez.

— Mas eu fiquei lá o dia todo! O que você comprou para Alec de aniversário, afinal? — Elyaas parecia genuinamente satisfeito por vê-los.

Magnus se virou para Alec com um suspiro.

— Conjurei Elyaas como parte de um trabalho, há alguns anos. Só burocracias profissionais básicas, nada de mais.

— Ele estava tentando descobrir o que dar a você de aniversário — falou Elyaas no que provavelmente deveria ser um tom de voz meigo, mas que simplesmente soou como um homem morrendo engasgado com um polvo inteiro. — Eu sempre soube que vocês acabariam juntos.

— Não — disse Magnus —, você me disse que ele sempre me odiaria no coração dele, e que em algum momento meu pai viria atrás de mim.

Houve uma pausa. Elyaas falou:

— Então acho que isso não aconteceu.

— Bem, meu pai veio mesmo atrás de mim — admitiu Magnus —, mas não acabou bem para ele.

— Este é o demônio que estava pingando gosma por todo seu apartamento naquele dia? — disse Isabelle.

— Isso! — respondeu Magnus, satisfeito por outra pessoa poder corroborar a versão dele dos acontecimentos.

— Espere, *você* já conhecia este demônio? — Alec estava dando a Isabelle um olhar de alguém ferido por uma traição.

— Somos todos grandes amigos — disse Elyaas, empolgado.

— *Não* somos — falou Magnus, com firmeza. — O que você está fazendo aqui?

— Trabalhando na recepção — falou Elyaas, com um gesto dos tentáculos que poderia se passar perfeitamente por um dar de ombros humano. — Este é o Escritório de Boas-Vindas, onde o magistrado, que sou eu, avalia seus pecados e manda vocês para o tormento eterno adequado. Então vocês dois são casados? — acrescentou, ansioso. — Têm filhos?

— Temos um filho agora — admitiu Alec, indo de encontro ao seu bom senso.

— Isso é *maravilhoso* — falou Elyaas. — Adoro crianças.

— Suponho que queira dizer como comida — falou Jace.

Elyaas ficou decepcionado.

— Você cruzou um limite.

— Olhe, Elyaas, é bom ver você de novo — disse Magnus, mentindo. — Mas estamos tentando encontrar alguns amigos nossos, e precisamos mesmo ir embora. Então, qualquer que seja o procedimento para passar por aqui e entrar em Diyu adequadamente, estamos prontos para começar.

— Bem... — Elyaas começou a embromar. — Ninguém tem passado por aqui recentemente, então não vi seus amigos. Na verdade, ninguém apareceu aqui em momento algum, jamais, desde que assumi este cargo. — Ele coçou a cabeça com um tentáculo. — Não estou muito seguro em relação ao procedimento.

— Podemos simplesmente matá-lo e prosseguir? — perguntou Jace.

— Isso é muito grosseiro — disse Elyaas. — Só porque vocês são Caçadores de Sombras, não significa que têm de matar todo demônio que veem.

— Na verdade, significa, sim — falou Clary, fazendo uma careta.

— Isso coloca nosso relacionamento sob uma perspectiva muito diferente — disse Elyaas a Magnus, em tom de reprovação. — Pensei que tivéssemos nos entendido. Eu nunca fui conjurado pelo mesmo feiticeiro duas vezes.

— Duas vezes? — questionou Alec.

— A primeira vez foi há muito tempo — disse Magnus. — Tipo no século XIX. Elyaas, prometo, vou conjurar você para um bate-papo depois. Mas precisamos mesmo seguir viagem.

— Tudo bem, tudo bem. Hum... — Elyaas pegou um dos livros apodrecidos do balcão e o abriu com um tentáculo. A capa se soltou e caiu no chão, e páginas grudaram no tentáculo. — Me deem só um momento. Por que, por que nunca aprendi a ler chinês?

— Talvez — disse Alec — você pudesse nos dizer para onde ir, e nós iremos, e diremos a todo mundo que você com certeza fez a coisa toda dos livros e do julgamento.

— E não mataremos você — acrescentou Jace. — Desta vez.

Elyaas pensou no assunto.

— Tudo bem. Mas vocês me devem uma.

— Não — disse Magnus.

— Tudo bem — repetiu Elyaas. — *Eu* devo uma a *vocês*.

— Também não.

— Apenas passem logo — falou Elyaas, apontando com os tentáculos uma porta alta que tinha surgido na parede mais afastada. — Ela leva até o Segundo Tribunal, e assim por diante, até os outros. Seus amigos devem estar em um deles. Se não estiverem, vocês em algum momento chegarão ao núcleo de Diyu e encontrarão Samael, e talvez ele ajude vocês.

— Nem todos os demônios são tão prestativos quanto você, Elyaas — disse Magnus, cansado. — Vamos em frente. — Ele seguiu para a porta ao lado do balcão, que dava mais para dentro de Diyu, e os Caçadores de Sombras o acompanharam. Para além da porta havia mais degraus de pedra, e Magnus começou a descê-los.

— Obrigado pela visita — disse Elyaas, animado. Quando Alec passou por ele, o demônio acrescentou: — Então você é o famoso Alec. Hum.

— O quê? — rebateu Alec.

— Nada — falou Elyaas. — Só imaginei que você seria mais bonito, só isso.

Alec piscou para ele. Um pouco mais atrás, Jace conteve uma gargalhada.
— Quando ouvi o jeito como ele falava de você, pensei, esse cara deve ter *um monte* de tentáculos. Centenas de tentáculos! Mas olhe só para você. — Ele balançou a cabeça, triste. — Tentáculo nenhum.

Alec caminhou sem comentar mais nada.

Conforme eles iam descendo as escadas, ouviam a voz aquosa de Elyaas ficando baixinha, ao longe:

— Como vocês avaliariam a experiência da recepção hoje? Muito satisfeitos, parcialmente satisfeitos, pouco satisfeitos, um pouco insatisfeitos, parcialmente...

Ao final da escadaria havia um arco de pedra que dava para um segundo prédio muito semelhante ao primeiro. O arco tinha três vezes a altura de Alec, e suas colunas de apoio estavam escoradas umas nas outras de forma preocupante. Bloqueando o caminho, restos de duas pilastras de pedra intricadamente entalhadas, mas que agora eram apenas um montinho de rochas espatifadas, como se uma criança gigante estivesse brincando com blocos de montar e tivesse largado tudo espalhado.

Magnus pareceu pronto para usar magia para tirar as pedras do caminho, mas Alec o impediu.

— Vamos simplesmente passar por cima delas — sugeriu, e Magnus concordou, embora com um olhar estranho. Jace já havia começado a escalar pelas pedras, e os demais o acompanharam.

O Segundo Tribunal estava em estado muito pior do que o Primeiro. Ou talvez estivesse mais entulhado, para começo de conversa. Havia muito mais mobília, algumas de pedra talhada, outras de madeira, todas estilhaçadas e quebradas — escrivaninhas, cadeiras, mesas. Havia tabuletas quebradas e livros contábeis destruídos, rolos de pergaminho amarelo abandonados na sujeira. Alec avançou com cuidado em volta dos detritos e se abaixou para pegar um pedaço de madeira rachado com resquícios de tinta vermelha e dourada. Talvez tivesse sido um rosto, um dia.

— É um campo de batalha — disse Jace, analisando ao redor com o olhar experiente; Alec concordou, provavelmente o outro estava certo. Aqui e ali, havia armas abandonadas: espadas, lanças e arcos quebrados, e nos fundos do imenso e espaçoso tribunal havia outro balcão como aquele que abrigava Elyaas, porém este estava perfeitamente partido ao meio. Cinco portas abertas davam em várias direções para fora do salão, além daquela pela qual eles haviam entrado.

O único objeto absolutamente intacto no cômodo era uma pintura a óleo retratando uma jovem de branco, pendurada em uma parede próxima ao balcão quebrado. Tinha sido pintada em tons pastel, com pinceladas delicadas. A mulher era linda, pensou Alec, e a luminosidade dela parecia deslocada naquelas ruínas obscuras. A pintura estava estragada apenas por um rasgo na tela, bem na bochecha da mulher, uma cicatriz eterna.

Magnus se aproximou de Alec e olhou para o quadro, e quando o fez, a mulher da imagem se virou para olhar para eles. Os olhos dela eram vazios e brancos.

— Argh! Pintura maligna! — Clary deu um salto para trás.

A cabeça da mulher começou a se virar de maneira grotesca, e quando ela falou, foi como estalos de brasas em gravetos secos.

— Sejam bem-vindas, almas perdidas — entoou. Alec pensou que a mulher fosse se queixar de sua solidão naquele lugar, mas ela apenas disse: — É aqui que seu caminho será escolhido, e vocês passarão pelo portão espectral para encarar seu sofrimento.

— Ótima notícia — disse Jace.

— Preste atenção — disse a mulher a ele, com um sorriso que revelou dentes longos e pontiagudos. — Quando sua angústia se igualar à dor que você causou em vida, você será libertado de volta ao ciclo da vida e da morte. Aconselho que encare suas atribulações com coragem. Não será possível evitá-las, então vocês podem muito bem avançar até elas de queixo erguido.

Nenhum deles disse nada, então ela prosseguiu:

— Tudo o que exijo é a taxa padrão da passagem.

— Taxa padrão? — disse Alec.

— Sim — falou a mulher. — *Yuanbao* são tradicionais, mas ultimamente também aceitamos o novo dinheiro de papel.

Magnus resmungou.

— Eu presumo — disse Alec — que você não tenha nenhum dinheiro aí.

— Sobrou troco de quando comprei os bolos das fadas mais cedo — falou Clary, vasculhando o bolso da calça jeans. — Ah, deixa, se transformou em folhas.

— Não temos dinheiro nenhum — disse Magnus à pintura —, mas veja bem...

— Se não têm como pagar, podem atravessar as Cavernas de Gelo até o Banco das Lamentações — começou a mulher.

— Não vamos ter dinheiro algum no banco do Inferno — explicou Magnus. — Não estamos mortos, como pode ver.

A mulher pareceu chocada.

— Se ninguém mandou oferendas em dinheiro para vocês, podem conseguir reivindicar fundos restantes que foram enviados a seus ancestrais...

Magnus interrompeu.

— Não estamos mortos! E, além disso, não sei se você reparou, mas este lugar está em ruínas. Diyu encerrou as operações normais. Não está vendo que este tribunal inteiro ruiu? — A mulher ficou calada, então ele prosseguiu: — Quando foi a última vez que alguém passou por aqui?

— Magnus... — disse Jace. Ele estava encarando uma das portas laterais, olhando para além delas. — Alguém está vindo.

A mulher, então, continuou, porém mais lentamente do que Alec teria gostado.

— Faz muito tempo — disse ela —, e os bedéis têm feito um trabalho porco de manutenção.

— Os bedéis se foram — disse Magnus. — E o mestre deles foi junto. Yanluo, seu Senhor, foi derrotado e expulso deste lugar há mais de cem anos.

— Não saio muito — admitiu a mulher. — Talvez você esteja certo, mas talvez você seja um vigarista que está tentando passar pelo portão espectral sem pagar.

— Ele está falando a verdade — emendou Alec. — Acabamos de vir do Primeiro Tribunal. Está em ruínas também.

— Gente... — interveio Jace, com mais urgência. Ele pegou uma adaga abandonada e entregou a Clary. Erguendo a própria lança, ele a segurou diante do corpo. Todos se viraram para a fonte do barulho. Até mesmo Alec ouvia com clareza agora: passos, fracos, porém ficando cada vez mais altos, correndo até eles.

A mulher na pintura hesitou.

— Sinto muito — disse ela —, mas preciso exigir pagamento. Mesmo que haja problemas temporários no maquinário de Diyu, eles sem dúvida serão consertados em breve. Almas não podem simplesmente se acumular para sempre, vagando a esmo.

— Eu já disse que não temos dinheiro — começou Alec, irritado, e então parou, porque por uma porta veio a fonte dos passos.

Era Tian. Parecia ter acabado de se atracar com um saco de lâminas. As roupas estavam rasgadas e ensanguentadas, o cabelo estava emaranhado, a pele coberta de cortes e arranhões. No ombro havia um pano branco rasgado e manchado que havia sido embolado para formar uma sacola improvisada.

A mulher na pintura se virou para fitar Tian.

— *Você* tem o dinheiro para pagar o preço?

— É óbvio que ele não tem... — começou Magnus.

— Eu tenho — falou Tian.

— Tian! — exclamou Alec. — Onde você esteve? Como chegou aqui?

— Perdemos você depois que saímos dos ferreiros — disse Clary. — E então os demônios atacaram.

— Amigos, passei por uma provação — começou Tian, cansado. Jace ainda não tinha guardado a lança e o observava com desconfiança.

Magnus também parecia desconfiado.

— Como você desapareceu sem que nenhum de nós percebesse?

— Fui levado por demônios — falou Tian. — A vanguarda do exército dos feiticeiros. Eu saí da ferraria para me certificar de que estava tudo seguro, e grandes demônios com asas de morcego desceram e me carregaram. Eles me empurraram em um Portal quase imediatamente, e eu acabei aqui.

— Por que não ficaram aguardando que todos nós saíssemos? — questionou Magnus.

— Não acho que eles soubessem que vocês estava lá — disse Tian. — Devem ter me visto e pensado que eu era um Caçador de Sombras aleatório no caminho deles. — Ele olhou ao redor, para o grupo, ofegante. — Estou muito feliz por ver vocês novamente, mesmo que estejam presos aqui comigo. E o Portal?

— Está fechado — explicou Alec. — Por enquanto. Mas Simon também sumiu, e precisamos encontrá-lo antes de ir embora.

— E, idealmente, impedir que Samael faça o que quer que esteja fazendo — acrescentou Clary.

— E toda uma lista de outras coisas, na verdade — disse Magnus.

Tian respirou aliviado.

— Acho que posso ajudar. — Ele largou a sacola no chão, a qual fez um clangor metálico. O tecido caiu e revelou uma pilha de lingotes de ouro e de prata, cada um do tamanho de um punho. Eram de uma variedade de formas, alguns quadrados, outros redondos, alguns em formato de flores ou de barcos estilizados.

— Vejo que você esteve no Banco das Lamentações — disse Magnus, arqueando uma sobrancelha.

— Estive — respondeu Tian. — Havia muitas oferendas para os membros da família Ke, feitas ao longo dos anos, e que não foram reivindicadas. Os diabretes que as trouxeram para mim pareceram felizes por estarem sendo úteis. — Ele apontou a pilha abaixo e se dirigiu à mulher no quadro, cujos dentes afiados estavam expostos com prazer. — Honorável Hua Zhong Xian — disse ele —, isto servirá como pagamento para nós seis passarmos?

A mulher examinou a pilha por um momento e então falou:

— Servirá.

— Ótimo — disse Alec, com um suspiro de alívio. — Obrigado, Tian.

— E agora os Jiangshi virão levá-los para seus tormentos individuais — prosseguiu a mulher.

E então uma multidão de criaturas humanoides começou a sair por todas as seis portas, todas de pele verde e com cabelos brancos longos, os braços estendidos na frente do corpo. As bocas revelavam fileiras de dentes amarelados e afiados, e emitiam um lamento baixo e queixoso.

— Então... zumbis — disse Clary. — Agora precisamos lidar com zumbis.

— Demônios Jiangshi — corrigiu Tian. — Mas sim, são bem parecidos com zumbis.

— Ah, por favor! — gritou Magnus, exasperado, espantando Alec. Os olhos dele brilharam de fúria, e Alec, que tinha começado a levar a mão para trás para sacar Impermanência Preta, parou e encarou quando raios de luz de um vermelho rosado, da cor de sangue aguado, dispararam dos dedos de Magnus. Os raios perfuraram os Jiangshi, estourando-os em icor e cinzas. Magnus se virou, a boca contraída de raiva, e foi disparando raio após raio contra as criaturas invasoras. Em segundos, estavam todas destruídas, deixando apenas um cheiro de queimado e o som da respiração ofegante de Magnus.

— Ora, *caramba* — disse Isabelle após um momento.

Magnus se virou e encarou Alec, sua expressão vidrada por um momento. O lábio superior estava contraído, revelando dentes que pareciam estranhos, mais longos e mais afiados do que o normal, e então ele pareceu voltar ao normal. Quando notou a expressão de Alec, hesitou.

— Eu... Desculpe. Eu fiquei... impaciente.

Jace falou:

— Tudo bem. Agora que já... — Ele foi interrompido por uma nova rodada dos gritos baixos e suplicantes dos Jiangshi. — Ah, não.

Mais Jiangshi surgiram às portas, movendo-se inexorável e irracionalmente até eles. Alec fez menção de falar, mas os dedos de Magnus se acenderam com aquela luz vermelha cruel de novo.

— Espere! — gritou a mulher no quadro. Alec pensou que Magnus não fosse hesitar, mas ele hesitou, ainda ofegante, porém tentando se conter conforme ela prosseguia com seu anúncio: — Eles não vão parar de vir — alertou a mulher —, e será assim para sempre, até que recebam uma alma para levar. Pelo menos uma.

— Mande pararem! — gritou Alec.

A mulher balançou a cabeça.

— Não posso. Sou uma serva, assim como eles. Precisamos cumprir nossas funções.

— Vou deixar que me levem — disse Tian.

— Não — falou Jace, em tom mordaz. — Você estudou Diyu, conhece mais sobre o lugar do que a gente. Vamos precisar de você se quisermos ter alguma chance de sair deste lugar. Eu vou.

— Você *não* vai — disse Clary.

— Eu vou — interveio Isabelle, muito alto, em tom de comando. A voz dela ecoou pelo cômodo. Até mesmo os Jiangshi pararam de se mexer por um instante.

— Isabelle, você não pode... — começou Alec.

— Eu *vou* — insistiu. — Eu vou, e vou encontrar Simon. Juro que vou.

Ela se virou e estendeu os braços para os Jiangshi. Um tipo de suspiro percorreu as criaturas, como um gesto de alívio. Então mais nenhum saiu pelas portas.

— Ela escolheu — disse a Hua Zhong Xian.

Jace se virou para Alec.

— Eles vão matá-la...

— Não — falou Magnus, a voz tensa e baixa. — Este já é um lugar dos mortos. Eles presumem que *ela* está morta. O que quer que façam, não será matá-la.

Lágrimas escorriam pelo rosto de Clary. Ela nem mesmo tentou secá-las.

— Isabelle, *não*.

— Deixe-a ir — falou a mulher pintada. — A escolha dela é irrevogável. Se tentarem convencê-la a não ir, algo pior do que os Jiangshi virá.

— *Você* fique fora disso — disparou Alec para ela. Ele avançou para Isabelle, mas foi inútil. Em um piscar de olhos, três dos demônios agarraram sua irmã. Ela não fez esforço para resistir. Seus olhos se mantiveram fixos em Alec conforme os Jiangshi marchavam em direção a uma das portas pelas quais tinham entrado. *Não me siga*, dizia o olhar dela. *Amo você, mas não me siga*.

— Isabelle — chamou Alec, desesperadamente —, não faça isso. Por favor. Nós vamos encontrar Simon...

Magnus colocou a mão no ombro de Alec. Isabelle estava quase na porta. Jace ainda segurava a lança, com tanta força que os nós de seus dedos estavam esbranquiçados. Clary estava em choque.

— Lembre-se, menina Lightwood — falou a Hua Zhong Xian. — Enfrente seu tormento de queixo erguido.

Isabelle se virou e a olhou.

— Eu juro pelo poder do Anjo que voltarei — disse ela, a voz nítida. — Voltarei e nós destruiremos este lugar. Vamos jogar os mortos-vivos ao vento. E eu vou, pessoalmente, rasgar *você* em frangalhos.

Então ela se foi.

12
Cabeça de Boi e Cara de Cavalo

Um longo e terrível tempo se passou depois que Isabelle desapareceu pela porta. Magnus teve apenas uma vaga noção de que naquele ínterim a Hua Zhong Xian tinha esmaecido e sumido da pintura e os deixado ali, em silêncio. Tian, perdido e desconfortável, permaneceu parado com as mãos unidas. Clary estava chorando baixinho contra o peito de Jace. Ele acariciava os cabelos dela, e seu olhar de preocupação procurou e encontrou Alec, que estava caminhando pela sala, fechando e abrindo as mãos.

Magnus não tinha certeza se Alec queria ser confortado ou não, mas então finalmente não aguentou mais: aproximando-se e puxou o outro num abraço. Por uma fração de segundo, Alec se agarrou a Magnus com força, agarrando seu blazer, colando a testa em seu ombro.

Magnus murmurou palavras que pensava até ter esquecido: palavras baixinhas em malaio, de consolo e tranquilidade.

Alec se permitiu estremecer nos braços de Magnus por apenas um momento, no entanto. Então se afastou, o queixo empinado, e disse:

— Tudo bem. Agora temos *duas* pessoas para salvar.

— Três — falou Jace —, contando com Ragnor.

— Minha expectativa era que vocês me salvassem — disse Tian, em tom tranquilo.

— Não sabíamos que você estava aqui — respondeu Clary —, e de todo modo, você se salvou. — Ela sorriu para ele de um jeito hesitante, afastando-se de Jace. As bochechas tinham rastros de lágrimas, mas, assim como Alec, Clary controlara as emoções.

Caçadores de Sombras eram bons nisso.

— Precisamos de um plano — falou Jace. — Não podemos simplesmente perambular por Diyu e torcer para encontrá-los.

Magnus pigarreou.

— Detesto mencionar isso, mas também não podemos simplesmente deixar Diyu nas mãos de Samael.

— E de Shinyun — resmungou Alec.

— E de Shinyun — concordou Magnus.

— É que me incomoda não sabermos o que Samael quer — falou Clary, frustrada.

— Vir para a Terra e causar destruição — sugeriu Alec.

— Sim, mas por quê? Por que abrir um Portal para a Terra? O que tem de tão bom na Terra? Se ele só quisesse governar Diyu, a gente nem teria por que impedir.

— Bem, a comida é melhor na Terra — brincou Jace.

Tian estava balançando a cabeça.

— Samael não precisa de um motivo. O caos e a destruição são motivos por si só; quem saberia dizer por que a atenção dele se volta para um lado ou para outro?

— Samael foi derrotado pelo Arcanjo Miguel para impedir que fosse causado o Inferno na Terra — disse Magnus lentamente. — Ele vai querer fazer o que lhe foi impedido há tanto tempo, porque é parte da guerra.

— A guerra entre anjos e demônios — disse Jace, em um raro tom sério.

— Na qual nós somos soldados.

— Certo — falou Magnus. — Uma coisa para se lembrar a respeito dos Príncipes do Inferno, e dos arcanjos também: eles estão sempre jogando xadrez enedimensional com mundos como se fossem seus brinquedos. Devemos sempre presumir o pior.

— Verdade — falou Tian. — O ataque no Mercado foi uma distração, para manter o Mundo das Sombras de Xangai ocupado, de modo que Samael pudesse agir em outro local. Mas não sabemos onde.

— Não sabemos onde em Xangai — falou Alec. — Mas talvez pudéssemos entender onde em Diyu. Ele provavelmente escolheria um local central para agir, certo? Não apenas alguma câmara de tortura aleatória. E Shinyun e Ragnor provavelmente estariam com ele.

— Acha que deveríamos confrontá-los? — perguntou Jace. Os olhos dele brilharam. Só Jace mesmo para estar ansioso para confrontar dois feiticeiros poderosos e um Príncipe do Inferno, pensou Magnus.

— Acho que se seremos mais bem-sucedidos se tentarmos entender o que está acontecendo mais próximo de onde Samael, Shinyun e Ragnor estão agindo do que se continuarmos aqui, em um monte de tribunais abandonados — falou Alec.

— A geografia de Diyu é complexa — falou Tian após pensar por um momento. — Embora estejamos em um submundo, estes tribunais pelos quais estamos passando de fato residem bem acima do centro de Diyu. Lá existe um tipo de sombra da cidade de Xangai.

— Como se a cidade estivesse de ponta-cabeça? — falou Clary.

— Em parte — disse Tian. — As regras habituais de mundos físicos não se aplicam aqui. O que é uma montanha em Xangai pode ser uma fossa profunda em Diyu, mas pode ser que as inversões sejam expressas de outra forma, como cores ou orientação ou mesmo propósito. Eu estava pensando...

— Que quando Rastreei Ragnor, fomos levados até um ponto em Xangai onde Ragnor *não estava* — disse Alec. — Mas talvez ele esteja no lugar espelho em Diyu? E talvez nós consigamos encontrá-lo lá?

— Que esperto — falou Magnus. — Meu namorado é muito inteligente — acrescentou ele a ninguém em especial.

— Exceto que não temos um mapa que mostre essas correspondências — falou Tian. — Nós provavelmente teremos mais chances se formos até o centro de Diyu. — Ele fez uma careta. — Por mais desagradável que seja.

— O que tem no centro de Diyu? — quis saber Jace.

— O Último Tribunal, mas não vai ser uma viagem agradável — alertou Tian. — Fica no centro do labirinto de Diyu, o antigo trono de Yanluo. Fica no ponto mais profundo de Diyu, a parte mais baixa do Inferno.

— Mas lógico que fica — disse Clary, suspirando.

— Bem, talvez não o mais profundo. Abaixo do Último Tribunal fica Avici. — Tian estremeceu. — É o único lugar de Diyu que me apavora. Apenas os piores pecadores vão para lá. Aqueles que cometeram uma das Grandes Ofensas. Matar um anjo, ou um Buda, ou os próprios pais. São julgados e enviados a Avici.

Provavelmente Magnus estava imaginando coisas, mas tinha a impressão de que Tian olhava diretamente para ele. Alec estava *definitivamente* olhando para ele, com preocupação. Sabia muito bem que Magnus tinha matado o próprio padrasto, em legítima defesa, indubitavelmente, numa retaliação para não ser assassinado, mas Magnus não sabia se Diyu faria distinção dessas peculiaridades.

— Como chegamos lá? — perguntou Magnus. — Refiro-me ao Último Tribunal, e não a Avici.

— Diyu é um labirinto com dezenas de milhares de infernos — falou Tian. — Se tentarmos encontrar um caminho até lá apenas seguindo pelas câmaras abandonadas, poderia levar o restante de nossa vida. Mas... — Ele se calou, pensativo.

— O quê? — disse Alec.

— A norte de Xangai — falou Tian —, ao sul de Pequim, na província Shandong, fica Tai Shan... monte Tai — esclareceu ele. — Milhares de anos atrás, era um lugar dos mortos. Agora é uma atração turística, mas aqui em Diyu seu espelho é um poço profundo rumo às sombras. Eu vi quando voltei do Banco das Lamentações. Uma estrada dava para lá. Não sei a distância, mas talvez longe o bastante para chegar à sombra de Xangai...

— Bem, parece melhor do que perambular por um labirinto de câmaras de tortura — falou Clary.

— Exatamente — respondeu Tian, dando um sorriso.

Todos olharam para Magnus, que ergueu as mãos num gesto de rendição.

— Não tenho ideias melhores — disse. — Peço desculpas por fazer vocês me acompanharem até o Inferno de novo.

Clary deu uma risada.

— É mais fácil da segunda vez.

— Estamos aqui para isso — falou Jace. Ele foi buscar a lança onde a deixara, encostada na parede. — Vá em frente.

Alec não pareceu feliz, mas assentiu.

— Vamos.

— Sugiro que coloquemos algumas Marcas — falou Tian. — É quase certo que vai haver luta física pelo caminho.

— Marcas funcionam em Diyu? — questionou Alec, surpreso.

— Funcionam — confirmou Tian, e Jace deu de ombros e pegou a estela. Magnus tinha se acostumado a muitas coisas em sua relação com os Caçadores de Sombras, mas os sólidos cinco minutos nos quais eles ficavam desenhando Marcas uns nos outros antes de cada batalha continuavam a ser um pouquinho engraçados, todas as vezes.

— Sairemos por aquela porta lateral — acrescentou Tian, apontando, e disse a Magnus: — Seus amigos são muito tranquilos com essa coisa de ir a locais onde quase ser vivo nenhum jamais esteve.

— É — concordou Magnus —, eles já enfrentaram bastante coisa.

* * *

O caminho os levou para fora do Segundo Tribunal e para dentro de uma passagem murada. Todos os instintos de Magnus diziam que eles já estavam nas profundezas do subsolo, mas a passagem era ladeada a intervalos regulares por janelas altas que davam para um amplo deserto bem abaixo. As janelas outrora ostentaram entalhes elaborados, com rostos olhando lascivamente do alto, mas boa parte já estava desgastada pela corrosão.

Conforme Tian, Jace e Clary prosseguiam, Magnus ia ficando para trás, para acompanhar Alec.

— Você não está gostando disso — disse ele. — Do plano, quero dizer. Vago demais?

— Não. Tudo bem, é vago mesmo, mas concordo que deveríamos ir para onde a ação está. E para onde está o Livro Branco. Se pudermos tirá-lo de Ragnor e dos outros, talvez possamos frustrar os planos de Samael.

— Ou pelo menos estragar o dia dele. Acha que ele está usando o Livro para descobrir como fugir de Diyu para a Terra? — perguntou Magnus. Alec tinha pensado a mesma coisa, então assentiu. — Está com raiva de mim? — continuou Magnus.

— O quê? — disse Alec, em tom mordaz.

Magnus parou de andar.

— É que... vocês estão todos aqui por minha causa. Se eu não tivesse perdido o Livro Branco... se não tivesse sido surpreendido por Ragnor...

Alec soltou um riso.

— Se eu não estivesse no chuveiro.

— Não é a mesma coisa — falou Magnus. — Eu não deveria ter guardado o Livro no quarto de Max. Deveria ter tomado mais cuidado com as defesas do apartamento.

— Magnus — continuou Alec, colocando a mão na bochecha do namorado. Então o fitou bem nos olhos. Ao sentir o estranho poder do ferrão que fervia dentro dele, Magnus se perguntou o que Alec teria visto ali. — Considerando que um dos servos do Pai dos Demônios estava segurando nosso filho, e que no fim das contas nosso filho ficou a salvo na cama, pela minha perspectiva, você lidou com as coisas perfeitamente. Não estou com raiva de você. — Ele suspirou. — Estou com um pouco de raiva de Isabelle, então vamos resgatá-la antes que alguma coisa terrível aconteça com ela.

— Sem pressão — disse Magnus.

— Sim — falou Alec. — Por isso estou com raiva dela. Porque odeio me preocupar com alguém que amo. Mas não estou com raiva de você — repetiu. — Clary está certa e Jace está certo. Sou seu parceiro. Eles são seus amigos. Nós já seguimos você até o Inferno uma vez, e vamos fazer de novo, e faríamos uma terceira vez.

— Além do mais — acrescentou ele, com um sorriso —, um Príncipe do Inferno tentando invadir nosso mundo é totalmente nossa jurisdição.

Ele se aproximou e beijou Magnus, suave e lentamente, do mesmo jeito que faria num domingo de manhã na cama. Era completamente destoante da situação deles, completamente destoante de como qualquer um deles estava se sentindo naquele momento. Era maravilhoso.

— Não é o momento! — gritou Jace, um pouco adiante.

— Sempre é o momento — resmungou Alec de encontro à boca de Magnus. Então gritou em resposta a Jace: — Só estou trabalhando para manter a motivação!

Eles se apressaram para alcançar os outros. Magnus se sentiu um pouco melhor a respeito de Alec, mas a incerteza de seu destino e do que fariam a seguir permanecia no fundo de seu estômago como uma pedra pontiaguda.

E então ele viu a fossa do monte Tai.

Quando viraram por uma curva larga na passagem, as paredes sumiram, e de repente eles estavam passando por um deserto. Da passagem onde estavam, uma larga faixa de estrada preta se projetava para um dos lados, serpenteando por uma área descampada arrasada e com rochas e ruínas. De longe, o monte brilhava sombriamente — uma montanha de ponta-cabeça, exatamente como Tian descrevera. Destacado ao longe, muito escuro até mesmo contra o fundo cinzento constante de Diyu, um abismo escancarado que parecia partir a terra.

Magnus conseguia ver por que Tian sugerira aquele trajeto. Mesmo em meio à disposição de labirintos infinitos de Diyu, aquilo era difícil de não ver. E definitivamente parecia se estender um longo caminho para baixo.

Tian os levou para além daquelas rochas, para o novo caminho, o qual se revelou ser de ferro sólido. A superfície brilhava como as escamas de uma cobra, e, acompanhando cada lado da estrada, arcos sinuosos de ferro retorcido formavam barreiras baixas, como se fossem arbustos. Magnus se debruçou para olhar com mais afinco e percebeu serem armas de ferro — espadas, lanças, estacas — derretidas, contorcidas e remoldadas. Deve ter sido uma visão intimidadora nos dias de glória, mas agora, conforme o caminho se estendia detrás e diante deles, grandes trechos de ferrugem manchavam a superfície, e em muitos pontos havia pedaços da barreira de armas caídos junto à estrada.

Eles caminharam lenta e curiosamente. Magnus percebia que algum dia aquela fora uma estrada de verdade, com placas de sinalização, um terreno bem-cuidado, mas agora só restavam ruínas, paisagem destruída de todos os lados. E havia os demônios.

Nenhum deles estava próximo ainda, mas dali era possível ver uma longa extensão da estrada mais adiante, e por toda parte havia aglomerados de demônios perambulando: os guerreiros esqueletos Baigujing, Ala e Xiangliu, que haviam combatido em Xangai, além de mais um bocado de Jiangshi. Havia outros cujos nomes Magnus não sabia: imensos leopardos com chifres e cinco caudas, bandos de cabras sem rosto com olhos pelo corpo todo, criaturas semelhantes a pássaros com muitas cabeças.

— São tantos — disse Clary, baixinho.

Tian falou:

— Eles costumavam ser responsáveis por torturar as almas que chegavam até aqui. Mas agora não há mais almas novas chegando, e a maioria deles não tem nada para fazer.

— Nada para fazer exceto lutar contra a gente — falou Jace, girando a lâmina na mão. Alec sacou a espada, e Clary, a adaga. Tian tocou o fio prateado do dardo de corda, enroscado em seu corpo como uma faixa cerimonial.

Mas quando avançaram um pouco mais, perceberam que estavam sendo ignorados pelos demônios. Muitos permaneciam bem longe — o vazio da paisagem dificultava avaliar a distância, e os grupos que antes pareciam uma barreira pronta para bloqueá-lo agora se revelavam estar a centenas de metros deserto adentro. Mesmo quando passavam perto, os demônios demonstravam pouco interesse neles. Na verdade, os demônios estavam mais interessados em atacar uns aos outros. Magnus e os demais ficaram observando quando dois dos demônios-pássaro desceram sobre um bando de Baigujing e os dilaceraram, jogando ossos humanos para longe conforme se banqueteavam. Demônios Ala se chocavam uns contra os outros no céu, criando miniexplosões de trovão e raios na colisão.

Conforme os minutos se passavam, a maioria dos Caçadores de Sombras ia relaxando a mão sobre as armas e caminhando mais casualmente. Apenas Alec se recusou a baixar a guarda, circundando o grupo sem cessar, a espada em punho como se desafiasse qualquer um dos demônios a persegui-los.

Magnus compreendia. Era um sofrimento muito específico precisar caminhar por aquela trilha tão, tão longa pensando nos amigos em perigo, nos inimigos avançando com seus planos, enquanto eles não podiam fazer nada além de cruzar o espaço. Ele sentia a energia tensa de Alec. Alec queria *correr* pela trilha, disparar rumo à luta inevitável, porém o caminho era longo demais e eles precisavam conservar as forças.

O grupo caminhava quase em silêncio. Em certo momento, Alec disse a Tian:
— Tem certeza de que este é o melhor trajeto? — Tian não respondeu, apenas continuou a avançar.

Uma hora se passou. A estrada de ferro seguia sinuosa.

Duas horas.

Finalmente, a estrada suave terminou, e uma imensa ponte suspensa, do mesmo ferro que a estrada, cruzava sobre uma fenda profunda que bloqueava o caminho até a fossa. Na ponta mais afastada da ponte, duas imensas torres *que* vermelhas se elevavam, formando um portão para uma escada infinita que descia pela montanha na direção do pico invertido, desaparecendo em uma névoa abaixo.

— Pelo menos será morro abaixo — observou Magnus.

Tian assentiu.

— Já fiz a trilha do verdadeiro monte Tai, subindo. São mais de seis mil degraus até o topo. A diferença é que no topo do monte Tai há um lindo complexo de templos.

— Em vez de o poço mais profundo do Inferno — disse Magnus.

Tian simplesmente ofereceu uma expressão de pesar.

Antes que pudessem chegar à ponte, lampejos escuros começaram a estourar na estrada, como as manchas que ficam diante da vista depois de se olhar diretamente para o sol. Quando Magnus piscou para desanuviar a visão, foi surpreendido por dois demônios diante deles. Tinham a mesma pele esverdeada que os Jiangshi, mas eram de compleição robusta e musculosa. Um tinha o corpo humano, mas a cabeça de um cavalo; carregava um chicote de corrente, os elos do tamanho de um punho de uma pessoa. O outro, também de forma humana, tinha a cabeça de um boi e empunhava um enorme machado de batalha com lâmina dupla. O boi soltou um urro alto, estilhaçando o estranho silêncio ao qual tinham ficado acostumados.

Os Caçadores de Sombras sacaram as armas.

Alec olhou para Tian por reflexo e ficou abalado ao flagrar um olhar de terror ali.
— Niutou — disse ele — e Mamian.
— Amigos seus? — perguntou Magnus.
— São chamados Cabeça de Boi e Cara de Cavalo — falou Tian. — Eram mensageiros de Yanluo, e guardiões de Diyu. Há muitas histórias de Caçadores

de Sombras que os combateram, na época em que Yanluo ainda caminhava pelo mundo.

— Se eles os combateram, então nós podemos combatê-los — falou Clary.

Tian balançou a cabeça.

— Eles são muito mais fracos em nosso mundo. As lendas dizem que não podem ser derrotados no mundo deles.

— Então devemos recuar? — perguntou Clary.

— São cinco contra dois — disse Jace. — Gosto das nossas chances.

Tian falou:

— Se quisermos seguir em frente, não temos escolha. — Ele se afastou dos outros, dando espaço a si, e, com alguns movimentos hábeis, abriu o dardo de corda, segurando a cabeça de *adamas* em forma de diamante na base. Magnus, lenta e hesitantemente, sacou Impermanência Branca das costas e a segurou diante do corpo. Era muito estranho ver Magnus empunhando uma espada, pensou Alec. Parecia errado, até mesmo perverso. Mas estavam severamente mal equipados para aquela luta, e precisavam de toda vantagem possível.

— Clary, você só tem uma adaga — disse Jace, baixinho —, então não pode chegar ao alcance deles. Alec e eu vamos tentar amarrar a vaca e você chega por trás. Tian, seu trabalho é manter aquele chicote de correntes longe de nós. Magnus, qualquer proteção que puder oferecer...

Era tarde demais para qualquer outro planejamento. Com um rugido, o Cabeça de Boi avançou contra eles.

Jace não se equivocara em seu otimismo por serem cinco contra dois, no entanto, Alec tinha certeza de que as duas criaturas eram, individualmente, maior do que todos os cinco juntos. Não havia escolha, a não ser tentar, é óbvio... Alec deixou Jace seguir em frente para aparar o ataque com a lança, e se prontificou para escorregar por baixo e golpear quando surgisse uma oportunidade. De soslaio, viu Tian saltar contra o Cara de Cavalo, o dardo de corda se esticando e estalando sobre o inimigo como uma cobra se preparando para dar o bote.

O machado do Cabeça de Boi acertou a lança de Jace com força imensa, e Alec viu quando seu *parabatai* estremeceu ao absorver o impacto. Alec então avançou, golpeando o braço que segurava o machado, e conseguiu cortá-lo com a espada antes de o momento do giro do Cabeça de Boi repelir o golpe. Um corte se abriu no braço do Cabeça de Boi, pingando icor, mas foi muito mais suave do que Alec pensou. Mesmo assim, funcionou, pois deu a Clary a oportunidade de fazer um rolamento controlado por trás das pernas do

Cabeça de Boi e, com as duas mãos, atacar e cortar cada um dos tendões de Aquiles dele. Afastando-se de Jace, o Cabeça de Boi deu um rugido áspero e sobrenatural e se virou para procurar por Clary, mas foi tão lento que Jace teve tempo de se aprumar e desferir mais um golpe. Alec se virou e notou que Tian tinha emboscado o Cara de Cavalo, saltando e girando em volta dele, usando o dardo de corda, muito mais veloz, para evitar que seu inimigo investisse com o chicote de corrente. O diamante de *adamas* se movia em arcos amplos e cortantes, e retornava, de novo e de novo, enroscando-se no corpo de Tian e então se desenrolando com igual velocidade de ataque. Sob seu olhar atento, o dardo atingiu o Cara de Cavalo no ombro, que recuou com um zurro rouco.

Enquanto isso, Magnus se ocupava com outros demônios. Um bando dos pássaros de muitas cabeças percebera a luta e decidira se juntar a ela, descendo contra os combatentes. Com uma expressão sombria, Magnus empunhava a espada como uma varinha mágica; de novo e de novo, a magia carmesim estranha emanava da ponta da espada para atingir os pássaros. Eles desviavam e rolavam, e vez ou outra eram atingidos, mas Magnus conseguia mantê-los afastados, e isso bastava por enquanto.

Estavam se saindo relativamente bem, pensou Alec. Jace usava a lança para evitar que o Cabeça de Boi se recuperasse e desse um verdadeiro golpe com o machado. Clary os cercava, em busca de mais uma oportunidade. Mas então o Cabeça de Boi recuou, e, com um rosnado, pulou para trás, voando para aterrissar a uns cinco metros dos Caçadores de Sombras reunidos. Ele pousou sobre um joelho e, com o machado em uma das mãos, socou o chão com o punho livre. Enquanto Alec observava, o ferimento que ele causara no braço do Cabeça de Boi chiou e espumou, e, em alguns segundos, estava completamente curado.

— O-oh — disse Jace.

Alec olhou e viu que Tian constatara o mesmo problema: o ferimento no ombro do Cara de Cavalo também sumira, como se jamais tivesse existido.

— Eles não podem ser derrotados, né? — gritou ele para Tian.

Tian pareceu sombrio.

— Aqui, o próprio solo é a cura.

— O que vamos fazer? — gritou Jace.

— Magnus! — berrou Alec. — Consegue tirá-los do chão?

— Vou ficar de olho nos outros — acrescentou Tian, e girou graciosamente, deixando o dardo se estender com um clarão prateado ofuscante sobre um dos demônios-pássaro que tentou avançar.

Magnus segurou Impermanência Branca com as duas mãos e, com um olhar de grande concentração, lançou um imenso raio de luz escarlate contra o Cabeça de Boi. Em vez de ser lançado ao longe, no entanto, o Cabeça de Boi se manteve firme, e a magia fluiu por dentro dele. Ele a absorveu, lascivamente, e pareceu ficar ainda mais alto e mais forte diante dos olhos de todos.

— Hum — disse Magnus.

— Aquela magia azul clássica seria muito útil agora — disse Clary. Magnus olhou para ela impotentemente.

— Alguma outra ideia brilhante? — gritou Jace para Tian.

Tian fez que não com a cabeça, os olhos selvagens.

— Vamos enrolar — sugeriu ele.

O Cabeça de Boi agitou o machado acima da cabeça e o baixou para acertar Alec, que por sua vez conseguiu jogar o machado longe num contragolpe com a espada. Clary atirou a adaga, que foi enterrada no peito do Cara de Cavalo, mas ele meramente a arrancou e a lançou de volta. Clary deu um giro para pegar a arma pelo cabo, furiosa.

— Estamos despreparados — disse Tian.

— Acha mesmo? — gritou Alec.

Uma luz se acendeu no céu, acima da batalha. Alec ignorou, presumindo que eram apenas mais demônios chegando, mas então reparou que Magnus tinha abaixado a espada e estava olhando para cima, a expressão indecifrável.

Ele olhou, e da luz ofuscante, que agora se dissipava a mera impressão visual, saía uma criatura chifruda. Esta também era verde, mas de um verde mais intenso do que os Jiangshi ou os guardiões que estiveram combatendo há alguns minutos. Imensos chifres de bode se estendiam, brancos como ossos, e a criatura usava uma capa preta que esvoaçava enquanto ela descia até o chão. Até mesmo o Cabeça de Boi e o Cara de Cavalo tinham parado para olhar.

E então Alec se deu conta. Era Ragnor Fell.

Ragnor aterrissou entre eles. Ninguém falou por um momento.

O Cabeça de Boi quebrou o silêncio, levantando o machado hesitantemente, e então abaixando-o. Sem olhar para a criatura, Ragnor levantou a mão e gesticulou para que os dois subissem, e tanto o Cabeça de Boi quanto o Cara de Cavalo foram erguidos e contidos por uma nuvem avermelhada. Eles se debatiam dentro dela, mas não conseguiam fazer mais do que girar lentamente de uma ponta a outra. O Cara de Cavalo começou a urrar alto, e Ragnor, com um lampejo de irritação que fez Magnus se lembrar do Ragnor que ele conhecia, girou a mão de novo. O som parou abruptamente.

Magnus pigarreou.

— Então creio que eu deva esperar por algo assim, depois daquela ferroada? Chifres maiores, basicamente?

Ragnor disse, com uma voz cuja familiaridade era inquietante, já que vinha de um rosto completamente alterado:

— Só estou aqui para conversar.

Ninguém guardou as armas.

— Então conversemos — disse Alec.

— Você ainda é o capanga de Samael? — questionou Jace. — Vamos começar pelo básico.

— Olhem — falou Ragnor. — Já está tudo saindo de controle. Nenhum de vocês deveria estar aqui. Nada disso era parte do plano.

— Você sempre gostou de um plano mesmo — comentou Magnus.

— Então vou ajudá-los a saírem daqui — prosseguiu Ragnor.

Ao lado de Magnus, Alec soltou um longo suspiro de alívio.

— Ragnor — disse ele —, isso é ótimo. Com você do nosso lado, podemos...

— Shinyun jamais deveria ter ferroado Magnus — prosseguiu Ragnor, ignorando Alec. (Gesto que, para Magnus, soou bem dentro do comportamento normal de Ragnor.) — Ela nunca pediu permissão ou nem mesmo pensou no que isso representaria para o restante dos planos. — Ele estampava desprezo. — Qualquer idiota deveria ter percebido que com seus... laços atados aos Nephilim, envolver você acrescentaria uma infinidade de complicações. — Ele olhou ao redor, para os Caçadores de Sombras reunidos com uma expressão de desgosto.

— Sim, Shinyun é obviamente perturbada — concordou Alec. — Então...

— Não posso fazer nada a respeito da ferroada — disse Ragnor a Magnus. — Ninguém pode. Não é reversível. Mas posso ajudá-los a encontrar o caminho para sair daqui. Vocês são uma ameaça grande demais para os planos de meu mestre, entendam.

O coração de Magnus pesou.

— Seu mestre.

Ragnor pareceu surpreso.

— Sim. Acredito que a situação toda com o Svefnthorn já tenha sido explicada a você, Magnus. Você nunca presta atenção aos detalhes. Essa sempre foi sua perdição. Meu mestre — prosseguiu ele — não precisa de uns Caçadores de Sombras heroicos e de um feiticeiro desgarrado perambulando pelo mundo dele, bagunçando a situação e estragando as coisas. Então, se me permitem. — Ele ergueu as mãos e magia carmesim idêntica à de Magnus explodiu de suas palmas, as quais continham o mesmo desenho da coroa de espinhos que as de Magnus.

Magnus estava seguro de que era uma ideia terrível deixar Ragnor realizar magia não especificada neles, estando daquele jeito, mesmo tendo dito que a intenção era ajudar. Até onde sabiam, a "ajuda" de Ragnor basicamente envolvia matá-los; em geral era assim que aquele tipo de situação sempre se desenrolava. Mas ele não teve chance de decidir o que fazer, porque Ragnor subitamente cambaleou para a frente, atingido nas costas por um novo clarão de relâmpago escarlate.

Alec olhou para Magnus, que rapidamente disse:

— Não fui eu.

— Ragnor! — Todos olharam para cima e viram Shinyun, flutuando no céu, perto de onde o Cabeça de Boi e o Cara de Cavalo ainda davam cambalhotas preguiçosas. O Cabeça de Boi parecia ter caído no sono. — Você não vai trair nosso mestre.

Shinyun, assim como Ragnor, tinha mudado de aparência significativamente. Os membros estavam mais longos, mais esguios, dando-lhe um aspecto aracnídeo. Havia uma aura branca ao seu redor, e embora seu rosto estivesse mais inexpressivo do que nunca, seus olhos ardiam e brilhavam com uma chama arroxeada. A capa tinha um decote profundo, revelando o X dos cortes do ferrão abaixo da garganta.

Ragnor tinha se recuperado e agora estava de pé para encarar Shinyun.

— Você está complicando as coisas ainda mais — ralhou ele. — Complicando *muito* mais do que o necessário. Vou pegar esses... fatores inesperados — disse enquanto apontava de forma generalizada para Magnus e os amigos — e devolvê-los à Terra, e então poderemos dar seguimento às coisas conforme o planejado.

— Ei — observou Magnus —, eu sempre quis ser um fator inesperado.

— Você costumava ser um fator inesperado o tempo todo — falou Clary.

— Costumava?

— Bem — disse ela —, depois de um tempo, passamos a esperar sua presença.

Os olhos de Shinyun brilharam perigosamente.

— Seu tolo. Acha que eles simplesmente vão nos deixar em paz se forem enviados de volta? Acha que vão nos deixar reabrir o Portal do Mercado, que não tentarão voltar para cá? A complicação já é um fato. Agora precisamos lidar com ela.

— Agora *você* precisa lidar com ela — disse Ragnor, rabugento. — Colocá-los nisto foi *sua* ideia. Estou aqui para limpar sua bagunça.

Shinyun ergueu as mãos, acumulando magia nas palmas, da mesma forma que fizera para Ragnor alguns minutos antes. Ela flutuou na direção dele.

— Você se esquece de quem é — ameaçou ela, os dentes trincados. — Sou a primeira seguidora de Samael, e a favorita. Se não fosse por mim, você jamais teria conhecido a glória da presença dele. Teria sido engolido com o resto. Demonstre ao menos uma dose de respeito e obediência.

— Vou lhe mostrar o que é respeito — murmurou Ragnor, e saltou contra Shinyun, a magia se acendendo em suas mãos.

Os dois feiticeiros voaram para o céu juntos, numa contenda física. Estavam nitidamente muito mais interessados em superar um ao outro do que em lidar com os Caçadores de Sombras.

— A gente poderia simplesmente ir embora — sugeriu Jace. — Passar pela ponte...

Magnus sentia-se impotente, observando um de seus mais antigos amigos e uma de suas mais recentes inimigas naquela briga. Agora se assemelhavam menos a humanos e mais a criaturas mitológicas. Ragnor avançou para empalar Shinyun com os chifres, e Shinyun os agarrou com os membros aracnídeos. Eles voltaram a se agarrar, lutando pelo céu. Raios escarlate voavam. Continuavam a gritar um com o outro, mas as palavras eram indiscerníveis sob o som da briga.

— Vamos — sugeriu Tian. — Podemos seguir para a fossa enquanto eles estão distraídos.

— Se vamos resgatar Isabelle e Simon — disse Magnus —, preciso tentar resgatar Ragnor também.

— Ele não pode ser resgatado — disse Tian, com firmeza. — Ele recebeu o ferrão três vezes. É parte de Samael agora.

Magnus olhou para Alec impotentemente.

— Preciso tentar.

Ninguém sabia o que fazer. Magnus encarava a confusão acima. O olhar de Tian estava fixo na montanha para além da ponte, e Jace, Clary e Alec simplesmente aguardavam. Talvez alguém vencesse a luta, pensou Magnus, e assim interrompesse o impasse.

— Eles são uma visão e tanto, não são? — comentou uma voz desconhecida.

Magnus se virou e viu que um forasteiro se juntara a eles. Tinha aparência jovem, era alvo e de compleição esguia, rosto estreito, e estava vestido como um universitário mochileiro que inexplicavelmente passava por Diyu: camisa xadrez surrada, jeans rasgado. As mãos dele estavam enfiadas nos bolsos, como se estivesse assistindo aos carros alegóricos de um desfile. *Uma rara alma perdida em Diyu?* pensou Magnus.

A única coisa verdadeiramente estranha a respeito do sujeito — à exceção da presença dele ali — era o chapéu tirolês antiquado de feltro verde. Despontando para fora da faixa do chapéu havia um grande penacho dourado com uns bons trinta centímetros. Magnus não tinha certeza se o adereço caía bem no conjunto da obra, mas respeitava a ousadia do outro.

— Já tem violência suficiente por aqui — prosseguiu o sujeito, com um tom tranquilo — sem aqueles dois se atracando como crianças malcriadas. Não acham?

— Perdão — disse Magnus —, mas quem é você? Já nos conhecemos?

— Ah! — exclamou o outro, em tom de desculpas. — Que terrivelmente deselegante da minha parte. Eu conheço você, é evidente. Magnus Bane, Alto Feiticeiro do Brooklyn! Sua reputação o precede até mesmo aqui. E Caçadores de Sombras! Eu *adoro* Caçadores de Sombras.

Ele estendeu a mão.

— Samael — disse o sujeito, com um sorriso amigável. — Abridor do Caminho. Antigo e Futuro Devorador de Mundos.

13

A Serpente do Jardim

Todos encararam. Samael, Abridor do Caminho, Antigo e Futuro Devorador de Mundos, sorriu para eles inexpressivamente.

— Passado e Futuro... — disse Alec.

— Devorador de Mundos — repetiu Samael. — Significa que devorei mundos no passado, e planejo devorar *mais* mundos em algum momento. Quanto antes melhor.

Ele foi interrompido por mais um estalo de raio no céu e olhou para Ragnor e Shinyun, nenhum dos dois parecendo ciente de sua presença ali. Samael deu um olhar paternal para os dois, empático, porém frustrado.

— Ragnor. Shinyun. — Chamou a ambos usando o mesmo tom casual, baixo, mas mesmo assim os dois feiticeiros pararam imediatamente e viraram a cabeça na direção do som de sua voz.

— Meu mestre — gritou Shinyun.

— Vão para seus quartos — disse Samael, brincalhão. Ele estalou os dedos e com um estalo alto Ragnor e Shinyun desapareceram do céu.

— Como eu estava dizendo — continuou Samael sobre o silêncio que se seguiu —, faz bastante tempo desde que devorei um mundo. Pode ser que eu esteja até um pouco enferrujado — acrescentou, com uma risada. — Mas seu amigo Ragnor foi bom o bastante para me encontrar *este* lugar! — Ele apontou ao redor. — Precisa de uns reparos, obviamente. Mas tanto potencial! Um enorme motor de poder demoníaco, movido pelo combustível de sofrimento humano. É tão... clássico!

Ele deu um largo sorriso para o grupo, então voltou a atenção para Magnus, especificamente.

— Magnus Bane. Não apenas um Alto Feiticeiro, mas uma maldição ancestral! Sabe quantos iguais a você existem por aí?

Quando ninguém respondeu, ele franziu a testa.

— Não foi uma pergunta capciosa. A resposta é, jamais pode haver mais do que nove no mundo inteiro: o filho mais velho de cada um de nós, Príncipes do Inferno.

— Quem é o seu filho mais velho? — quis saber Alec.

Samael pareceu surpreso.

— Ora, que gentileza — disse ele. — As pessoas tão raramente têm algum interesse em mim. Eu não tenho um — confessou Samael. — Passei tanto tempo longe que o último de meus filhos na Terra desapareceu há séculos. Isso é algo que vou precisar resolver quando voltar para lá. — Ele examinou Magnus. — Pensou no ferrão? Eu ficaria feliz em lhe dar a terceira ferroada pessoalmente, se eu conseguir arrancar a coisa das mãos de Shinyun. Ela é muito possessiva com ele, sabe.

Magnus percebeu que, sem pensar, tinha levado a mão ao ferimento no peito. As correntes em seus braços latejavam dolorosamente.

— Não estou interessado em me juntar ao seu clubinho, se é essa sua intenção.

— É, sim — confirmou Samael, mas não pareceu especialmente chateado. — E como a alternativa é a morte, meu clubinho vai vencer, não importa o que aconteça. Mas devo dizer, você daria um ótimo acréscimo à organização. Ainda carecemos de uma maldição ancestral.

Ele se inclinou para a frente e falou em tom de confidência.

— O que sugiro é o seguinte, quando estiver poderoso o bastante, é só matar Shinyun e ficar com o emprego *dela*. Você passaria a trabalhar com seu amigo Ragnor!

Clary falou:

— Magnus já tem uma equipe.

— Nossa equipe — esclareceu Jace.

— Sim, eu entendi isso. Minha nossa — falou Samael, observando-os —, *Caçadores de Sombras*. Isso é muito, muito empolgante.

— Porque você odeia Caçadores de Sombras e quer nos torturar, presumo — replicou Jace.

Samael gargalhou. Magnus imaginara uma risada assustadora ou pelo menos intimidante, mas ele parecia genuinamente estar se divertindo, tinha um tom até mesmo amigável.

— Está brincando? Eu *adoro* Caçadores de Sombras. Eu *criei* vocês.
— O quê? — indagou Alec. — Caçadores de Sombras são obra de Raziel.
— Ou de outros Caçadores de Sombras — acrescentou Jace.
— Está brincando? — disse Samael, entusiasmado. — Raziel jamais teria se dado ao trabalho se eu não tivesse soltado todos aqueles demônios em seu mundo, para início de conversa! *Vocês* existem por *minha* causa!

Clary e Jace trocaram olhares confusos.

— Mas fomos criados para derrotar seus demônios — falou Jace. — Isso não quer dizer que somos, você sabe... inimigos?

— Com certeza somos inimigos — confirmou Magnus.

— Quero dizer, neste exato momento você está mantendo dois de nós presos em suas câmaras de tortura — acrescentou Alec, entre dentes.

Pela primeira vez, o sorriso de Samael sumiu, embora o tom amigável não tivesse mudado.

— Bem, em um número muito pequeno de casos, pode haver algo pessoal entre nós. Mas, caríssimos, não. Quero dizer, estamos de lados opostos da Guerra Eterna, certamente, mas vocês são... bem, vocês são a leal oposição! Fico feliz por esperar até que o verdadeiro jogo comece. Não adiantaria nada dar fim a vocês antes disso.

— Então e quanto a eles? — falou Alec, apontando o Cabeça de Boi e o Cara de Cavalo, que continuavam a flutuar perdidamente na nuvem-bolha deles, cinco metros no ar.

— Não vejo problema em fazer um teste antes — falou Samael. — Nada de que qualquer Nephilim que vai travar uma luta decente já não desse conta. E por falar nisso, eles falharam, aparentemente, sendo assim...

Ele deu de ombros e gesticulou para os guardiões. Enquanto os Caçadores de Sombras assistiam, tanto Cabeça de Boi quanto Cara de Cavalo arregalaram os olhos e começaram a se debater de novo, agora mais violentamente. Pareciam estar em algum tipo de sofrimento.

— Nem mesmo são meus, sabem — acrescentou Samael. — Vieram com o mundo.

Os dois demônios se debatiam, visivelmente sentindo dor. Magnus se flagrou com pena deles, embora fossem literalmente demônios do Inferno, e embora tivessem tentado matar a ele e a seus amigos poucos minutos antes. Era a impotência deles, a confusão.

Samael balançou a cabeça como se simpatizasse com o fardo dos dois, então fez um movimento de torção com as mãos, e tanto Cabeça de Boi quanto Cara de Cavalo se despedaçaram.

Foi terrivelmente violento, até mesmo para Magnus. Não houve brilho mágico, nenhum clarão forte para obscurecer a cena. Os dois demônios simplesmente explodiram, as cabeças e membros se soltando dos corpos, os troncos se partindo em vários pedaços. Com uma chuva de carne e icor, os nacos molhados do que recentemente fora Cabeça de Boi e Cara de Cavalo caíram no solo preto desértico de Diyu em baques abafados e nauseantes.

Magnus olhou novamente para Samael, o qual pareceu surpreso com a reação do público. Os Caçadores de Sombras tinham unanimemente retornado aos olhares iniciais de horror cauteloso; olhares que tinham se dissipado parcialmente diante da estranha amabilidade de Samael, mas que agora retornavam com força total.

— Não fiquem assim — disse Samael. — Eles nem mesmo morreram de verdade. São Demônios Maiores, e são daqui; vão simplesmente se regenerar em algum outro lugar deste labirinto no fim das contas.

— Mas mesmo assim — disse Clary, a voz contida.

Samael estendeu as mãos.

— Eles fracassaram, então precisaram ser disciplinados. Não entendo por que interessa a qualquer um de vocês. Há poucos minutos vocês estavam tentando matá-los, se me recordo bem.

Tian estava bastante quieto, reparou Magnus. E agora se perguntava se o jovem Caçador de Sombras não estaria preparado para encontrar um dos demônios mais poderosos da história. Magnus tinha de admitir que seus amigos talvez estivessem sendo um tanto *blasé* por estarem confrontando *mais um* Príncipe do Inferno, certamente bem menos impressionados do que a maioria das pessoas estaria. Tinham encontrado Asmodeus alguns anos antes, por exemplo. Ele olhou sorrateiramente para Tian, mas não conseguiu decifrar a expressão do rapaz.

Voltando-se de novo para Samael, ele falou:

— Então os demônios se foram, Shinyun e Ragnor se foram, somos apenas nós e você aqui. E você poderia simplesmente matar a todos nós, se quisesse, mas não matou. E agora?

Samael disse:

— Obviamente, vocês deveriam voltar por onde vieram e retornar ao seu mundo. Não estou *totalmente* pronto para começar a guerra ainda, mas sendo justo comigo, vocês tiveram mil anos para se preparar, e eu só tive uma minúscula fração disso. Então voltem... Vocês podem simplesmente reabrir o Portal que fecharam tão toscamente quando entraram... E verei vocês no campo de batalha muito em breve!

Ele acenou um tchauzinho, como se o gesto por si só bastasse para concluir a conversa.

— Não podemos ir — falou Alec. Soara como um pedido de desculpas, o que era um pouco engraçado, considerando com quem estava falando. — Precisamos salvar nossos amigos.

Samael semicerrou os olhos para ele, como se não entendesse o que Alec estava dizendo.

— Como vão *encontrar* seus amigos, no entanto, pequeno Nephilim? Diyu tem milhares sobre milhares de infernos. Nem eu consegui ir a todos eles ainda. Sinceramente — confessou, aproximando a mão da boca como se estivesse compartilhando um segredo —, ouvi falar que depois que você visita uns dez mil deles, os outros cerca de setenta mil são basicamente pequenas variações dos primeiros.

— Você não é o primeiro a se interessar por Diyu — disse Magnus. — Nosso amigo Tian aqui tem estudado Diyu há anos. Ele sabe andar por aqui.

Alec se virou e sorriu para Tian, que não retribuiu. Durante todo aquele tempo, ele não dissera palavra, percebeu Magnus.

— Ah, Tian? — falou Samael. — Ke Yi Tian? O Tian de pé bem aí ao lado de vocês? O Tian do Instituto de Xangai?

— Sim, obviamente esse Tian — falou Magnus.

Agora os Caçadores de Sombras estavam todos olhando para Tian, que, por sua vez, olhava para a frente.

— Tian é *meu* empregado — falou Samael, com grande alegria. — Tian trouxe vocês diretamente a mim.

— Isso é ridículo — falou Jace.

— Ah? — disse Samael. — Então vocês pensaram mesmo que entrar na fossa mais profunda do mundo até o tribunal mais profundo do mundo era uma boa estratégia? Pensavam mesmo que era uma boa ideia ir na direção de *Avici*?

Magnus balançou a cabeça.

— Isso é um truque. Estratégia de psicologia infantil.

— Tian — falou Samael, quase saltitando de animação —, abandone esses idiotas, vá encontrar Shinyun e diga a ela que comece a reabrir nosso Portal para o Mercado.

Houve uma pausa, então Tian, da digna e amada família Ke, abaixou a cabeça com um profundo suspiro e disse:

— Sim, meu mestre. — Então ergueu a cabeça de novo e disse, frustrado:

— Eu poderia ter simplesmente ficado com eles. Não precisava estragar meu disfarce agora.

— Bem, achei que seria interessante se você os levasse para alguma masmorra por aí para apodrecerem — disse Samael —, e me pareceu muito frustrante não poder ver as expressões deles quando descobrissem. Eu simplesmente adoro esse momento. Além do mais, não importa: você pode abandoná-los a qualquer tempo. Saia agora, saia depois... Tanto faz, eles vão morrer de fome em uma estrada infinitamente longa na parte mais profunda do Inferno mesmo. O feiticeiro vai morrer por causa do ferrão, ou então se tornar mais um de meus servos. Nada mudou — acrescentou ele a Tian, tranquilizando-o.

— Tian — disse Magnus, decepcionado, um peso no coração.

Tian saiu do círculo dos colegas Caçadores de Sombras para se postar ao lado de Samael, porém curvado e desolado. Samael deixou um sorriso amigável brotar conforme foi esticando o braço lentamente, como se eles estivessem posando para uma foto, e o colocou em volta do ombro de Tian.

— Tian. — Alec foi o primeiro a falar. — Por quê? Você nos deve essa explicação, pelo menos. — Ele olhou para Samael, mal contendo a fúria. — Ele deve.

Samael ergueu as mãos.

— Não, não, vá em frente, essa parte também é muito agradável para mim.

Alec não se importava.

— Bem? — indagou ele a Tian.

Tian tomou fôlego.

— Você sabe o que é — começou ele, com a voz colérica — viver um amor ilegal?

Alec ergueu as mãos, exasperado.

— Tian. Sim!

— Obviamente, sim — acrescentou Jace. — Bastante.

— Não — falou Tian —, você pode viver com o ser do Submundo que você ama, Alec. E você — disse ele a Jace —, bem, as coisas deram certo para você, o que é bom, acho. Caso contrário... Vejam só, isso não importa.

— Ha! — exclamou Jace, com o ar de quem tinha vencido uma discussão.

Tian se voltou para Alec.

— Você pode adotar uma criança com o ser do Submundo que ama. Eu, por outro lado, não tenho permissão nem de *ver* o ser do Submundo que amo sem estar infringindo a Lei. E sim, eu sei, a Lei é rígida. É rígida demais. E se tornou tão rígida que fragilizou e começou a se partir.

— Isso não é pretexto... — começou Alec.

— Você tem prestado atenção à Clave ultimamente? — disse Tian, com amargura na voz. — Somos uma casa dividida. Uma casa partida. Há aqueles como você, como eu, que prefeririam paz, que prefeririam formar laços com todo o Submundo, para fortalecer a todos nós. Que deixariam de lado as superstições e os preconceitos de nossos ancestrais.

— Jem Carstairs é um de seus ancestrais — falou Magnus, baixinho. — Um homem desprovido de superstição ou preconceito.

— E os outros — prosseguiu Tian. — Os paranoicos. Os desconfiados. Aqueles que desejam que os Caçadores de Sombras dominem, que desejam esmagar o restante do Submundo sob nosso governo. E principalmente aqueles que se intitulam a Tropa.

— A Tropa é apenas um pequeno grupo de pessoas loucas — disse Jace, incrédulo.

— Pode ser que apenas alguns se identifiquem assim, por enquanto — falou Tian —, mas há muitos mais do que você imagina que concordam com eles, que só se manifestam sinceramente quando estão diante de pretensos aliados.

— Então você é *aliado* a um *Príncipe do Inferno*? — falou Alec.

Sempre que alguém falava, Samael fazia uma expressão exagerada de choque e assombro. Parecia vidrado. Alec queria que ele parasse com o deboche, mas imaginava que, se pedisse, as coisas terminariam mal.

— A guerra está chegando — falou Tian —, não importa o que eu faça. A luta entre Samael e o mundo. E ele vai encontrar os Caçadores de Sombras divididos, espalhados, arrasados pelas mentiras e segredos que guardam uns dos outros. Ou eles vão perecer, e o mundo vai perecer, ou vão vencer, e o mundo será salvo. Mas pelo menos eu estarei seguro, e Jinfeng comigo.

— Jinfeng é a namorada dele — sussurrou Samael, em tom fingido.

— Nós sabemos — disse Clary.

— E se vencermos? — indagou Jace. — A Clave vai simplesmente aceitar você de volta? Um traidor que apoiou o inimigo?

— Gosto de pensar em mim como mais do que apenas um inimigo — disse Samael, pensativamente. — Um arqui-inimigo, no mínimo. Talvez até mesmo uma nêmese?

Tian estava contumaz.

— Eu esperaria a misericórdia da Clave. Jamais esperaria de Samael.

— Meu Deus — falou Clary. — Acho que essa é a coisa mais egoísta que já ouvi.

— Por favor — murmurou Samael —, não use a palavra com D.

Clary revirou os olhos.

— Conheço sua família há muitas gerações — disse Magnus, baixinho.
— A família Ke sempre esteve entre os mais honráveis, generosos e nobres Caçadores de Sombras que conheço. Ficariam muito decepcionados com você, Tian. Jem ficaria muito decepcionado com você.

Tian olhou para Magnus e, pela primeira vez, Alec notou um lampejo de rebeldia no olhar dele.

— Mas é nobre fazer sacrifícios por amor, não é? Fui ensinado durante a vida inteira que isso é nobre. Sacrificar tudo. — Ele olhou para Alec. — Foi isso o que fiz. Sacrifiquei tudo por amor.

Alec não sabia o que dizer. Mas não precisou se manifestar, no entanto, pois Magnus falou primeiro, em voz alta:

— Isso... é *um monte de bosta*, Ke Yi Tian.

Tian ficou chocado. Até mesmo Samael ficou um pouco chocado.

A magia de Magnus disparou, vermelha, turbulenta e furiosa, emanando do peito e das mãos. Mas ele não lançou nenhum feitiço, apenas avançou contra Tian, um incêndio químico revoltando-se em seus olhos verde-dourados.

— Você não é um mundano qualquer — disse ele, a voz perigosamente baixa. — Você é um *Caçador de Sombras*. Você tem um dever. Uma responsabilidade. Tem um *propósito* grandioso e sagrado, está entendendo?

Ele parou como se estivesse à espera de uma resposta. Tian abriu a boca depois de um momento, e Magnus imediatamente falou de novo.

— Você é o *protetor* do nosso mundo. Iniciado pelo Anjo. Imbuído do fogo dele. Agraciado com os dons dos Céus! — Ele agarrou o braço de Tian e o encarou com raiva, mirando bem nos olhos dele. — Eu *conheço* Caçadores de Sombras, Tian. Conheço há séculos. Já os vi em seu ápice, e também no fundo do poço. Mas também já conheci outros, do Submundo, mundanos, e se há uma coisa que Caçadores de Sombras precisam entender, é que *não são como outras pessoas*.

"Eles amam, eles constroem, eles cobiçam riquezas... quando há tempo. Quando o dever, o dever *solene*, o *único* dever, a barreira que divide as criaturas vivas da Terra da destruição nas mãos do mal *literal e puro*...

Samael acenou alegremente.

"... lhes permite. Todo amor é importante. *Seu* amor é importante. E para algumas pessoas, o amor delas pode ser a coisa mais importante, mais importante até mesmo do que o mundo inteiro.

"Mas não para os Caçadores de Sombras. Porque manter o mundo inteiro a salvo não é a razão de ser de todos, mas é absolutamente a *sua razão de ser*."

O clarão de magia esmaeceu. Magnus abaixou a cabeça.
Tian ficou de pé, calado. Não respondeu.
— É — concordou Clary, baixinho, atrás de Alec.
Alec, no entanto, estava encarando Magnus.
— Eu não sabia que você se sentia assim — disse, por fim. Aos próprios ouvidos, soou atônito. — Presumi que você considerasse essa coisa da guerra santa a mais pura bobagem.

— Até mesmo chego a achar que é só bobagem às vezes — observou Jace —, e olha que tive o mal literalmente queimado para fora do meu corpo com o fogo celestial.

A expressão de Magnus se suavizou. Ele recuou para junto de Alec, como se tivesse acabado de se dar conta do quanto avançara para Tian e Samael.

— Tento não levar as coisas muito a sério — disse ele a Alec. — Você sabe disso. O mundo é um lugar absurdo, e levá-lo muito a sério seria deixá-lo vencer. E eu ainda defendo minha filosofia. Na maioria das vezes. Mas na maioria das vezes — acrescentou —, não estou de pé diante do *verdadeiro* Pai dos Demônios, no *verdadeiro* Inferno.

— Não se esqueça do Devorador de Mundos — falou Samael. — Esse é meu preferido. Quero dizer, quem não gosta de devorar coisas? Certo?

Magnus se virou para Samael, um dedo erguido, e, por um momento, Alec pensou: *Pelo Anjo, Magnus vai mesmo começar a passar um sermão em Samael, a Serpente do Jardim.* Ele ainda estava fascinado. Primeiro, era estimulante ouvir o namorado fazer uma defesa comovente de sua importância e justiça. Segundo, não se lembrava de uma ocasião em que Magnus estivesse mais gostoso como agora.

Samael deu de ombros.

— Enfim, divirtam-se perambulando sem rumo por Diyu até morrer de inanição. Não é a forma como eu escolheria morrer, mas a vida é de vocês. Magnus, venha comigo.

— É nosso dever avisar que de forma alguma deixaremos que você o leve — interveio Alec.

Samael soltou um longo gemido.

— Por que você precisa fazer tudo do jeito difícil? — Ele gesticulou de forma generalizada para a ponte de ferro, e, diante dela, uma espiral se formou até se abrir num Portal. Demônios – Ala, Xiangliu, Baigujing – começaram a emergir dele.

Ele se voltou para Tian.

— Quando eles tiverem acabado com os outros, traga Magnus até mim. Tenho coisas para fazer. — Ele balançou a cabeça como se a experiência toda o tivesse extenuado, e desapareceu com um estalido.

Por um momento, Alec e os amigos ficaram encarando Tian. Ninguém tinha nada a dizer.

Magnus, felizmente, quebrou o silêncio.

— Sei que todos estamos tomados pelos sentimentos agora...

— De modo algum vocês vão conseguir passar por aquele exército de demônios — falou Tian. Ele parecia cansado. — Diyu é o lar de uma infinidade de demônios, e Samael consegue comandar todos eles.

— Então vamos para a ponte — falou Jace, após um momento. — Não podemos derrotá-los, mas talvez consigamos abrir caminho através deles. E então, na escada, eles serão acuados para um espaço menor, e assim apenas alguns conseguirão atacar de cada vez.

— Exceto pelos demônios voadores — observou Alec.

— Tem uma ideia melhor?

Alec não tinha.

Clary se virou para Tian.

— Vai tentar nos impedir? — As palavras soaram como um desafio. Alec foi lembrado, não pela primeira vez, que, a seu modo, Clary podia ser tão destemida quanto Jace.

Tian fez que não com a cabeça.

— Se eu ficar aqui, os demônios vão simplesmente me devorar, de qualquer forma. Eles não sabem a diferença. Além do mais, preciso encontrar Shinyun e passar o recado do meu mestre.

— Que belo mestre você tem — provocou Alec. Tian não respondeu. Simplesmente deu ao grupo um olhar demorado e então saiu andando, rápida e determinadamente, atravessando o deserto chamuscado. Os demônios o ignoraram por completo. Em pouco tempo, ele evaporara atrás das multidões errantes ao fundo.

— Tudo bem — falou Magnus, sacando Impermanência Branca. — Vou manter os demônios voadores longe de nós.

— Para onde? — quis saber Clary.

— Algum lugar mais seguro do que aqui — sugeriu Jace. — Fiquem juntos.

Juntos, os quatro avançaram em direção à ponte. Na vanguarda, Alec e Jace usaram as armas para afastar os demônios que se colocavam no caminho deles; atrás, Magnus estourava qualquer coisa no ar, e Clary afastava os demônios que tentavam flanqueá-los.

A cena lembrou a Alec da guerra clássica que ele estudara — hoplitas, unidos para se proteger, abrindo caminho por uma saraivada de flechas. Estavam avançando de forma dolorosamente lenta. Dez minutos de luta os levou até a ponte de ferro, mas, para Alec, a impressão era de que levariam mais uma hora inteira para cruzar a ponte, que se estendia indefinidamente. Ao lado dele, Jace golpeava com a lança repetidas vezes, seu rosto era uma máscara de suor e icor. Alec tinha certeza de que ele mesmo não estava com aspecto melhor.

Depois que estavam na ponte propriamente dita, os demônios mudaram de estratégia. Não era como a luta de mais cedo; agora os demônios estavam tão próximos que mal conseguiam manobrar, e eles rapidamente se deram conta de que em vez de tentar passar pelas lâminas dos Caçadores de Sombras e pelos raios de Magnus, o objetivo seria igualmente atingido caso forçasse o grupo a cair da beirada da ponte.

— O que acontece se cairmos? — indagou Clary.

— Lembrem do que Tian falou — disse Jace. — No centro de Diyu está a cidade de Xangai, invertida. Seja lá o que ele queria dizer com isso.

Alec trocou um olhar com Magnus, que assentiu.

Jace percebeu o gesto.

— Nós vamos pular, não vamos?

— Consigo nos proteger da queda — disse Magnus.

— Mas e a aterrissagem? — falou Clary.

— Se eu deixasse para saltar apenas nas ocasiões em que conhecesse meu destino de pouso — observou Magnus —, eu jamais teria saltado na minha vida.

E, com isso, ele se atirou pela lateral da ponte.

— Vamos mesmo fazer isso? — perguntou Jace a Clary.

Clary hesitou, então assentiu com firmeza.

— Confio em Magnus.

Eles dois, e Alec logo em seguida, se atiraram atrás de Magnus. Alec estava caindo de costas, observando a ponte retroceder ao longe, sumindo em meio à tinta desprovida de estrelas do céu. Conforme ia caindo, não conseguia evitar pensar no rosto de Tian, na expressão enigmática conforme este se afastava dos colegas Caçadores de Sombras que tanto confiaram nele.

14

Queda certa

Eles caíram.

No início, saíram rolando descontroladamente, e Alec se perguntava o que aconteceria caso algum deles flutuasse para dentro de uma das paredes da fossa. No início, a sensação de queda livre foi apavorante, aquela sensação de que a gravidade os abandonava, a expectativa por um fim, uma colisão violenta que jamais chegava.

E após alguns minutos, ele descobriu que meio que era possível se acostumar a tal sensação.

Ajudou muito o fato de Magnus ter conseguido se endireitar em meio à queda, e então ter recorrido à magia para ao menos reunir os quatro, para mantê-los de pé e próximos o bastante para conversar. E uma vez que a ponte sumiu de vista, assim como o caminho pelo qual vinham andando, e até mesmo os demônios, se misturando ao nada cinzento do fundo, restaram apenas eles quatro, caindo suavemente pelo ar silencioso. Os cabelos ruivos de Clary esvoaçavam suavemente em torno do rosto dela. As mãos de Magnus estavam erguidas, brilhando vermelhas, e Alec teve a sensação de nada sob seus pés, a ilusão de sequer estar se mexendo conforme alguma referência visual desaparecia.

— Já tomei umas decisões esquisitas na minha época — refletiu Jace —, mas passar dez minutos em queda livre num lugar desconhecido em uma dimensão infernal até um lugar desconhecido diferente numa dimensão infernal é bastante ousado, até mesmo para mim.

— Não se sinta mal — falou Magnus. — Não foi exatamente sua decisão.

Clary ajeitou uma mecha do cabelo atrás da orelha e ficou observando pensativamente enquanto ela flutuava de volta para o ar.

— Até que é legal.

Os dois olharam para Alec, que olhou para baixo — embora, com a ausência de referências ao redor, fosse difícil definir exatamente o que era em cima e o que era embaixo. Ao longe, na direção para a qual estavam caindo, silhuetas brilhavam fracamente. Elas estavam maiores, mais próximas? Era difícil saber.

Clary e Jace ainda estavam esperando que ele falasse.

— Todos tomamos a decisão — disse ele. — Não tínhamos informação ou tempo o suficiente. Seguimos nossos instintos.

— E se estivermos errados? — falou Jace.

— Então lidaremos com a situação — respondeu Alec.

— Mesmo depois que aterrissarmos — acrescentou Magnus —, não *saberemos* de verdade se tomamos a decisão certa ou não. Provavelmente nunca saberemos se escolhemos o melhor caminho.

— Às vezes você simplesmente segue o curso — disse Alec. — Você sabe disso.

Jace hesitou. Era esquisito ver hesitação ali, pensou Alec, pois Jace era sempre tão confiante, o sujeito que seguia pelo mundo sem vacilar ou duvidar de si.

— Mas isso pode ferir as pessoas.

— Você faz coisas loucas e precipitadas o tempo todo! — protestou Alec.

Jace balançou a cabeça.

— Sim, mas isso só coloca *a mim* em risco — rebateu. — Eu posso arriscar a *minha* segurança. É diferente arriscar outras pessoas. — Ele estava olhando para Clary.

Clary falou:

— Jace, você acha mesmo que quando arrisca a própria segurança, não tem efeito sobre mais ninguém? Sobre mim?

— Sobre seu *parabatai*? — emendou Alec.

— Sobre qualquer outra pessoa que precisa lidar com as consequências? — resmungou Magnus.

— Olha quem fala — replicou Jace.

— E por falar em tomar decisões — disse Magnus, alegremente —, onde é que estamos tentando aterrissar mesmo? Se aquelas formas lá embaixo forem da Xangai Invertida, vamos alcançá-las muito em breve.

— Deve haver algum lugar em Xangai para onde possamos ir. Na Xangai Invertida, quero dizer — falou Clary.

— O Instituto? — sugeriu Jace.
— A igreja — falou Alec, lembrando-se. — A Catedral Xujiahui. Tian a mostrou para a gente quando estávamos a caminho do Mercado.
— Talvez fosse uma armadilha — observou Jace, semicerrando os olhos.
— Está sugerindo — disse Clary sarcasticamente — que Tian sabia que acabaríamos em queda livre, em Diyu, tentando decidir em que parte de Xangai Invertida deveríamos tentar cair, e que mostrou a catedral para que caíssemos na armadilha dele e tentássemos cair na catedral em vez de em outro lugar?
Jace hesitou.
— Quero dizer, quando você coloca assim, parece mesmo um pouco intrincado.
Magnus estava movimentando uma das mãos abaixo dele e parecia estar se concentrando.
— Santo Inácio é, na verdade, uma ótima escolha — disse —, porque é tão característica. Fácil de ver do alto.
— Consegue encontrá-la? — quis saber Alec.
— Bem, tem *alguma coisa* lá embaixo com duas grandes torres góticas — falou Magnus. — Deve ser isso.
— Acham que vai ter um arsenal escondido lá, igual tem na catedral de verdade? — indagou Jace.
— Armas invertidas — sugeriu Clary. — Você esfaqueia alguém com uma delas e a pessoa se sente melhor.
— Magnus — disse Alec —, está crescendo uma cauda em você?
— Não intencionalmente — retrucou Magnus, mas soou desconfortável. Alec vinha tentando não perturbá-lo, dando-lhe espaço para configurar a magia que os mantinha a salvo, livre das distrações, mas agora olhava Magnus com mais atenção, e as feições sobre-humanas estranhas que tinham aparecido após a ferroada do Svefnthorn pareciam mais proeminentes. Talvez fosse uma ilusão causada pelo ângulo esquisito pelo qual ele estava olhando, pelo modo como os corpos deles estavam esticados por estarem em queda livre... mas os olhos de Magnus, luminosos e de um verde ácido, pareciam maiores do que o normal. As orelhas também estavam um pouco pontiagudas, como as de um gato, e quando ele abriu a boca, Alec teve certeza de ter notado caninos mais longos e mais pontiagudos.
Magnus olhou para Alec, a testa franzida de preocupação, mas não disse mais nada.
— Talvez fosse melhor evitar usar sua magia — disse Alec, hesitante.

— Talvez depois de a gente pousar em segurança? — zombou Jace um pouco freneticamente.

— Alec — falou Magnus. — Se tudo der errado... se eu...

— Não pense nisso agora — falou Alec. — Leve a gente até o chão. Vamos lidar com as coisas conforme elas forem acontecendo.

Magnus continuava a observar o que os aguardava lá embaixo, procurando a catedral. Sentiu a magia se agitar dentro dele quando, depois de um ou dois minutos, localizou o prédio, e começou a cercar a todos, inclusive ele mesmo, com uma névoa protetora, muito lentamente, criando uma bolha que os faria aterrissar com segurança até as torres pretas.

Sentiu as pálpebras pesarem. Sentiu a visão embaçando. Utilizar grande quantidade de magia era sempre cansativo, mas aquilo era muito além do comum. O som ao redor começou a ficar abafado conforme ele se dissociava da infinita queda livre, do vazio em torno deles. Cada partícula de sua magia era direcionada para o feitiço que irradiava de suas mãos, protegendo, preservando. Sua mente foi se afastando, e embora ele permanecesse consciente e suas mãos mantivessem a magia que protegia a todos, Magnus começou a sonhar.

Ele estava em casa. Em casa no Brooklyn, em seu apartamento, exatamente da forma como o deixara para ir até Xangai. Estava no quarto deles, mas não conseguia se lembrar de por que tinha entrado. Na cama, os mapas que tinham usado para tentar Rastrear Ragnor ainda estavam dispostos sobre cobertores amassados.

Eu deveria arrumar isto, pensou ele, e esticou a mão para pegar, mas então puxou a mão de volta e a ergueu para examiná-la. Ele não estava fazendo magia alguma, mas sua mão estava brilhando forte mesmo assim. Forte demais: quase demais para se olhar para ela sem que os olhos doessem. Ele semicerrou os olhos e viu que, dentro do brilho estonteante, sua mão estava estranha, alongada. Semelhante à anatomia de um pé de pássaro, com dedos longos demais para qualquer humano, e garras pretas curvando-se cruelmente das pontas.

Sem saber o que fazer, Magnus saiu do quarto. Teve dificuldade para passar pela porta aberta, pois bateu a cabeça, e quando tateou para verificar o motivo, sentiu chifres surgindo da testa, ou talvez mais do que chifres, talvez galhadas. E soube, sem sequer olhar, que eram brancos como ossos, como os de Ragnor, e afiados. Magnus tateou o peito e olhou para baixo, tentando ver se o ferimento do ferrão estava ali. Difícil dizer; a luz que irradiava da mão era forte demais. Talvez precisasse de um espelho.

Ele se abaixou e foi para o corredor, e, ao passar pelo quarto de Max, olhou para dentro. Alec estava ali, vestindo Max. Ele olhou para Magnus, que ficou à espera de um grito de susto, mas aparentemente seu namorado não notara nada de errado.

— Tudo bem — disse ele a Max —, braços para cima! — E Max receptivamente esticou os braços como se estivesse comemorando uma vitória. Alec passou a camisa pelos braços e pela cabeça de Max e a ajeitou no tronco. — Uau, que bom, foi de grande ajuda. Obrigado!

— Uau! — repetiu Max. Ele estava naquela fase em que tentava repetir a maior parte do que os pais diziam, e então sorriu para Magnus. Magnus fez menção de agitar os dedos para Max, então parou, lembrando-se do brilho, das garras.

Em vez disso, simplesmente disse:

— Oi, azul, alguma novidade?

— Aul — falou Max.

— Quer comer? — disse Alec. Max assentiu, e Magnus observou os toquinhos de chifre de Max subirem e descerem. Chifres como os dele. Não. Ele não tinha chifres. Mas ele *tinha* chifres. Como Ragnor. Mas Ragnor estava morto, não estava?

— Magnus — chamou Alec —, pode pegar a tigela de cereal e o copinho dele? Estão na lava-louças.

— Claro. — Magnus caminhou até a cozinha. Por que ainda estavam morando ali quando ele mal conseguia encaixar a galhada no corredor? Havia um bom motivo, mas no momento ele não se lembrava.

Na cozinha, Raphael Santiago estava sentado no balcão, balançando as pernas.

— Raphael — disse Magnus, surpreso. — Mas você está morto.

Raphael deu a ele um olhar murcho.

— Eu sempre estive morto — afirmou ele. — Você nunca me conheceu quando eu estava vivo.

— Acho que isso é verdade — admitiu Magnus —, mas quis dizer que agora você está morto e não está mais andando por aí. Você se foi. Você se deixou assassinar em Edom, em vez de me matar.

Raphael franziu a testa.

— Tem certeza? Esse não é o tipo de coisa que eu faria.

Magnus mexia na lava-louça, tentando abri-la, mas suas garras atrapalhavam.

— Pode me dar uma ajudinha aqui? — perguntou ele.

Raphael aplaudiu sarcasticamente.

— Você ficou mais rabugento desde que Sebastian o matou — observou Magnus. — O que sinceramente eu não acharia possível.

— Bem, eu não *queria* exatamente morrer. Eu não *merecia* morrer — disse Raphael. — Eu era imortal! Eu deveria viver para sempre. E, no fim das contas, eu nem mesmo cheguei à duração de uma vida mortal inteira.

— Não chegou mesmo, não é? — disse Magnus. Ele conseguiu prender uma garra sob a aba da lava-louça e, curvando-se de um jeito meio esquisito, fez um movimento de alavanca para abri-la. Não foi seu momento mais gracioso, mas não se sentira tão envergonhado assim na frente de Raphael, que, afinal de contas, estava morto.

— Como está Ragnor? — perguntou Raphael. Ele ainda estava balançando as pernas, empoleirado no balcão. Era um gesto muito incomum para Raphael, e Magnus queria gritar para que o outro parasse, mas pareceria loucura. — Ainda está morto também?

— Não — respondeu Magnus, mas então ele parou. Como *estava* Ragnor? Quando ele viu Ragnor pela última vez, tinha sido em...

Diyu.

Ele pegou o copinho e a tigela, equilibrando-os estranhamente nas mãos brilhosas.

— Preciso levar isto para Max — falou Magnus.

— Tente não arranhá-lo demais — aconselhou Raphael, e Magnus se encolheu. Ele se virou para deixar a cozinha, e o copinho e a tigela escorregaram de suas mãos. Embora fossem de plástico, um conjuntinho estampado com maçãs, o preferido de Max, assim que bateram no piso de azulejo da cozinha, se estilhaçaram em milhares de farpas afiadas, como se fossem de cristal.

— Uau! — disse Raphael. — Acho que vou ficar mais um tempinho sentado aqui.

A vassoura estava no quarto de Max. Magnus caminhou sobre os cacos e os sentiu cortando seus pés descalços (mas por que estava descalço?). Ele olhou para trás enquanto seguia de volta pelo corredor e notou que deixava dois rastros de sangue no tapete.

Pelo menos meu sangue ainda está normal, pensou.

— Alec? — chamou Magnus, e Alec apareceu com Max pendurado no canguru frontal que eles costumavam usar para carregar o menino pelas ruas do Brooklyn em seus primeiros meses de idade. Max já estava grande demais para o canguru desde o mês anterior e o plano era comprar um novo. Ou talvez aquele fosse o novo? Parecia o antigo.

Além disso, Max definitivamente não cabia no canguru. Mas isso era porque já tinha mudado. Os chifres, que eram apenas toquinhos adoráveis poucos minutos antes, agora se revelavam espinhos afiados, pretos e reluzentes como as garras de Magnus. Uma cauda semelhante a um chicote surgia das costas dele, desprovida de pelos, como a de um rato. E balançava perigosamente, como o rabo de um gato pronto para dar o bote.

E os olhos dele. Magnus não conseguia descrever direito o que se passava com os olhos de Max. Ao tentar olhar para eles, teve a sensação de identificar arranhões se formando dentro da retina. Não aguentou aquela cena e virou o rosto.

— Tem algo errado — disse Alec.

— Não tem nada errado — negou Magnus desesperadamente. — É só que... feiticeiros... às vezes não se sabe...

— Você não me contou — falou Alec, soando inexpressivo.

— Eu não sabia — falou Magnus. E começou a recuar pelo corredor, pisando novamente nos cacos que tinha deixado momentos antes. Novas pontadas de dor irradiaram por seus pés.

Alec tirou Max do canguru e o levantou para examinar seu rosto.

— Eu consigo lidar com as garras, os chifres e as presas — disse ele. — Mas não sei como lidar com isto.

Ele virou Max para mostrá-lo a Magnus. O rosto de Max era uma máscara congelada, sem expressão, vazio. *Mas esta não é a marca de feiticeiro dele*, pensou Magnus. *Ele está parecido com... com...*

15

A Senhora de Edom

Alec se perguntou por um momento se estaria sonhando, pois Shinyun desceu pelo espaço onde um dia um vitral cor-de-rosa fora disposto.

Ele a vira flutuando, de braços estendidos, emoldurada no círculo vazio, por um momento como se fosse uma estátua. De fato havia uma estátua diante do vitral cor-de-rosa da verdadeira catedral, na verdadeira Xangai, lembrou-se ele.

Mas então ela entrou flutuando e Jace soltou um longo gemido de frustração. Alec entendia seu *parabatai*. Será que a fuga deles, a queda ousada da ponte, tinha sido em vão, já que Shinyun sempre poderia encontrá-los facilmente onde quer que chegassem?

Em algum momento durante a descida na ponte, Magnus fechou os olhos, quase num transe. Os três Caçadores de Sombras ficaram em pânico, já se preparando para mergulhar em queda livre, mas, por sorte, o feitiço se mantivera intacto. Conforme as silhuetas tenebrosas do espelho de Xangai em Diyu foram ficando mais distintas abaixo deles, eles começaram a visualizar a catedral. Era exatamente a sombra da Santo Inácio: cada detalhe uma reprodução perfeita, mas toda a cor drenada dali, um retrato em tons de cinza escuro e preto. E, ainda bem, não estava literalmente de cabeça para baixo.

A nuvem protetora de Magnus os levara a pousar ao lado de um dos transeptos nos terrenos da igreja, os braços laterais da imensa cruz que compunha o formato geral da construção. Havia uma pequena porta lateral ali, e eles ajudaram Magnus a entrar e o colocaram em um dos bancos de madeira entalhada no local. Uma vez que ele foi devidamente acomodado, a magia se esvaiu de suas palmas, e ele começou a respirar tranquilamente, como se dormisse.

Não tinham entrado na verdadeira catedral, mas o interior da catedral de sombras era suficientemente catedralístico para fazer Alec supor que provavelmente tudo tinha a mesma disposição. Era estranho passar da bizarra desumanidade de Diyu à humanidade um tanto distinta de uma igreja católica; à primeira vista, poderiam estar na França, na Itália, ou mesmo em Nova York. Só depois de caminharem um pouco por ali e flagrarem o elaborado entalhe da madeira dos bancos, o azulejo chinês característico ao longo da nave, foi que o caráter único de Xujiahui se destacou. Exceto, percebeu Alec, pela ausência de qualquer símbolo sagrado, ou santo ou anjo. Havia nichos e molduras de quadros vazios por todo canto, nitidamente nos mesmos pontos onde estariam na catedral original, mas aqui tinham sido apagados. Aparentemente, Yanluo não era um fã de elementos sacros. Alec supôs que Samael também não seria.

Ao voltar para Magnus, Alec o encontrou ainda respirando tranquilamente e, ao que aparentava, tirando um cochilo. Pôs a mão no ombro de Magnus e sacudiu levemente. Quando não houve reação, sacudiu um pouco mais forte. Estava tentando manter a delicadeza — assustar Magnus não parecia inteligente também —, mas não importava o quanto chamasse ou cutucasse, não provocava reação.

— Vamos lá, acorde — disse Alec, com urgência. Ele agitou o joelho de Magnus.

— Poderíamos jogar água nele — sugeriu Clary.

— Não creio que tenha água por aqui — disse Jace. — Talvez Magnus possa conjurar um pouco. E comida também.

— Se conseguirmos acordá-lo — observou Clary.

— Acorde! — ordenou Alec novamente, e então eles ouviram o farfalhar de movimento e se viraram para flagrar Shinyun descendo pelo buraco onde deveria haver uma janela.

Ela aterrissou com leveza, as pernas longas dobradas sob o corpo, dando-lhe uma aparência de inseto um tanto bizarra. Jace sacou a lança, e Clary, a adaga. Alec continuava a cutucar Magnus, mais e mais desesperado.

— Não quero brigar — gritou Shinyun. Ninguém fez menção de guardar as armas.

Ela se aproximou, e eles se mantiveram a postos.

— Magnus está... dormindo?

— Foi um longo dia — disse Alec sarcasticamente.

— Ele está sofrendo porque lhe falta a terceira ferroada — explicou ela.

— Ele preferiria morrer.

— É muito interessante — continuou Shinyun — quantas pessoas escolhem não morrer quando chega o momento de decidir. — Ela os fitou com zombaria. — Normalmente isso acontece porque temem o efeito que sua morte terá sobre outros.

— Não é um problema para você, suponho — disse Jace.

— Não — concordou ela. — Entendo bem demais a natureza do poder para me permitir o tipo de ligação sentimental que prende a maioria das pessoas ao mundo. Um mundo que, no fim, vai decepcioná-las.

— Você está enganada — disse Magnus, com a voz fraca.

Alec o ajudou a se sentar. Ele piscou, os olhos maiores e mais luminosos do que nunca, tão familiares para Alec, e, no entanto, se tornando mais estranhos a cada hora que passava.

— Você está enganada — repetiu Magnus. — Essas assim chamadas ligações sentimentais... é delas que vem a força. É daí que vem o verdadeiro poder.

— Fico espantada — disse Shinyun — por você achar isso, mesmo depois de viver quatrocentos anos. Depois de ter sobrevivido a tantas pessoas. Sabendo que sobreviverá a todos *eles*. — Ela apontou os Caçadores de Sombras.

— Não nesse ritmo — replicou Magnus, em tom tranquilo, passando a mão carinhosamente pela frente do corpo, como se verificasse se todos os seus órgãos ainda estavam do lado de dentro.

Shinyun o ignorou.

— Você sabe que o tempo é uma piada cruel, que em algum momento ele tira tudo de nós. O tempo é a máquina que transforma amor em dor.

— Mas o trajeto é sempre muito divertido — murmurou Magnus. Ele balançou a cabeça. — Você pode até falar bonito, mas isso não faz com que suas palavras sejam a mais pura verdade.

Shinyun suspirou.

— Eu não vim até aqui para discutir filosofia com você, Magnus.

— Imaginei que não. Presumo que você tenha vindo até aqui para nos provocar e nos passar um sermão.

— Não — falou Shinyun, com reprovação na voz. — Vim lhes dizer onde podem encontrar seu amigo Simon.

— Por que diabo — disse Magnus — você faria isso?

Ao recobrar os sentidos, ele ficara envergonhado por ter caído em algum tipo de transe. A lembrança do sonho já estava se esvaindo da mente, e ele só conseguia se lembrar de pequenos lampejos: as pernas de Raphael Santiago balançando do balcão da cozinha. Max estendendo os braços para facilitar Alec na hora de vestir a camiseta. Rastros de sangue no tapete.

— Não preciso me explicar para você — disse Shinyun.

Alec cruzou os braços.

— Então vai entender por que não podemos confiar em nada do que nos diga.

— Você confiaria em alguma coisa que *nós* contássemos a *você*? — acrescentou Magnus.

— Eu confiaria — afirmou Shinyun —, porque vocês são tão sofrivelmente desprovidos de malícia, que acham que me dizer a verdade de alguma forma me conquistaria. Como se eu não tivesse escolha senão respeitar sua integridade e seus princípios moralmente elevados.

— Ah — disse Magnus —, você sabe que, secretamente, respeita minha integridade e meus princípios moralmente elevados.

Shinyun soltou um gemido longo e irritadiço, um som estranhamente expressivo em comparação ao seu rosto imóvel.

— Querem saber onde seu amigo está ou não?

— Não, a não ser que nos diga por que está oferecendo ajuda — falou Jace.

— Porque estou irritada — respondeu Shinyun casualmente.

— Irritada com a gente? Irritada com Simon? — disse Magnus.

— Irritada com Samael. Durante meses todo momento tem sido dedicado ao grandioso plano dele, a recompensa máxima por todo trabalho que ele fez, de todo o trabalho que *eu* fiz, e então vocês aparecem e ele fica completamente distraído por causa de um ranço idiota.

— Está falando de *Simon*? — disse Clary, chocada. — Então Samael pegou Simon assim que passamos pelo Portal? O que Samael está *fazendo* com ele?

— E por que Simon? — indagou Alec.

— Os dois *com certeza* não se conheciam até então — disse Jace. — Eu sei que Simon frequenta umas festas estranhas no Brooklyn, mas, mesmo assim, é impossível. — Ele olhou para Clary. — É impossível, né?

Shinyun ergueu as mãos.

— Ragnor e eu estamos fazendo o possível para implementar as tramoias de Samael para a invasão ao mundo humano, correndo por esta fossa úmida como lunáticos, dando ordens a demônios que *não* são os subordinados mais obedientes...

— Sim, sim, é difícil encontrar ajuda decente ultimamente — concordou Magnus apressado. Ele ficou de pé, testando as pernas. Estava até equilibrado; parecia que já havia se recuperado da descarga de magia que liberara ao descerem até a catedral. Recarregado pelo ferrão? Não tinha como saber. — O que o Pai dos Demônios está fazendo com Simon e por quê?

— Ele se fechou em alguma câmara de tortura aleatória para atormentar um Caçador de Sombras que não representa nenhuma ameaça direta a ele. É ridículo. Precisa parar.

— De acordo — falou Clary imediatamente. — Aponte o caminho.

— Então você vai nos guiar para salvar Simon — disse Alec, certificando-se de que estava entendendo direitinho — para que Samael pare de se distrair e volte à tarefa de destruir o mundo...?

— Isso — respondeu Shinyun. — É pegar ou largar.

— Espere — disse Magnus. — Preciso perguntar uma coisa primeiro.

Shinyun inclinou a cabeça um pouco para o lado.

— Ah?

Magnus odiava ter de perguntar a Shinyun sobre seu estado, toda aquela coisa ferroada, sobre sua situação. Não tinha motivo para acreditar nas respostas dela, para começo de conversa. E ela faria daquilo uma oportunidade para passar um sermão nele outra vez. Mas Magnus não entendia o que estava acontecendo consigo, e por trás daquela incompreensão espreitava o medo.

— Você disse que eu estava sofrendo com a ferroada — disse ele —, mas isso não é verdade. Estou ficando mais forte. Minha magia está ficando mais poderosa. Não entendo.

— Não entende? — perguntou Shinyun.

Magnus continuou:

— Eu não entendo por que, sem uma terceira ferroada, eu vou morrer. Se algum dia houve um pingo de misericórdia dentro de você — suplicou ele —, então, por favor, explique. Para que eu pelo menos saiba o que vai acontecer. Eu vou ficar subitamente fraco? Vou definhar?

— Não — respondeu Shinyun. — Vai apenas absorver mais e mais do poder do ferrão sem estar completamente unido ao mestre dele. Sua magia vai ficar mais forte, mais selvagem, e cada vez menos sob seu controle, e você vai se tornar um perigo para si e para as pessoas ao seu redor. Se elas não o abandonarem, na certa morrerão.

Magnus a encarou.

— Então vou me sentir cada vez melhor — disse ele. — Até que vou subitamente me sentir muito pior?

— Não — falou Shinyun. — Até que subitamente não vai sentir nada. É *por isso* que todo mundo pede pela terceira ferroada. A escolha é não ter escolha. Agora, vamos buscar seu amigo?

Um brilho surgiu do peito dela, do mesmo vermelho da magia de Magnus. Com a habilidade de um artista pintando uma linha, ela desenhou um Portal no ar com o dedo indicador. Ele se abriu em uma câmara de espinhos pretos de obsidiana. Nos fundos, uma poça de algo vermelho borbulhava.

— Hum — falou Shinyun. Ela gesticulou com o dedo, e a vista do Portal mudou. Agora estavam olhando para uma imensa placa de pedra branca acoplada a uma gigantesca pedra de moinho. — Esse também não. — Ela gesticulou repetidas vezes, fazendo passarem destinos diferentes.

— Inferno de Moinhos de Ferro... Inferno dos Ruídos Estridentes... Inferno da Estripação... Inferno do Vapor... Inferno da Montanha de Gelo... Inferno da Montanha de Fogo...

— Muitos infernos, hein? — zombou Magnus.

— Podemos andar logo com isso? — perguntou Alec.

Shinyun deu a eles um olhar desapontado e continuou a zapear entre os destinos.

— Inferno de Vermes, Inferno de Larvas, Inferno de Areia Fervente, Inferno de Óleo Fervente, Inferno de Sopa Fervente com Bolinhos Humanos, Inferno de Chá Fervente com Coadores de Chá Humanos, Inferno de Pequenos Insetos que Picam, Inferno de Grandes Insetos que Picam, Inferno de Lobos Devoradores, Inferno do Pisoteamento por Cavalos, Inferno do Estripamento por Bois, Inferno dos Patos que Bicam até a Morte...

— Qual era esse último? — indagou Jace. Shinyun o ignorou.

— Inferno de Pilões e Almofarizes, Inferno da Esfoladura, Inferno das Tesouras, Inferno dos Atiçadores Vermelho-Incandescentes, Inferno dos Atiçadores Branco-Incandescentes, ah! Cá estamos. — Através do Portal parecia haver uma caverna de calcário, densa com estalactites e estalagmites, uma bocarra de presas. Correntes de ferro soltas estavam espalhadas pelo chão como um ninho de cobras adormecidas.

— Qual é o nome desse? — questionou Alec.

— Não faço ideia — respondeu Shinyun. — Inferno do Desperdício de Tempo Torturando Alguém Desimportante. Passem antes que eu me arrependa disso.

Eles mantiveram as armas em punho e passaram em fila única pelo Portal, para dentro da caverna.

O interior da catedral era úmido e almiscarado, mas frio. Já a caverna era escaldante de quente, e seca como o interior de um forno. Magnus seguiu Alec, Jace e Clary conforme eles foram percorrendo com cuidado pelas estalagmites que se projetavam em direção a uma área aberta ali perto. Ele reparou, para sua leve surpresa, que Shinyun os seguira pelo Portal e estava um pouco mais para trás.

Depois de uma curta caminhada, Samael surgiu no campo visual deles, caminhando de um lado a outro, as mãos para trás como se estivesse pensando com afinco. Magnus olhou em volta, mas levou um momento até perceber...

— Simon — sussurrou Clary, a voz um filete seco.

No centro da clareira, Simon estava pendurado, braços e pernas abertos. Os pulsos presos por correntes de ferro que se estendiam até o teto da caverna, seus tornozelos presos de maneira semelhante a grandes ferrolhos enterrados no chão. Somente quando Magnus se aproximou, foi que notou que estar acorrentado de ponta-cabeça era o menor dos problemas de Simon.

Havia uma dúzia de lâminas afiadas em torno dele, pairando. Elas giravam e se movimentavam, às vezes aleatoriamente, às vezes formando um padrão, obviamente operando sob a vontade de Samael.

Simon já tinha vários cortes no corpo, e enquanto eles assistiam, uma das lâminas avançou em velocidade tremenda e cortou o braço dele. Ele se encolheu, fechou os olhos num reflexo, mas Magnus não deixou de notar que ele estava usando de toda sua energia para se manter muito, muito imóvel conforme as outras lâminas dançavam a centímetros de seu corpo.

Além de toda a tensão, Simon já devia estar sentindo uma baita dor, mas estava calado, a mandíbula trincada, mesmo enquanto sangue escorria por sua pele. Ele arregalou os olhos quando Clary gritou: agora ele encarava os amigos, de forma quase vidrada, como se temesse que eles pudessem ser um sonho.

Samael se virou e se espantou, mas como se tudo aquilo fosse uma surpresa agradável.

— Vocês estão fazendo o tour completo pelo lugar, não é? — disse ele. — Sei lá, eu gosto de algumas partes, mas Yanluo e eu temos uma sensibilidade decorativa *muito* diferente. Por sorte, esta é apenas uma situação temporária até eu me mudar para o seu mundo e tomá-lo meu mundo.

Clary avançou contra Samael; Jace segurou o braço dela, puxando-a. A ferocidade era nítida na expressão dela.

— O que está fazendo com Simon? — rosnou ela. — O que ele *algum dia* fez contra você? Você nem mesmo o conhecia.

Samael deu uma risada sincera.

— Que pergunta! Não, este cavalheiro e eu não nos conhecíamos, de fato, até então. Eu reparei quando ele passou pelo Portal temporário que meus feiticeiros abriram no Mercado do Sol e fiz com que ele fosse trazido até aqui.

Porque, vejam bem, eu sei coisas *a respeito* dele. Sei muita coisa a respeito dele. Estamos apenas começando a nos conhecer agora.

Clary gritou:

— Simon, você está bem?

Sem mudar o tom de voz, Samael falou:

— Simon, se você responder a ela, vou arrancar seu olho.

Simon, sabiamente, permaneceu calado, e Magnus percebeu que Samael realmente estava só começando. Porém cortar Simon pouco a pouco e ameaçá-lo com facas mágicas giratórias não era o método de tortura de Samael. Era só um aperitivo. Uma entradinha. Aquilo era Diyu. Ele poderia cortar Simon por um bom tempo antes de passar a coisas piores.

Samael fez uma careta para Simon, e Magnus ficou surpreso ante o olhar de ódio puro e genuíno que percorreu o rosto do outro. Magnus tinha começado a se perguntar se Samael estaria tão longe de se assemelhar a uma pessoa, que estaria mais comparável a Raziel — uma força de vontade para além de compreensão, incapaz de emoções humanas como rancor ou desprezo. Ele tinha achado que talvez Samael fosse menos demônio e mais como um padrão meteorológico, ou um deus, monumental demais e sobrenatural demais para ser compreendido.

Mas agora ele percebia estar enganado. Samael era, de todos os jeitos possíveis, um tanto capaz do ódio humano. Em cada faceta de sua expressão, ele odiava Simon.

— Sei que ele nem sempre foi dos Nephilim — disse Samael. — Sei que nasceu um mero mundano, mas então veio a se tornar um dos Filhos da Noite. E, naquela forma, ele cometeu o maior dos crimes.

"Ele abateu Lilith, Primeira de Todos os Demônios, Senhora do Edom, e o único amor que já conheci em toda minha longa existência."

Clary arquejou.

Alec soltou um "Oh" bem baixinho.

Com um floreio, uma das lâminas traçou uma linha vermelha na barriga de Simon. Clary estremeceu com violência. Magnus estava terrivelmente impressionado com a habilidade de Simon de não gritar. Magnus tinha certeza de que, caso estivesse naquela posição, estaria aos berros.

— Não sei como um mero vampiro foi capaz de vencê-la — prosseguiu Samael. — Se eu tivesse ouvido a história de qualquer um que não a própria Senhora, jamais teria acreditado. Mas foi ela mesma quem me contou. Eu estava tão perto, tão perto de retornar. Eu estava me libertando do Vazio, buscando alguém que me encontrasse um mundo que eu pudesse governar.

Então, perfurando mundos, ouvi o grito de ódio de minha amada. A fúria dela poderia ter alimentado um universo — Ele parecia admirado. — Ela gritou que tinha sido abatida. Estava se esvaindo. Ficaria fora do mundo durante eras. A força do ódio dela me reviveu, fez com que eu saísse do Vazio para estes mundos materiais, onde as coisas têm forma e significado. Eu, de novo, tinha um corpo vivo, e fiz duas promessas.

Magnus estava prestando atenção, mas observava Simon, que acompanhava Samael com o olhar.

— A dor e o ódio foram responsáveis por me tirar da escuridão — prosseguiu Samael. — Eu só queria estar com Lilith de novo, mas, ironia das ironias, foi devido à morte dela que eu pude retornar.

— Não creio que você esteja usando "ironia" corretamente — falou Magnus. — Bem, talvez ironia situacional.

Alec lançou um olhar para ele. Mas Samael estava concentrado e sequer estava prestando atenção a eles.

— Minha primeira promessa foi terminar o que comecei; fazer chover fogo e veneno na Terra, liderar os exércitos de demônios aos quais este universo pertence por direito. Minha segunda promessa foi ver o assassino de Lilith derrotado, e vê-lo sofrer pelo que ele fez.

Simon falou com a voz embargada.

— Não foi minha intenção...

Samael interrompeu.

— Não estou surpreso que este aqui esteja tagarelando para se livrar da punição, mas, sinceramente, pensei que ele teria argumento melhor do que "não tive a intenção de derrotar a mãe de todos os demônios, foi um acidente". Vai ver ela tropeçou e o coração dela caiu direto na ponta de sua lâmina, não é mesmo?

— Na verdade, foi bem isso mesmo — interveio Clary. — *Não foi* culpa de Simon. Foi minha culpa, se é que houve um culpado.

Samael revirou os olhos. Antes que ele pudesse falar novamente, Shinyun interrompeu.

— Meu senhor, Samael — disse ela. — Respeito sua necessidade de obter um desfecho, mas isto me parece uma tarefa pequena demais para alguém de sua estatura e importância. Temos uma guerra para planejar, tropas para reunir.

— Teremos muito tempo para tudo isso — falou Samael, acenando para dispensá-la. — Depois que eu estiver satisfeito com a dor desta criatura.

— Não vai se satisfazer — disse Simon. — Em algum momento serei esmagado até virar uma maçaroca, e então o quê? Ainda assim você não terá sua namorada de volta.

— Por que não abandoná-lo para que apenas vire pó junto ao restante deles, quando nossas hordas inundarem a Terra com sangue? — disse Shinyun. Ela parecia frustrada. — Se quiser punir individualmente todo mundo que fez alguma coisa ruim contra alguém que você conhece, vai levar muito tempo. Tempo que não temos.

Samael suspirou.

— Shinyun, você sabe que a tenho em alta estima. Você é muito boa em organizar forças demoníacas, e me trouxe Ragnor Fell. Tem uma ótima ética profissional, e parece realmente gostar do seu trabalho. Mas você não entende. Não é capaz de entender. Apenas Lilith, talvez, entenderia, e espero que em algum lugar, de alguma forma, ela veja o que está acontecendo e esteja sorrindo. — A expressão dele se tornou sonhadora. — Sinto tanta falta do sorriso dela. E daquelas cobras que tinha no lugar dos olhos. Elas sempre gostaram de mim.

— Sim, meu mestre. Vou tentar entender. — Shinyun fechou os olhos em anuência, mas não pareceu feliz.

— Agora — continuou Samael — neutralize Magnus até que eu esteja pronto para ele, e entregue os outros aos tribunais de Diyu para que sejam processados.

— Achei que você iria nos deixar perambular por aí até morrermos de fome — disse Alec.

— Eu ia — respondeu Samael —, mas, aparentemente, membros de minha equipe decidiram que teríamos de nos encontrar durante seu período de inanição e perambulação. Era muito boa a ideia de se pensar em vocês de vez em quando, morrendo sozinhos perto de uma rocha sem graça, em um mundo desprovido de estrelas. Essa coisa de ter que falar com vocês tira muito o prazer da coisa toda. — Ele deu de ombros. — Então deixe que Diyu decida qual será o fim de vocês. Que sejam torturados por seus tormentos. Eles são muito bons nisso aqui, quando se consegue que apareçam para trabalhar.

Shinyun se virou para olhar para Magnus e os Caçadores de Sombras. Ela deu de ombros para eles, sutilmente.

— Qual era exatamente seu plano aqui? — sibilou Alec para Shinyun. — Presumi que tivesse alguma coisa melhor do que apenas tentar desconvencê-lo disso. Se ele não daria ouvidos a você, por que daria ouvidos a *nós*?

Shinyun hesitou.

— Achei que ele ficaria constrangido.

— Não acho que ele se seja do tipo que se constrange com facilidade — disse Magnus. — Já viu o chapéu dele?

— Vai nos levar de volta aos tribunais? — falou Jace, e Shinyun pareceu hesitante, mas o que quer que ela fosse dizer se perdeu em um tumulto repentino: o zumbido de magia infernal, como um enxame de abelhas, e o rugir de água.

Antes que Magnus pudesse ver o que causara tal comoção, uma longa língua de chamas alaranjadas, precisa como o voo de uma flecha, surgiu e fez um corte limpo nas correntes de ferro que atavam os tornozelos de Simon. Samael olhou para cima, uma surpresa desagradável florescendo em seu rosto. As facas pararam de girar e ficaram pairando, como se estivessem à espera.

A língua de chamas ressurgiu, libertando os braços de Simon com um corte, e ele desabou com um estampido feio no chão. Saiu rolando para o lado do jeito que deu, considerando que suas mãos ainda estavam acorrentadas, e Magnus ficou aliviado ao ver que ele ainda estava consciente.

Clary e Jace correram para Simon, e Magnus começou a reunir sua magia nas mãos — ele nem mesmo sabia com que propósito —, mas Alec ficou parado ali, embasbacado, olhando para cima com uma expressão de total espanto.

Por um Portal de nuvens de tempestade e chuva surgira Isabelle. Ela carregava um chicote incandescente e montava nas costas de um tigre. Um tigre muito *grande*, até mesmo para os padrões da espécie.

Magnus tinha de admitir que até mesmo ele estava surpreso.

A chama alaranjada viera de Isabelle: enquanto Magnus observava, ela recuou e açoitou de novo com o chicote, a extensão da arma queimando.

Isabelle soltou um grito de guerra quando o tigre gigantesco aterrissou na clareira e deu um rugido que chacoalhou as fundações da caverna. Ela desceu do tigre e correu até onde Simon estava ajoelhado, Clary ao lado dele. Ela imediatamente se juntou a Clary para tentar libertar os pulsos e os tornozelos de Simon das correntes.

Então outra figura desceu saltando do Portal, e ao passo que Magnus achava que "Isabelle Lightwood montada em um tigre" seria a coisa mais surpreendente que veria naquele dia, agora ele tinha de admitir que a cena ficara em segundo lugar.

Encharcado até os ossos, com os cabelos e roupas grudados ao corpo, Ke Yi Tian aterrissou agachado no chão. Ele se endireitou e correu diretamente para Shinyun, agitando a lâmina de diamante do dardo de cordas em um círculo pequeno conforme corria. O brilho do *adamas* era uma visão estranha naquele lugar escuro, mas Magnus achou estranhamente inspirador, mesmo que ainda não entendesse o que estava acontecendo.

Shinyun ergueu as mãos quase no último segundo, e o dardo de Tian foi desviado, quicando numa barreira visível de fumaça carmesim cuja cor já era muito familiar a Magnus.

Samael tinha recuado um passo. Magnus presumira que ele começaria a lutar em breve, mas continuava hesitante. Ele estava observando o tigre, reparou Magnus. Samael se virou para dizer algo a Shinyun, então, com um dedo, desenhou um Portal no ar. O Portal reluziu sombriamente, como se absorvesse toda a luz ao redor, muito diferente dos Portais abertos por feiticeiros, que Magnus estava acostumado a ver. Com um último olhar para o tigre, Samael passou pelo Portal, mas este não se fechou atrás dele. Em vez disso, uma torrente de demônios de esqueletos guerreiros Baigujing começou a sair dali.

Clary e Isabelle estavam despreparadas para começar a lutar assim, sem mais nem menos, pois estavam ocupadas libertando Simon, mas o restante do grupo reagiu instintivamente, sacando armas e se preparando para a batalha. Jace subiu em uma rocha próxima, a lança em punho, e então saltou bem em cima do esqueleto mais próximo. Ambos desabaram no chão e rolaram, mas Magnus não conseguia se concentrar no que estava acontecendo ali. Tian tinha começado a golpear os esqueletos com o dardo de corda, e Alec também entrara na luta, sua espada brilhando.

Um novo esqueleto ainda surgia do Portal a cada poucos segundos, então Magnus correu até lá, desenhando insígnias vermelhas no ar com os dedos conforme avançava. Ele chegou ao Portal e começou a desfazê-lo freneticamente.

Por sorte, um Portal feito por Samael não era muito diferente de um Portal feito por qualquer outra pessoa. Em um minuto, mais ou menos, ele encerrara a magia e fechara o Portal.

Em meio a Tian, Alec e Jace, os últimos poucos esqueletos foram rapidamente derrotados. O tigre até mesmo derrubou alguns que chegaram perto demais, mas em grande parte o animal pareceu contente em deixar todo mundo trabalhar.

Quando o último dos esqueletos se foi, o silêncio recaiu na estranha caverna. Restava apenas Shinyun, com as mãos erguidas, mantendo uma barreira mágica entre ela e o restante do grupo. Tian se aproximou dela, marchando, girando o dardo ao lado do corpo com sede de sangue no olhar.

— Tian — falou Alec, se aproximando dele —, ela não vai nos atacar.

— Não vou — confirmou Shinyun. — No momento, já tenho muitos outros problemas. — Mas ela manteve a barreira erguida.

Clary e Isabelle tinham conseguido libertar Simon do restante dos grilhões, mas isso não queria dizer que ele estava bem. Sangue escorria lentamente dos ferimentos. Nenhum parecia profundo, mas havia muitos. Isabelle estava aninhando a cabeça dele no colo, acariciando seus cabelos, enquanto Clary desenhava uma *iratze* após a outra. Alec ajudava Jace a se levantar; um dos Baigujing tinha lhe acertado um golpe forte antes de ser morto, e o ombro dele estava ensanguentado. Ele estremeceu ao ficar de pé.

— Tudo bem, Tian — falou Magnus, se aproximando deles. — Então você está aliado a Samael ou não? Estou começando a ficar confuso.

— Não estou. — Tian fez um gesto de negação com a cabeça. — E agora ele sabe disso. Estive esperando o momento certo para usar o conhecimento que ganhei, fingindo me aliar a ele. — Ele acenou para Simon. — Eu sabia que se vocês acabassem em Diyu, Simon seria levado. E quando Isabelle foi também... pareceu o momento certo.

— Você *sabia* que Simon seria levado? E deixou acontecer? — Clary não parecia muito propensa a perdoar.

— Você devia saber o que Samael ia fazer com ele. — Isabelle não pareceu muito satisfeita também.

— Eu também tenho *muitas* perguntas para Tian — falou Alec. — Mas talvez devêssemos sair deste inferno aqui primeiro?

— Eu gostaria disso — falou Simon. Isabelle e Clary o estavam ajudando a ficar de pé. Muitos dos ferimentos começavam a se fechar, mas ele ainda estava pálido e parecia em estado de choque. — Foi um dia e tanto.

— Não acabou — falou Jace, sombriamente, apoiado no ombro de Alec. — Acho que meu pé está quebrado.

Alec pegou a estela dele.

Shinyun falou, abruptamente:

— Fui convocada. Vou falar com meu mestre, tentar fazer com que volte para o caminho certo. — Ela olhou ao redor. — Por que vocês dificultam tudo? — ralhou ela, como se para si, e então sumiu na escuridão da caverna.

Alec, depois de desenhar uma Marca em Jace — a fratura estava feia, resistia às *iratzes* como uma mãozinha teimosa —, guardou a estela e olhou em volta.

— Muito bem — disse ele. — Qual é a história do tigre? — O tigre, que não parecia nada interessado no que acontecia agora que Samael e os demônios tinham partido, estava deitado e lambia a pata da frente com a imensa língua cor-de-rosa.

— Ah! — Tian se voltou até o tigre e se abaixou. — Obrigado, Hu Shen — disse ele, em mandarim. — Os Nephilim de Xangai lhe devem um favor.

Hu Shen bocejou e se espreguiçou, então ficou de pé. Ele apoiou uma enorme pata no ombro de Tian e olhou para o rapaz por um momento. Então saiu trotando, desaparecendo nas profundezas da caverna, para além de onde eles conseguiam enxergar.

— Uma grandiosa e lendária fada, Hu Shen — falou Tian conforme o observavam ir embora. — Um guia para viajantes perdidos. Às vezes é útil ter boas relações com as fadas.

— Ele vai ficar bem? — perguntou Clary.

Tian olhou para a direção na qual Hu Shen tinha ido.

— Fadas não estão presas às mesmas regras que o restante de nós. E ele está no mundo há muito mais tempo do que a gente. Até mesmo do que você — acrescentou ele, assentindo para Magnus.

Clary tinha se aproximado de Jace e estava falando com ele em voz baixa, obviamente preocupada. Jace estava apoiado sobre um dos pés, irritado, e usando a lança como se fosse uma muleta.

— Eu estou bem — disse ele —, mas pode levar um tempo até estar curado. Não vou conseguir ser muito veloz até lá.

— Chega de esqueletos lutadores por hoje — falou Alec. — Assim espero.

— Vou ficar *bem* em algumas horas — repetiu Jace. Magnus estava se divertindo diante da irritação de Jace por estar ferido, e achou engraçado como ele mudou de assunto rapidamente. — Qual arma você estava usando? — perguntou Jace a Isabelle.

— Chicote de chamas — disse Isabelle, alegremente. Jace estendeu a mão e ela deu um tapa para afastá-lo. — Ora, não *toque* nele — brigou Isabelle.

— Está quente.

— Acho que precisamos de um tempo para descansar e curar nossos pés quebrados. E trocar informações — disse Magnus. — Principalmente informações sobre o jogo que *você* vem jogando, Tian.

Tian teve a cortesia de parecer desgostoso.

— Sinto muito. Vou explicar.

— Ei, gente? — disse Simon. — Hora de ir? Eu gostaria muito de sair daqui. Tipo, a caverna de tortura, sabem?

Magnus achou uma excelente ideia.

— Vou nos levar de volta à catedral — disse ele, agitando os dedos.

Tian ergueu as sobrancelhas.

— Xujiahui? Eu estava me perguntando se vocês chegariam lá.

Magnus assentiu e, com um gesto, abriu um Portal, que brilhou preto, com a mesma luz sobrenatural daquele que o próprio Samael tinha aberto antes. Magnus trocou um olhar com Alec.

— Isso está esquisito — falou Clary, e Simon pareceu hesitante. Mas dava para ver o interior da catedral pela abertura do Portal, e nenhum deles queria ficar na caverna. Não havia nada a se fazer a não ser entrar, e torcer para Diyu e seus mestres dessem uma folguinha. Todos, percebia Magnus, precisavam desesperadamente de um tempo.

16

O penacho da fênix

Eles encontraram a catedral intocada, e montaram acampamento na abside, onde estaria o altar no prédio verdadeiro. Ali, obviamente, não havia altar, apenas uma extensão de mármore branco rachado. Simon, Isabelle, Clary e Jace se agacharam nos degraus de mármore que davam para os bancos, enquanto Tian se acomodou na primeira fileira e Magnus se encostou casualmente contra uma pilastra.

Alec caminhava de um lado a outro pela abside, inquieto e preocupado. Magnus tinha conjurado alimento para eles, e prometera que era seguro para consumo — tigelas simples com arroz temperado com caldo de carne, e água em garrafas térmicas com tampa. O sabor não tinha nada de extraordinário, mas todo mundo comeu avidamente mesmo assim.

Muito embora Alec teria achado mais agradável caso Magnus pudesse ser convencido a comer mais do que umas poucas garfadas. Em vez disso, ele estava olhando para Tian, um brilho de concentração nos olhos verde-dourados.

— Então, Ke Yi Tian — disse ele. — Qual é a história? Com você e Samael?

Com um suspiro, Tian apoiou a tigela vazia dele, assentiu uma vez, e contou sua história.

—- Fui abordado pela primeira vez por Jung Shinyun e Ragnor Fell no Mercado do Sol, há meses. Já havia rumores na Concessão do Submundo sobre esses dois feiticeiros, estrangeiros, que tinham surgido do nada e imediatamente se tornado frequentadores. O Conclave de Xangai se interessou, e como eu conhecia bem a concessão, comecei a ficar de olho neles. Quais mercadores estavam visitando? O que estavam comprando? Eles estavam se encontrando com alguém?

"Pensando bem, acho que estavam vigiando o Mercado propriamente dito, aprendendo de que formas e com qual meticulosidade era vigiado e defendido. Então todos os meus registros cuidadosos das compras deles, de entranhas de pássaros e cristais de quartzo, provavelmente eram irrelevantes. Mas, à época, eram apenas pessoas sob suspeita, recém-chegados nos quais deveríamos ficar de olho."

"Infelizmente, no fim das contas, Jung e Fell estavam de olho em *mim*. E eu fui... descuidado com meu relacionamento com Jinfeng. Tenho sorte de viver em um lugar no qual seres do Submundo e Caçadores de Sombras têm bom relacionamento, e Jinfeng e eu temos sorte o suficiente por ambas as nossas famílias aprovarem o relacionamento. Então a situação sobre a qual eu deveria estar vigilante, fui descuidado. Fiquei vulnerável."

"Um dia, no Mercado, eles me encurralaram num canto escuro. Disseram saber sobre meu relacionamento com Jinfeng, e que poderiam me colocar numa bela encrenca por isso. Eu disse a eles que minha família sabia, que o Conclave de Xangai me apoiava. Mas então eles falaram da Tropa."

Alec conhecia bem a Tropa. Em meio à Clave, havia um pequeno número de Caçadores de Sombras que não apenas achava que a Paz Fria era uma boa política, como também acreditava que era o primeiro passo para o retorno da supremacia máxima dos Nephilim sobre todo o Submundo. Mas ao passo que Valentim Morgenstern e seu Círculo costumavam argumentar que os Caçadores de Sombras poderiam ser "purificados" somente por meio de uma guerra contra o Submundo, a Tropa já adotava uma abordagem mais sutil, propondo novas regras para restringir os direitos dos seres do Submundo, em geral de uma forma bem pequena, pontual. O perigo da Tropa, até onde Alec sabia, não tinha nada a ver com a possibilidade de incitarem uma nova Guerra Mortal, e sim que ganhassem permissão do restante da Clave para realizar as pequenas mudanças desejadas, de modo que os perigos maiores só terminassem notados quando já fosse tarde demais. Por enquanto ainda eram uma pequena facção, mas o pai de Alec sempre ficava de olho neles, e havia uma preocupação crescente de que o grupo estivesse aumentando, ainda que lentamente.

O relacionamento de Tian e Jinfeng *era* ilegal, de acordo com a Paz Fria, e Alec sabia que a descoberta e exposição dele para o restante da Clave poderia muito bem derrubar não apenas o próprio Tian, mas o controle da família dele sobre o Instituto de Xangai, e, com isso, destruir o cuidadoso equilíbrio que tinha sido alcançado na cidade.

Tian observou a expressão triste no rosto deles e falou:
— Percebo que vocês entendem.

Alec assentiu.
— Continue.

Tian prosseguiu.

A sudoeste de Xangai, a cerca de uns 150 quilômetros, fica a cidade de Hangzhou. Seu Instituto é dirigido pela família Lieu. O marido de quem chefia o Instituto se chama Lieu Julong, e embora ele não seja oficialmente um membro da Tropa, é sabido entre famílias de Caçadores de Sombras da China que ele simpatiza com a causa deles. Também é sabido que a família Lieu aproveitaria qualquer oportunidade para manchar a reputação da família Ke, na esperança de ganhar o controle sobre o Instituto de Xangai.

Shinyun sabia de tudo isso. Ela citou Lieu Julong pelo nome. Disse que minha família seria obrigada a me entregar para a Clave devido a violações da Paz Fria caso quisessem manter o Instituto. Eu disse que eles jamais fariam tal coisa, mas em meu coração eu também sabia que jamais ia permitir que eles perdessem a influência e as posições conquistadas por causa do que eu tinha feito.

Perguntei aos feiticeiros o que queriam de mim. Eles queriam informações — sobre os Institutos da China, as defesas deles, o número de Caçadores de Sombras de cada Conclave, as relações entre os Caçadores de Sombras e o Submundo naquelas cidades, o que estivesse sob minha compreensão. Revelei tudo até onde eu tinha conhecimento. Fiquei dizendo para mim que eu não estava entregando nenhum segredo crucial, que tudo aquilo eles poderiam descobrir sozinhos, mesmo que eu me recusasse a ajudar.

Um mês se passou, talvez dois. Jung e Fell continuaram a visitar frequentemente o Mercado do Sol, e um dia eles me encurralaram mais uma vez. Fui levado a um porão em uma rua desconhecida na concessão, onde haviam montado um tipo de escritório e laboratório.

Assim que vi o quartel-general deles, percebi que estava em grande perigo. Não tentaram me vendar ou esconder seu trabalho de mim. E o trabalho deles era tão terrível quanto vocês poderiam pensar. O que vi num único lampejo lá foi uma violação aos Acordos suficiente para sentenciar os dois feiticeiros a definharem na Cidade do Silêncio pela eternidade. Presumi que tinham me levado até lá para me matar.

Em vez disso, eles me contaram tudo. Que o mestre deles era Samael, Pai dos Demônios, que estavam trabalhando para trazê-lo de volta à Terra para retomar a guerra que fora postergada mil anos antes, quando ele fora derrotado por Miguel. E que agora eu também trabalhava para ele.

Eu não aceitei, é óbvio que não, eu jamais faria aquilo. E eles disseram, você vai, sim, ou contaremos à sua família que você já forneceu informações sobre os Caçadores de Sombras, os números deles, as forças, as fraquezas. Você já é um espião de Samael, disseram. Só não admitiu isso para si ainda.

Magnus estava chocado.

— O penacho no chapéu de Samael — disse ele. — É uma pena de fênix, não é? É de Jinfeng?

Alec não conhecia as minúcias da magia das fadas, mas sabia que ter em seu poder a pena de uma fênix lhe dava poder sobre a dita fênix. Tian balançou a cabeça violentamente.

— Não. *Não.* Eu concordei que não tinha escolha, a não ser fazer o que estavam pedindo. E o pedido seguinte deles *foi* a pena de uma fênix, eles obviamente queriam que eu traísse Jinfeng, para que eu me corrompesse ainda mais. Em vez disso, eu confidenciei a ela, a única pessoa além de vocês que sabe a história toda, e ela me trouxe uma pena de fênix do túmulo de um de seus ancestrais. Eu disse a Jung e Fell que era dela.

Ele olhou em volta.

— Vejam bem, eu achei que poderia tirar vantagem da situação. Tive permissão para entrar em Diyu e comecei a conhecer a disposição daquele mundo, sua estrutura, suas regras. Pensei que pelo menos isso poderia ser útil, caso algum dia eu encontrasse um jeito de sair dessa armadilha.

— *Foi* útil — disse Isabelle. Alec olhou para ela, que o fitou de volta, os olhos escuros límpidos e brilhando. Simon, que estava com a cabeça encostada no ombro dela, sorriu. — Os Jiangshi me levaram para outro tribunal, e tinha um velho lá com um rosto meio derretido...? Ele gritou comigo em mandarim por um tempo, e quando eu não disse nada, ele abriu um painel na parede e me mandou passar.

— Para qual inferno ele mandou você? — perguntou Alec.

— O Inferno dos Silêncios — falou Isabelle.

— Poderia ser pior — comentou Jace. Alec pensou no Inferno de Sopa Fervente com Bolinhos Humanos.

— Era o alto de uma torre, uma pequena plataforma inteiramente cercada por uma queda de trezentos metros até lanças de metal — contou Isabelle, em tom de bate-papo. — Eles me penduraram numa corrente e prenderam um bastão de metal no meu pescoço, com garfos pontudos de cada lado. Um lado cutucava minha garganta, o outro, meu peito, de modo que, se eu falasse, ou sequer assentisse, eu seria empalada dos dois lados. Demônios me vigiavam e riam da minha aflição.

— Oh — disse Jace.

Simon puxou Isabelle ainda mais para si.

Quando Alec conhecera Simon, teria rido incontrolavelmente ante a sugestão de que um dia sua irmã seria capaz de abraçar Simon com tanto afinco, de que aqueles dois um dia encontrariam afeição e conforto um no outro. É evidente que, naquela época, ele também teria rido caso lhe dissessem de que ele e Magnus Bane estariam criando um filho juntos. Todos tinham mudado tanto, em tão pouco tempo.

— Eu só fiquei lá por alguns minutos — prosseguiu Isabelle. — Tian me encontrou. Os demônios que estavam me vigiando deixaram ele se aproximar, e então, hã, um tigre gigante apareceu e matou os demônios.

— Depois que Samael parou de me vigiar, chamei Hu Shen para me ajudar a libertar Isabelle — acrescentou Tian.

— Deve ter sido tão legal — murmurou Simon.

— Eu fiz questão de trazermos o tigre — falou Isabelle. — Eu sabia que você ficaria decepcionado se não o visse.

Simon beijou a bochecha dela, que corou um pouco; enrubescer era algo que não tinha nada a ver com Isabelle, pensou Alec, divertindo-se. Pelo menos na maioria das vezes, de toda forma.

— O restante da história vocês já sabem — falou Tian. — Samael provavelmente planeja passar o dia se lastimando por Diyu, reclamando que o lugar é terrível e dando ordens aos dois feiticeiros dele. E agora ele sabe que também sou um inimigo.

— Acredite — disse Simon, cansado —, quando Samael resolve ser demoníaco, ele não tem problema algum em trazer a maldade à tona.

Alec assentiu. Tinha ficado chocado com o primeiro encontro com Samael; o demônio fora tão amigável e tão pouco ameaçador, mas a visão do rosto de Samael enquanto ele cortava o corpo de Simon lembrara a ele de com quem estava lidando.

— Ele ainda é a coisa mais perigosa aqui.

— Ele também parece nutrir um interesse estranho por você, Magnus — acrescentou Tian. — Creio que seja porque você foi ferroado por Shinyun, mas a mim parece que se ele quisesse mais servos feiticeiros, provavelmente conseguiria encontrar voluntários.

Magnus deu de ombros.

— Acho que é só porque já estou aqui?

— Então Samael está aqui se preparando — falou Clary —, mas para que ele está se preparando? Qual é o plano dele, exatamente?

— Samael não pode entrar na Terra devido às proteções colocadas pelo Arcanjo Miguel há muito tempo — falou Tian. — Até onde sei, ele mandou Jung e Fell trabalharem para encontrar alguma coisa no Livro Branco que o permita burlar essas proteções.

— Isso é possível? — falou Jace. — Tem alguma coisa no Livro Branco que poderia fazer isso?

Todos olharam para Magnus.

— Provavelmente — respondeu Magnus, pesaroso. — Sim. Não é à toa que os Portais na Terra estão falhando. Os servos de Samael andam mexendo com as paredes que mantêm as dimensões separadas.

— Então por que ainda não descobriram uma solução? — quis saber Clary.

Tian pareceu pensativo.

— A mim parece que Samael pensou que Diyu seria uma fonte muito melhor de poder. Costumava ser, com Yanluo; da forma como foi projetado, Diyu é um dínamo que transforma o sofrimento humano em poder demoníaco. Mas o maquinário está quebrado há quase 150 anos. Não só é difícil para Jung e Fell usarem o poder do lugar para alimentar sua magia, como os demônios que costumavam governar Diyu se acostumaram com a liberdade e o caos. O próprio Samael não consegue torturá-los para que tomem jeito. — Ele balançou a cabeça. — Shinyun acha que com poder suficiente dado pelo ferrão, ela poderia comandar a horda inteira de Diyu sob sua coação mágica, mas ela ainda não chegou lá.

— Então temos pouco tempo — falou Alec. — Estamos a salvo aqui?

Tian assentiu.

— Samael não nos considera uma verdadeira ameaça, e ele depende de seus subordinados para manter Diyu sob vigilância. Demônios não gostam de entrar em igrejas, mesmo na Xangai demoníaca.

— Tudo bem — disse Jace. — Então qual é o plano? Descansar e depois ir atrás de Samael?

— Ou ir atrás de Shinyun e Ragnor — sugeriu Clary. Quando notou a expressão de Magnus, falou: — Não podemos deixar que eles descubram como permitir que Samael entre em nosso mundo. Simplesmente não podemos.

— Mas será que tomar o Livro deles impediria os planos de Samael? — falou Simon, hesitante.

Tian fez que não com a cabeça.

— Isso os atrasaria, mas eles encontrariam outra solução, tenho certeza. Tem muita magia sombria no mundo.

— Mesmo assim, não podemos deixar o Livro com eles — disse Clary. — Ou deixar as coisas como estão.

— Tudo bem — falou Alec. — Então onde podemos encontrar o Livro? Ou Samael? *E* Samael, na verdade?

Tian pareceu incerto.

— Ele não tem exatamente uma base aqui. Ele perambula pelo mundo. — Então soltou, num tom meio confessional: — Ele meio que gosta de microgerenciar.

— Então o que fazemos? — indagou Jace, frustrado. — De volta à ponte de ferro? De volta aos tribunais? Vamos exigir ser levados até ele?

— Vamos fazer com que ele venha até a gente — falou Magnus. — Usando a mim como isca.

— *Não* — disse Alec, imediatamente.

— Shinyun tem uma coisa estranha comigo e o ferrão — disse Magnus. — Ela anda me provocando desde que essa coisa toda começou, dizendo que no final eu escolheria receber um terceiro ferimento do Svefnthorn em vez de morrer. Se eu for a algum lugar e fizer muito barulho, exigir falar com Shinyun, ela vai aparecer. E a partir de lá, poderemos chegar a Samael. Ou ele virá até nós.

— *Não* — disse Alec, de novo.

— Pode dar certo! — falou Magnus.

— Magnus — disse Alec —, o que acontece se ela ferroar você de novo? Você vai cair sob o controle de Samael. E então acabou. Para... todo mundo — acrescentou ele, baixinho.

— Ela não vai conseguir — disse Magnus. — Ela não pode fazer isso. Preciso escolher o terceiro ferimento, e não farei isso.

— Mas você vai mentir para ela e dizer que sim — falou Alec.

Magnus até sorriu um pouco, obviamente satisfeito ao ver o quanto Alec o conhecia bem.

— Certo. Então ela provavelmente vai querer fazer algum ritual intrincado com um monte de cantoria, você a conhece. Ela vai acender um milhão de velas. Vai levar uma eternidade. Bastante tempo para vocês atacarem.

O coração de Alec estava descompassado.

— E se ela não fizer? E se não houver tempo?

— Alec — disse Jace, com cautela. — Não creio que tenhamos uma ideia melhor. Magnus está certo. O restante de nós, podemos simplesmente ficar na catedral até morrermos de fome, até onde Samael e os servos dele se importam. Eles não acham que realmente temos condição de abalar o plano deles. Podemos matar alguns demônios, sem dúvida, mas dois feiticeiros ferroados e um príncipe do Inferno? Somos só uns soldados anônimos da infantaria inimiga.

— Ele vai descobrir logo, logo que está muito enganado quanto a isso — falou Isabelle.

— Quero dizer, sim — reiterou Jace. — Uma boa observação de Isabelle. Mas quando Samael conheceu Magnus, ele tentou *recrutá-lo*. Ofereceu a ele o cargo de Shinyun! Magnus é o único que consegue chamar a atenção deles, que pode conseguir se defender se um de nossos três amigos atacar. — Ele assentiu para Simon. — Desculpe, não quis ofender.

— Não estou ofendido — respondeu Simon com um sorriso fraco. — Não estou exatamente cem por cento neste momento.

Alec não sabia o que dizer. Uma coisa terrível passava pela cabeça dele, uma ansiedade que jamais sentira, ou que se permitira sentir. Uma conversa com Max, uma conversa terrível, dizendo que Magnus não voltaria, que agora seriam apenas eles dois dali em diante. *Um plano arriscado, um plano improvável, mas que achávamos que daria certo...*

— Todos ficaremos de olho em Magnus durante a execução do plano — falou Jace. Como sempre, ele conhecia Alec bem o bastante para interpretar a trepidação nos olhos dele. — Ele nunca vai estar em perigo de fato. Já enfrentamos Shinyun, e podemos enfrentar de novo, e Magnus está certo... ele precisaria escolher o ferrão desta vez. Por isso ela não se deu o trabalho de tentar ferroá-lo desde que chegamos a Diyu.

Alec suspirou. Com esforço, optou por colocar a fantasia mórbida em espera e se concentrar no momento diante de si.

— Tudo bem, tudo bem. Eu concordo que é provavelmente nossa melhor aposta.

— Então o que fazemos agora? — falou Clary.

Simon bocejou.

— Não sei vocês, mas eu preciso dormir. Foi um longo dia para mim... dim sum, o Mercado, ser pendurado nas correntes e lacerado com facas mágicas voadoras. Sei que para a maioria de vocês é só mais um dia útil normal, mas estou bem exausto.

— Além disso, os ossos do meu pé precisam calcificar — disse Jace. — E não imagino que você saiba onde poderíamos encontrar armas melhores — acrescentou para Tian.

— Chicote em chamas! — falou Isabelle.

— Mais chicotes em chamas seriam aceitáveis — concedeu Jace —, embora não sejam minha primeira escolha.

Tian falou:

— Na verdade...

No final de um dos transeptos havia uma salinha. Era obviamente uma capela particular na catedral verdadeira, mas ali, obviamente, todos os sinais de práticas religiosas estavam ausentes, então fazia um eco colossal conforme Tian ia guiando Alec, Jace e Clary para o centro. Jace acompanhava dando pulinhos, usando a lança como bengala, mantendo o peso fora do pé. Magnus tinha vindo também, e Alec considerou aquele gesto uma oportunidade para deixar Simon e Isabelle a sós por um tempo, e não porque Magnus de fato se importasse com armas. Alec estava de pé contra a parede e observava com vago interesse enquanto Tian se abaixava até o chão e batia em alguns dos ladrilhos de pedra, prestando atenção ao som. Depois de algumas tentativas em falso, ele levantou cuidadosamente o maior ladrilho do piso, revelando uma câmara emoldurada com madeira. Na câmara havia uma pilha de embrulhos de tecido encerado.

— Não é nada parecido com o que se encontraria na verdadeira catedral — falou Tian, em tom de desculpas —, e eles não têm Marcas, então vai ser possível ferir demônios, mas precisarão matá-los com lâminas serafim. Mas...

Jace fez um ruído de felicidade. Tian começou a recolher os embrulhos da câmara.

Alec disse, baixinho:

— Tian, por que não nos contou que tinha sido forçado a trabalhar para Samael? Você confiou em nós o suficiente para nos contar sobre Jinfeng.

Tian olhou para Alec, surpreso.

— Eu achei que fosse óbvio. Eu sabia que não reprovariam um relacionamento com um ser do Submundo, mas havia sempre a chance de que a conexão entre mim e Samael pudesse chegar aos ouvidos da Clave e de que eles interferissem, e Jinfeng seria prejudicada. Minha família também poderia ser prejudicada.

Clary conteve um riso.

— O que foi? — disse Tian.

— É só que... somos *nós* que escondemos coisas da Clave — disse ela.
— É verdade — falou Alec. — Não somos exatamente conhecidos por manter as autoridades informadas de nossos planos.
— Por exemplo, não contamos ao Conselho que viríamos a Xangai — concordou Clary. — Achei que tivéssemos um entendimento.

Tian pareceu espantado.

— Alec, seu pai é *o Inquisidor*. Acho que eu confiei bastante em vocês, considerando que só os conheci ontem. Uau, o dia de hoje foi longo.

— Ele tem razão — falou Jace. Com o cabo da lança, ele empurrara o tecido de lado, revelando uma espada montante com uma imensa lâmina longa curva, como o cruzamento entre uma cimitarra e um machete. Ele cutucou alegremente a ponta com o pé saudável. — E isto aqui é afiado. Clary? *Dadao?*

Clary pegou a espada montante e foi até a outra ponta da sala, onde repassou alguns movimentos, a trança vermelha chicoteando em torno da cabeça conforme ela girava, fazendo uma série de cortes frontais, terminando com a espada elegantemente para baixo. Ao fim, lançou um sorriso para o grupo.

— Gostei.

Jace a olhava fixamente. Alec deu tapinhas no ombro dele.

— Tem algo de especial em uma garota pequena com uma espada gigante — murmurou Jace.

Clary voltou. Jace fez um esforço visível para não agarrá-la e beijá-la, e em vez disso foi até a pilha de armas aos pés deles.

— É só que me incomoda — disse Alec a Tian. — A desconfiança, os segredos. Os meus, os seus. — Ele franziu as sobrancelhas. — Os Caçadores de Sombras deveriam ser uma instituição sólida, o baluarte entre humanos e demônios, a primeira e última linha de defesa. Mas, em vez disso, estamos cheios de segredos. Eu costumava achar que éramos só eu e meus amigos que escondíamos coisas da Clave, mas sabe o que eu percebi? *Todo mundo* está escondendo coisas da Clave.

— Está dizendo que eu deveria ter confiado mais em vocês? — disse Tian, soando irritado. — Embora eu tivesse acabado de conhecer vocês?

— *Sim* — disse Jace, e tanto Alec quanto Tian se viraram para entender a entonação dele, mas, no fim das contas, ele só acabara de descobrir uma arma, dois bastões de madeira de lei unidos por uma extensão de anéis de ferro. Um dos bastões era claramente um cabo, enquanto o outro era muito mais curto e estava coberto com espinhos curtos de ferro. Ele levantou o rosto para o grupo com alegria. — *Estrela da manhã*.

— Ah, não, isso é *definitivamente* um mangual — falou Clary.

— Deixa eu ficar com esta aqui — disse Jace. — Vai ser bom caso eu precise lutar antes que meu pé melhore de vez. Posso girar isso e manter os demônios afastados.

— Você não é *inútil* em uma batalha com o pé quebrado, sabe — disse Clary. — Você é bom com estratégia e táticas.

Jace balançou a cabeça, sorrindo.

— Todos sabemos que a principal coisa a meu favor é meu físico belo e ágil. Sem isso — acrescentou ele —, quem sou eu?

Clary revirou os olhos.

— Você *é* o cara que descobriu como nos levar para dentro da fortaleza de Sebastian em Edom. Para início de conversa.

— Indubitavelmente — disse Jace —, início de conversa.

Clary sorriu.

— Lembre-se, a coisa mais bela em você é o seu cérebro

Tian observava a interação com divertimento.

— Não acho que você deveria ter confiado mais na gente, aliás — respondeu Alec a ele. — Não mais do que teríamos confiado todos os nossos segredos a você depois de um período tão curto juntos. — Ele suspirou. — É que... está piorando, entre Caçadores de Sombras. Cada vez menos confiança. Cada vez mais segredos. Não sei até que ponto o sistema consegue ser dobrado — acrescentou ele, quase para si —, antes de ceder e quebrar.

Jace encontrou um arco feito de chifre surpreendentemente decente, com pontas curvas redobradas e uma aljava de flechas. Ele ofereceu a Alec, que aceitou, mas disse:

— Vou dar este a Simon. Afinal de contas, estou com Impermanência Preta.

Eles voltaram pelo transepto em direção à nave, os passos ecoando no piso de pedra. Magnus interrompeu o silêncio inesperadamente, a voz baixa e firme.

— Meu pai é um Príncipe do Inferno, Asmodeus — disse ele a Tian.

Tian parou de andar e piscou para ele.

— É algo que acho que você deveria saber... Antes de irmos para a batalha contra Samael. Ele mencionou algumas vezes que sou uma maldição ancestral. E Jem disse que Shinyun estava atrás de Tessa porque ela também é uma maldição ancestral. Isso me faz pensar que, para eles, é importante saber quem é meu pai.

— Ah — respondeu Tian. Ele pensou por um momento. — O que isso significa para nossos planos?

— Não sei — falou Magnus. — Talvez nada. Talvez Samael ache que possa extrair algum tipo de poder de mim. Ou talvez ache que é um tio meu. Eu só... como eu disse, achei que você deveria saber.

Ele começou a andar de novo, e, após uma breve hesitação, o restante do grupo o acompanhou. Alec notou Jace e Clary trocando olhares de preocupação.

— Isso é terrível — falou Tian. — Quero dizer, para você.

Magnus olhou para ele, surpreso.

— Você nunca pediu um Príncipe do Inferno como pai — falou Tian. — E agora isso provavelmente quer dizer que vai ter Demônios Maiores e Príncipes do Inferno enchendo o saco por... bem, para sempre.

— Regularmente — concordou Magnus.

— E o que pode fazer? — perguntou Tian.

— Nada — falou Magnus. — Viver a vida. Proteger minha família.

— Ser protegido por sua família — acrescentou Alec.

— E amigos — finalizou Clary.

Eles caminharam em silêncio mais um pouco.

— Obrigado — disse Tian. — Por ter confiado em mim o suficiente para me contar. Não vou dizer a ninguém.

Eles se viraram na direção da abside, onde Simon estava olhando por uma das janelas, para o nada do lado de fora. Isabelle estava na outra ponta do cômodo.

— Cabe a você decidir se vai precisar contar a mais alguém — disse Magnus. — Decidir em quem *você* confia. É assim que a confiança funciona. — Ele parou. — Além disso, Jem sabe, e ficaria feliz em responder a qualquer pergunta a esse respeito. Ele tem experiência nessa área.

Conforme se aproximaram da abside, ficou óbvio que Isabelle não estava feliz. Ela estava observando Simon, a testa franzida de preocupação. Seus braços permaneciam cruzados com firmeza.

— Izzy? — chamou Clary.

Alec queria ir até Isabelle, seus instintos para proteger a irmã entrando em ação, mas ele ainda estava segurando desajeitadamente o arco e as flechas que tinha encontrado, então foi entregá-los a Simon primeiro. Jace foi junto, algo pelo qual Alec ficou grato. Magnus e Tian ficaram para trás, hesitantes.

— Simon — chamou Alec ao se aproximarem. — Encontrei um arco para você.

— Ótimo — disse Simon, sem se virar. — Uma lembrancinha. Vamos para casa.

Alec e Jace trocaram olhares. Jace falou primeiro.

— Do que está falando, Simon?

— Quero ir para casa — disse Simon. — Vocês deveriam estar desejando a mesma coisa.

— É óbvio que *queremos* ir para casa — respondeu Alec, com cautela. — Mas não podemos ir ainda. Samael ainda está com o Livro Branco, e precisamos...

— Estamos todos juntos de novo — disse Simon, inexpressivamente. — Estamos todos a salvo, por enquanto. Não tem motivo para continuar aqui.

— Não sabemos nem como voltar — falou Alec. — Ainda precisamos encontrar um caminho.

— Então vamos encontrar um — disse Simon, naquele mesmo tom monótono. — Esse deveria ser o plano. Encontrar um jeito de ir embora. E então ir embora. — Ele olhou para Jace com esperança. — Voltar com reforços. Você adora reforços.

— Magnus ainda está em perigo — disse Alec. — Precisamos descobrir como lidar com o Svefnthorn.

— Bem — falou Simon —, talvez fosse mais fácil encontrar uma solução em outro lugar que não fosse *literalmente o Inferno*.

Clary se aproximava com Isabelle. Estava cautelosa.

— Simon — disse ela. — Você está agindo diferente.

— Essa nem mesmo é sua primeira viagem a uma dimensão infernal — observou Jace.

Simon se virou para eles, e Alec esperava ver lágrimas no rosto do outro, dado seu tom ávido para ir embora. Mas não havia lágrimas. Em vez disso, o rosto de Simon queimava com um ódio mal contido.

— É um fardo — disse ele, em voz baixa. — É apostar demais com a vida das pessoas. — Ele não encarava os amigos. — Com a vida de todos vocês.

— Simon... — falou Clary de novo. — Já passamos por tanta coisa e estamos bem. Você foi morto-vivo, foi invulnerável. É uma das únicas pessoas vivas que já viu um anjo, e esteve na presença de dois Príncipes do Inferno diferentes. Você matou Lilith!

— A Marca de Cain matou Lilith — respondeu Simon, em um tom desprovido de emoção. — Eu só estava ali por acaso.

— Ser um Caçador de Sombras... — começou Alec, mas, para sua surpresa, Isabelle o impediu com um olhar de censura.

Simon ergueu a cabeça. Parecia perdido, distante.

— Passamos pelo Portal, apostando que conseguiríamos voltar. Você se entregou aos demônios — acrescentou ele para Isabelle. Seu tom era enojado.

— Estava apostando que conseguiria fugir. Tian fingiu nos trair. Apostando que conseguiria salvar Isabelle quando Samael não o estivesse vigiando.

— Mas no fim deu certo — falou Jace. — Quero dizer, acho que não *sabemos* como voltaremos de Diyu ainda, mas considerando que temos tantos Portais por toda parte...

— São apostas demais — disse Simon. — Não se pode ganhar todas as vezes. Em algum momento, perde-se.

— Mas ainda não — falou Alec.

Simon fez uma expressão de raiva.

— Em maio — disse ele, com a voz trêmula —, vi George Lovelace morrer gritando. Por motivo nenhum. Ele bebeu do Cálice Mortal e queimou e morreu. Ele não era diferente de mim. Não era menos digno de Ascensão. Na verdade, era mais digno do que eu.

Todos permaneceram calados.

— Foi a última lição da Academia — disse ele, baixinho. — Caçadores de Sombras morrem. Eles simplesmente... morrem sem motivo.

— É um trabalho perigoso — falou Jace.

— *George não estava fazendo nada perigoso!* — exclamou Simon. — Ele não morreu em um ato nobre de sacrifício; ele não morreu porque um demônio levou a melhor. Ele morreu porque às vezes Caçadores de Sombras morrem, e não é *por* nada. Simplesmente é assim. Essa foi a lição.

— Isabelle foi salva — disse Alec. — *Você* foi salvo. Tian está bem.

— Desta vez! — Simon gargalhou. — Sim, desta vez deu certo. E quanto à próxima vez? E, a propósito, a próxima vez é *amanhã*. Como vocês conseguem? — disse ele, olhando ao redor, impotente. — Como conseguem se arriscar, e a todos que amam, de novo e de novo?

Isabelle foi até Simon e colocou as mãos nos ombros dele. Ele olhou nos olhos dela, procurando alguma coisa ali. Alec sabia o que ele mesmo diria: que esse era o trabalho deles. Que ser um Caçador de Sombras era uma tarefa honrada e solitária, que ser escolhido para tal propósito era uma dádiva e uma maldição, que o risco era exatamente o motivo pelo qual era tão importante, que ele havia lutado com Simon durante anos, e Simon sem dúvida era obviamente digno de ser um dos Nephilim. Ele pensou em Isabelle, na ferocidade dela, na intensidade, no comprometimento, e esperava que ela fosse dizer algo semelhante ao que ele mesmo diria.

Mas ela não disse. Em vez disso, ela passou os braços em volta de Simon e o abraçou com força.

— Não sei — sussurrou ela. — Não sei. Nem sempre faz sentido, meu amor. Às vezes não faz sentido algum.

Simon soltou um ruído grave e engasgado, e enterrou a cabeça contra o pescoço de Isabelle. Ela o manteve aninhado ali, quietinha e calada.

— Desculpe — disse ele. — Desculpe.

— Ele precisa entender — observou Alec, bem baixinho.

Isabelle assentiu levemente.

— Ele entende — respondeu ela. — Apenas... nos dê um segundo, está bem?

Clary mordeu o lábio.

— Amo você, Simon — disse ela. — Amo vocês dois.

Ela se virou e saiu, e os demais a seguiram: na posição de *parabatai* de Simon, a decisão era de Clary, por mais estranho que aquilo parecesse. Alec ainda ouvia Isabelle murmurando para Simon, até que se afastaram o suficiente para não ouvirem nada mais.

— Isabelle está certa — disse Clary, depois que eles voltaram para a nave. — Simon entende... ele só está magoado. Faz poucos meses que ele perdeu George. — Ela se recostou em uma das paredes de pedra. — Eu gostaria de poder fazer mais. De ser uma *parabatai* melhor. Lutar ao lado de alguém que se ama não exige apenas lutar com mais eficiência. Também exige oferecer apoio quando as coisas dão errado.

— Entendemos exatamente o que você quer dizer — falou Alec, olhando para Jace. — E você é uma boa *parabatai*, Clary. Ver você e Simon juntos...

— É como ver nós dois — disse Jace, apontando ele mesmo e Alec. — Força e beleza. Harmonia perfeita. Habilidade e intuição, perfeitamente combinadas.

Alec ergueu uma sobrancelha.

— Você é a força ou a beleza?

— Acho que todos sabemos a resposta a essa pergunta — brincou Jace.

— Vocês são mesmo um grupo de pessoas muito estranhas — observou Tian.

Jace sorriu. Alec sabia que ele estava tentando aliviar o clima, e tinha conseguido.

— Talvez devêssemos encontrar outro lugar para dormir. Tenho a impressão de ter visto uns bancos maiores no outro transepto.

— Como vamos saber qual é o melhor momento para se acordar? — disse Alec, percebendo. — Não é como se o sol fosse nascer aqui.

Clary se animou, sacando a estela.

— Dê-me o seu braço — pediu ela. Alec o estendeu e Clary rabiscou ali uma forma que ele não conhecia, um círculo irradiando vários braços de extensões diferentes partindo de uma espiral do centro dele. Clary fez uma contagem, baixinho, enquanto desenhava, então falou: — Pronto. Uma coisa na qual andei trabalhando. Marca de Alarme. Vai disparar em sete horas.

— Ou você poderia usar o celular — falou Jace.

Clary deu de ombros.

— Marcas são mais confiáveis. E mais legais.

— A Marca de Aliança ainda é seu melhor trabalho — disse Alec, sorrindo.

— Nem todas elas servem para salvar o mundo — respondeu Clary. — Às vezes você só precisa acordar na hora certa.

— Não, me refiro ao que você disse — falou Alec. — Ela nos permite compartilhar a força um com o outro. Não apenas a força... nossas vulnerabilidades também.

Clary olhou para Magnus e então de novo para Alec. Ela sorriu um pouco, embora estivesse nitidamente preocupada com Simon.

— Bem... fico feliz por ter podido proporcionar isso a você.

Jace pegou a mão dela, puxando-a. Então a abraçou. Clary apoiou a cabeça no ombro dele, que fechou os olhos; Alec sabia o que seu *parabatai* estava sentindo, pois ele mesmo sentia aquilo sempre que estava com Magnus. Aquele espanto interior ante a imensidão do amor, como aquela alegria era tão intensa que quase doía. Jace raramente expunha seus sentimentos, mas não precisava: Alec conseguia enxergá-los no rosto dele. Jace tinha escolhido Clary para amar, assim como Alec tinha escolhido Magnus, e ele a amaria para sempre e com todo o seu coração.

Jace roçou os lábios nos cabelos de Clary e a soltou; ela pegou a mão dele. Com um sorriso torto, Jace articulou, sem emitir som, um "Até mais tarde" para Alec e saiu com Clary para as sombras escuras nas profundezas da catedral.

— Suponho que eu deveria dar boa-noite a vocês também — começou Tian, então se calou. Isabelle e Simon tinham descido os degraus para a nave. Estavam de mãos dadas, e Simon parecia um pouco constrangido.

— Desculpem por aquilo — disse ele.

— Não se preocupe — respondeu Alec. — Como você mesmo disse... Foi um dia e tanto.

Tian e Magnus recuaram um pouco, dando a Alec um instantinho com a irmã e Simon. Alec ficou com a impressão de ter visto marcas recentes de lágrimas no rosto de Simon. Mas aquilo não fazia diminuir seu respeito por Simon; na verdade, pensou ele, talvez agora o respeitasse ainda mais.

Simon olhou para Alec com firmeza.

— Acho que só preciso me acostumar com não ser mais invulnerável. Não é como se o fato de ser um vampiro, ou ter a Marca de Cain, fosse uma festa eterna, mas era uma boa garantia. Isso acabou agora. — Simon aprumou os ombros. — Eu me alistei para lutar. Queria tanto ser um Caçador de Sombras. Então agora sou, e agora eu luto. Seria ótimo se vocês não tivessem que trabalhar constantemente para preservar as coisas e as pessoas que amam, mas... é necessário.

— Isso é ser um Caçador de Sombras — disse Alec.

Simon balançou a cabeça.

— Não, isso é ser uma pessoa. Pelo menos como Caçador de Sombras meu trabalho envolve viagens exóticas e um incrível combate corpo a corpo.

Isabelle o beijou na bochecha.

— Jamais duvide de que você é fera, querido.

— Estão vendo? — disse Simon. — Minha vida é ótima. Minha namorada tem um chicote em chamas! Atesto e dou fé.

— Vocês dois saiam daqui antes que meus instintos fraternos comecem a agir — disse Alec, e os dois foram buscar um lugar reservado para descansar.

Alec olhou em volta e viu Magnus conversando com Tian. Magnus havia retirado Impermanência Branca da bainha, e Tian falava concentradamente enquanto gesticulava para a espada. Curioso, Alec se juntou a eles.

Magnus ergueu os olhos quando o namorado se aproximou, e Alec ficou espantado novamente ao constatar as mudanças nele. Seu rosto parecia mais estreito, as feições mais proeminentes. Os olhos brilhavam de um verde luminoso à penumbra. Havia algo faminto em seu olhar, como um vampiro que não se alimentava fazia tempos.

Alec sabia que aquela fome era pela terceira ferroada do Svefnthorn, e estremeceu. Era fácil comemorar que tinham resgatado Simon, que Tian, na verdade, não era um traidor, que ele havia resgatado Isabelle. Que, ao menos naquele instante, estavam fora de perigo. Era fácil presumir que encontrariam alguma solução para Magnus, um jeito de extrair o ferrão dele, alguma brecha na magia. Mas Simon estava certo: às vezes as coisas davam errado. Às vezes havia sofrimento. Às vezes havia morte. Era tarde demais para Ragnor, para Shinyun, mas e quanto a Magnus?

Tian falou:

— Posso ver sua espada?

Alec deu de ombros e sacou Impermanência Preta. Ele a entregou a Tian, que segurou as duas espadas lado a lado e as examinou.

— Vocês sabem o que estão empunhando? — perguntou ele aos dois.

Alec pensou.

— Gan Jiang e Mo Ye... eles disseram que não eram espadas... eram deuses.

— Obviamente são espadas — falou Magnus. — Alec ficou cortando demônios com isso o dia todo.

— Também disseram que eram chaves — falou Alec.

Tian revirou os olhos.

— Eles gostam de ser enigmáticos, Gan Jiang e Mo Ye. Acho que encaram isso como uma prerrogativa, considerando a idade deles. Não entendo bem essa parte de serem chaves — admitiu Tian. — Mas *são* deuses. Eu queria falar com vocês sobre isso antes... — Ele parou, sem dizer *antes de Samael revelar que eu estava trabalhando para ele*. — Mas se estamos seguindo rumo a um confronto... vocês deveriam saber direito sobre o que elas são. Talvez sejam nossa arma mais forte neste lugar.

— Talvez seja uma pergunta idiota — disse Alec —, mas se são espadas, como também são deuses?

— Os Heibai Wuchang — disse Tian — eram um deus de preto e um deus de branco, e há muito tempo foram responsáveis por escoltar os espíritos dos mortos até Diyu. Há centenas de histórias a respeito deles, da China toda, mas são bem anteriores aos Nephilim, então não sabemos se todas são verdadeiras, sequer sabemos se alguma delas é.

— Todas as histórias são verdadeiras — murmurou Alec consigo, e Magnus ouviu e repuxou a boca em um sorrisinho.

— As fadas dizem que os Heibai Wuchang se cansaram de ser constantemente incomodados por mortais, que não pararam de procurá-los para pedir pela realização de seus desejos mundanos, e eles se retiraram para dentro destas espadas. — Tian balançou a cabeça. — Não sei o que significa o fato de as termos trazido de volta para o lar original delas em Diyu, mas se os ferreiros acharam que era sábio fazer isso, deve ser por um bom motivo.

— Talvez tenham achado que as espadas seriam capazes de ferir Samael? — sugeriu Alec.

— Talvez elas abram uma porta e aí teremos que chutar Samael para dentro dela? — ofereceu Magnus.

Tian falou:

— Não sei. Só achei que vocês deveriam saber o que estão empunhando. *Quem* estão empunhando. — Ele estendeu a espada preta e a entregou de volta a Alec. — Fan Wujiu. Significa: *não há salvação para os pecadores.* — Ele entregou a espada branca a Magnus. — Xie Bi'an: *fiquem em paz todos que seus pecados expiam.*

— Havia certa discordância entre os dois, pelo que estou vendo — falou Magnus.

Mas Tian fez que não com a cabeça.

— Acho que não. Em algumas histórias, eles são considerados um único ser. O que quer que sejam, devem estar em equilíbrio um com o outro.

— Ah, assim como a gente — disse Magnus, dando uma piscadela para Alec.

Alec *pensava* que ele e Magnus estavam em equilíbrio, pelo menos sob circunstâncias normais. Mas isso ainda era verdade? O ferrão tinha invadido o corpo de Magnus, empurrando-o à sua vontade, à vontade de Samael, lembrou-se Alec. Magnus ainda era Magnus, incontestavelmente, mas ele *estava* mudando, e eles não conheciam nenhum jeito de fazê-lo voltar ao normal.

Alec prendeu Impermanência Preta, Fan Wujiu, de volta na bainha e disse a Tian:

— Obrigado. Agora estou preparado para o caso de minha espada subitamente se transformar num cara.

Tian falou:

— Nunca se sabe. — Ele olhou para o espaço aberto da catedral que se estendia atrás deles. — Precisamos descansar. Esta pode ser nossa única chance de fazer isso antes de precisarmos voltar à luta.

— Não vai haver muitos lugares confortáveis aqui para um cochilo — disse Magnus.

Tian disse, em tom de escárnio:

— Somos Caçadores de Sombras. Conseguimos descansar até nas profundezas do Inferno.

Ele desceu os degraus e sumiu mais para dentro da igreja. Alec se virou para Magnus e falou:

— Vamos encontrar um lugar para dormir também?

— Vamos — disse Magnus, com um leve brilho no olho.

Os demais tinham ido para os cantos do andar principal da catedral, ao que parecia, então Magnus guiou Alec escadaria abaixo, até as criptas. Magnus acendeu um globo de luz para guiá-los pelos degraus de pedra até um pequeno cômodo que se destacava do corredor que acompanhava o comprimento da construção. O globo de luz era intenso e escarlate, e seu brilho empalidecia o rosto de Alec, que caminhava ao lado de Magnus, calado e aparentemente perdido nos pensamentos.

Na catedral verdadeira, o cômodo provavelmente era um escritório, mas ali em Diyu era apenas mais uma caixa vazia, com piso de mármore e paredes de pedra brancas.

— Aconchegante — disse Alec. — Acha que consegue conjurar uns cobertores confortáveis?

Magnus levantou uma sobrancelha.

— De onde, exatamente? Peguei o arroz e a água das oferendas aos mortos, mas as opções são escassas aqui para itens de luxo.

Alec deu de ombros.

— O... Inferno dos Cobertores Confortáveis?

Magnus pensou.

— Eu poderia... conjurar um daqueles pássaros de nove cabeças, e nós poderíamos tentar arrancar as plumas deles? Não, provavelmente não teriam um cheiro muito bom. *Espere.*

— O quê?

Magnus deu uma risadinha e conjurou um cobertor do único lugar de Diyu cujo ocupante, ele sabia, certamente priorizaria uma experiência de sono agradável.

Um edredom de brocado vermelho surgiu no cômodo com um estalo, com uma nuvem de fumaça vermelha. Tinha borlas douradas nas pontas.

— É coincidência — disse Alec — que o edredom seja da mesma cor que sua magia?

— Eu... não sei — disse Magnus.

Ele conjurou dois travesseiros também. Alec pareceu satisfeito.

Os dois se acomodaram no chão e se colocaram nas posições de dormir habituais. Que coisa, posições de dormir, pensou Magnus. Elas são estabelecidas no início de um relacionamento, quando ninguém está pensando nisso, e então estão decididas para sempre. Mas agora era verdade: se Magnus estava na cama, contanto que Alec estivesse deitado exatamente à direita dele, era como voltar ao lar, não importava onde fosse.

— Antes de você apagar a luz — disse Alec.

Magnus esperou pelo restante, mas quando não veio, ele disse:

— Sim? O que foi? — Alec parecia hesitante. Magnus estava começando a ficar um pouco alarmado.

— Antes de você ir amanhã... para ser isca.

Magnus piscou algumas vezes.

— Está com dificuldades de concluir o raciocínio?

— Não — falou Alec, parecendo desanimado. — Acho que deveríamos usar a Marca de Aliança.

— Que Marca de Aliança?

— A Marca de Aliança — disse Alec. — A Marca de Aliança de *Clary*. Que permite que um par formado por um Caçador de Sombras e um ser do Submundo compartilhem poder.

Clary tinha inventado a Marca de Aliança três anos antes, na Guerra Mortal, para dar a Caçadores de Sombras e seres do Submundo a habilidade de lutar como uma dupla, compartilhando as habilidades e forças. Magnus se lembrava vividamente da véspera da batalha, anos antes. Ele estava com os nervos à flor da pele, a perspectiva da morte no campo de batalha bem diante de seus olhos, e se sentia pesado com o luto. Tinha dito a um jovem Caçador de Sombras que o amava, mas não sabia o que aquele Caçador de Sombras sentia por ele de verdade, se o relacionamento poderia durar ou se era tão impossível quanto ele temia.

Tinha visto a Marca se formar em sua pele, as linhas e curvas complexas de uma Marca angelical eram algo que ele jamais imaginou um dia carregar.

Mas agora... agora foi a vez de Magnus de dizer:

— *Não*.

— Você não precisa fazer isso sozinho — insistiu Alec. — Deveria levar parte da minha força. Eu deveria levar parte do fardo do ferrão.

— Não temos ideia do que poderia acontecer — disse Magnus. — Do que significaria se você recebesse parte dessa mágica estranha. Está conectada a Samael de alguma forma, e você está cheio de, você sabe, magia de anjo. Você poderia explodir.

Alec piscou.

— Eu provavelmente não *explodiria*.

— Quem sabe o que pode acontecer? Nenhum de nós é exatamente um especialista nesse artefato mágico específico.

— Mesmo assim — protestou Alec, desapontado. — Acho que deveríamos fazer isso. — Quando Magnus não respondeu, ele acrescentou: — Se vou permitir que você se exponha e exija ser atacado, pelo menos me deixe compartilhar parte do fardo.

Magnus encarou Alec.

— Se acontecer alguma coisa comigo — disse ele, a voz muito baixa —, Max vai precisar de você.

— Se colocarmos a Marca e algo der errado — disse Alec —, é só riscar. Vai dar certo.

Magnus suspirou.

— Eu vou ser obrigado a ceder, não é? Porque eu disse "vai dar certo" sobre a coisa de ser isca e você concordou.

— Sim, alguns diriam que este é um argumento válido — reiterou Alec.

Magnus esticou o braço.

— Tudo bem. Por que não fazer mais uma coisa completamente irresponsável antes de encerrar o dia, não é mesmo?

Alec desenhou os traços da Marca com cuidado especial, e Magnus sentiu o mesmo assombro de anos antes, o medo sendo aplacado outra vez. Na véspera da batalha, no meio do turbilhão obscuro de uma estranha cidade infernal: não fazia diferença onde estavam. Lutariam e viveriam e morreriam juntos.

Enquanto Alec terminava a última volta da Marca na própria pele, Magnus o observava com atenção. Depois de um momento, ele disse:

— Como você se sente?

Alec pareceu hesitante. Então levantou o braço e estendeu para que Magnus visse. A Marca de Poder Angelical na parte de dentro de seu antebraço brilhava, uma cor escura, mas definitivamente vermelha.

— Isso é novidade — disse ele.

— Mas afora isso?

Alec aguardou um pouco.

— Nada — respondeu. — Estou bem. — Como experimento, ele desenhou uma Marca de Consciência no mesmo braço, apenas um círculo simples com uma linha. Os dois ficaram observando o desenho por um longo momento, mas não aconteceu nada de extraordinário, a Marca se comportou normalmente.

— Aparentemente está tudo bem — falou Magnus.

— Parece que sim — murmurou Alec. Então se inclinou para beijar Magnus.

Ele retribuiu prontamente, esperando um simples beijo de boa-noite, mas, em vez disso, sentiu os dedos de Alec se enredando em seus cabelos, puxando-o e intensificando o beijo até virar algo muito mais forte, algo selvagem, quase feroz.

O braço de Alec escorregou para baixo e envolveu a cintura de Magnus, puxando-o para que ficasse em cima dele. Magnus gemeu baixinho: sentir o corpo de Alec estendido sob o dele sempre o deixava louco. Ele intensificou o beijo ainda mais, deliciando-se com o roçar da barba por fazer, com a maciez dos lábios; Alec arquejou e agarrou as costas de Magnus, puxando-o o mais perto que conseguiam ficar.

Magnus parou.

— Como está se sentindo? — disse ele, seus lábios roçando nos de Alec.

Alec pensou um pouco.

— Preocupado com você.

— Não — disse Magnus, rolando os dois, de modo que Alec ficasse em cima *dele*. — Quis dizer, como se sente com relação a *isto*?

Ele deslizou a mão para baixo e fez uma coisa que sabia que Alec gostava.

— *Aahh* — disse Alec. — Ah! Hã, com certeza estou interessado *nisso*. Mas ainda estou preocupado com você — acrescentou. Seus lindos olhos encaravam os de Magnus diretamente. — Apenas lembre-se. Você é meu coração, Magnus Bane. Continue inteirinho, por mim.

— Registrado — respondeu Magnus, voltando a fazer a coisa que ele sabia que Alec gostava, e apagou a luz.

17

Heibai Wuchang

Não era uma traição, disse Magnus a si; não de verdade. Mas ele sabia que jamais teria uma chance de fazer o que queria fazer se os Caçadores de Sombras estivessem com ele. Provavelmente poderia ter convencido o grupo a deixar que ele e Alec fossem juntos, mas... por mais que não quisesse admitir, Alec também representaria uma responsabilidade extra naquela situação, ao menos para o que ele tinha em mente.

E Alec jamais o deixaria ir sozinho.

Alec estaria certo, provavelmente.

Mas Magnus sabia o que estava fazendo. Ou, pelo menos, pensava saber o que estava fazendo.

Alec continuava dormindo no breu do escritório da catedral. Tinham se passado talvez umas cinco horas desde que haviam caído no sono, mas quando Magnus acordou, estava se sentindo energizado, descansado, pronto para ir.

Ele iria num pé e voltar no outro antes de Alec sequer notar, disse a si.

Magnus sempre enxergara bem sob baixa iluminação, e nos últimos dias sua visão tinha ficado ainda mais aguçada. Ele não precisava de luz para guiá-lo enquanto se vestia no cômodo escuro, tomando o cuidado de permanecer calado enquanto prendia a fivela do ombro.

Com um gesto, fez surgir uma superfície assombreada diante dele, um espelho brilhante. Naquele vidro escuro, Magnus viu o próprio rosto. Viu a escuridão que se contorcia em seu pescoço e nos olhos. O pior era o brilho afiado dos dentes, a forma como pareciam repuxar seu rosto em um formato completamente novo.

Magnus conhecia uma história mundana sobre um espelho de bruxa que tinha se quebrado em cacos: quando um caco se alojava no coração de uma criança, aquele coração se transformava em gelo. Ele sentia a magia do ferrão girando em seu peito, como se fosse uma chave abrindo uma porta que ele tentara manter fechada. Não precisava olhar para as mãos para saber que as veias estavam ressaltadas em vermelho e preto, ou que as máscaras de correntes estavam ficando mais fortes. Ele conseguia *sentir* a sutil e terrível alteração de seu ser conforme seu sangue mudava.

Precisava fazer *alguma coisa*. Aquilo era relevante.

Antes de ir embora, ele estendeu a mão e gesticulou. Lentamente, sem emitir som, Impermanência Preta se elevou de onde Alec cuidadosamente a repousara horas antes. Com o cuidado de não perturbar Alec nem o edredom, Magnus virou a espada no ar e a fez flutuar até ele. Ele prendeu o fôlego, mas logo Fan Wujiu estava em sua mão. Ele esperou para ver se explodiria; os ferreiros não tinham dito nada sobre precisar ser digno para empunhar as duas espadas ao mesmo tempo.

Nada aconteceu. Talvez a Marca de Aliança, pensou ele, o tornasse capaz de usar a espada de Alec. Talvez as regras fossem mais flexíveis do que algumas fadas tinham explicado. Talvez ambos. Ele voltou a respirar e cuidadosamente colocou Impermanência Preta nas costas, ao lado da gêmea dela.

À porta, virou-se e olhou para Alec novamente. E quando chegou ao alto das escadas que davam para a nave, olhou por um longo tempo para a quietude de Xujiahui. Estavam nas profundezas do Inferno, e aquela catedral era o único vestígio de alguma coisa real. Mesmo assim, Magnus sentiu o sopro da divindade, da fé como uma luz na escuridão. E o sentimento ocupou a caverna da igreja, um santuário até mesmo ali. Talvez o último santuário deles.

Quatrocentos anos antes, Magnus tinha apenas um amigo no mundo: Ragnor Fell. Ragnor o ensinara o significado de ser um feiticeiro: poder, sim, a habilidade de dobrar o espaço e o tempo para seu proveito, sim, mas também a solidão, perigo constante, uma vida errante. Um feiticeiro jamais encontraria uma recepção acolhedora, dissera Ragnor a ele. Nem mesmo os outros seres do Submundo confiariam nele. Caçadores de Sombras o capturariam, torturariam, matariam com impunidade. Vampiros tinham clãs, lobisomens tinham alcateias e fadas tinham cortes, mas um feiticeiro estava sempre sozinho.

Houve uma ocasião em que Magnus se viu na cidade de Leonberg. Magnus não gostava de Leonberg. Tinha visto muito pouco do Sacro Império Romano-Germânico, mas com base em sua experiência ali, já estava pronto para dizer que era profundamente superestimado: o clima era frio e úmido, a comida era pesada e insípida, o povo era desconfiado e provinciano. Ele tinha ido a pedido de um modesto dono de terras que lhe requerera que melhorasse suas colheitas e a fecundidade de seus porcos, por muito mais moedas do que magia tão simples merecia. Magnus cumprira a tarefa em cerca de quinze minutos, e agora estava bebendo cerveja insípida no jardim de um bar insípido. Esse bar tinha uma linda vista da torre da prisão de Leonberg, a qual se assentava como um troll revoltado sob um céu cor de estanho. Ele suspirou, bebeu, sonhou com magias inéditas que um dia lhe permitiriam desaparecer daquele lugar e reaparecer em um local quente e aconchegante, talvez Paris, ou algum lugar no sul da Itália.

Seus devaneios foram interrompidos por uma comoção nos arredores da prisão. Um grupo de locais fardados estava arrastando uma mulher descabelada para fora. Eles a puxaram rumo à lateral do prédio e sumiram de vista. Assim que o fizeram, Magnus reparou que a mulher estava com um feitiço de disfarce, e que por baixo do feitiço a pele era azul.

Ele tomou um gole da cerveja. Sua mão tremeu. Em sua mente, a voz de Ragnor lhe dizia severamente para não se meter, que ele não ganharia nada ao arriscar o próprio bem-estar em prol de um desconhecido.

Bebericou a cerveja novamente.

Em um momento decisivo e abrupto, bateu o copo na mesa, ficou de pé, xingou em voz alta em malaio, francês e árabe e caminhou com determinação até a prisão, para encontrar a feiticeira azul.

Séculos mais tarde, ele ainda se lembrava dos gritos dela, apavorada porque seus cabelos estavam em chamas. Ele começou a correr quando ouviu uma voz masculina declamando seriamente que, pela ordem do Judiciário de Leonberg, a mulher era culpada de feitiçaria e de estar em conluio com demônios, e que, portanto, seria sentenciada à fogueira.

Havia alguns locais presentes, olhando boquiabertos, no entanto, a queima de bruxas já não era mais uma grande novidade naquela região, e o dia estava desagradável. Ninguém abordou Magnus quando ele avançou para a fogueira, que agora salpicava fagulhas alaranjadas bem acima da cabeça da feiticeira azul. Ninguém o deteve quando ele proferiu palavras de proteção mágica, sem saber se elas sequer funcionariam, ou quando ele apoiou uma bota na madeira empilhada crepitante e subiu na pira.

Sua pele podia até estar protegida, mas as roupas se incendiaram imediatamente. Magnus ignorou o desconforto e pegou as cordas que atavam a mulher, dissolvendo-as com faíscas de magia azul. A mulher o encarou e notou seus olhos de gato. Ela ostentava uma expressão de pavor misturada à surpresa quando ele passou os braços ao seu redor e se preparou para saltar da pira.

— Oi — murmurou ele ao ouvido dela. — Quando chegarmos no chão, por favor, comece a rolar para apagar as chamas.

Sem aguardar por uma resposta, ele saltou, levando-a junto. Os dois caíram na lama fria ao lado da fogueira. Ao passo que foi um bom meio para se apagar as chamas, quando eles se levantaram, suas roupas estavam escuras e esfarrapadas, uma consequência que Magnus não previra. Obviamente ele poderia conjurar roupas novas, mas aquele não parecia o tipo de gente receptiva a testemunhar demonstrações de magia.

Os soldados que supervisionavam a execução tinham ficado congelados de assombro até então, mas agora estavam se recuperando e sacando as espadas.

Magnus olhou para a mulher.

— E agora? — gritou ele por cima do rugido do fogo e das exclamações da multidão.

A mulher arregalou os olhos para ele.

— *E agora?* — gritou ela. — Este resgate foi *ideia sua*!

— Eu nunca tinha feito isso! — gritou ele de volta.

— Que tal *corrermos*? — sugeriu a mulher. Magnus a encarou estupidamente por um momento, e ela balançou a cabeça. — Céus, fui resgatada por um idiota! — Ela se virou para a multidão e estendeu as mãos, e então redemoinhos de fumaça azul surgiram de suas palmas, espalhando nuvens espessas rapidamente. Os gritos dos soldados se tornaram mais confusos.

— Sim! Boa ideia! — falou Magnus. A mulher revirou os olhos e correu. Magnus seguiu, perguntando-se com que rapidez conseguiriam encontrar abrigo e se aquele alfaiate em Veneza teria o bastante daquele tecido de brocado para lhe fazer um substituto para seu casaco.

Ragnor se juntou a eles muitas horas depois, em uma taverna na estrada para Tubinga. Àquela altura ambos já tinham providenciado roupas novas e Magnus já sabia algumas coisas a respeito da mulher que resgatara. O nome dela era Catarina Loss; tinha ido a Leonberg para tratar de um surto da praga; fora flagrada dispondo mãos luminosas sobre um paciente e detida imediatamente sob a acusação de praticar bruxaria. Leonberg, explicou ela, adorava uma queima de bruxas.

— Todo lugar na Europa adora uma queima de bruxas — falou Ragnor, irritado. Ele estava com raiva de Magnus, mas também encantado por Catarina, que com rapidez estabeleceu uma relação tão amigável com Ragnor quanto Magnus se abrira ao feiticeiro e à própria Catarina. Infelizmente, o assunto preferido até o momento era a tolice de Magnus ao tentar o resgate.

— Eu salvei sua vida! — protestou ele.

— E que salvamento tão calculado e subestimado foi aquele — disse Ragnor. — Como acha que encontrei vocês? Em poucos minutos a área toda estava fervilhando com boatos sobre um mágico vil que percorreu o céu de Leonberg em uma nuvem preta, voando por chamas e carregando uma bruxa terrível para fora da fogueira que deveria santificá-la.

— Então ficaremos fora do Sacro Império Romano-Germânico por um tempo. — Magnus deu de ombros, sorrindo. — Não vou sentir falta.

— Ele ocupa metade da Europa, Magnus.

— Muito superestimada, a Europa.

Catarina interrompeu a contenda colocando a mão no braço de Magnus.

— Mas obrigada, de verdade. É terrível ser feiticeira nestes tempos.

— Também sou relativamente novo nessa experiência — disse Magnus.

— Mas Ragnor aqui diz que precisamos seguir nossos respectivos caminhos.

— Mas podemos resgatar um ao outro — falou Catarina. — Já que ninguém mais vai nos resgatar. Nenhum outro ser do Submundo, nenhum mundano, e certamente nenhum Caçador de Sombras.

— Que todos apodreçam no inferno — acrescentou Ragnor. Mas sua expressão se suavizou. — Vou pegar mais bebidas para nós. E não sou contra viajarmos juntos, por segurança. Por enquanto. Não costumo ser bom em fazer amigos.

— E, no entanto — disse Magnus —, você foi meu primeiro amigo.

Catarina deu a ele um sorrisinho.

— Talvez eu vire sua amiga também. Alguém precisa impedir que você continue a fazer papel de idiota.

— Apoiado — disse Ragnor, esvaziando o copo. — Você é um idiota.

— Gosto dele — disse Catarina a Ragnor. — Tem algo de honrado em alguém que não foge do perigo, mesmo quando deveria. Alguém que vê sofrimento e sempre escolhe mergulhar nas chamas.

Pela manhã, eram todos amigos. Desde então, o mundo todo tinha mudado, mas a amizade deles continuava.

* * *

O conhecimento de Magnus sobre a geografia de Xangai estava um pouco enferrujado, e ele ficou perdido sob o vazio desprovido de estrelas de Diyu, mas como aparentemente conseguia voar agora, se permitiu pairar acima da cidade invertida até encontrar o que estava procurando.

O templo era pequeno e, como todo o resto em Diyu, estava arruinado. Desde sempre fora uma construção humilde, uma estrutura simples de um cômodo feita de paredes de tijolo manchadas de ocre, o telhado plano e singelo. Na verdadeira Xangai, provavelmente fora construído para uma única família.

Havia uma marca na lateral, uma faixa de tinta preta que parecia familiar. Era o mesmo desenho que fora pichado no moderno complexo de apartamentos até o qual a Marca de Rastreamento os levara na caçada inicial por Ragnor.

Magnus subiu os degraus e olhou pela porta da frente aberta.

O cômodo estava relativamente vazio. Uma lamparina a óleo pendia do teto, iluminando a cadeira de madeira simples na qual Ragnor estava sentado, com raiva, vestindo um roupão em frangalhos fechado por cima da calça. Ele evidentemente estivera esperando por Magnus.

— Você roubou meus cobertores — queixou-se, azedo.

— E uns dois travesseiros — disse Magnus. — Sabe como é difícil encontrar qualquer tipo de têxtil neste lugar?

— Sei muito bem — falou Ragnor. — A não ser que você goste de dormir em velhas tapeçarias endurecidas por manchas de sangue.

Magnus olhou com mais atenção para o cômodo. Havia uma única plataforma em um canto, a qual ele presumia ser a cama de Ragnor antes do furto das roupas de cama. Havia uma pequena mesa de madeira, na qual estava, previsivelmente, o Livro Branco. A cadeira de Ragnor tinha sido posicionada de frente para a porta da entrada, como se aquela espera já durasse horas. Talvez estivesse durando mesmo.

Magnus ficou parado à porta. De fato não tinha planejado muito o que fazer depois daquele encontro inicial.

— Eu jamais adivinharia que você faria isso — disse ele, com cautela. — Que aceitaria a terceira ferroada voluntariamente, quero dizer.

— Sinto decepcioná-lo. — Os olhos de Ragnor brilharam. — Quando chegou a hora, concluí que não queria morrer. E você também não deveria.

— Bem — disse Magnus, olhando ao redor do interior surrado do templo. — Agora que vi as vantagens que vêm com o cargo, como poderia resistir?

Ragnor suspirou.

Magnus não aguentava mais.

— Quando você fingiu sua morte. Em Idris. Você disse que me procuraria — disparou ele. — E depois não procurou. Presumi que...

— Você presumiu que Samael tivesse me capturado — falou Ragnor. — Estava certo, óbvio.

— Presumi que estivesse morto — disse Magnus.

Ragnor deu de ombros.

— Eu poderia estar. Por um tempo, eu poderia muito bem estar morto.

Era tão estranho conversar com Ragnor daquele jeito. Ele parecia... bem, ele parecia *Ragnor*, o primeiro e mais antigo amigo de Magnus, o maior responsável por tornar Magnus quem ele era. No entanto, Magnus também via a estrela de luz vermelha brilhando contra o peito de Ragnor, e sabia que por mais que seu comportamento lhe parecesse rabugento e familiar, ele havia se tornado uma criatura de Samael, talvez irrevogavelmente.

Sua curiosidade era grande demais para não continuar aquela conversa, embora soubesse que talvez não tivesse tempo, que talvez Shinyun ou Samael mesmo agora soubessem que ele estava ali. Mas ele precisava tirar a dúvida. Desvendar aquilo que o consumia havia tanto tempo.

— O que aconteceu? — perguntou.

— Shinyun aconteceu — falou Ragnor. — Sente-se.

Havia outra cadeira de madeira simples ao lado da porta aberta, e Magnus a arrastou e se postou diante de Ragnor, como se o estivesse entrevistando em um *talk show*.

— Samael estava me procurando — disse Ragnor. — Ele ainda era praticamente Vazio, e estava procurando um mundo demoníaco no qual pudesse se tornar corpóreo e fazer seus planos. Meu nome chegou a seus ouvidos.

— Eu me lembro — disse Magnus. — Então você fingiu sua morte durante a Guerra Mortal e fugiu.

— Exato. A maioria das pessoas não acreditou que pudesse ser o verdadeiro Samael de volta, mas Shinyun sim. Ela me encontrou, e me enfiou em uma jaula.

— Uma *jaula*? — disse Magnus.

— Uma jaula — confirmou Ragnor. — Não foi meu momento mais digno. Isso foi antes de Shinyun jurar lealdade a Samael, entende? Mas ela sabia coisas a respeito dele. Sabia como ele fora banido, sabia que ele era capaz de retornar em rompantes breves, fracos. Sabia que ele estivera atrás de mim. Fui a isca que ela pensava ser ideal para atrair a atenção dele. — Ragnor deu um sorriso amargo. — Deu certo.

Magnus se flagrou desconfortavelmente ciente do conceito de "isca" que assumiria para constituir o eixo de seu plano e de seus amigos.

Ragnor prosseguiu.

— Ela me contou como conheceu você e Alec Lightwood, como foi rejeitada por Asmodeus. Como, no fim das contas, você teve pena dela. E em vez de levá-la até o Labirinto Espiral ou deixar que os Nephilim a levassem, Alec a deixou fugir.

Magnus exalou profundamente.

— *Foi* Alec quem a deixou fugir — disse ele —, porque ele é uma pessoa melhor do que quase todo mundo que eu conheço. Ele me contou sobre isso quando voltamos da Itália. Acho que nós dois esperávamos que Shinyun fosse entender aquela piedade como uma oportunidade para repensar suas escolhas. Para pensar em um caminho diferente do que simplesmente buscar a entidade mais poderosa disponível e declarar sua lealdade a ela.

— Bem, não funcionou — disparou Ragnor, de uma forma tão familiar que Magnus quase sorriu. — Shinyun entendeu aquela piedade como uma clara mensagem a respeito do seu poder em relação a ela. Uma zombaria. Que ter a vida dela nas mãos e então deixá-la fugir era brincar com ela. Da forma como um gato brinca com um rato.

— E o que você achou disso? — disse Magnus, baixinho.

Ragnor riu com deboche.

— Achei que você deu a ela um benefício nem um pouco merecido, e o mínimo que ela poderia fazer era demonstrar gratidão. Ela não gostou disso.

— Aposto que não — falou Magnus.

— Quando Lilith morreu, isso tirou Samael do Vazio e o jogou aos braços de Shinyun. De certa forma. Ele ordenou que Shinyun encontrasse o Svefnthorn. E você sabe o que aconteceu depois. — Ragnor se agitou na cadeira. — Shinyun e Samael vieram até mim, juntos, com o ferrão. Antes de Samael me golpear pela primeira vez, ele me disse que aumentaria meu poder, e que eu precisaria daquele poder para encontrar um mundo para ele. Eu me recusei, porque naquela época eu não entendia completamente o poder de Samael e do ferrão, e pensei que houvesse outro caminho que não fosse servir a ele. Não existia, como era de se imaginar.

Magnus não disse nada.

— Ele me atingiu uma segunda vez, desenhando uma cruz grega em meu coração. Senti poder crescer dentro de mim. Foi... uma experiência inebriante. Fiquei brevemente intoxicado com o poder e quebrei as barras de minha jaula. Eu pretendia escapar, mas Samael me impediu. — Ele sorriu, como se estivesse nostálgico com uma lembrança agradável. — Eu deveria saber que não deveria desafiá-lo.

"Shinyun exigiu ser ferroada também. Samael permitiu que ela recebesse o ferrão, mas então explicou como a magia do ferrão funcionava: que ela precisaria de uma terceira ferroada, se tornando, assim, a serva dele para sempre, ou o ferrão consumiria a vida dela. Shinyun pegou o ferrão e aceitou a terceira ferroada sem hesitar."

— E você? — disse Magnus.

— Eu resisti, evidentemente. Eu estava frustrado, e teimoso, ainda não entendia a situação. Depois que entendi, aceitei o ferrão voluntariamente. Não queria morrer, afinal de contas. — Ele deu a Magnus um olhar sério. — Você também não quer morrer, Magnus. Não tem motivo para se martirizar pela causa de anjos só para passar uma mensagem. Somos criaturas de Lilith, afinal de contas, você e eu, e é adequado que sirvamos ao eterno consorte dela.

— Não vou trair Alec — disse Magnus. — Ou Max.

— Não precisa trair *Max* — disse Ragnor, com escárnio. — Ele é filho de Lilith tanto quanto qualquer um de nós. Ele prosperaria na Terra de Samael. Quanto a Alec... bem, esse é seu erro, suponho. Eu já lhe disse há muito tempo, várias vezes, que a vida de um feiticeiro é solitária, e que fingir o contrário só leva a tristeza. E agora aqui está essa tristeza, veio atrás de você como nós dois sempre sabíamos que viria.

Magnus estava calado, observando a brincadeira da luz no piso exposto. Depois de um longo tempo, Ragnor suspirou.

— O restante da história você pode adivinhar. Usei meu poder aumentado, encontrei Diyu para Samael, ele tomou este mundo e começou seus preparativos para a guerra.

— Ragnor. — Magnus se inclinou para a frente. — Mesmo que eu não consiga me salvar... Posso salvar você. Não precisa ficar aqui em Diyu. Não precisa servir a Samael... ou a mais ninguém. Eu posso libertar você. *Eu acho. Talvez.* — Ele se levantou da cadeira e lentamente sacou as duas espadas, Impermanência Branca e Preta, da bainha às costas.

Tinha um palpite. Era um palpite muito vago, mas ele já tinha aceitado embates por menos. Raramente quando o risco era tão alto, no entanto.

Por um segundo temeu que Ragnor o atacasse, mas o outro nem se mexeu.

— Se com isso você quer dizer que pode me matar, acho que vai descobrir que não pode, aqui em Diyu. — A voz de Ragnor era melancólica. — Estou protegido demais por Samael, e este lugar está tomado pelos poderes dele.

— Não vou matar você — disse Magnus, embora tivesse de admitir que se alguém lhe dissesse aquilo enquanto lhe apontava duas espadas, ele provavelmente não acreditaria.

— Mesmo que você pudesse me libertar do ferrão — disse Ragnor —, não pode me *salvar*. Já fiz demais, sob o comando de Samael, para me expiar por isso agora. Nem o Labirinto Espiral nem Idris jamais permitiriam minha liberdade, mesmo que o Arcanjo Miguel descesse e matasse Samael uma segunda vez, diante de meus olhos. — Ele pareceu curioso. — Espero que não fosse *esse* o seu plano.

— Não — disse Magnus. Ele virou as espadas de modo que a parte chata das duas lâminas mirasse em direção ao céu. — Você conhece estas espadas?

— Não conheço — grunhiu Ragnor —, mas aposto que vai me contar sobre elas.

— Esta aqui — avisou Magnus, erguendo a espada preta — diz que não há salvação para os pecadores. Esta aqui — ele estendeu a branca — diz que os que expiam seus pecados ficarão em paz.

— Então elas se contradizem — falou Ragnor. — Isso deveria ter algum significado?

Mas Magnus não estava ouvindo com atenção. Ele sentiu sua magia fluir para dentro e através das espadas, e pensou, *Heibai Wuchang. Mestre Fan, Mestre Xie. Seu lar foi tomado, e a magia do Svefnthorn flui por este lugar, onde jamais deveria estar. Seu rei Yanluo se foi, e não voltará. Mas se tirarem o Svefnthorn deste feiticeiro diante de vocês, vou libertá-los de volta a Diyu, para servir ao mundo como desejarem. Apenas façam essa única coisa por mim.*

Depois de um momento, Ragnor disse, em tom sarcástico:

— Deveria acontecer alguma coisa? Seus olhos estão fechados.

Magnus sentiu as espadas tremerem em suas mãos.

Abriu os olhos. Um brilho tinha se formado em torno das espadas, não a radiação carmesim da magia do ferrão, mas algo completamente diferente, fumaça branca e fumaça preta entrelaçando-se no ar.

As duas espadas desejavam estar juntas. Magnus sentiu a atração entre elas, como ímãs. Ficou observando, fascinado, enquanto elas se transformavam de objetos inertes, inanimados, para coisas móveis, claramente vivas. Como se jamais tivessem sido inanimadas, apenas dormentes.

Magnus esperava que elas não estivessem muito incomodadas por terem sido enfiadas em inúmeros corpos nojentos de demônios nos últimos dias.

Ele soltou os cabos das duas espadas, e elas pairaram no ar, uma em direção a outra, cada uma buscando seu par.

No meio, elas se uniram, lâmina com lâmina, e então começaram a se dobrar e a se retorcer uma em torno da outra. Ragnor estava simplesmente encarando as espadas, um olhar de completo choque. Fez contato visual com Magnus, que, por sua vez, deu de ombros para sinalizar que também não sabia o que estava acontecendo.

Uma luz emanou das espadas, e quando os giros e as torções delas cessaram, Magnus percebeu que onde houvera duas espadas agora havia apenas uma. Ele estava triste por notar que não era, de fato, o dobro do tamanho das outras, mas era impressionante mesmo assim. O cabo inteiro era feito de chifre preto lustroso, a guarda-mão em formato de cruz um entalhe de silhuetas contorcidas que lembravam muito os chifres de Ragnor — os antigos chifres de Ragnor, não as novas monstruosidades afiadas que o espinho tinha feito. A lâmina era de osso, lisa, longa e, Magnus constatava, muito afiada.

Ele só teve tempo de admirar a beleza da espada por um breve momento antes da arma avançar e perfurar Ragnor.

Ragnor foi lançado para trás, seu roupão se abriu. Agora Magnus via a terceira marca do ferrão, uma linha que cortava a "cruz grega" dos dois primeiros ferimentos. A espada tinha mergulhado no centro de convergência das cicatrizes, luz tremeluzindo do local em que o metal entrara na pele.

Magnus se ajoelhou depressa, ao lado de Ragnor. Seu velho amigo não parecia capaz de vê-lo — seus olhos estavam mirando diretamente para a frente, encobertos por uma cegueira branca. Ragnor arqueou as costas e a espada começou a deslizar de modo mais profundo no peito dele, mergulhando lentamente. Uma nuvem acre de névoa vermelha pairou acima do ferimento. Ela se tornou mais densa e mais cheia, e passou a escorrer dos olhos de Ragnor também, e das narinas dele, e da boca aberta.

Magnus se inclinou para trás. Ele não sabia se respirar a névoa mágica era, de fato, um problema, mas achou melhor não arriscar.

A espada penetrou o peito de Ragnor até o cabo, então simplesmente continuou, o cabo também, passando pelo peito como se a superfície fosse água. A névoa vermelha saiu de seu peito com tosses espasmódicas, então a espada sumiu e a névoa se dissipou, e Ragnor ficou imóvel.

Por um momento, houve apenas o som da respiração de Magnus, terrivelmente alta aos seus ouvidos.

Mas Ragnor não estava morto. Seu peito, Magnus viu, estava subindo e baixando. Não muito. Não com intensidade. Mas o suficiente.

Depois do que pareceu um momento muito longo, Ragnor piscou e abriu os olhos. Examinou ao redor até que seu olhar encontrou Magnus, à direita.

— Seu — disse Ragnor — completo idiota.

Magnus inclinou a cabeça, sem saber o que essa afirmação informava sobre o atual estado de Ragnor, se ele ainda estaria mau ou não. Então ele reparou que os chifres do feiticeiro tinham voltado ao tamanho normal. Seus olhos e seus dentes também pareciam mais familiares.

— Você tinha o poder de deuses em suas mãos — falou Ragnor. — Eles falaram comigo. Você poderia ter usado de várias formas contra Samael. E você os *desperdiçou*, dentre tantas coisas, *me* "desferroando".

Magnus gargalhou, incapaz de se segurar. Então se inclinou e puxou Ragnor em um forte abraço de urso.

— Presumo — disse Magnus, depois de um momento — que você está tolerando ser abraçado por tanto tempo porque está tomado pelo amor por mim como seu mais caro amigo e também seu salvador, e não porque está fraco demais para se desvencilhar.

— Pense o que quiser — respondeu Ragnor.

Magnus se afastou e examinou o peito de Ragnor de vários ângulos. As cicatrizes do ferrão tinham, até onde dava para ver, sumido totalmente. Infelizmente, as espadas também.

Ragnor se apoiou nos cotovelos.

— A Impermanência Preta e Branca — disse ele, balançando a cabeça, incrédulo. — Onde, em todos os mundos do universo, você as conseguiu?

— Perdoe-me — disse Magnus — se não lhe contei ainda. É que só tenho setenta e cinco por cento de certeza de que você não está mais sob o domínio de Samael.

Ragnor balançou a cabeça sombriamente.

— Foi a decisão errada, Magnus. Em me salvar. Teria sido melhor usar o poder dos Heibai Wuchang para impedir Samael, ou mesmo para atrasá-lo ou mudar os planos dele. Seria melhor me abandonar aqui. Eu lhe disse, fiz coisas demais pelas quais não posso ser perdoado.

Magnus ergueu as palmas e gesticulou, como se imitasse uma balança.

— Não há salvação para os pecadores. Aqueles que expiam, ficam em paz. Sinto muito, Ragnor, mas os deuses da morte decidiram, e eles dizem: fique em paz.

— Você acredita em tudo o que deuses da morte lhe dizem? — questionou Ragnor, seriamente.

Magnus o ajudou a se levantar.

— Você acha que eles se foram? Será que eu... que eu os gastei?

Ragnor respondeu:

— Não se pode manter um deus preso, Magnus. Eles são Impermanência Preta e Branca. Sabe, impermanência. Depois de um tempo, eles vão recuperar sua forma em Diyu, tenho certeza. — Ragnor olhou ao redor pelo templo, como se tivesse acabado de notar como estava dilapidado e sujo.

— Ragnor — disse Magnus —, roubar o Livro Branco era absolutamente necessário? Samael exigiu?

Ragnor olhou para o Livro na mesa e se espantou, como se tivesse se esquecido de que estava ali. Então se virou de volta para Magnus e soltou uma gargalhada.

— Não. Foi ideia de Shinyun.

As sobrancelhas de Magnus se ergueram.

— Ele *não* quer o Livro?

— Bem, não, ele quer — admitiu Ragnor. — Ele quer que nós usemos para enfraquecer as defesas da Terra, aquelas colocadas após a primeira vez que ele tentou invadir. Para, assim, ele poder entrar novamente. — Ragnor fez uma expressão sarcástica. — Mas Shinyun estava *muito* empenhada na ideia de recuperá-lo.

— Porque ela queria ir me visitar?

— Nem tudo gira em torno de *você*, Magnus — disse Ragnor, seriamente. — Mas sim, Shinyun tem... sentimentos conflitantes quando se trata de você. Mas acho que ela queria o Livro por motivos pessoais. Ela até pode ser o bichinho de estimação preferido de Samael, mas eu a conheço, e ela definitivamente está jogando o próprio jogo, separado do de Samael.

— Foi exatamente o que eu disse! — exclamou Magnus, satisfeito. — Eu disse essas palavras exatas, "jogando o próprio jogo". Então, *qual* jogo? Algum tipo de salvaguarda ante a possibilidade do fracasso dele?

— Montando o palco para o sucesso dela — disse Ragnor. Ele ficou de pé. — Pelas estrelas — disse ele —, não acredito que aceitei este tipo de acomodação só porque estava disposto a servir a Samael. Que lixo.

— Não posso prometer que é mais confortável — disse Magnus —, mas deixe-me levar você de volta a Santo Inácio. Bem, Santo Inácio Invertida. Todos os Caçadores de Sombras estão se abrigando lá.

Ragnor hesitou.

— Imagino que eu deva aceitar o convite — disse ele. — A redenção precisa começar em algum lugar. E Samael não vai simplesmente me deixar voltar para casa. — Ele pareceu um pouco perdido. — Minha casa... — disse. — Não tenho como voltar para lá, de qualquer forma.

— Vamos — falou Magnus. — Podemos discutir seu futuro quando chegarmos lá.

Ragnor pegou o Livro Branco e o colocou nas mãos de Magnus, que aceitou. A sensação não era a de estar finalmente recebendo uma de suas posses de volta; ele sentia apenas como se fosse o fardo derradeiro que faltava sobre seus ombros. Ainda assim, Magnus cuidadosamente encolheu o Livro até um tamanho portátil e o guardou no bolso.

Assim que tomaram o caminho do templo, Magnus notou que Ragnor estava em um estado enfraquecido, caminhando lentamente e pisando com cuidado, como se não tivesse certeza se seus pés o obedeceriam piamente.

Depois de alguns minutos caminhando em silêncio, em meio à escuridão, com Magnus pelo menos relativamente seguro de que estavam seguindo na direção correta, Ragnor falou.

— Magnus, não conheço modo algum de desfazer a ferroada. Agora que as espadas sumiram, não sei como isso poderia ser tirado de você. Ou de Shinyun, para dizer a verdade... não que ela queira que seja removido. Em breve, você ainda será obrigado a escolher se vai querer se juntar a Samael ou morrer.

— Então morrerei — disse Magnus.

— Você não vai morrer — respondeu Ragnor, com um suspiro. — Ninguém escolhe morrer quando há a opção de viver. Você racionaliza. Você justifica.

Magnus não disse nada. O ar morto de Diyu estava diferente agora. Onde antes havia quietude e silêncio opressivo, agora soprava um vento leve. Uma brisa de ruído branco baixinho no silêncio, e o ar desagradavelmente quente em lufadas irregulares em volta do rosto de Magnus. Ragnor reparou também, levantando a cabeça quando sentiu aquilo começar, mas, após um momento, seus olhos baixaram para o chão e ele voltou a andar.

— Então — recomeçou Ragnor —, Max. — Ele pigarreou. — Seu filho.

— O nome dele é uma homenagem ao irmão de Alec — disse Magnus. — O que foi morto por Sebastian.

Ragnor deu a ele um olhar sarcástico.

— Você sabia que Samael apareceu da primeira vez porque estava tentando chegar a Sebastian, filho de Valentim Morgenstern? Lilith sugeriu que Samael o buscasse. Disse que tinham objetivos semelhantes. Enfim, aparentemente, Sebastian estava morto muito antes que Samael pudesse encontrá-lo. Aquilo teria sido interessante.

— "Interessante" é uma forma de descrever — falou Magnus. Então parou. — Ragnor. Uma coisa que aconteceu, e que você provavelmente não sabe... — Ele precisava dizer rápido. — Raphael... ele morreu.

Ragnor parou de andar, e Magnus parou ao seu lado. Em volta dos dois soprava o fraco vento seco de Diyu, com cheiro de ferro e algo queimado.

— O filho de Valentim, Sebastian — disse Magnus. — Ele, hã, ele tomou Edom.

— Ah, eu sei — respondeu Ragnor, as sobrancelhas erguidas. — Ouvi falar disso indefinidamente. Acha que Samael estaria aqui se pudesse estar em Edom? Ele adora aquilo lá. Mas... Raphael.

Magnus respirou fundo.

— Sebastian tinha nós dois como prisioneiros. Ele ordenou que Raphael me matasse. Raphael se recusou. Sebastian o matou. — Ele olhou para Ragnor, que parecia estar passando por todos os estágios do luto de uma só vez, sua expressão estampando rapidamente surpresa, tristeza, ódio, reflexão e então recomeçando o ciclo. — Ele estava pagando uma dívida comigo, foi o que disse. Por ter salvado a vida dele.

Ragnor respirou fundo e se recompôs.

— Toda guerra deixa vítimas — disse ele com amargura. — E se você viver por tempo suficiente, verá amigos demais serem vitimados. Coitado de Raphael. Eu sempre gostei dele.

— Ele sempre gostou de você — confirmou Magnus.

— Eu tenho a sensação — falou Ragnor após um momento de silêncio por parte de ambos, o rugido do vento quente de Diyu o único som no mundo — de que foi bom que Samael não tenha tido a oportunidade de conhecer Sebastian.

— Não sei se eles teriam conseguido colaborar entre si — falou Magnus. — Nenhum dos dois trabalha muito bem em equipe.

— Como você adotou Max?

— É uma longa história que vou lhe contar inteira quando estivermos a salvo e fora deste Inferno.

— Bem, conte a versão curta — disse Ragnor, impaciente. Ele começou a andar de novo, e Magnus o acompanhou.

— Mais um bebê feiticeiro abandonado — começou Magnus, inexpressivo. — Mais um pai horrorizado. Deixaram um bilhete que dizia: "Quem seria capaz de amar isto?"

Ragnor soltou uma risada de desprezo.

— A mais antiga história de feiticeiros.

— Ele foi abandonado na Academia dos Caçadores de Sombras. Eu era professor convidado lá. Acabamos voltando para casa com Max.

— Realmente — disse Ragnor —, esse é o ápice da sua dedicação tola a salvar pessoas.

Magnus deu a ele um olhar de incredulidade.

— Olha só *quem* fala.

— Não que eu não esteja grato — cedeu Ragnor.

— Não foi o que eu quis dizer — explicou Magnus. — Não estou me referindo a *agora*. Eu disse "olha só quem fala" porque centenas de anos atrás você *me* salvou. Seu idiota.

O vento estava ficando mais forte, e, preocupantemente, mais quente. Os dois seguiam ao longo das ruas escuras, para além das cascas vazias de construções que Magnus não conseguia identificar, mas presumia corresponderem a construções em Xangai, mas aqui eram inerentes às sombras e mal era possível distingui-las da paisagem ao redor.

Ragnor falou, rabugento:

— Bem, pelo menos é mais um feiticeiro que vai crescer com pais amorosos. Que sabem sobre o Submundo. — Magnus sabia que, vindo de Ragnor, aquilo era um elogio profuso. — Uma pena a influência dos Caçadores de Sombras, no entanto.

— Ei — disse Magnus. — Eu fui educado pelos Irmãos do Silêncio, você sabe.

— Sim, e veja no que *isso* resultou — falou Ragnor.

Magnus ficou calado por um tempo e os dois continuaram sua caminhada. Mesmo ali no Inferno, havia um companheirismo na jornada ao lado de Ragnor, assim como fora tantas vezes antes. Mesmo com o ferrão queimando em seu peito, mesmo sem um caminho nítido de volta para casa.

— Vou me casar com Alec, sabe — disse ele após um tempo.

Ragnor ergueu as sobrancelhas.

— Quando?

— Não sei. Ainda não. Os Caçadores de Sombras não reconheceriam, mas esperamos que isso mude.

— Como isso mudaria? — falou Ragnor, em tom de desdém.

— Porque nós vamos mudar — respondeu Magnus.

Ragnor negou com a cabeça. Parecia cansado. Magnus suspeitava que, em algum momento, o horror completo do que tinha feito o atingiria em cheio. Naquele momento, ele parecia protegido pelo choque.

— Onde conseguiu sua esperança, não faço ideia. Eu certamente não ensinei isso a você.

— Quando pudermos nos casar e o casamento puder ser reconhecido, então faremos — disse Magnus. — Somente então. Quando puderem legalizar meu casamento com Alec. E o casamento de Tian com Jinfeng.

— E o de Shinyun com Samael — disse Ragnor em tom sarcástico, e Magnus segurou uma gargalhada, até que viraram na esquina seguinte e a risada se calou.

Diante deles estava Santo Inácio, sob intensa tempestade de vento.

Ali, o vento quente que tinham sentido antes estava mais forte. Dançava em volta das cabeças deles e, rodopiando em um frenesi, arrancava pedaços da catedral e os atirava ao céu vazio. Enormes nacos de mármore e tijolo se soltavam, fazendo um estardalhaço de ruídos de rangidos, estilhaços e arranhões. Uma das duas torres se fora, desaparecida em meio ao redemoinho. Mas o que realmente preocupava Magnus era o telhado.

O telhado havia sumido — não, não sumido. O telhado agora estava aos pedaços, flutuando livremente, imensos pedregulhos de azulejos e pedra, como se alguma criatura imensa tivesse vindo e aberto a igreja, como uma criança desembrulhando um presente. Os pedaços de telhado pairavam no vento, suspensos. Era difícil ter certeza, mas se Magnus semicerrasse os olhos, tinha a impressão de que conseguia ver uma figura humana voando pelas pedras, saltando e escalando.

Ragnor gritou:

— Alec!

E Magnus olhou para trás, para o chão, onde Alec, o Alec dele, estava correndo a toda a velocidade em direção a eles, com fuligem no rosto. Ele estava gritando alguma coisa, mas Magnus não conseguia distinguir.

Apenas quando ele se aproximou pôde ser ouvido.

— As espadas! — gritava ele. — *Precisamos das espadas!*

18

Avici

Alec não sabia o que tinha acontecido a seus amigos. Fora acordado por um estrondo, como um terremoto, e quando chegou às escadas, o telhado tinha sido arrancado da catedral. Acima dele, contra a cortina preta como nanquim do céu de Diyu, duas silhuetas se regozijavam. Uma delas era Shinyun, que, além dos membros alongados, agora tinha um par de imensas asas de inseto, iridescentes e cheias de veias, como as de uma libélula. Ela saltitava pelo ar entre os pedaços flutuantes do telhado da catedral, obviamente se divertindo.

A outra figura era Samael. Ele era difícil de se confundir, pois agora tinha facilmente o triplo do tamanho que tivera na ponte de ferro, flutuando acima de Shinyun e parecendo perfeitamente à vontade suspenso no ar. Ele olhava, do alto, para dentro da catedral, vez ou outra afastando pedras que entravam em seu campo visual.

Alec achou que seria imprudente correr por toda a extensão da catedral, diretamente à vista de Samael, para chegar aos seus amigos. Só lhe restava torcer para que tivessem buscado algum tipo de abrigo. Mas onde estava Magnus? Ele partira voluntariamente: suas roupas e sapatos não estavam lá. Mas por que tinha levado a espada de Alec também?

O vento, embora não estivesse forte demais para que ele resistisse, parecia destruir a igreja, que começava a se despedaçar. Alec entendera que precisava sair do prédio, ladeando-o para evitar ser visto até encontrar uma abertura baixa o suficiente nas paredes que rapidamente ruíam. Ele se atirara pela entrada rolando pelo chão, curvado para proteger a cabeça. Sentira o vento quente e corrosivo no corpo, e então estava livre.

A Marca de Aliança começara a queimar em seu braço, e ele sentira a presença de Magnus não muito longe dali. Alec conseguia ver o brilho de Magnus em sua mente, mesmo em meio à escuridão e ao vento. Ele correu na direção desse brilho.

Agora finalmente alcançara Magnus, e, para sua surpresa, encontrou Ragnor também, o qual pareceu tímido e constrangido ao vê-lo. Por um momento, Alec temeu que talvez Magnus tivesse sido ferroado pela terceira vez, que ele estivesse com Ragnor por estar igualmente perdido. Mas então, quando ele se aproximou, Magnus e Ragnor começaram a falar ao mesmo tempo, e ficou nítido que Ragnor estava fora do controle de Samael, sabe-se lá como.

Magnus explicou rapidamente sobre as espadas, que tinham salvado Ragnor, mas que agora haviam sumido. Quando ele terminou, hesitou e disse:

— Está com raiva?

— É óbvio que não estou com raiva por você ter usado as espadas para salvar Ragnor — respondeu Alec. — Estou com *um pouco* de raiva porque você não me contou que estava indo, e também porque não me levou junto.

— Eu não quis acordar você — começou Magnus, mas Ragnor o impediu colocando a mão em seu braço.

— Deixem as discussões domésticas para *mais tarde* — disse ele, em tom mordaz. — Olhem. — Ragnor meneou o queixo na direção da igreja.

Silhuetas humanas, distantes e pequenas, subiam de forma atabalhoada naquele turbilhão, arrastadas pelo vento da tempestade de Samael, tornando-se visíveis para Alec conforme se afastavam das paredes da catedral. Samael estava recolhendo os Caçadores de Sombras para si, percebeu Alec, sugando-os para que se juntassem a ele no céu tingido de fogo. Jace, Clary, Simon, Isabelle, Tian... todos identificáveis mais pelas silhuetas formadas por suas armas do que por qualquer outra coisa.

— Precisamos chegar até eles — falou Alec.

— Talvez não tenhamos escolha — observou Magnus. E, de fato, Alec sentiu o vento quente desagradável envolver seu corpo também, envolvendo suas pernas, puxando-o como se fossem mãos insistentes. — Espere aí — disse Magnus —, vou...

O vento carregou Alec para cima, o horizonte rodopiava em torno dele como uma torrente zonza. Sempre quisera ser capaz de voar, mas não desse jeito. As correntes de ar redemoinhavam em volta dele, girando-o como um pião. Ele tentava pegar sua lâmina serafim — que estava presa em seu cinto —, mas não conseguia segurar o cabo.

Então o movimento parou, e embora Alec tivesse levado um momento para se reorientar, logo depois percebeu que estava pendurado, suspenso em pleno ar. O vento continuava a açoitá-lo, mas, pelo menos, ele não estava mais à sua mercê.

Alec olhou em volta e percebeu que Magnus e Ragnor ainda estavam com ele, ou pelo menos ali perto. Os dois também flutuavam; Magnus estava com as mãos erguidas, seus braços estavam tensos, e a luz branco-carmesim jorrava de suas palmas. Ao longe, os outros Caçadores de Sombras ainda rodopiavam sem parar, como roupas numa secadora; Alec percebeu que foi preciso toda a força de Magnus para manter a estabilidade dele e de Alec.

Shinyun também pairava ali nos arredores, observando tudo, porém sem abordá-los. Alec se perguntava o motivo daquela postura. Era nítido que eles estavam indefesos. E, certamente, se Samael queria que fossem eliminados, aquele era o momento ideal...

Ele se virou de novo para olhar para Magnus. Sua preocupação deve ter transparecido, pois Magnus fez uma série de movimentos com a cabeça, os quais Alec interpretou como um aviso de que ele estava tentando fazer seu melhor, mas que não seria possível chegar até os outros com sua magia a partir dali.

Samael agora pairava até eles, as mãos unidas em um deboche de oração. Parecia completamente inabalado pelo vento, provavelmente porque ele mesmo estava sendo o responsável por causar aquele turbilhão.

Burro, pensava Alec. *Nosso plano era tão burro.* Atrair Samael para que lutasse contra eles fora uma ideia *terrível*. O sujeito podia até estar ostentando a aparência de mundano educado, falando como um simpático apresentador de televisão, mas ora — que óbvio —, ele ainda era um demônio de poder supremo. Eles estavam em desvantagem, pensou Alec, e apenas a falta de interesse de Samael em matá-los de pronto os mantivera vivos até então. Aquele pensamento lhe deu calafrios.

— Ei! — chamou Samael com um aceno, assim que se aproximou deles. — Como estão todos por aqui?

Antes que qualquer um pudesse responder — não que Alec tivesse alguma ideia de como responder —, Samael olhou para Ragnor e deu um solavanco para trás em uma representação exagerada de surpresa.

— Pelo divino gato! — exclamou ele. — O ferrão se foi. Como conseguiu realizar *esse* truquezinho? — perguntou ele a Magnus. — Ragnor — prosseguiu —, não estávamos nos divertindo? Você não estava ansioso para governar o mundo comigo? Pelo menos um pouquinho? Vamos lá, você queria, só um pouquinho.

Ragnor não pareceu impressionado.

— Você me prendeu em uma jaula e me perfurou várias vezes. Não fui exatamente um recruta voluntário.

— Para ser justo — disse Samael —, Shinyun prendeu você na jaula.

Ele se virou de novo para Magnus.

— Espero que não esteja planejando tentar remover o ferrão de Shinyun também.

— Não acho que ela queira que seja removido — disse Magnus.

Samael gargalhou.

— Falou e disse, amigo. Eu nem ia ferroá-la, sabia? Ela lhe contou isso? Eu supus que de jeito nenhum ela aguentaria um poder de tal magnitude. Mas ela insistiu. Exigiu. Exigiu de mim, o maior de todos os demônios!

— Segundo maior — disse Ragnor, em voz baixa.

O Príncipe do Inferno semicerrou os olhos.

— Ora. Nós não falamos *dele*. — Ele olhou para Shinyun, a qual pairava perto dos Caçadores de Sombras, que ainda se debatiam a uma curta distância. — Sabe — confidenciou ele —, se eu deixasse, ela simplesmente mataria todos eles.

Alec pigarreou.

— Então por que não deixa?

— Ah! — disse Samael. — Porque eu pensei num plano. Bem quando eu estava a caminho para cá, acredita? Simplesmente surgiu do nada na minha cabeça.

Ele gesticulou com o braço, e bem abaixo deles o solo começou a tremer. Por um momento, Alec ficou meio confuso, mas então começou a entender. Em torno das paredes da catedral, fissuras se abriam no chão. A própria catedral se inclinou e se agitou perigosamente, então, com um grandioso estalo, a metade da frente e a metade de trás caíram uma contra a outra com um imenso estrondo. Poeira e fumaça começaram a subir no vento incandescente.

A catedral não teve tempo de desabar completamente. Ao mesmo tempo que suas paredes ainda estavam tombadas uma contra a outra, toda a extensão de terra ao redor começava a desabar, como se para dentro de um sumidouro. Um pedaço de pedra do tamanho de um quarteirão se destacou das ruas ao redor, e a catedral rangeu, estremeceu e caiu no buraco.

Com um horror zonzo, Alec ficou observando tudo desabar, se embrenhando por uma escuridão que parecia o vazio. No fundo daquele vazio havia um lago, vermelho e preto, como lava.

A catedral desabou dentro do lago de fogo com um estrondo reverberante. Jace, Isabelle e os outros tinham parado de girar no ar: Alec mal conseguia vê-los através da fumaça, mas todos pareciam observar calados enquanto a igreja se assentava em sua nova posição, parcialmente submersa em lava, uma torre quebrada ainda se projetando para o alto em um ângulo que parecia a mão de um homem se afogando.

Alec olhou para Samael, que o encarou de volta e agitou as sobrancelhas. Alec olhou mais adiante, para Magnus, que continuava com as mãos erguidas, segurando os três — Alec, Ragnor e Magnus — firmemente no ar.

Agora que a nuvem de poeira começava a se dissipar e assentar, Alec percebia que o lago abaixo não era tão desértico quanto ele imaginara, a princípio. Em volta da catedral afundando havia colunas altas de rocha que se erguiam bem acima da superfície do lago, e aqui e ali, plataformas de pedra conectadas por pontes e escadas. Parte da infraestrutura tinha desabado, mas ainda restava um bom pedaço inteiro, agora modificado pelas pedras de tijolos e mármore que haviam restado.

— Contemplem o Inferno do Poço de Fogo — falou Samael. — Um labirinto elaborado de torturas, onde almas condenadas tentam manter-se de pé sobre um emaranhado eternamente móvel de plataformas conectadas conforme elas submergem e retornam de chamas incandescentes. Eu o transportei para debaixo da catedral aqui, só pela diversão.

Alec olhou para o lago abaixo. Tudo em torno do lago parecia estático, exceto pela nuvem de poeira que se dissipava lentamente devido ao impacto da catedral. Ele olhou de volta para Samael.

— Bem — disse Samael —, não está operacional agora, óbvio. Está fechado para reparos há 150 anos, mais ou menos. Esse é o problema com Diyu. Esse é o *problema, Ragnor* — rosnou. — Este lugar deveria estar gerando uma boa dose de energia demoníaca oriunda do tormento das almas, mas o maquinário está quebrado e as almas se foram, então *nada disso funciona!*

Com aquelas últimas palavras, ele abaixou a mão num gesto violento, e as silhuetas dos Caçadores de Sombras que estavam pairando mais ao longe começaram a descer às cambalhotas, mais e mais baixo, pelo sumidouro, pelo ar, aterrissando no alto da torre da catedral. Alec prendeu a respiração, mas nem precisou buscar por sua conexão com Jace para saber que estava intacta: os Caçadores de Sombras nitidamente ainda estavam vivos, levados até ali em segurança por Samael. Eles se agarraram à torre e afundaram em volta dela; estavam longe demais para Alec entender o que de fato estava acontecendo.

Samael deu risinhos e acenou a outra mão. Perto do lago, bem abaixo, três Portais se abriram, e minúsculas figuras começaram a surgir deles. Demônios, pensou ele, pela forma como se articulavam. Ele trocou um olhar alarmado com Magnus.

— Vejam bem — disse Samael, como se contasse um segredo maravilhoso —, eu finalmente entendi. Posso usar as almas *deles* e fazer com que lutem contra alguns demônios, e então usar *aquele* poder. Não vai ser muito, bem longe do volume de energia que Diyu deve ter produzido em seu auge. Mas o bastante para fazer o Portal que eu quero.

— Mas ainda assim você não vai conseguir passar para a Terra — disse Ragnor. — As proteções da Taxiarquia estão intactas...

Samael deu um sorriso alegre.

— O Portal não é para mim — disse ele. — É para Diyu.

— O quê? — falou Alec. Foi a única frase na qual conseguiu pensar no momento.

Samael esfregou as mãos.

— Isso mesmo. Vou precisar da energia das almas de todos os seus amigos para abrir um Portal *do tamanho de toda Xangai*. — Ele fez uma dancinha no ar. — Sou um gênio. Sou mesmo. Não tinha energia o bastante em Diyu para quebrar as proteções da Taxiarquia, certo? Então comecei a pensar: onde seria possível conseguir uma grande descarga de energia maligna dessas? Eu estava coletando informações com Tian sobre forças inimigas e onde elas mantinham os quartéis e tudo o mais, quando percebi, ora, sou *Samael*. Sou o Mestre dos Portais! Posso mandar *qualquer coisa* por um Portal. Então, *blam!* Xangai vai sumir em um instante, e Diyu vai para o lugar dela. Ou pelo menos um pedaço de Diyu do tamanho de Xangai. — Ele riu. — Pensem nisso! Uma cidade humana inteira engolida por uma cidade demoníaca. Totalmente garantido que vai me dar energia o suficiente para quebrar as proteções.

— Ele pode fazer isso? — perguntou Magnus a Ragnor. — Engolir a cidade toda?

Ragnor pareceu enjoado.

— Ele certamente vai tentar.

— Por favor, não falem de mim como se eu não estivesse aqui — resmungou Samael. — É muito deselegante.

— Ele também vai torturar nossos amigos. Isso faz parte do "tentar"! — disse Alec a Magnus. — Magnus, me mande lá para baixo...

— Não — falou Samael, em tom ríspido. — Se eu quisesse qualquer um de vocês lá embaixo com eles, eu teria *enviado* vocês lá para baixo com eles. *Nós* temos assuntos inacabados — disse ele a Magnus. — Assuntos espinhosos. Mas — acrescentou ele, dando uma piscadela — existe outro tipo de assunto?

Ouviu-se um ruído alto, e Alec sentiu uma descarga de vento no rosto. O lago de lava, as ruínas da catedral, o resto da sombra de Xangai que cercava o sumidouro, ficou tudo escuro, e, pela segunda vez em Diyu, Alec começou a mergulhar no nada, em direção a nada, cercado por nada.

Dessa vez ele caiu por apenas alguns segundos, e quando parou, não aterrissou, na verdade. Num minuto estava flutuando acima das ruínas da catedral Xujiahui, no outro, estava caindo, e de repente estava de pé em outro lugar.

Ele olhou em volta. Magnus estava lá, e Ragnor, e — parecendo um pouco confusa — Shinyun. E, evidentemente, Samael, que tinha, ainda bem, voltado ao tamanho humano.

Por mais que o restante de Diyu estivesse abandonado e destruído, aquele lugar parecia ter sido completamente esquecido. Tinha o silêncio de um túmulo selado há milhares de anos e que jamais deveria ser aberto de novo. Em um mundo abarrotado de abismos abandonados, Alec sabia, pressentia, que aquele ali era o mais profundo e mais solitário.

De perto, Shinyun parecia mesmo bastante aracnídea, pensou Alec: braços e pernas alongados e com múltiplas articulações, o rosto afinado, anguloso. A ausência de expressão dela era sempre estranha, mas agora que seus movimentos pareciam menos humanos, Shinyun estava com o aspecto de uma criatura alienígena que os estudava, tentando concluir se deveria esmagá-los. Os olhos vítreos dela os fitavam sob a penumbra, a cabeça inclinando para trás e para a frente como uma cobra examinando a presa.

Não que Magnus estivesse com o aspecto muito melhor. Os olhos dele estavam maiores do que o normal, e pareciam brilhar ao seu bel-prazer. As correntes que o atavam estavam contrastantemente nítidas em seus braços, e os círculos espinhentos eram ásperos nas palmas. Ele parecia alongado também, de uma forma quase serpentina, mais alto e mais magricela do que já era.

Era notável, pensou Alec, que Ragnor fosse de longe a pessoa mais aparentemente humana ali, com exceção dele mesmo, sendo que o feiticeiro tinha, literalmente, chifres.

Alec não teve mais tempo para observações, pois Shinyun começou a declamar.

— O Svefnthorn gritou! — disse ela, no eco do amplo espaço vazio no qual eles se encontravam. — Ele me contou, foi insultado. Desrespeitado. Ferido. — O olhar dela encontrou o de Ragnor, que por sua vez retribuiu com desprezo. — Ragnor. Por que você faria isso? Por que rejeita o maior dos presentes?

— Se eu me lembro — disse Ragnor, como se o esforço para falar fosse quase demais para ele —, recusei seu presente, e foi dado a mim mesmo assim, sem meu consentimento. Acho que você vai descobrir que não é isso o que a maioria das pessoas quer dizer quando falam em "presente".

— Ora, ora. Bem-vindos! — interrompeu Samael. O tom constantemente animado dele estava começando a dar nos nervos de Alec. — Bem-vindos a Avici.

Alec olhou para Magnus, que assentiu levemente, como se já estivesse esperando por aquilo tudo.

Mas de forma alguma era o que Alec esperava. O que ele sabia sobre Avici era que se localizava ainda mais abaixo de Diyu, que era um inferno reservado apenas aos piores transgressores. Considerando o que ele sabia sobre dimensões infernais, sua expectativa era que houvesse fogo, lava derretida, os gritos de pecadores queimando nas chamas purificadoras. Ou gelo, talvez, uma extensão infinita, com almas congeladas, imóveis, para todo o sempre.

Avici estava simplesmente... vazio. Estavam de pé em alguma coisa, certamente, mas essa "alguma coisa" era preta e sem características marcantes, indiscernível de qualquer material específico. Não era nada: não era áspero, não era liso, não estava nivelado, não era ondulado. Estendia-se em todas as direções em volta deles, eternamente. No horizonte, apenas uma leve névoa embaçada delimitava a passagem de terra para céu, o mesmo céu vazio que cercava Diyu inteiro.

Talvez a punição de Avici fosse simplesmente ficar ali, sozinho, sem som, sem vista, sem vento soprando, apenas solo vazio e céu vazio. Apenas você e sua mente, até sua mente inevitavelmente efervescer, queimar e derreter.

— Eu sei o que você está pensando — falou Samael. Ele ergueu os braços e adotou um olhar de confusão. — Onde estão todas as coisas?

Alec trocou um olhar com Magnus.

— Quando eu cheguei aqui, pensei isso também — prosseguiu Samael. — Eu pensei, ahh, muito inteligente, muito bom, a pior punição para os piores pecadores não é — ele apontou para cima, presumivelmente indicando todos os outros infernos — ter sua língua arrancada, ou ser atropelado por trens ou fervido em caldeirões. É simplesmente estar aqui consigo e nada mais, certo? Mas, *então* — prosseguiu —, conversei com alguns locais e descobri que não era nada disso. Aqui era... a oficina de Yanluo. Este era o ateliê dele. Ele o fez vazio para poder trazer para cá o que quisesse, porque aqueles que vinham até aqui tinham conquistado torturas *personalizadas*.

Ele gargalhou, aquela gargalhada áspera e falsa.

— Isso mesmo, para os clientes VIP, Yanluo era adepto de sujar as mãos pessoalmente. Alguns dos demônios dizem que ele tingia o lugar de um preto tão desprovido de luz que não importava o que fizesse ali, por mais que desmantelasse corpos humanos, por mais que desmembrasse, lacerasse e cortasse, nada jamais manchava Avici.

Ele estendeu os braços novamente.

— É todo mancha, vejam só — disse ele com prazer.

Alec falou:

— Então não... fica vazio? Você traz coisas para cá? Tipo... coisas de tortura.

Samael pareceu ofendido.

— *Eu* não faço nada — disse ele. — Ou pelo menos não fiz. Não criei este mundo, sabe. Culpem Yanluo pela forma como funciona. Por acaso *eu* me assemelho a alguém que construiria *meu* inferno mais profundo como um lugar vazio? Sou muito adepto a cascatas de sangue, escultura abstrata de vísceras. Mas para responder à sua pergunta, sim, a coisa excelente sobre Avici é que posso trazer o que eu quiser. Por exemplo, posso colocar *este* traidor em uma jaula, que é o lugar ao qual ele pertence.

Com um gesto teatral, espinhos de ferro retorcido dispararam em volta de Ragnor. Foi rápido, mas Alec ficou surpreso por Ragnor nem mesmo se mexer quando a jaula se fechou em torno dele.

— *Ragnor!* — chamou Magnus. — Você ainda é um *feiticeiro*, vamos lá. Não permita que ele simplesmente... capture você.

Ragnor voltou o olhar para Magnus, e Alec ficou chocado pela intensidade da autodepreciação que viu refletida ali.

— Não posso — disse ele. — Eu mereço isto, Magnus.

— Não é assim que as coisas funcionam — protestou Magnus, evidentemente frustrado. — Você pode se redimir pelo que fez, mas não assim. Não ao se deixar ser preso.

— Eu falei — afirmou Ragnor. — Eu me traí demais até então. Fui longe demais, fiz coisas demais que não podem ser desfeitas.

Samael revezava o olhar entre eles, visivelmente entretido.

As barras de ferro se fecharam sobre a cabeça de Ragnor com um clangor. Ele mal pareceu registrar a presença deles, olhando despropositadamente para a paisagem vazia.

— Tudo bem — falou Samael, como se estivesse esperando que a situação com Ragnor fosse resolvida. — O Livro, por favor, Shinyun.
Shinyun olhou em volta, meio sem saber o que fazer.
— Ragnor estava com ele.
Samael esfregou a testa.
— Em outras palavras — disse ele —, agora está com Magnus.
— Talvez não — sugeriu Magnus. — Talvez ainda esteja na casa de Ragnor.
— Samael ofereceu a ele um olhar desapontado, e Magnus deu de ombros.
— Valeu a pena tentar.
— Por favor — disse Samael a Shinyun —, pegue meu Livro de volta.
Com as asas de libélula tremelicando às costas, Shinyun foi andando até eles. Magnus estendeu uma das mãos, luz escarlate brotando do centro.
— Não vou lhe dar o Livro, Shinyun.
Shinyun continuou a se aproximar.
— Magnus, eu conheço você. Eu conheço vocês dois — acrescentou ela, apontando para Alec. — Você acredita em misericórdia. Acredita em perdão. Você acredita em não fazer coisas que não pode desfazer.
Alec observava Samael, que estava um pouco mais distante deles, de braços cruzados, observando com interesse aguçado. Era estranho: tinha certeza de que Samael podia fazer inúmeras coisas terríveis a eles, ou simplesmente virar Magnus de ponta-cabeça e sacudi-lo até que o Livro caísse. Mas não estava fazendo nada aquilo; estava feliz em deixar que Shinyun fizesse o trabalho, embora ela fosse muito menos poderosa do que ele.
Ocorreu a Alec que a maior parte das pessoas poderosas que ele enfrentara se esforçava para mostrar esse poder. Valentim, Sebastian, a própria Shinyun, Lilith... Todos almejavam respeito. Queriam ser temidos.
Samael parecia não ligar para nada disso. Como se o poder dele fosse tão grandioso que ele não se importasse caso fosse desrespeitado. Como se, em sua mente, sua vitória fosse tão inevitável, tão garantida, que a questão do Livro Branco fosse apenas de interesse secundário.
— Você não vai me atacar — disse Shinyun —, a não ser que eu ataque você primeiro. Então o que vai fazer quando eu encurtar a distância entre nós — disse, encarando-o — e tentar pegar o Livro? Vai fugir? Você não tem para onde fugir. Ou vai me deixar tomá-lo, do mesmo jeito que me deixou perfurar seu coração com o ferrão?
Magnus olhou para Shinyun com tristeza. Então um raio carmesim disparou da palma da mão dele, e Shinyun voou para trás, atingida pela força da magia.
— Uau! — disse Samael. — Vocês viram *aquilo*?

* * *

Shinyun estava certa: Magnus não queria atacá-la. Ele queria que ela entendesse que havia formas de fazer as coisas acontecerem sem violência e ameaça. Ele dera uma chance a ela. Provavelmente, pensou, dera chances demais. Shinyun não queria aprender. Ela não queria mudar.

Ele estava de coração partido por ver o quanto ela estava perdida, tomado de compaixão pela feiticeira que aprendera cedo demais que o mundo só valoriza a força bruta, que demonstrar empatia era sinal de fraqueza.

Mas isso não queria dizer que ele a deixaria se aproximar o suficiente para pegar o Livro. Ou para atacá-lo com o Svefnthorn novamente.

Ela não estava esperando o primeiro disparo da mão dele, por isso caiu para trás. Alec avançou até ela, pegando a lâmina serafim, mas Shinyun rapidamente recuperou o equilíbrio e disparou para o alto. Começou a atirar sua magia em Alec, e um grande estouro o derrubou sobre um joelho. Shinyun então avançou para Alec, gritando, com o Svefnthorn em punho como um florete, pronta para atacar.

Magnus afastou o ferrão para longe com a própria onda de energia, e Alec saiu rolando para escapar do ataque. Magnus esticou o braço para conjurar alguma coisa, qualquer coisa, de algum lugar de Diyu. Uma espada de um guerreiro Baigujing morto. A cadeira do templo de Ragnor. Um pedaço da alvenaria de um tribunal do inferno em ruínas.

Nada veio. Aparentemente, o poder de conjurar coisas em Avici era apenas de Samael. Magnus tinha certeza de que, se Shinyun pudesse, ela conjuraria demônios e lava e sabe-se lá o que mais. Samael tinha escolhido um lugar excelente para colocá-los em desvantagem. A maior parte da magia de feiticeiros não se tratava de canalizar poder puro em força violenta, mas de manipular o mundo em vantagem própria. Mas ali não havia mundo para se manipular. E, diferentemente dele, Shinyun tinha uma arma.

Alec estava de pé agora. A lâmina serafim na mão. Ele lançou um olhar de desprezo para Samael.

— *Miguel* — disse, e, quando a espada se acendeu com chama divina, Samael se encolheu visivelmente ao ouvir o nome do arcanjo.

Magnus sentiu uma onda de orgulho. Nem todo mundo conseguia irritar um Príncipe do Inferno tão habilmente.

Com a lâmina em mãos, Alec avançou contra Shinyun para encurralá-la por trás, e ela decolou para o ar novamente, planando em um arco amplo. No ápice do arco, ela desenhou uma elaborada estrela de múltiplas pontas com o

Svefnthorn, e chamas escorreram dela. Magnus rapidamente lançou feitiços de proteção, e o fogo, ao chegar em Alec, ricocheteou inofensivamente.

Mas Shinyun ainda estava circundando, e logo ela encontraria uma nova oportunidade. Magnus olhou para Alec, e então para Shinyun.

— Vá — disse Alec em tom urgente. — Eu vou ficar bem.

Com a força da Marca de Aliança, a fé de Alec e o ferrão murmurando dentro dele, Magnus alçou voo também.

— Quanto mais usar sua magia — disse Shinyun para ele —, mais perto vai chegar de perder o controle. As mudanças vão acelerar.

No vazio acima de Avici, Magnus se pôs a enfrentar Shinyun. Ela estava determinada a atacar Alec, reconhecendo que ele era o alvo mais vulnerável, e também sabendo que Magnus o protegeria acima de qualquer coisa. Magnus voava defensivamente, colocando-se no caminho de Shinyun, bloqueando a magia dela, distraindo-a. Mas por deter o poder total do ferrão naquele momento, Shinyun era mais do que páreo para ele. E Alec não conseguia nem encostar em Shinyun, a não ser que ela se aproximasse, o que ela obviamente não estava prestes a fazer.

O pior era que, conforme lutava, Magnus sentia a magia do ferrão fluindo dentro dele. Aquilo lhe dava poder, mas um poder que lhe era estranho, algo alheio a ele. Ele sentia a avidez do poder, o desejo de preenchê-lo até, inevitavelmente, substituí-lo.

— Se você simplesmente se entregasse ao ferrão — gritou Shinyun, frustrada —, não haveria necessidade de nada disso.

— Sim — disse Magnus entredentes —, esse é o cerne da questão.

Eles se atracaram ali, no céu vazio, nenhum dos dois capaz de conseguir uma verdadeira vantagem contra o outro.

— Shinyun! — gritou Samael. — Reparei que você ainda não trouxe o Livro. Precisa de uma ajudinha?

— Não! — respondeu Shinyun, irritada. Magnus aproveitou a oportunidade para desestabilizá-la.

— Não sei — falou Samael. — Parece mesmo que Magnus está conseguindo manter o Livro longe de você. Deixe que eu ajude só um pouquinho.

— Não! — gritou Shinyun de novo, mas Samael já estava esticando a mão, e, embora permanecesse onde estava, a mão cresceu e se estendeu, e agarrou Magnus, tirando-o do céu e esmagando-o na planície áspera de Avici. Em um momento, Magnus estava voando em direção a Shinyun, no seguinte, estava de joelhos, no chão, ao lado de Samael. Samael estava apoiando a mão, agora de tamanho normal novamente, no ombro de Magnus de um jeito casual, avuncular, mas Magnus se deu conta de que não conseguia se desvencilhar.

— Você está trapaceando — disse ele, olhando para Samael.

Samael franziu a testa, confuso.

— Minha cara maldição, como pode ainda pensar que estamos jogando limpo aqui?

Magnus se virou, ainda sentindo a mão de Samael apertando seu ombro com força. O fôlego abandonou seu corpo com um único exalar doloroso. *Não*, pensou ele, e então: *eu já devia saber*.

Shinyun estava segurando Alec. Ela estava atrás dele, agarrando-o em um mata-leão e segurando a ponta do Svefnthorn contra seu peito. A lâmina serafim de Alec estava caída diante dele, extinguindo-se como um fósforo queimado.

O rosto dele estava impassível, os olhos azuis firmes. Poderia muito bem estar vislumbrando uma linda paisagem, ou estudando um mapa do metrô. Magnus já tinha visto Alec com medo — tinha visto o namorado em todas as fases de vulnerabilidade, nítido e aberto como um céu de verão —, mas Alec jamais demonstraria tal sentimento diante de Shinyun e Samael.

— Ah, *interessante* — falou Samael com prazer.

— Magnus! — A voz de Shinyun estava rouca e falhando. — Exijo que você receba a terceira ferroada do Svefnthorn. Eu *exijo*. Ou vou matar aquilo que você mais ama. — Os olhos dela estavam selvagens, monstruosos, mais desumanos do que nunca.

Ela girou a ponta do Svefnthorn contra as costelas de Alec, sobre o coração dele, e Magnus sentiu como uma facada no próprio âmago. O ferrão era magia de feiticeiros, para os Caçadores de Sombras resultaria, certamente, em morte.

Não lhe restava alternativa. Se ele aceitasse o ferrão, Shinyun venceria: ele se tornaria um servo voluntário de Samael, e talvez o mundo inteiro fosse destruído. Se rejeitasse o ferrão, Alec seria assassinado diante de seus olhos, ele mesmo morreria, e Samael daria prosseguimento a tão desejada guerra.

— Você vai poupar Alec? — disse ele, em voz baixa. — Prometa que vai libertar Alec, e eu aceitarei.

Ela olhou para Samael; ele deu de ombros.

— Tem minha permissão. Não é como se um Caçador de Sombras representasse uma ameaça genuína. Não tenho como garantir a segurança dele depois que a invasão da Terra começar, é evidente — acrescentou ele. — Mas isso é outra história.

Magnus assentiu. Alec o encarava, seu olhar ainda firme, ainda indecifrável. Magnus se perguntava o que seria de seu amor por Alec após a ferroada. Será que sumiria como se jamais tivesse existido? Será que ele amaria apenas Samael? Ou ainda amaria Alec, mas exigiria que ele também passasse para o lado de Samael?

Mas ter de escolher entre a morte de ambos ou a morte de apenas um deles não era escolha. Max estava esperando em casa. Melhor ter um dos pais do que nenhum. O cálculo era evidente, a conclusão, inevitável.

Antes que Shinyun pudesse agir, no entanto, Alec reagiu. Ele estendeu o braço, agarrou a lâmina do Svefnthorn e, com uma careta de esforço e determinação, enfiou o ferrão no próprio peito, perfurando o próprio coração. Quando caiu de joelhos, Magnus notou o ferrão empalando Alec, emergindo das costas dele, permanecendo ali. Os olhos de Alec ainda estavam abertos, ainda arregalados, ainda encarando Magnus diretamente.

Magnus abriu a boca para gritar, e magia carmesim explodiu do peito de Alec, das costas, um clarão ofuscante que transformou, brevemente, a permanente noite de Avici em dia. Sob o clarão, para além da vista, ainda sob o toque rijo da mão de Samael, a única coisa que Magnus conseguia enxergar em Alec eram os olhos — claros e luminosos e cheios de amor.

19

O caminho sem fim

Alec tinha uma natureza que o impedia de agir sob meros palpites. Ele gostava de estudar uma situação, montar um plano e executá-lo à risca. Isso fazia com que ele fosse provocado por Jace, por Isabelle, que acreditavam em saltar de um penhasco e dar um jeito de costurar um paraquedas no caminho até o chão. Eles agiam por instinto, e normalmente dava tudo certo. Mas Alec não tinha o mesmo tipo de fé nos próprios instintos. Ele acreditava em reunir inteligência, pesquisar, se preparar. (Para ser justo, Isabelle e Jace também acreditavam nessas coisas; eles só achavam que outras pessoas deveriam fazê-las, porque eram chatas.)

Essa era uma boa estratégia para a maioria das missões de Caçadores de Sombras, mas às vezes dava errado. Às vezes havia uma situação impossível de se vencer, na qual a única escolha parecia ser morrer de um jeito ou de outro.

Diyu, Samael e Shinyun, todos confundiam a habilidade de Alec de se organizar e planejar. As motivações de Shinyun eram tão confusas e contraditórias que Alec tinha certeza de que ela mesma não as entendia. Diyu era uma ruína surreal. E Samael agia como se fosse apenas um jogo de distração, como se nada do que eles fizessem pudesse ter algum efeito significativo.

Durante aquela missão inteira eles estavam agindo de acordo com palpites, a maioria palpites de Magnus. Um palpite de que Peng Fang saberia algo a respeito dos feiticeiros no Mercado. Um palpite de que a catedral estaria em Diyu e de que seria segura. Um palpite de que as Heibai Wuchang poderiam ser usadas para salvar Ragnor.

Então Alec agira de acordo com a própria intuição e perguntara a Magnus se eles poderiam usar a Marca de Aliança.

Agora, diante da escolha de perder Magnus de uma forma ou de outra, ele agiu, mergulhando o Svefnthorn no próprio coração. Só teve tempo de registrar a surpresa no rosto de Shinyun antes de tudo explodir.

Luz carmesim explodiu, tão intensa que esbranquiçou a visão de Alec. Ele sentiu uma energia forte, incandescente escorrer pelo seu corpo, cáustica e estranha em seu peito. Sentia suas Marcas esquentando, como se por fricção, como se aquecidas pela magia demoníaca do ferrão, como um meteoro entrando na termosfera. Todas, exceto pela Marca de Aliança, que sibilava em seu braço. O poder de Samael e o poder de Raziel lutando dentro do corpo dele, mas Alec conseguia sentir a Marca de Aliança absorvendo a fricção, suavizando-a, ensinando as magias diferentes a cooperar.

A visão de Alec começava a ficar nítida. Ele enxergava agora o espaço escuro desolado de Avici, a cena com Shinyun, Samael, Magnus, todos olhando para ele, o rosto de Magnus a mais pura máscara do horror.

Estou vivo, percebeu Alec. Ele estava um pouco surpreso.

Shinyun puxou o ferrão de volta. Estava quase tão horrorizada quanto Magnus quando o velho ferrão saiu do corpo de Alec. Foi indolor. Não havia sangue no ferrão, e quando Alec olhou para baixo, não viu cicatriz nenhuma onde havia sido perfurado.

Shinyun cambaleou para trás. Ela segurava o Svefnthorn diante de si: a arma brilhava vermelha, como ferro em brasa, e, tomado por leve espanto, Alec percebeu que era possível visualizar o brilho do ferrão em Magnus e em Shinyun também. Do peito de cada um deles pendia uma estrela em miniatura, uma bola de fogo feita de magia, girando enlouquecidamente por trás das feridas que o ferrão causara. A bola de fogo de Shinyun era um pouco maior do que a de Magnus, porém, mais importante, uma corda espessa de magia se estendia para fora do ferimento de Shinyun, terminando no meio do peito do próprio Samael. Magnus não tinha tal corda conectando-o a Samael... provavelmente porque não recebera a terceira ferroada.

Alec estremeceu; agora sentia a magia deixando seu corpo, a Marca de Aliança esfriando. Precisava agir antes que se fosse de vez. Ainda de joelhos, estendeu a mão para Magnus e chamou o poder do ferrão para si.

Era como tentar domar um cavalo selvagem. A bola de fogo em Magnus se debateu, saltou, sacolejou. Para além do reino da consciência, Alec chamava por ela. Acalmando. Atraindo. E com um movimento suave, ele a arrancou dos fiapos de magia que saíam do próprio Magnus, que a estavam segurando ali, a magia que ele conhecia, azul, fria e adorada. Ele puxou, e a bola de fogo deixou o corpo de Magnus.

Assim que se libertou, ela se expandiu, tornando-se a única estrela luminosa no céu de Avici. Então começou a girar acima de todos eles, uma bola de fogo com muitos metros de diâmetro, estalando com poder. Alec sentia a instabilidade dela, o desejo de encontrar um novo recanto. A bola ansiava por estar no peito dele, porém, sem outro ferimento do Svefnthorn, não encontraria apoio nele. Então, por um momento, a esfera girou livremente, e, por um momento, todos os presentes ficaram apenas admirando a cena.

Samael se recuperou primeiro, como era de se esperar. A essa altura já havia tirado a mão do ombro de Magnus e olhava para a esfera. Magnus permanecia de joelhos.

— Excelente! — exclamou Samael, rindo. — Ótimo trabalho. Adoro uma reviravolta, você não? — Ele pareceu dirigir a pergunta a Ragnor, que não levantou a cabeça para ver nada do que estava acontecendo. Samael semicerrou os olhos para a esfera. — Shinyun, se puder me fazer o favor de pegar esta coisa e trazer para mim, poderemos seguir com nossos planos.

Shinyun também observava a esfera. Ela não respondeu.

— Alô-ô? — disse Samael, depois de um momento. — Shinyun Jung? Minha leal tenente? Pegue a esfera?

Quando Shinyun se virou, ela não estava olhando para Samael. Estava olhando para Magnus. Encarando-o, com ódio branco incandescente nos olhos.

— Nunca vou entender você — disse ela, com um tremor silencioso que sugeria que estava fazendo muito esforço para não surtar. — Nunca vi alguém tão determinado em desperdiçar algo que é seu por direito. Nós somos *feiticeiros*, Magnus Bane. Somos os *filhos de Lilith*.

Alec tentou ignorar a magia borbulhante que fervia em seu corpo e se concentrar em Magnus. *Sentia* a esfera giratória de magia acima deles. Magnus estava olhando para ela, um pouco zonzo, mas agora sua atenção estava em Shinyun, que neste momento vinha marchando até ele, as asas abertas e estremecendo perigosamente.

— O poder do ferrão é o melhor presente que um feiticeiro pode receber — disse ela, entre os dentes trincados. — É o poder de nosso pai, nosso *verdadeiro pai*, Magnus, não apenas o demônio que nos fez individualmente... aquele sem o qual nossa raça sequer existiria. Eu encontrei esse poder. Eu ofereci esse poder a você. Apesar de tudo o que você fez, apesar de sua rejeição a Asmodeus... você demonstrou piedade por mim. E foi assim que lhe paguei.

A voz dela falhou com angústia.

— E é *assim* que você *me* paga?

— Shinyun — falou Samael, com um indício de alarme tomando sua voz jovial. — Entendo que você e Magnus tenham algumas coisas mal resolvidas, mas, sinceramente, ele é irrelevante para o plano maior.

Magnus olhou para Samael.

— Bem, isso magoa um pouco.

Samael jogou as mãos para o alto num gesto de impaciência e deu a ele um olhar aturdido.

— Eu nem mesmo sabia que você existia. Quero dizer, depois que entendi que você era a maldição ancestral de Asmodeus e já tinha duas ferroadas, bem, eu não iria simplesmente ignorar a possibilidade de obter seus serviços.

— Então eu não fazia parte dos seus planos... de modo algum? — perguntou Magnus, incrédulo. — Mas você foi atrás do meu amigo mais antigo... e da feiticeira que tentou me arrastar para o controle de Asmodeus há três anos.

— Vai me perdoar — disse Samael —, se eu penso em Ragnor Fell como "o maior conhecedor vivo de magia dimensional" primeiro e seu "amigo mais antigo" em segundo lugar. Quanto a Shinyun, *ela* veio até *mim*.

Magnus olhou impotentemente para Ragnor, que deu de ombros.

Balançando a cabeça, Samael falou:

— Não sei como lhe dizer isso, mas nem tudo gira em torno de você, Magnus. E quanto a você, Shinyun — disse ele, estendendo a mão para a esfera —, estou muito decepcionado com você...

— Todo mundo *cale a boca*! — gritou Shinyun, e até mesmo Samael pareceu chocado. A esfera estava flutuando em direção à mão aberta de Samael; Shinyun subitamente disparou do chão, batendo asas, e pegou a esfera como se fosse uma bola de basquete.

Samael falou:

— *Shinyun* — em tom severo desta vez.

Ela lançou um olhar selvagem para ele, então investiu com a mão, socando a superfície da esfera. De imediato, o objeto emitiu um tinido agudo e começou a esvaziar como um balão. Alec tapou as orelhas com as mãos e percebeu que não, não estava esvaziando. O ferimento de seis pontas no coração de Shinyun estava absorvendo a magia, atraindo-a como uma inalação profunda. Enquanto eles observavam, a órbita foi ficando menor e mais oblonga, até que, com um estalo, sua totalidade desapareceu dentro de Shinyun.

— Ô-ou — murmurou Samael.

Shinyun pairou, imóvel, onde a magia estivera, brilhando com fogo carmesim. Após um momento, ela começou a emitir um ruído estranho de tremor.

Depois de mais um momento, ela jogou a cabeça para trás e Alec percebeu: ela estava rindo. Uma risada terrível, um cacarejo de ódio e deboche.

Seu rosto começou a rachar.

Linhas surgiram, espalhando-se da boca até as bochechas, fissuras se abrindo em volta dos olhos e da testa e descendo ao queixo. A face começava a se separar, e Alec sentiu seu estômago embrulhar. As feições de Shinyun se separaram, partiram, estalaram como se algo por trás da máscara do rosto estivesse se debatendo para sair.

Com um enorme rugido de triunfo, desumano e antigo, ela explodiu em um estilhaço de braços, pernas e contornos e olhos e asas e dentes...

Seus olhos agora estavam do dobro do tamanho anterior, e a própria Shinyun também tinha dobrado em estatura. Seus membros se estendiam como os de um grande inseto aquático, e suas asas, agora de um vermelho-sangue bem escuro, batiam lentamente. O rosto dela, não mais congelado na mesma posição pela maldição opressora da marca de feiticeiro, se contorcia de alegria. Seus dentes estavam luminosos e pontiagudos, com um par de presas, como as de uma tarântula. Às costas havia uma longa cauda semelhante a um chicote, e, na ponta da cauda, um espinho de ferro de aparência terrível. O próprio Svefnthorn.

Alec permaneceu olhando para ela com fascinação horrorizada. Shinyun tinha se tornado aquilo que mais amava — um demônio. Um Demônio Maior, Alec tinha certeza.

Ela deu aquele grito sobrenatural de novo, e o solo de Avici começou a tremer.

— Shinyun! — gritou Samael. — Adorei o novo visual! Mas acho que talvez a gente tenha fugido um pouco do objetivo. Se puder descer para decidirmos o que fazer com...

Com um lampejo, Shinyun se pôs a pairar acima de Samael e Magnus, sua cauda se agitando perigosamente.

— Achei que você fosse o poder máximo — disse ela a Samael. A voz ainda era reconhecível, embora estivesse entrecortada com uma rouquidão aguda e um sibilar que Alec percebeu ser a respiração dela. — Mas não é.

Samael pareceu ofendido.

— Se conhece um demônio mais poderoso do que eu, sinta-se à vontade para me contar, para que eu possa lhe prestar homenagem.

— Você pode ser o maior dos Príncipes do Inferno — disparou Shinyun —, mas é muito mais fraco do que eu pensava. É tão dependente dos outros quanto esses humanos idiotas. — Ela apontou os demais com a mão cheia de garras. — É dependente de Diyu. É dependente do tormento das almas para obter poder. É dependente de *mim*.

— Você concluiu que Samael, dentre todas as criaturas, não é poderoso o suficiente para você... — Magnus balançou a cabeça. — Você é uma moça bem difícil de se agradar, sabia?

— Aparentemente, de todos os seres aqui — falou Shinyun —, *eu* sou a única que entende de poder verdadeiro. Poder verdadeiro é não depender de ninguém, de nada. Se eu não puder confiar em mais ninguém para me governar, então vou governar a mim mesma. E vou governar sozinha.

Com isso, ela voou em círculos para mais alto ainda, para longe deles. Então abriu a boca e exalou um amplo cone de luz carmesim na escuridão. Quando o clarão se dissipou, formou um Portal. A superfície dele era um espelho prateado cujo destino Alec não conseguiu discernir. Com um último grito, Shinyun voou pelo Portal, o qual se fechou atrás dela, e sumiu.

O solo roncava ainda mais alto agora. Alec reparou que em algum momento tinha caído e estava agachado no chão. Magnus avançava para se juntar a ele, deslocando-se com cuidado no terreno subitamente irregular.

Samael olhou em volta com certo desapontamento.

— Bem, é o fim de Diyu, acho. Ela vai fazer o lugar inteiro desabar ao nosso redor. — Ele suspirou. — É assim que as coisas são, suponho.

Magnus tinha alcançado Alec e o ajudava a se levantar. Alec estava apenas parcialmente alerta. O mundo inteiro tremia ao seu redor, tremia e oscilava. Ou talvez só ele estivesse tremendo e oscilando?

Ele ergueu o rosto e viu que Samael tinha se aproximado para se juntar a eles, sabe-se lá por qual motivo.

— Magnus, sinto muito porque não vamos trabalhar juntos. E sinto muito que vocês dois vão morrer no poço mais profundo de Diyu quando quilômetros e quilômetros de cidade subterrânea e tribunais e templos desabarem em cima de vocês. — Ele franziu a testa. — Pensando bem, não faço ideia do que acontece a humanos quando eles morrem em uma dimensão feita para os que já estão mortos. Bem, seja lá o que aguarda vocês, boa sorte com suas aventuras futuras. Se é que terão alguma.

— Você vai embora simplesmente? — disse Alec.

Samael pareceu surpreso.

— Não fui elucidativo? Preciso encontrar outro mundo. — Ele deu de ombros e acrescentou, quase para si: — Que dias incomuns foram esses.

Então, sumindo como se jamais tivesse estado ali, Samael se foi.

* * *

Assim que Samael sumiu, Magnus caiu de joelhos ao lado de Alec e o abraçou de forma quase violenta, pressionando seu peito, afastando o colarinho da camisa para poder tocar onde o espinho perfurara e tatear o local.

Não havia ferida, nenhuma indicação de nada que tivesse acontecido, e a maioria das Marcas dele parecia normal. A Marca de Aliança, no entanto, tinha sumido por completo.

Magnus continuou a acariciar onde o ferrão tinha entrado, até que Alec, com dificuldade, disse:

— Aqui não, meu amor. Ragnor está olhando pra gente.

Magnus então deu uma gargalhada sincera, parte riso, parte soluço. Agarrou os cabelos de Alec com uma das mãos e encheu seu rosto de beijos, chorando e rindo ao mesmo tempo. Os olhos de Alec estavam abertos, e Magnus viu um brilho dourado refletido naquele azul meia-noite. Eram os próprios olhos, observando Alec.

— Aquilo foi muito corajoso, o que você fez — falou Magnus. — E também completamente inconsequente.

Alec deu um sorriso fraco.

— Tenho me esforçado para ser mais corajoso e inconsequente. Encontrei um exemplo muito bom para seguir.

— Não podemos ser *os dois* corajosos e inconsequentes. Quem vai tomar conta da gente?

— Em algum momento, Max, eu espero — falou Alec, com um sorriso.

— Se vocês tiverem um tempinho. — A voz de Ragnor ressoou pelo vazio. — Acham que os pombinhos podem parar um pouco com as declarações e me tirar desta jaula?

A expressão amorosa de Alec subitamente se transformou em alarme.

— Magnus. Os outros. O Inferno do Poço de Fogo.

Magnus ficou de pé com um salto.

— Não acaba nunca, não é? — disse. Então correu até Ragnor, que estava sentado de pernas cruzadas no chão, emburrado, tamborilando impacientemente nas barras da jaula.

Magnus buscou a própria magia e sentiu uma desorientação zonza, como se tivesse errado o passo no último degrau de uma escada. Havia um vazio em seu peito, e embora soubesse que o poder do ferrão tinha vindo de um inimigo terrível, o inimigo de todos os humanos, agora entendia por que Shinyun havia se agarrado a ele, tinha se permitido ser acolhida e reconfortada por ele. Não era amor, mas se a pessoa não conhecesse a diferença, seria muito semelhante a amor.

Com alguns gestos, ele destruiu as barras da jaula e ajudou Ragnor a se levantar. Ragnor o fitou por um minuto, então se virou para olhar para além dele e falou:

— Aquilo foi *muito* idiota.

Alec se aproximava deles, um pouco devagar, mas caminhando com firmeza. Quando ele chegou, Magnus passou o braço por sua cintura.

— Talvez eu precise fazer apresentações mais completas aqui. — Ele pigarreou. — Ragnor, este é Alec Lightwood, meu namorado e corresponsável. Ele acaba de salvar minha vida, e, por extensão, a sua. Alec, este é Ragnor Fell. Ele é um canalha horrível com todo mundo, mesmo quando não está sob o controle mental de um Príncipe do Inferno.

— Já ouvi falar muito de você — brincou Alec.

— Eu não tenho ouvido nada há anos, exceto planos malignos assustadores para dominar o mundo — respondeu Ragnor —, mas agora que saí dessa, espero que Magnus me faça chorar de tédio com histórias de minha ausência. — Ele olhou para Alec de novo. — *Como* você sobreviveu à ferroada? Qualquer um que não fosse um feiticeiro deveria ter morrido com a descarga de magia demoníaca. E não há feiticeiros Caçadores de Sombras, exceto... — Ele olhou com desconfiança para Alec. — Você não é Tessa Gray disfarçada, é? Essa não é uma pegadinha elaborada que você está pregando no coitado do Magnus, é? Se for, Tessa, você e eu vamos ter uma *conversa*.

— É óbvio que não! — disse Alec, ofendido.

Ragnor semicerrou os olhos com mais intensidade para ele. Magnus suspirou.

— Já estive no mesmo cômodo com os dois, Ragnor. Ele definitivamente não é Tessa.

— Então como...

— Depois — respondeu Magnus. Somente então ele compreendeu de vez o quanto Ragnor tinha perdido da história, e quanto mais ele precisava saber. A Marca de Aliança. A Guerra Mortal. A Guerra Maligna! E coisas menores, mais pessoais. Malcom Fade era o Alto Feiticeiro de Los Angeles. Catarina ainda estava em Nova York, por enquanto.

Uma coisa de cada vez.

— Ragnor — continuou ele —, pode nos levar até o Inferno do Poço de Fogo, onde os outros Caçadores de Sombras estão? Precisamos tentar salvá-los.

Ragnor negou com a cabeça.

— Tenho certeza de que já é tarde demais — respondeu. — Mas vou abrir o Portal e veremos. Pelo menos podemos levar o que resta deles de volta à Terra.

Alec pareceu chocado. Magnus lhe deu um tapinha no ombro.

— Não leve muito a sério — disse ele. — Ragnor é assim mesmo.

Ragnor agitou os dedos, a articulação a mais em cada um deles tornava seus movimentos complexos e estranhos até mesmo para Magnus. Em um momento, uma porta se abriu no nada de Avici, cuspindo chamas alaranjadas contra a rocha preta. Parecia tremer da mesma forma que Avici.

Magnus olhou para Alec.

— Está pronto para lutar de novo?

— Na verdade, não — falou Alec, sacando a lâmina serafim do cinto. — Mas lá vamos nós.

— Certo. — Magnus atravessou, e Alec foi logo atrás.

Eles emergiram em uma plataforma rochosa suspensa bem acima dos poços de lava abaixo. Uma escadaria de pedra dava acesso a mais plataformas e ao restante da paisagem labiríntica. Magnus não ficou feliz ao perceber que não havia nada de visível mantendo a plataforma deles no ar, e que o terremoto que estava chacoalhando Diyu era ainda mais forte ali.

— Tudo bem — falou Alec. — Vamos salvar nossos amigos.

— Ou o que sobrou dos seus amigos — murmurou Ragnor. — Esperem. Onde *estão* seus amigos?

Eles pareciam estar espalhados. Bem abaixo deles, em uma planície relativamente ampla, Simon, Clary e Tian estavam combatendo alguns dos vários demônios de Diyu. Separada deles e um pouco elevada estava Isabelle, e mais alto ainda, em outra plataforma, estava Jace.

Alec pareceu confuso.

— O que está acontecendo?

— Bem, o pé de Jace estava quebrado, então acho que encontraram um lugar seguro para ele — sugeriu Magnus.

— E por que Isabelle está sozinha? — Por mais exaurido que estivesse pela magia, Alec ainda assim correu escada abaixo à frente deles, com a arma em punho.

Ragnor olhou para Magnus.

— Você não vai *correr*, vai?

Magnus ergueu uma sobrancelha.

— Com estes sapatos?

Eles desceram a escada, e a seguinte, com o decoro pertinente aos feiticeiros que tinham derrotado um Príncipe do Inferno naquele dia. Ou, no mínimo, que tinha estado no mesmo ambiente que um Príncipe do Inferno e conseguiram obrigá-lo a ir embora primeiro.

Quando chegaram até Jace, Alec já havia claramente conversado para se inteirar e parecia muito menos preocupado.

— Então vocês não foram todos devorados ainda, pelo que estou vendo — falou Ragnor.

— Não, eles estão com tudo sob controle — disse Alec, animado. Ele apontou em direção a Jace. — Conte a eles!

Jace olhou de soslaio para seu *parabatai*.

— Era o que eu ia fazer. Estamos com tudo sob controle — prosseguiu ele. — Não consigo lutar direito agora, então Clary me ajudou a subir aqui para podermos ver o máximo do campo de batalha possível, pois os caminhos são tão irregulares e confusos. Mas *então* reparamos que os demônios tinham o mesmo problema que nós. Eles só conseguiam chegar até nós por determinado número de caminhos, e três pessoas eram capazes de, cada uma, dar conta de dois caminhos.

Magnus ergueu as sobrancelhas.

— Então Simon, Tian e Clary desceram para cobrir os dois caminhos. E colocamos Isabelle na plataforma do meio porque ela é a única cuja arma tem alcance razoável, então ela daria conta das criaturas voadoras.

Alec pareceu à beira das lágrimas.

— Estou muito orgulhoso de você — disse ele a Jace. — Você conseguiu montar um plano.

— Sou bom com planos! — anunciou Jace.

— Verdade, você é muito bom com planos — disse Magnus. — É que normalmente você fica berrando o plano para quem está atrás de você enquanto corre em direção ao perigo.

— Mas você usou seu belo cérebro e estão todos bem! — exclamou Alec, dando um tapinha no ombro de Jace. Ele olhou para Ragnor. — Toma essa, seu pessimista!

Ragnor franziu a testa.

— Ora, é óbvio que eu estou feliz que todos ainda estejam vivos.

— Eu preciso mencionar — falou Jace — que o chão começou a tremer há um tempinho.

— Isso foi culpa de Shinyun — disse Magnus. — É uma longa história. Além do mais, para sua sorte, eu trouxe o especialista mundial em magia dimensional, e ele vai nos tirar daqui por um Portal.

Ragnor deu a Magnus um olhar azedo.

— Acho que vou, mas vou precisar da sua ajuda.

— Ótima notícia — respondeu Magnus, e saltou da plataforma, em seguida flutuando lentamente até a planície, acenando para Isabelle ao passar.

— Magnus! — disse Clary, decapitando um dos esqueletos Baigujing. — Que bom ver você!

— Vou dizer uma coisa — falou Simon em direção a Clary —, e não quero que você fique irritada.

Clary soltou um longo e irritado suspiro.

— Vá em frente. Acho que você merece.

— Magnus — disse Simon, com um risinho. — Que bom que você caiu aqui.

Clary suspirou de novo.

— Tenho boas e más notícias — falou Magnus. — A boa notícia é que estou aqui para nos levar de Portal de volta à Terra. A má é que vou precisar da ajuda de Ragnor, e ele está descendo de escada.

Ragnor, de fato, estava passeando pela escada em um ritmo despreocupado. Enquanto Magnus observava, Jace o ultrapassou, o que foi impressionante, considerando que estava mancando.

A horda de demônios começava a se dissipar, ao que parecia. Demônios novos surgiam com cada vez menos frequência pelos Portais, e tanto Jace quanto Isabelle já tinham se juntado aos amigos para limpar o que restava. Talvez os demônios tivessem reparado no colapso iminente de Diyu e tivessem fugido para salvar as próprias vidas; talvez, depois que Samael e Shinyun foram embora, eles não tivessem motivo para obedecer às ordens mais.

Por fim, Ragnor ousou se juntar a eles. Ele e Magnus rapidamente trabalharam juntos para criar um Portal; de repente ocorreu a Magnus o quanto ele sentia falta de trabalhar com Ragnor.

E quando o Portal se abriu, ele ficou aliviado ao vê-lo brilhar com um familiar e alegre tom azul.

20

A alma da Clave

Em 1910, o filho de Catarina Loss, Ephraim, morrera. Naquela época, ele era um homem idoso com filhos e netos. Catarina não o via havia décadas; ele acreditava que ela tivesse morrido em um naufrágio quando ele estava na casa dos 30 anos de idade.

Magnus estava morando em Nova York na época, em um apartamento pequeno em Manhattan, em frente ao antigo Metropolitan Opera House, aquele que fora demolido em 1967. Um telegrama chegou: *Nº2, o Bund, Xangai*, dizia, na letra apressada de Catarina. Então Magnus pegou as luvas e o chapéu e foi.

O número 2 do Bund se revelou ser o lar do Xangai Club, um pedacinho do elitismo britânico solto bem no coração da China, na forma de uma atarracada construção neobarroca de mármore na qual a elite britânica em Xangai socializava, bebia e, por um breve período, essencialmente governava o universo mundano. A construção era nova, embora o clube não fosse. Era uma escolha engraçada para Catarina. Ela sabia tão bem quanto Magnus que era aberta apenas para homens brancos. Isso era Catarina sendo travessa, do jeito dela. Ela às vezes gostava de usar feitiços de disfarce nos espaços particulares de mundanos ricos, deleitando-se com a própria habilidade de sair totalmente de seu mundinho, de tomar uma bebida com um velho amigo bem na cara daqueles que não lhe permitiriam entrar sob circunstâncias normais.

O lugar inteiro era suntuoso a um ponto levemente caricato. Magnus passou por um Salão Principal cavernoso cheio de colunas, passou por *tai-*

pans e diplomatas, todos totalmente à vontade. E por que não estariam? Eles viviam como realeza no coração de um dos reinos mais antigos do mundo. Não tinham motivo para pensar que um dia acabaria, e, na época, Magnus se perguntava também quanto tempo aquilo iria durar. Não muito mais, ao que se revelou.

Mas, por enquanto, ali estavam charutos caros e *brandy*, jornais do dia e uma biblioteca que se dizia ser maior do que a da cidade de Xangai. Magnus não ficou surpreso ao encontrar Catarina ali.

Embora ninguém além de Magnus pudesse vê-la, Catarina estava elegantemente vestida, como sempre: o vestido era uma coluna esguia de cetim branco, com uma sobreposição de renda preta e mangas borboleta. Uma faixa na cintura de veludo preto completava o modelito. Magnus imaginava ser uma criação de Paul Poiret, o designer famoso; e se perguntou se Catarina conseguira superá-lo na capacidade de se vestir bem.

Ela estava sentada em uma das cadeiras do clube, olhando as prateleiras diante de si como se estudasse as lombadas dos livros de longe, embora estivessem longe demais para Magnus conseguir distinguir qualquer título. Ele se sentou na cadeira diante de Catarina e falou:

— Então qual é o plano? Vamos destruir este lugar em nome da liberdade e da igualdade?

Catarina ergueu os olhos para ele. Ela estava com olheiras.

— Eu tive que ver um homem morrer aqui uma vez — disse ela.

Magnus inclinou o corpo para ela bruscamente.

— O quê?

— Foi há alguns anos. Eu estava aqui, na biblioteca, e um homem caiu no chão, se contorcendo de dor. Um médico foi chamado, os outros membros do clube se juntaram ao seu redor, mas nenhum tinha treinamento médico ou sabia o que fazer, então ficaram discutindo se deveriam erguer as pernas ou a cabeça dele, se ele deveria estar em pronação ou supinação... ele morreu ali, antes que qualquer médico ou enfermeira pudesse socorrê-lo.

O olhar dela estava distante.

— Será que poderia tê-lo salvado? Magicamente ou de outra forma? Será que os médicos mundanos poderiam, se houvesse um ali? Eu não sei. Talvez ele tivesse morrido assim mesmo. Mas o que eu poderia fazer? Eu não podia simplesmente aparecer para eles como se oriunda de um sonho; eles iriam pensar que alguém havia envenenado o ponche.

— Ainda servem ponche? — perguntou Magnus.

Catarina ergueu uma sobrancelha.

— Você acha que eu estou sendo mórbida.

— Eu acho — continuou ele — que o fato de que mundanos morrem, e de que não podemos salvá-los, não é exatamente algo que você aprendeu ontem.

Catarina suspirou.

— Não é que nós não podemos salvá-los — disse ela —, é que não podemos salvá-los nem mesmo quando os amamos muito, muito mesmo. — Havia lágrimas nos olhos dela agora. Ele sabia que não deveria dizer nada; em vez disso, simplesmente pegou as mãos dela.

Depois de um momento, Catarina falou:

— Para mundanos, a maior das tragédias é quando um pai morre depois do filho. Para pais feiticeiros, é inevitável. Eu sempre achei estranho que a maioria dos feiticeiros passassem a vida sozinhos, sem elos, sem jamais criar raízes...

Magnus esperou ela parar de falar e disse, carinhosamente:

— Se você tivesse que fazer tudo de novo, escolheria não fazer?

— Não — falou Catarina, sem hesitar. — Sem dúvida eu faria de novo. Não importa quantas vezes eu fosse obrigada a escolher, eu escolheria adotar e criar Ephraim de novo, vê-lo se tornar um homem, ter seus filhos e netos. Por mais difícil que fosse. Por mais que seja difícil agora.

— Eu nunca tive um filho — disse Magnus —, mas sei o que é perder alguém que se ama sob o mero motivo de que todos os humanos morrem.

— E?

— Até agora — falou Magnus —, a vida me parece ser uma questão de escolher o amor, de novo e de novo, mesmo sabendo que torna você vulnerável, que pode resultar em mágoa depois. Ou até mesmo antes. Você simplesmente não tem escolha. Você escolhe amar ou escolhe viver em um mundo vazio sem ninguém mais, a não ser você mesmo. E *isso sim* me parece um jeito terrível de se passar a eternidade.

Catarina não exatamente sorriu, mas seus olhos brilharam.

— Acha que vampiros também passam por esse tipo de coisa?

Magnus revirou os olhos.

— Sem dúvida passam. E descobri que não dá para fazer com que eles parem de falar nesse assunto nem por um minuto.

— Obrigada por vir, Magnus.

— Eu sempre virei — disse ele.

Catarina limpou os olhos com a mão.

— Sabe — disse ela, fungando um pouco —, este clube tem o balcão de bar mais longo do mundo, no andar de baixo.

— O *bar* mais longo? — disse Magnus.

— Sim — respondeu ela. — Tem pelo menos trinta metros de comprimento. Chama-se o Bar Longo.

— Os ingleses são bons com luxos — disse Magnus —, mas nem sempre tomam decisões criativas na hora de dar nomes, não é?

— Você vai ver — disse Catarina. — É *muito* longo.

— Vá em frente, minha cara dama.

Conforme eles foram saindo às cambalhotas do Portal, Alec inicialmente teve certeza de que os Portais ainda não estavam funcionando direito. Esperava ver as ruas tumultuadas de Xangai, mas aparentemente estavam numa alameda, com suas árvores imponentes, estreitas e densamente amontoadas, as folhas começando a mudar de verde-claro para amarelo e então laranja. Ali perto, Alec viu a lua refletida em água.

Estava escuro, o que o surpreendeu, mas ele não tinha muita certeza de quantas horas tinham passado em Diyu, e sabendo o quanto a viagem dimensional podia ser bizarra, provavelmente havia algum efeito de dilatação do tempo. Ele provavelmente poderia perguntar a Ragnor.

— Onde estamos? — quis saber Alec. — Estamos perto de Xangai?

Ele se virou e viu Jace erguer as sobrancelhas, surpreso. Sem dizer nada, Jace indicou a paisagem atrás.

Alec deu alguns passos, e, entre as árvores, muito subitamente, estavam as luzes de Xangai, brilhando em todas as cores.

— Ah — disse ele.

— Existem essas coisas chamadas "parques" — falou Jace.

— Foram dois longos dias — disse Alec.

— O parque do Povo — falou Tian. Então apontou a água que Alec havia reparado, e que agora ele percebia ser um pequeno lago com margens de pedras cuidadosamente dispostas. Lírios flutuavam, pretos contra a superfície vítrea. — Aquele ali é o lago das Cem Flores. Uma boa escolha — acrescentou ele a Ragnor e Magnus.

Ragnor assentiu em concordância.

— Achei que estaria tranquilo a esta hora da noite.

— Que horas *são*? — perguntou Clary.

Depois de um momento olhando para o céu, Magnus falou:

— São umas dez e meia da noite.

— Você consegue dizer a hora olhando para o céu? — quis saber Alec, entretido.

Magnus pareceu surpreso.

— Você não consegue?

— Ei, gente? — disse Simon. — Podemos parar um momento para, hum, só comemorar rapidinho que vencemos, que ninguém morreu? Porque não creio que um momento como esse deveria passar batido.

— Concordo — falou Isabelle, dando um soquinho no ar num gesto de vitória. — U-hu para nós. Derrotamos um Príncipe do Inferno.

— Bem — disse Ragnor —, para ser justo, vocês todos salvaram Magnus e a mim do Svefnthorn, Alec especificamente, é óbvio, e então Shinyun ficou doida e começou a destruir Diyu, e depois o Príncipe do Inferno foi embora para encontrar outro mundo, e ele definitivamente vai voltar em algum momento. Shinyun também é uma pendência, e ela agora virou uma espécie de libélula-aranha.

Todos pararam para pensar na situação. Por fim, Simon falou:

— Mas todo mundo sobreviveu. Magnus salvou você. E Alec salvou Magnus. E minha namorada me salvou *montada em um tigre gigante*.

— Sim — reconheceu Ragnor —, o dia não foi uma perda total.

Alec sorriu, mas estava cansado de estar longe de casa. E sentiu uma onda de saudade com a qual não estava acostumado, mas que agora o chamava com uma força incrível. *Max. Max.*

Ele tentou capturar o olhar de Magnus, mas Magnus agora falava com Tian, que, por sua vez, parecia tão extenuado quanto o restante deles.

— Você pode se despedir de Jem por nós? E dizer que mandamos lembranças?

Tian pareceu surpreso.

— Estão indo embora?

Magnus assentiu.

— Eu realmente sinto que não tive tempo de explorar Xangai da forma como teria preferido, mas espero que você não considere um insulto se nós, nova-iorquinos, formos para casa direto daqui. — Magnus virou o rosto e encontrou o olhar de Alec. — Eu quero ver meu filho.

— Certamente não será um insulto. — Tian sorriu. Uma luz tinha retornado aos seus olhos escuros, a qual Alec nem mesmo percebera estar ausente até então. — Vou ver Jinfeng. Ela vai ficar muito feliz por saber que não vou passar mais tempo em Diyu. Ragnor... — Ragnor se virou para ele, surpreso. — Até onde sei, você é a única pessoa viva a ter sido esfaqueada por Heibai Wuchang e sobrevivido. Pode ser que haja alguns efeitos colaterais interessantes.

— Excelente — respondeu Ragnor, pesaroso. — Algo por que ansiar em meus anos vindouros de vergonha e anonimato.

Tian se virou para encarar os demais.

— Obrigado a todos, aliás, por tudo o que fizeram. E por guardarem o segredo de Jinfeng e eu.

— E obrigado, Tian — falou Simon, estendendo o braço para apertar sua mão. — Por salvar Isabelle. Por nos ajudar.

Seguiu-se um coro de concordância.

— A Paz Fria não vai durar para sempre — disse Alec. — Vamos continuar trabalhando para fazer a Clave encontrar a sensatez e trazê-la a um fim.

— Espero que façam isso — respondeu Tian —, mas sei que vocês não são a única força influente dentro da Clave ultimamente. — Ele colocou a mão no ombro de Alec. — Você precisa entender como são uma inspiração — disse com firmeza. — Sua família... vocês dois e seu filho... simplesmente por existirem, por serem tão proeminentes na Clave, vocês estão fazendo bastante. *Sua* família... se a Clave sobreviver, esse é o futuro dela. Precisa ser.

— Sem pressão nenhuma — disse Alec com um sorriso. — E você mesmo é uma inspiração. Não se esqueça disso.

Tian inclinou a cabeça.

— É apenas uma questão de tempo antes de haver uma verdadeira batalha pela alma da Clave. Se não quisermos que a visão da Tropa se torne realidade, precisaremos nos envolver. Fazer um estardalhaço, mesmo que seja mais confortável não fazer.

— Você é um bom sujeito, Tian — falou Alec. — Fico feliz por estarmos do mesmo lado.

Ele não era o barulhento da família. Era o mais silencioso, de longe. Mas Tian estava certo. E ia pensar um pouco naquilo tudo.

Ragnor e Magnus tinham começado os preparativos de um Portal para casa, embora aparentemente Ragnor estivesse deixando Magnus fazer a maior parte do serviço pesado. O argumento foi que ele estava se recuperando de três golpes do Svefnthorn, enquanto Magnus estava se recuperando de apenas dois.

— Sabe quem deveria abrir este Portal? Clary — resmungou Magnus. — Nada muito ruim aconteceu com ela nesta viagem.

— Não estou completamente confortável com a habilidade daquela garota em abrir Portais — falou Ragnor, com um olhar nervoso na direção de Clary. Ela estava abraçada a Jace, e rindo com Isabelle. Era incrível como as pessoas podiam ser resilientes às vezes, pensou Magnus. — Eu acho... teologicamente confuso.

— É por isso — disse Magnus, em tom tranquilo — que eu nunca fico pensando no significado mais profundo das coisas. — A expressão de Ragnor dizia que ele sabia muito bem que aquilo não era verdade. — Então, para onde vai ser? — quis saber ele. — De volta a Idris? Arrumar a casa pela primeira vez em anos?

Ragnor hesitou. Magnus revirou os olhos.

— Não me diga que vai continuar fingindo que está morto. Como é que isso deu certo da última vez?

— O erro que eu cometi — disse Ragnor — foi tentar desaparecer completamente. Isso só me fez parecer mais suspeito. — Ele olhou para trás, virando a cabeça para os dois lados, de um jeito meio paranoico. — Vou ficar muito visado por um tempo. Shinyun e eu... não fomos cuidadosos quando circulamos no Mercado do Sol. Vou ser algo de grande interesse para a maior parte do Submundo, e possivelmente de alguns Caçadores de Sombras também. Sem falar que a própria Shinyun ainda está por aí. Samael também, em algum momento vai reaparecer.

Magnus suspirou.

— Ragnor, sabe quantos golpes minha reputação levou ao longo dos anos? Eu ainda estou na ativa. Ninguém me jogou na Cidade do Silêncio. Ninguém me atirou diante de uma corte das fadas.

— Isso é diferente — falou Ragnor. — Você não estava trabalhando para um Príncipe do Inferno.

— Ragnor, não muito depois de você fingir sua morte, eu fui acusado de chefiar um culto para Asmodeus.

— Você *realmente começou* aquele culto — disse Ragnor, franzindo a testa. — Foi uma das suas piadas menos engraçadas, se me lembro bem.

— Então você vai ficar feliz em saber que fui devidamente punido por ela — anunciou Magnus.

Ragnor fez uma pausa em suas maquinações mágicas.

— Não, não mesmo. — Ele suspirou. — Talvez você aguente esse tipo de atenção, Magnus, mas eu não consigo. Na verdade, não desejo. Fiz coisas ruins, trabalhando para Samael. Coisas ruins mesmo, que não posso mais desfazer. O mero ato de ter trazido Samael para Diyu deveria ser um crime capital.

— Você estava sendo manipulado! — falou Magnus.

— Mas eu escolhi receber a terceira ferroada. Eu *escolhi* aquilo. Preciso de tempo. Para me redimir, creio. Estou morto há três anos; preciso tirar um tempo para pensar em quem Ragnor Fell será quando ele voltar à vida.

Magnus não disse nada por um tempo enquanto concluía a abertura do Portal.

— Ainda vou receber notícias suas? Porque se não acontecer, vou presumir que Shinyun lhe capturou de novo e *vou* atrás de você.

— Só você mesmo para fazer a promessa de um resgate soar como uma ameaça — resmungou Ragnor. — Mas sim, espero que precise lidar frequentemente com o novo eu.

— Ora, isso já é alguma coisa — falou Magnus. Ele parou. — Eu não contei a Catarina.

— Nada? — disse Ragnor.

— Nada. Mas isso não é justo com ela. Vou contar da próxima ver que a vir. Seria muito importante para ela saber que você está bem.

Ragnor pareceu surpreso, porém satisfeito.

— Mesmo?

— Sim — falou Magnus. — Seu idiota. Ela se importa, mais do que praticamente todo mundo. Há tantos poucos de nós por aí, e... — Ele parou. Um pensamento terrível lhe ocorrera. — Ah, não. Você não vai usar aquele codinome idiota de novo, vai?

— Primeiramente — falou Ragnor —, não vou aceitar conselhos de nomes de alguém que poderia ter escolhido qualquer nome no mundo e escolheu "Magnus Bane". Em segundo lugar, sim, eu *vou* usar aquele nome.

— Preferiria que não usasse — disse Magnus.

— É muito adequado — falou Ragnor, piscando um olho. — Afinal de contas, agora não passo de uma Sombra de meu antigo eu.

Magnus soltou um longo resmungo.

Depois de se despedir de Ragnor e Tian, Alec e o restante do grupo passaram pelo Portal, saindo do outro lado em uma fria manhã outonal em Nova York. Infelizmente, também estavam em um beco próximo ao Instituto, o qual estava fétido com o cheiro do lixo.

— Ah — disse Simon —, lar doce lar.

— Magnus — falou Jace —, por que você simplesmente não abriu o Portal diretamente dentro do Instituto?

Uma das coisas que Alec passara a gostar em seu processo de criação de um filho junto a Magnus Bane era a graça de quando Magnus, o homem mais seguro e contido que ele conhecia, ficava hesitante e desconfortável. E a presença de um filho aumentava muito a frequência com que Magnus ficava hesitante e desconfortável.

Aquela também era uma dessas vezes. Alec queria agarrá-lo e beijá-lo, mas parecia um momento inadequado para isso.

— Acho que eu não queria acordar Max — respondeu Magnus, dando de ombros.

Depois que entraram, Max foi rapidamente encontrado, engatinhando feliz pelo tapete no escritório de Maryse enquanto era vigiado por Maryse, Kadir e, inesperadamente, Catarina. Em vez de cumprimentar qualquer um deles, Alec se viu jogando para o alto o habitual autocontrole e correndo para pegar

Max do chão e abraçá-lo forte. Max ficou feliz, mas obviamente confuso pela intensidade da afeição. Depois de um momento, ele cedeu e começou a rir e a se agitar alegremente. Magnus se aproximou e acariciou a cabeça de Max com carinho, parecendo um pouco distraído.

Jace e Isabelle tinham ido abraçar Maryse; Simon e Clary estavam conversando com Kadir e Catarina. Com Max nos braços, Alec se inclinou para Magnus, aproveitando o círculo que os três formavam — ali, cercados pela família e os amigos. Ele havia arriscado a vida e sempre fora grato por chegar a salvo em casa muitas ocasiões antes, mas agora estava sendo diferente. Estava sendo doloroso, lindo e terrível e perfeito.

Logo, Jace, Clary, Simon e Isabelle pediram licença e foram tomar banho — estavam todos encardidos com terra e fuligem. Alec sabia que seu aspecto não estava muito melhor, mas não se importava — ele ninava Max nos braços enquanto Magnus arrastava Catarina para uma conversa. Alec presumiu que ele queria contar a ela sobre Ragnor — eles eram amigos fazia séculos, e ela precisaria saber a saga inteira, a começar pelo fato de ele não estar morto e concluindo a história com... o misterioso destino onde ele estaria agora.

Maryse e Kadir pareciam felizes, tanto por terem cuidado de Max quanto por devolverem o bebê aos pais. Max também estava bastante animado. Ele quicava contente nos braços de Alec.

— Não foi trabalhoso demais? — disse Alec, sorrindo.

— Não! — respondeu Maryse. — Não mesmo. Nada de que eu não pudesse dar conta.

— Mas não tive como não notar — falou Alec — que seu braço está em um tipoia. E também — acrescentou, se voltando para Kadir — que seus olhos estão roxos.

Kadir e Maryse trocaram olhares e então retornaram a seus sorrisos alegres.

— Nada a ver com Max — disse Maryse tranquilamente. — Só um acidente pendurando um quadro em uma parede alta.

— Ahã — respondeu Alec. — Então nada a ver com Max mesmo?

— Que ideia ridícula — falou Kadir, solenemente.

— Nós nos divertimos muito cuidando de Max — falou Maryse com firmeza. — E estamos muito ansiosos para fazer isso de novo.

— De novo! — concordou Max. Alec fez um carinho sob o queixo dele.

— Ei, garotão — saudou Clary. Ela e Jace tinham voltado, agora de roupa trocada e limpos. Os cabelos ruivos dela brilhavam. Alec reparou que Jace ainda carregava a lança de Diyu; aparentemente, tinha se afeiçoado a ela. Clary bagunçou os cabelos azuis de Max. — Ficou longe de confusão?

— Boof — confidenciou Max. Ele fez um high-five com Jace.

— É uma bela lança, Jace — falou Kadir. — Embora eu prefira uma *naginata*.

— Tudo bem — respondeu Jace. — Mãe, Kadir. Clary e eu estávamos conversando. E acho... estou disposto a chefiar o Instituto, mas só se puder fazer isso com Clary. Nós dois juntos.

Maryse pareceu satisfeita.

— Acho que é uma boa proposta. — Ela olhou para Alec. — Você ajudou a convencê-lo?

Alec fez que não.

— Não. Ele decidiu sozinho. Já contou para Isabelle e Simon? — acrescentou ele para Jace.

Jace e Clary trocaram um olhar.

— Fomos até o quarto de Isabelle — falou Jace, com cautela —, mas eles pareciam, hum, ocupados.

— Ei, você está falando da minha irmã. Eu não precisava saber desses detalhes. Ele olhou para a mãe, que estava, ou fingia estar, imersa em uma conversa com Kadir.

— Pelo menos não precisou *ouvir* — disse Clary.

Jace deu um sorriso torto.

— Acho que Simon percebeu que em vez de se preocupar com as incertezas da vida, é melhor ter momentos importantes com as pessoas que se ama.

— Por Deus — disse Alec —, eu e meu bebê vamos nos retirar desta conversa.

Ele seguiu para o outro lado da sala, até Magnus, que ainda estava absorto na conversa com Catarina. Ela parecia chocada, mas mesmo assim deu um sorriso quando Alec se aproximou deles, carregando Max.

Max esticou os bracinhos azuis gorduchos para Magnus.

— Ba! — disse ele.

— Ah, aqui — falou Alec. — Pegue o homenzinho por um minuto. — Ele se preparou para entregá-lo.

Magnus recuou, as mãos erguidas como se estivesse se protegendo de alguma coisa.

— Não, você... fique com ele por enquanto. Eu, hum, é que...

— O quê? — perguntou Alec. — O que houve?

Magnus olhou em volta freneticamente.

— É que eu... eu ando muito monstruoso ultimamente. Ainda estou um pouco abalado com aquilo. Não quero, sabe... deixá-lo cair. Ou nada assim.

— Magnus — falou Alec. — Você não está monstruoso. Você é o Magnus de sempre. Pegue seu filho.

— Com licença, Alec — disse Catarina, e segurou a mão de Magnus. — Preciso pegar seu namorado emprestado um momento.

Catarina acomodou Magnus numa cadeira no corredor. Ele ainda estava um pouco zonzo; ela dera um jeito de afastá-lo de Alec e de Max e usara de força surpreendente. Às vezes ele se esquecia do quanto ela era forte.
 Ela o encarava intensamente.
 — Não faça isso — disse Catarina.
 — O quê?
 — Não faça essa coisa de se odiar e "mimimi, eu sou um monstro". É indecoroso.
 Magnus hesitou.
 — Você não viu Shinyun. Eu cheguei muito perto de virar um monstro. Foi uma sorte absurda eu ter sido salvo.
 Caarina olhou para ele com ceticismo.
 — Pensei que tivesse sido um plano muito inteligente executado por seu namorado, e não sorte.
 — Bem, sim, mas foi um palpite dele. Ele não sabia se daria certo. Eu ainda não tenho certeza de por que *deu* certo.
 — E tão subitamente, depois de centenas de anos, você concluiu que, o quê?, é um perigo para aqueles que ama? Porque você é um feiticeiro e feiticeiros têm pais demônios? Você já passou por isso, você sabe, e superou. Não precisa que eu faça o discurso sobre como somos definidos pelo que fazemos, e não pelo que somos. Eu já ouvi você mesmo fazer esse discurso. — O olhar de Catarina era de compaixão, mas Magnus sentia a irritação dela pelo gesticular dos ombros. Eles realmente se conheciam fazia muito tempo.
 — É diferente agora — falou Magnus. Ele parou por um momento. — Lembra-se do Xangai Club? Em 1910?
 Catarina assentiu lentamente.
 — Foi logo depois que Ephraim morreu.
 — Eu perguntei a você se criá-lo tinha valido a pena — disse Magnus. — Você se entregou tanto, e ele teve uma boa vida... mas ele morreu mesmo assim.
 — Ah — falou Catarina, dando um sorrisinho. — É por isso que é diferente agora.
 Magnus assentiu timidamente.
 — Magnus, você está *cercado* por pessoas que o amam. Eu só deixei Ephraim depois que tive certeza de que ele também estava cercado de amor. Ter vivido até o auge da terceira idade, ter morrido na cama de casa, cercado

pela família... eu fiquei tão triste quando ele morreu, mas foi também uma vitória. Eu tinha salvado aquele menino. Eu o criei até que virasse um homem. Ele viveu, amou o próximo. Ele teve exatamente o que eu queria que tivesse.

— Mas Max — começou Magnus, e Catarina gesticulou.

— Magnus, odeio soar como Ragnor, mas você *é* um idiota às vezes. Estou insistindo que você está fazendo o bem, que está fazendo as coisas certas. Seus entes queridos, sua família, estarão lá para salvar você quando precisar ser salvo. E eles estarão lá para ajudar a salvar Max, se ele precisar ser salvo. Você precisa confiar nisso. — Ela deu um sorriso sarcástico. — Você é literalmente a pessoa que *me* ensinou isso.

Magnus balançou a cabeça, emocionado.

— Você está certa. É difícil me lembrar disso às vezes. Parece tão diferente agora, com Max. Minha responsabilidade para com ele é tão grande, tão maior do que qualquer responsabilidade que eu já senti.

— Sim! — disse Catarina, cruzando os braços. — Chamamos isso de "ser um pai".

Magnus ergueu as mãos em rendição.

— Tudo bem. Tudo bem. Você venceu. E como é minha amiga mais antiga, ou uma delas...

— Você vai me pedir um favor, não vai? — disse Catarina, em tom resignado.

Magnus levou a mão ao casaco rasgado e em frangalhos e sacou o Livro Branco.

— Leve isto para o Labirinto Espiral para mim, por favor? Estou cansado de cuidar dele.

Era sempre estranho para Alec deixar o Instituto, se despedir da mãe e de Isabelle e Jace e... *voltar para casa*. O Instituto fora seu lar por tantos anos, e embora já tivesse se acostumado à ideia de que o apartamento de Magnus era o apartamento *deles*, sempre havia um breve momento, na hora de partir, em que Alec sentia um desconforto.

Em casa, Magnus ligou para o Mansion Hotel em Xangai e providenciou para que todas as coisas deles fossem colocadas em um depósito, de onde ele planejava teletransportá-las para casa quando a equipe do hotel não estivesse vigiando. Alec brincava com Max, que engatinhava alegremente pela sala, aproveitando a tranquilidade de se estar em casa. Logo, Magnus voltou e pegou Max, que protestou rapidamente antes de ceder, abrindo um largo sorriso, e imediatamente se pôs a morder um dos botões da roupa do pai.

— São bonitos, não são? — perguntou Magnus.

— Sabe — disse Alec —, eu sempre entendi que nossa função era salvar o mundo, mas é muito mais assustador agora que Max está aqui.

— Perdoe-me — disse Magnus —, mas talvez a *sua* função seja salvar o mundo. Já a minha é mais difícil de se resumir, mas adianto que boa parte dela é ser elegante.

— Ah — falou Alec —, então quando o mundo precisar ser salvo, você não vai aparecer para salvar? Ah, tá bom, isso parece com o Magnus que eu conheço. Ei, Max! — acrescentou ele, e Max parou rapidamente sua mastigação concentrada para olhar para Alec. — Este é o seu *bapak*? Você consegue dizer *bapak*?

— Ele ainda não diz *bapak* — falou Magnus, sussurrando. — Não force a barra.

— É estranho — disse Alec. — É uma vida estranha. Mas é a vida para a qual fomos feitos, acho. E a vida que escolhemos.

— Bapa! — gritou Max, alto, acenando um braço. Atrás dele, uma das cortinas da janela pegou fogo. Alec suspirou, pegou uma almofada do sofá e se pôs a apagar as chamas.

— Nossa outra função — disse Magnus — é evitar que Max queime o prédio inteiro até ele ter idade o suficiente para controlar a magia.

Alec sorriu.

— Depois de Samael, isso parece quase possível.

— Bpppft — disse Max.

— *Bapak?* — falou Alec, de novo.

Max franziu a testa, concentrado, então começou a mastigar o botão de novo.

Muito, muito mais tarde, quando tudo estava escuro e silencioso no apartamento, e estavam todos nas respectivas camas, Magnus acordou de sonhos inquietantes. Com muito cuidado, se desvencilhou do braço de Alec, saiu de fininho da cama, colocou um casaco sobre o pijama de seda e seguiu pelo corredor até o outro quarto.

Quase imediatamente, viu dois olhos muito azuis fitando-o da beirada do berço. Os olhos à espreita fizeram Magnus se lembrar de uma vez em que vira um hipopótamo à espera com aqueles olhinhos *de bicho* logo acima da linha da água.

Magnus seguiu até o berço.

— Oi pra você — sussurrou ele. — Estou vendo alguém que não deveria estar acordado.

Houve um brilho crescente nos olhos azuis, como se Max tivesse sido pego com a mão no pote de biscoitos, mas tivesse esperanças de encontrar um comparsa que topasse dividir os biscoitos surrupiados ilicitamente. Quando Magnus se aproximou, Max levantou os bracinhos, uma exigência silenciosa para ser colocado no colo.

— Quem é o feiticeiro travesso que está fazendo besteira? — disse Magnus, cedendo ao pedido. — Quem é o meu bebê?

Max deu um gritinho alegre.

Magnus ergueu o filho bem no alto. Então jogou Max no ar com uma chuva de faíscas azuis iridescentes e o viu gargalhar, perfeitamente feliz, perfeitamente confiante de que sempre que aterrissasse o pai o pegaria.

O som de música se embrenhou na tranquilidade do sono de Alec. Ele poderia ter facilmente se permitido rolar nos lençóis de seda e cair de novo no calor do sono voluptuoso, mas, em vez disso, obrigou-se a rumar à consciência. Ainda estava sonolento, mas a música era doce, e incitava sua curiosidade.

Quando Alec abriu a porta e olhou para o quarto de Max, flagrou a cena. Magnus estava vestido com roupas muito confortáveis. Na verdade, usava um dos casacos de Alec, o tecido grosso e desgastado escorregando em um ombro, pois suas costas eram mais estreitas. Mas estava bonito, pois Magnus conseguia deixar praticamente tudo elegante.

— *Nina bobo, ni ni bobo* — cantava ele com sua grave e linda voz, uma cantiga da Indonésia, muito mais antiga do que o próprio Magnus. Ele ninava o filho deles nos braços. Max acenava as mãozinhas como se para conduzir a música, ou para pegar as faíscas azul-cobalto de magia que flutuavam pelo quarto. Magnus sorria para Max mesmo enquanto cantava, um sorriso delicado, carinhoso e impossivelmente doce.

Alec pretendia deixá-los curtir o momento e voltar para a cama, mas Magnus parou a música e lançou um olhar para o namorado, como se soubesse que estava sendo observado.

Alec se recostou à porta do quarto, descansando a mão acima da cabeça, contra a soleira.

— Esse é seu *bapak*? — disse ele a Max.

Depois de pensar um pouco, Max falou:

— *Bapak*.

O olhar que Magnus deu a Alec foi dourado como uma moeda, como o traje matrimonial dos Nephilim, como a luz matinal adentrando as janelas do lar.

Epílogo

Em um lugar para além dos lugares, os Príncipes do Inferno se reuniam.

Um pedido havia chegado, fazendo os véus dos mundos reverberarem ao som da voz do irmão deles. O fato de ter sido um pedido, e não uma ordem, era por si só surpreendente.

Alguns compareceram por lealdade. Outros, por curiosidade. E outros porque se os demais iriam, eles certamente iriam também.

— Sei que não nos falamos com frequência — começou Samael.

Eles se acomodaram e deram sua atenção a ele. Eram um grupo maltrapilho, ele tinha de admitir, desde Belial — surgindo, como costumava fazer, como um lindo homem de cabelos claros — até Leviatã, que estava mais para uma serpente verde-escura, com escamas lustrosas e braços que poderiam ser benevolamente descritos como tentáculos.

— Sei que normalmente seguimos rumos individuais — prosseguiu Samael. — Só vemos uns aos outros para lutar, seja por território ou poder. É assim que tem sido, desde o início.

Era assim que era agora também. Belphegor e Belial estavam se ignorando mutuamente desde que haviam chegado, um recusando a reconhecer a existência do outro. Leviatã e Mamon tinham resolvido se sentar na mesma cadeira, cada um argumentando que era a única peça cosmicamente grande ali, e justificando como o príncipe mais corpulento a merecia mais.

Samael cogitou explicar a eles que a cadeira era apenas um construto metafísico e que poderia facilmente haver tanto duas cadeiras quanto uma, pois estava em um lugar para além dos lugares e coisa e tal. Mas ele não gostava de se meter.

Asmodeus, obviamente o mais forte deles em vários critérios, ainda mantinha sua lealdade a Samael. Para a sorte de Samael. Quando Asmodeus curvou a cabeça para reconhecer a superioridade de Samael, os demais notaram, dando a Samael a certeza de que não teria muitos problemas com eles.

— Se é assim que sempre foi, então é assim que deve ser — falou Astaroth. Houve acenos concordantes dos demais.

— Recentemente — disse Samael —, como alguns de vocês certamente sabem, o amor da minha vida, a grande Mãe dos Demônios, Lilith, foi morta por humanos na Terra. Isso me *destruiu* — prosseguiu ele, mordaz. — Eu sofro com um luto que faz as estrelas caírem.

Azazel revirou os olhos.

— Eu vi isso, Azazel! — disparou Samael. — Nenhum de vocês, talvez, seja capaz de entender, pois acreditam que o amor é incompatível com os objetivos dos mundos demoníacos. Mas estou aqui para lhes dizer que estão errados. Lilith foi minha maior força — disse com a voz um pouco embargada. — E somente agora que ela se foi eu sinto que uma parte de mim está faltando.

Houve silêncio. Belial falou:

— Samael, você nos trouxe aqui, incomodou nossas atividades pelo universo inteiro, para nos dizer que *o amor é real*?

— Não — falou Samael. — Tá, tudo bem. O amor *é* real, então se vocês tiverem que absorver alguma mensagem disso tudo, que seja essa. Mas não, tenho um motivo mais concreto para reunir vocês. Recentemente, tive uma série de encontros estranhos com humanos, feiticeiros e Nephilim nos tribunais em ruínas do mundo de Diyu.

— Diyu? — murmurou Mamon. — A antiga casa de Yanluo? Fizemos umas senhoras *festas* por lá.

— Sim — respondeu Samael —, e deveriam ver em que estado está agora. *Nada. Bem.* — Ele deu a eles um olhar cheio de significado. — Mas isso é importante para meu argumento. Todos os meus planos lá foram esmigalhados.

— Vocês nos trouxe até aqui — disse Belial, com a dicção elegante como sempre — para nos dizer que o amor é real e que você é terrível no que faz?

Samael ignorou.

— Eu não fracassei por me faltar poder, nem porque o reino de Diyu não foi capaz de me servir. Eu fracassei porque não contei com o poder que um grupo pode ter, trabalhando em conjunto e cuidando um do outro.

Os outros Príncipes do Inferno trocaram olhares confusos.

— Eu realmente achei bastante inspirador — disse Samael. — Então venho até vocês com uma proposta, caros irmãos. Durante muito tempo temos seguido sozinhos. Mas se algum dia vamos realmente atingir nossos objetivos maiores, precisamos reconhecer que somos mais parecidos do que diferentes. Precisamos deixar de lado nossos antigos rancores, esquecê-los e trabalharmos em conjunto.

Asmodeus parecia chocado.

— Quer dizer...

— *Sim* — falou Samael. — Quero falar sobre Lúcifer.

Agradecimentos

Quero agradecer a Naomi Cui pela leitura criteriosa que fez do manuscrito. À exceção disso, esta seção de agradecimentos vai ser um pouco diferente da maioria. Normalmente, utilizo este espaço para agradecer a meus amigos, à minha família e a meus coautores e editor. Embora eu seja profundamente grata a todos eles por proporcionarem uma comunidade acolhedora para *O Livro Branco perdido*, desta vez quero usar este espaço para agradecer aos meus leitores.

Caros leitores, obrigada por permanecerem comigo e com Magnus, Alec e todos os amigos deles. Obrigada por compartilharem histórias, aventura e magia comigo. O entusiasmo e a afeição de vocês pelos habitantes do mundo dos Caçadores de Sombras e do Submundo jamais deixam de me surpreender. Sou tão sortuda por ter leitores tão atenciosos, alegres e encantadores como vocês. Obrigada por fazerem parte da minha história. Eu não conseguiria imaginá-la sem vocês.

—C.C.

Não estou dizendo que As Maldições Ancestrais colocaram um feitiço em mim ou algo assim, mas antes de eu trabalhar nesta série, eu tinha zero filhos. Hunter chegou enquanto eu estava trabalhando em *Os pergaminhos vermelhos da magia* e então, meu segundo filho, River, enquanto eu trabalhava em *O Livro Branco perdido*.

Coincidência? Talveeeeeez.

Eu gostaria de pensar que isso tem menos a ver com correlação ou causa, e mais com o fato de que simplesmente havia uma abundância de alegria e amor em minha vida durante os anos em que me dediquei às Maldições Ancestrais.

E tiveram origem em minha família que estava aumentando, no meu trabalho escrevendo as aventuras de Magnus e Alec (e de Max!). Foi especialmente divertido testemunhar Magnus e Alec passarem pelas mesmas dificuldades que nós enfrentamos criando uma família. De que outra forma você equilibra mamadas, creche e (escrever) batalhas mágicas ao mesmo tempo?

Então, acima de tudo, este livro é dedicado à minha família — minha família e às famílias em toda parte —, já que equilibramos amor, felicidade e as incríveis aventuras de criar essas criaturinhas mágicas que chamamos de crianças. Para minha querida esposa, Paula, minha parceira, por me ajudar a criar dois meninos maravilhosos. A Hunter, minha inspiração e professor de paciência, serei para sempre seu DJ e parceiro de dança. A River, minha alegria e fé na humanidade, você vai conquistar o mundo um dia. Ao restante da minha família, obrigado; vocês são minha tribo. À minha família na agência Scovil Galen Ghosh Literary, por sempre segurar minha onda com seu apoio inabalável. À família na Simon & Schuster, por produzirem este livro maravilhoso que os leitores estão segurando.

Um agradecimento especial a Cassie, minha família de escrita. Obrigado por me conceder assentos na primeira fila para testemunhar seu gênio criativo.

Por fim, à família dos Caçadores de Sombras: vocês são o motivo pelo qual contamos essas histórias. Obrigado por seu amor e sua confiança.

Um último obrigado a Magnus, Alec e Max. Parabéns pela família maravilhosa. Topo muito contratar uma babá para as crianças para podermos sair em casal um dia.

—W.C.

Este livro foi composto na tipografia
Minion Pro, em corpo 11/14, e impresso em
papel off-white no Sistema Cameron da
Divisão Gráfica da Distribuidora Record.